KB123940

남장 비서

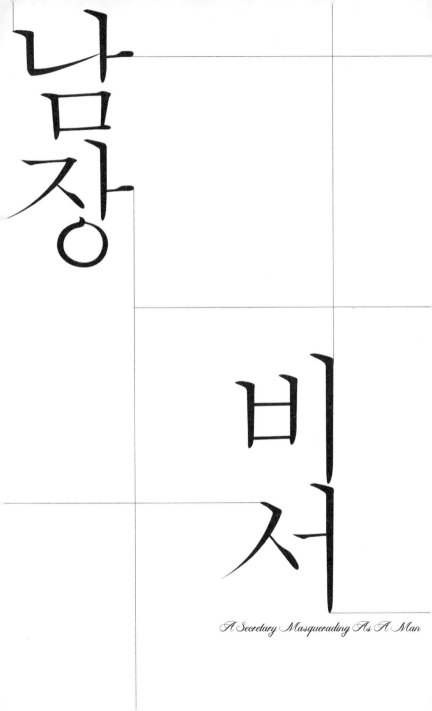

A Secretary Masquerading As A Man

남장 비서 1

2019년 6월 24일 초판 1쇄 인쇄
2019년 6월 27일 초판 1쇄 발행

지은이 이서한
발행인 이종주

기획 편집 정시연 송영경 이은정
경영 지원 배진경
마케팅 김정수

발행처 (주)로크미디어
출판등록 2003년 3월 24일
주소 서울시 마포구 성암로 330 DMC첨단산업센터 318호
편집문의 (070)7863-0342 **구입문의** (02)3273-5135
홈페이지 rokmedia.blog.me
E-mail romance@rokmedia.com

값 10,000원

ISBN 979-11-354-3427-3 04810 (1권)
ISBN 979-11-354-3426-6 04810 (세트)

남

장

vol. 1

이서한
장편소설

*R*enee romance story

비

서

A Secretary Masquerading As A Man

Contents

• " "는 한국어, 「 」는 영어입니다.

프롤로그

하루 종일 비가 내려 세상이 온통 축축하게 젖어 있었다.

"……내내 오네."

집무실 전면창 유리를 통해 밖을 내다보던 서원이 작게 중얼거렸다. 창밖을 응시하는 서원의 모습이 커다란 창에 비쳤다.

서원은 슬림한 슈트가 잘 어울리는 호리호리한 체격에 피부 톤도 희고 맑았다. 코는 작은 편이지만 오뚝했고 짙은 안경테 아래 크고 또렷한 눈동자는 연한 갈색빛을 띠고 있었다.

"……"

짧은 머리칼에 슈트 차림인 자신의 모습을 응시하고 있던 서원은 고개를 돌려 버렸다.

초고층 빌딩 최고 층에 자리한 이강준 부사장의 집무실은 그가 한국을 좌지우지하는 대기업 〈엘른〉의 후계자라는 것을 증명하듯 최고급으로 꾸며져 있었다.

채광이 좋은 집무실 내부는 밝은 톤의 대리석 벽면과 강화유리로 시공되었고, 가구며 인테리어 장식품까지 모두 일류의 손끝에서 탄생한 작품들이었다.

거기에다 업무에 있어 칼날이라 불릴 만큼 완벽주의인 이강준의 이미지까지 겹쳐져 이곳은 서원에겐 늘 이질적인 공간이었다.

매일 접하는 곳인데도 적응하기가 영 쉽지 않은.

빨리 볼일만 끝내고 나가자 싶어 서원은 책상 위에 보고서를 올려 두고 몸을 돌렸다.

"!"

서원의 몸이 그대로 굳어 버렸다. 기척도 없이 문 앞에 서 있는 그의 모습에.

"놀랐습니까."

이강준 부사장이 서늘한 눈빛으로 서원을 응시했다.

재계 사람들을 통틀어 가장 완벽한 외모와 더불어 카리스마까지 겸비한 남자로 칭송받는 그를 서원은 숨을 삼키고 올려다봤다.

"내가 못 올 데라도 온 것 같은 표정이군."

"죄송합니다. 퇴근하신 줄 알았는데 계셔서 조금 놀랐습니다."

늘 사람을 찌를 듯 쳐다보는 냉기 어린 시선에 본능처럼 치민 긴장을 서원이 조용히 눌러 삼켰다.

"지시하신 해동무역 관련 보고서 출력한 서류 올려 뒀습니다. 그럼 먼저 퇴근하겠습니다."

"……."

서원이 문 쪽으로 걸어가는 동안 그가 자신을 주시하는 것이 느껴졌다.

오늘따라 유독 더 날카롭게 날이 선 시선을 피해 그를 지나치려는데 강준이 한 팔을 들어 제지했다.

"한 비서."

서늘한 목소리가 내려오자 멈춰 선 서원이 한 발 뒤로 물러났다.

"네. 부사장님."

너무 가까워진 거리에 서원은 순간 당황했지만, 그것을 들키지 않기 위해 그의 시선을 흔들림 없이 마주 봤다. 가까이에서 보니 강준의 검은색에 가까운 다크그레이 빛깔 눈동자가 평소보다 더 어둡다는 생각이 들었다.

굳게 다물려 있던 이강준의 냉소적인 입술이 위험하게 휘어 올라갔다.

"지금까지 꽤 즐거웠겠습니다."

낮은 목소리에 서원의 눈동자가 흔들렸다.

"그게 무슨 말씀…… 앗!"

커다란 강준의 손이 거칠게 서원의 멱살을 잡아당겼다. 투두둑! 억센 힘에 셔츠 위쪽의 단추가 뜯겨 나가자 서원이 당혹스럽게 소리쳤다.

"이게 무슨 짓입니까!"

서원이 그의 손아귀에서 벗어나려 했지만 강준은 오히려 서원을 낚아챈 팔에 강하게 힘을 줬다. 꼼짝없이 붙들린 채 옴짝달싹 못하게 된 서원이 눈썹을 일그러뜨렸다.

"부사장님!"

대체 이게 무슨……!

서원의 당혹스러운 외침은 들리지도 않는 듯 그가 뜯겨 나간 셔츠 아래 드러난 맨살에 시선을 박았다.

이강준의 강렬한 시선을 피하듯 서원이 벌어진 셔츠를 황급히 여미려 애쓰던 그때, 그의 힘에 몸이 세게 떠밀렸다.

쿵!

"아!"

강준이 서원을 벽으로 거세게 밀어붙이며 양손을 잡아 벌려 벽에 고정시켰다.

그가 서원을 벽에 가둔 채 그대로 고개를 비스듬히 기울였다. 두 사람의 시선이 가까운 곳에서 강렬하게 엉켜들었다.

'왜……?'

서원은 거친 숨을 몰아쉬며 이강준을 노려봤다. 섬뜩하리만치 차가운 그의 시선이 내리꽂히자 서원의 심장박동이 터질 듯 빨라졌다.

그때 서원의 머릿속에 떠오른 것이 있었다.

'설마.'

아니겠지. 머릿속에 떠오른 의혹을 서원은 강하게 떨쳐 냈다.

'아니, 그래. 아닐 거야. 그럴 리가 없잖아.'

불규칙적으로 빨라지는 심장박동을 무시하며 서원은 파들거리는 눈썹에 힘을 줬다. 그의 눈동자가 위협으로 번들거릴수록 입 안의 침이 바짝 말라 갔다.

"……한도원."

싸늘하게 내뱉은 그가 거머쥔 팔을 힘주어 움켜잡자 서원의 셔츠가 팽팽하게 당겨지며 양쪽으로 벌어졌다.

"왜 이러시는 겁니까? 당장 이거 놓으십시오."

서원이 긴장을 누르고 침착하게 말했다. 똑바로 시선을 마주하자 강준의 눈동자가 얼음처럼 차가워지는 게 보였다.

"왜, 이러냐고?"

그가 조소 섞인 웃음을 흘렸다.

'설마, 설마…….'

서원의 심장이 미친 듯이 뛰기 시작했다. 목구멍이 꽉 조여드는 기분에 숨을 들이켜는데 그가 수려한 얼굴을 더 가까이 가져왔다.

"내가, 정말 모를 거라 생각했나?"

"……네?"

스산할 정도로 낮게 흘러나오는 서늘한 목소리에 서원의 눈동자가 이리저리 요동쳤다.

'정말 들킨 건가?'

서원이 입술을 사리물었다. 발밑이 쑥 꺼져 바닥까지 추락하는 기분이었다. 지금 그의 눈은 확신을 가지고 있었다. 그저 떠보는 게 아닌 자신이 숨기는 것을 정확히 알고 있는 표정과 목소리였다.

'들켜…… 버리다니. 다른 사람도 아닌 이강준에게…….'

서원의 창백하게 질린 얼굴을 본 그가 입술 끝을 냉소적으로 휘어 올렸다.

"그동안 날 속인 이유가 뭐야?"

"…….."

서원이 대답 없이 황망히 쳐다보고 있자 그의 눈이 무섭도록 날카로워졌다.

"입이 달렸으면 말을 해. 나를 더 화나게 하려는 게 아니라면."

일말의 자비도 없는 잔혹한 목소리가 낮게 흘러나왔다.

당혹으로 흔들리는 자신의 눈을 꼼짝 못 하도록 완벽하게 포박한 강준을 올려다보며 서원은 머릿속이 아득해짐을 느꼈다.

끝났다. 전부.

끝나 버리고 말았다.

01

"부사장님. 신입 비서 오늘부터 출근했습니다."

"처음 뵙겠습니다. 한도원입니다."

담담하게 자신을 한도원이라 소개한 서원은 눈앞의 남자를 긴장 어린 눈빛으로 바라봤다.

'듣던 대로……인가.'

이강준 부사장은 한눈에 보기에도 사람을 압도하는 분위기를 지녔다.

섬세하게 조각해 놓은 조각상처럼 수려한 얼굴과 위압적일 정도로 큰 신장이 그랬고, 상대방을 직시하는 냉기를 품은 서늘한 눈동자가 그랬다.

슈트 모델처럼 격조 있는 차림의 이강준이 날카롭게 훑듯 서원을 쳐다봤다. 짧은 순간 상대를 간파해 버릴 듯한 시선으로 훑어본 그가 손을 내밀었다.

"잘 부탁합니다."

"네. 잘 부탁드립니다."

강준이 내민 손을 서원이 맞잡았다. 순간 서원의 심장이 빠르게 뛰었다. 긴장감 때문에 손에서 땀이 배어날지도 모른다는 생각을 하던 찰나, 다행히도 맞물려 있던 손이 풀어졌다.

이강준은 곧장 박성철 비서실장에게 시선을 옮겼다.

"저번 주 프랑스와 신규 체결한 MOU 협약서 가져오세요."

"알겠습니다."

고개를 숙인 박 실장이 몸을 돌리자 서원도 강준을 향해 정중히 인사하고 집무실을 나왔다.

위압적인 분위기 속에서 빠져나와 돌아선 박 실장이 웃으며 서원의 어깨를 두드렸다.

"긴장했죠? 부사장님은 좀 어려운 데가 있긴 하지만 대부분 내가 직접 들어가니 긴장할 것 없어요."

"괜찮습니다."

자신의 얼굴이 굳어 있어서인지 박 실장이 긴장을 풀어 주려는 것 같아 서원이 미소를 지어 보였다. 하지만 그 미소마저도 굳어 있어 박 실장이 가벼이 웃었다.

"원래 첫 출근은 긴장되는 법이지. 자, 이제 자리로 안내해 줄 테니 따라와요."

"네. 실장님."

서원은 박 실장이 안내해 주는 비서실의 빈자리에 앉았다. 비서실 내에 있는 사람들과도 조금 전 인사를 나눈 참이라 아직 서먹서먹했다.

물론 지금의 긴장은 그 이유 때문만은 아니지만.

"도원 씨는 여자들한테 인기 많겠어. 피부도 희고 고와서 뭔가 병약한 귀공자 스타일이잖아?"

업무 매뉴얼을 설명해 주는 김성하 비서의 말에 서원의 얼굴이 일순 굳었다.

"아, 미안. 이런 말 실례일 텐데."

서원의 굳은 표정을 본 김 비서가 머쓱하게 말했다. 곧 서원은 아무렇지 않은 듯 웃어 보였다.

"아닙니다. 자주 듣는 말입니다."

"그렇지? 그럴 것 같긴 해. 그 안경만 벗으면 더 외모가 돋보일 것 같은데."

서원이 표정을 풀자 안심한 김 비서가 손가락으로 두꺼운 안경을 가리켰다.

"눈이 많이 안 좋아서요. 렌즈도 불편하고."

"인기보다 실효성을 따지다니. 내가 도원 씨였다면 타고난 걸 충분히 누리며 살 텐데 말이야. 하하핫."

재미있는 농담이라도 한 듯 호탕하게 웃어 보이는 김 비서에게 맞춰 웃어 준 서원은 속으로 답답함을 느꼈다.

지금 이렇게 웃고 있는 게 스스로도 신기할 만큼 자신의 상황이 좋지 않았다.

'할 수 없잖아.'

이것이 최선임을 속으로 되새긴 서원이 업무 내용을 설명하는 김 비서의 말에 집중했다.

업무 교육만으로도 하루가 빠르게 흘러 퇴근 시간이 됐다. 비서실에는 아직 남아 있는 비서들이 있어 서원도 그대로 앉아 있었다.

"한 비서는 첫날이니 그만 퇴근하도록 해요."

박 실장의 말에 서원이 고개를 들었다.

"괜찮습니다, 실장님."

"눈치 볼 것 없으니까 퇴근해요. 첫날부터 부려 먹는 상사 되고 싶지 않으니까."

박 실장이 웃는 얼굴로 다시 퇴근을 권하자 서원은 할 수 없이 하던 일을 종료시켰다.

"그럼 내일 뵙겠습니다."

"내일 봐요. 조심히 들어가고."

"네."

서원은 인사를 하고 비서실을 나왔다. 엘리베이터를 타고 내려와 거대한 건물 밖으로 나오자, 그제야 입 밖으로 가느다란 한숨을 토해 낼 수 있었다.

"하아……."

입술에서 흘러나오는 긴 숨에 맞춰 어깨에 힘이 툭 풀렸다. 다시 숨을 들이켜고 버스 정류장 쪽으로 천천히 걸어갔다. 회사 가까운 곳에 위치한 버스 정류장에 도착한 서원이 버스 도착 정보가 흘러가는 화면을 잠시 바라봤다.

문득 버스 정류장 패널 유리에 반사된 한 사람의 모습이, 하루 종일 긴장을 품었던 갈색 눈동자에 들어왔다. 서원은 그 모습을 조용히 응시했다.

어딘지 모르게 어색한 슈트 차림, 짧은 머리칼, 작은 얼굴을 거의 덮는 두꺼운 테의 안경.

남자도, 여자도 아닌 중성적 외모의 주인은 바로 자신이었다.

'그래도 들키진 않았잖아.'

행여 첫날부터 자신이 여자인 걸 들킬까 봐 내내 긴장 상태였지만 다행히 그런 일은 없었다. 가슴을 압박하는 브래지어 때문에 숨 쉬기가 답답했을 뿐.

'이것도 차차…… 익숙해지겠지.'

서원의 얼굴이 흐려졌다.

지난달, 그녀는 미국의 명성 있는 생물학 연구실에서 근무하다 오랜만에 한국으로 돌아왔다.

한국으로 귀국한 그날은 하루 종일 비가 세차게 퍼부었다.

다행히 비행기 결항은 없어 한국으로 입국할 수 있었던 서원은 캐리어를 끌고 기분 좋게 게이트를 빠져나왔다.

공항에 비행기가 도착하기 전부터 그녀는 한껏 들뜬 상태였다. 바쁜 연구 일정 때문에 시간을 내기가 힘들어 정말 몇 년 만에 들어온 한국이었다.

평범한 블랙 진에 셔츠 차림인데도 늘씬한 몸매와 쭉 뻗은 다리 덕분에 그녀는 사람들의 시선을 잡아끌었다. 허리에서 찰랑거리는 결 좋은 긴 머리칼과 투명한 흰 피부, 그리고 장미 잎으로 물들인 것처럼 붉은 입술을 가진 서원은 분명 눈에 띄는 미인이었다.

'아, 반갑다. 이 향…….'

오랜만의 고국 냄새를 코끝으로 느끼는데 전화벨이 울렸다. 액정을 보기도 전에 누군지 감지한 그녀의 입술 끝이 부드럽게 휘어 올라갔다.

— 누나! 도착했어?

늘 경쾌한 쌍둥이 동생 도원의 목소리가 휴대폰을 통해 아주 매끄럽게 들리자 서원은 한국에 돌아왔다는 게 실감됐다.

"그래. 공항이야."

서원이 맑게 웃었다. 오랜만에 한국 온다고 몇 주 전부터 들떠 있는 동생의 목소리가 그녀의 기분을 살랑거리게 했다.

— 나 얼마 전에 차 산 거 알지? 데리러 갈 테니까 거기 꼼짝 말고 기다려.

"됐어. 택시 타고 가면 돼."

— 동생 뒀다 어디다 쓰려고? 내가 말했지? 나 앞으로 바빠지면 이런 것도 못 해 줘. 해 준다 할 때 받아.

"괜찮다니까."

서원이 입가에 미소를 띠는데 도원은 지지 않고 말을 붙였다.

— 누나가 안 믿는 모양인데 나 진짜 바빠진다니까? 내가 이번에 입사한 데는 누누이 말했지만…….

"얼마나 좋은 회사인지는 귀에 못이 박히게 들었고."

서원이 장난스럽게 그의 말을 끊었다. 이대로 놔두면 도원은 그가 취업한 엘른에 대한 자랑을 주구장창 늘어놓을 것이다. 입사 통보를 받은 이후부터 통화할 때마다 늘 반복된 일이었으니까.

그렇게도 좋을까.

서원의 입가에 웃음이 짙어졌다. 엘른은 도원이 비서학과를 졸업하고 대기업 비서실에 들어간 뒤로 늘 목표로 두던 회사였던 건 알았다.

— 아아, 그랬지? 그것도 말했나? 내가 모시게 될 분이 엘른의 최고 권력자라고? 배경이고 능력이고 아주 끝내주는.

특히 후계자인 이강준 부사장의 비서실이 도원의 구체적 목표였다. 하지만 부사장실 비서실은 늘 정예 멤버로 움직이기 때문에 몇 년을 기다려서야 겨우 자리가 난 거였다.

그곳에 들어가기 위해 도원이 정말 많은 노력을 했다는 걸 알고 있기 때문에 서원도 드러내진 않았지만 내심 진심으로 기뻤다.

"그래. 네가 존경해 마지않는 분이라는 것도 벌써 다섯 번은 들었는걸?"

— 아, 그랬나? 하하.

장난스럽게 놀리는 말에도 도원은 밝게 웃었다. 참 한도원답다 생각하며 창밖을 힐긋 본 뒤 서원은 휴대폰을 고쳐 잡았다.

"택시 타고 갈 테니까 가서 얘기해. 빗줄기가 점점 거세어진다."

— 지금까지 뭘 들은 거야? 바로 갈 테니까 좀만 기다려! 알았지?

"잠깐 도원……."

짐짓 엄포를 놓는 듯한 목소리와 함께 연결이 끊긴 휴대폰을 서원이 눈을 깜빡이며 바라봤다.

"다 컸네, 한도원. 기특하게 차 몰고 누나 데리러 온다고도 하고."

후후 웃음을 흘린 그녀가 고개를 들고 창밖을 바라봤다.

"그래도 비가 너무 오는데……."

공항 내에 수많은 사람들이 오고 가는 모습을 쳐다보다가도 서원의 시선은 자꾸 비가 퍼붓는 창밖으로 향했다.

'역시 괜히 오라고 했나 봐.'

아무래도 이 빗길을 뚫고 올 도원이 걱정됐다. 면허 딴 지 얼마 되지도 않았는데…….

쩌엉! 쿠르르르릉―

창밖에 날카로운 번개가 치더니 곧 하늘이 무너질 것 같은 천둥소리가 울렸다.

그 순간, 서원의 심장이 빠르게 뛰기 시작했다.

'설마…….'

무섭게 내리는 비를 보는 서원의 얼굴이 창백해졌다.

예전부터 그랬다. 쌍둥이라서일까? 신기하게도 도원이 생명에 위협이 될 만한 일을 겪을 때마다 서원은 알 수 있었다. 말로는 설명할 수 없지만 이유도 모른 채 온몸이 불안감에 휘감겨 미친 듯이 심장이 뛰고, 갑자기 눈물이 터져 나올 것 같은 상태가 되었으니까.

바로 지금처럼.

'……안 되겠어.'

불길한 생각을 떨치듯 세차게 고개를 흔든 서원이 휴대폰의 잠금 설정을 풀었다. 연달아 전화를 해 봤지만 도원은 받지 않았다. 연결되지 않는 전화통을 붙들고 있는 동안 서원의 얼굴은 점점 핏기가 사라져 가더니 결국 새하얘졌다.

"아니…… 아니야. 쓸데없는 생각 하지 마, 한서원. 그럴 리 없어."

머릿속을 스멀스멀 채우는 불길한 생각을 억지로 기우로 치부하며 서원은 창밖에 시선을 고정했다.

그날 밤, 그녀는 오랫동안 공항 입구에 서 있었지만, 도원은 끝내 나타나지 않았다.

그리고 도원을 만난 곳은 대학 병원 응급실에서였다.

생사를 넘나드는 큰 수술을 끝낸 뒤에 정신이 든 도원이 처음으로 한 말은 지금 서원이 이 모습으로 있게 한 이유였다.

'누나, 나 다음 주에 출근, 출근해야 돼.'

'출근이라니, 미쳤어? 너 지금 수술 끝났어. 죽을 고비 넘겼다고.'

'알잖아. 내가 어떻게 들어간 회사인지…….'

'한도원!'

정말 도원의 머리가 어떻게 된 줄 알았다. 겨우 살아난 마당에 출근 걱정이라니.

계속 고집을 굽히지 않던 도원은 자신이 앞으로 몇 번이 될지 모르는 수술을 연달아 받아야 한다는 현실에 입을 다물었다.

'……도원아.'

'…….'

'도원아. 너무 걱정하지 마. 수술이 잘되고 회복이 되면 또 기회가 있을…….'

'거기, 내가 4년을 기다려서 얻은 기회였어. 누나는 쉽게 생각할 수도 있지만 난 정말 오래 기다려서, 많은 경쟁자를 제치고 겨우 얻은 자리란 말이야.'

'……미안해. 그날 네가 나를 데리러 오지만 않았더라면…….'

서원의 미안한 표정에 도원은 억지로 굳은 얼굴에 미소를 지어 보이려 노력했다.

'미안. 누나 탓하려는 거 아니야. 그냥…… 내가 지금 기분이 조금, 아직 조금 그래서 그래, 누나. 미안하지만 지금은 그냥 혼자 있게 해 줘. 정말 미안해.'

큰 상심을 하고도 도원은 그녀를 배려하려 애썼다.

다리에 철심을 여러 개나 박고 온몸에 붕대를 감은 채 미안한 표정을 짓는 도원을, 서원은 더 미안한 눈빛으로 바라봤다.

그때 서원은 본능적으로 알았다.

도원이 생사를 넘나드는 큰 수술을 받고 겨우 깨어났음에도 그깟 회사 출근에 이렇게까지 집착하는 이유를……. 도원은 어쩌면 불구의 몸으로 평생 살아야 할지도 모르는 자신의 상황을 직감적으로 알았을지도 모른다. 그래서 집착하는 거였다.

자신이 멀쩡한 몸이었다면 맞이했을 당연한 미래에.

그래서 지금 서원은 도원의 모습을 하고 이렇게 버스 정류장 앞에 서 있는 거였다.

도원은 모르고 있었지만, 그가 완쾌되어 돌아왔을 때 원하던 자리에 있을 수 있도록 잠시 동안 자신이 대신 도원의 역할을 하고 있는 거였다.

'괜찮아.'

낯설게 보이던 패널 유리에 비친 자신의 모습을 바라보며, 서원은 패널 쪽으로 조심스럽게 손을 가져다 댔다.

'……익숙해질 거야.'

도원이 안다면 화를 낼 수도 있지만…… 이렇게라도 해야 서원도 지금을 버틸 수가 있었다.

다행이라면 남매는 서로의 흉내를 내는 것에 매우 익숙해져 있

22

다는 것이었다. 서로 닮은 외모의 쌍둥이인지라 어릴 적부터 사람들이 곧잘 두 아이를 헷갈려 하곤 했는데 그게 그들에겐 꽤 재밌는 일이었다. 그래서 도원의 흉내를 내는 일이란 서원에게 어려운 일이 아니었다.

"……."

손을 맞대듯 패널 유리 표면에 손가락을 댄 서원은 전광판 안의 자신의 모습을 보며 흐리게 미소 지었다.

괜찮아. 도원아. 다 잘될 거야.

✱

엘른의 부사장이 남자 비서만 둔다는 건 도원에게 듣지 못한 내용이었다. 그래서 처음 비서실에 들어갔을 때 내심 당황했다. 하지만 곧 평정을 되찾았다. 그리고 지금은 매일 늦게까지 남아 최선을 다해 업무에 적응해 나가려 애쓰는 중이었다.

"학습 속도가 아주 빠른데, 한 비서. 하나를 알려 주면 열을 착착 해내고."

"감사합니다."

사수인 김 비서의 칭찬에 서원은 속으로 안도했다. 이쪽 업계에서 일해 본 적이 없기 때문에 잘할 수 있을까 걱정했는데 체계적인 교육 매뉴얼 덕분에 업무에 빨리 적응할 수 있었다.

"아! 오셨습니까, 부사장님."

들려오는 인사 소리에 서원은 화면에서 고개를 들었다. 외부 일정으로 인해 오후에야 출근한 강준이 비서실로 들어오고 있었다.

"안녕하십니까."

서원도 자리에서 일어서 강준을 향해 곧게 인사했다. 그의 흠 잡을 곳 없는 완벽한 슈트 차림은 오늘도 여전했다. 그리고 그런 그를 대하는 것이 어색하고 불편한 것 역시 여전했다.

'저 남자 특유의 분위기 때문인가.'

손을 대면 베일 듯 날이 선 날카로운 분위기와 조각 같은 외모, 사실상 이 거대한 엘른사를 이어받을 후계자라는 배경. 이 세 가 지가 합쳐지자 위압감은 더해졌다.

서원이 집무실로 향하는 강준을 멀찍이서 보고 있는데 문득 그 의 시선이 자신에게 닿는 게 느껴졌다.

'날 보는 건가?'

서원이 긴장한 얼굴로 자세를 바로잡았다. 자신이 뭔가 실수한 것이 있나 빠르게 머릿속으로 떠올려 봤지만 신입 비서라 아직 그런 실수를 할 만큼의 업무가 주어지진 않은 상황이었다.

강준은 서늘한 눈빛으로 그녀를 짧게 응시하곤 집무실 안으로 들어갔다. 그제야 서원은 어깨에서 탁 힘을 풀었다.

'……눈만 마주쳤는데도 이렇게 긴장하게 만들다니.'

그가 자신을 직시할 때마다 왠지 자신이 여자인 것까지 꿰뚫어 볼 것 같아 더 긴장해 버리고 만다.

그럴 리가 없는데도.

"우리 부사장님 분위기가 워낙 그렇지? 나도 적응하는 데 한 1 년은 걸린 것 같아."

점심식사 시간에 사내식당 옆자리에 앉은 김 비서의 말에 서원 은 속으로 조용히 안도했다.

'나만 그런 게 아니구나.'

자신만이 아니라 다른 사람들 역시 이강준을 어려워한다면 다행이었다. 혹시 자신만 유독 그런 거라면 그런 태도가 오히려 업무에 방해가 될 테니까.

"부사장님이 무뚝뚝해 보이는데 은근히 잘해 주셔. 다정다감하다는 게 아니라 대우나 그런 게 확실하지."

"맞아. 업무적인 것 외엔 절대 사적인 일 시키지 않고 인격적으로 무시하는 발언 같은 것도 한 번도 없었고."

심정현 비서가 거들며 말하자 서원이 시선을 향했다.

"그렇군요."

"그리고 사실 후계자면 뭐 이런저런 안 좋은 뒷소문도 많은데 그런 것도 없잖아. 사생활 깔끔한 사람 이 바닥에서 보기 힘들어."

심 비서의 설명에 김 비서가 눈을 가늘게 떴다.

"그건 혹시 그거 때문 아닐까요? 그 왜, 그 소문 있잖아요. 그거."

"쉿!"

갑자기 심 비서가 다급히 입에 손가락을 대자 서원은 그들의 시선이 머문 곳을 쳐다봤다. 이강준이 임원들과 함께 사내 식당으로 들어서고 있었다.

"오늘은 왜 또 여기로 내려오셨대. 아무리 존경하는 상사라지만 밥은 좀 편하게 먹고 싶은데."

소리 죽여 투덜거리는 목소리에도 서원은 잠시 멍하니 이강준을 바라봤다.

이렇게 여러 사람과 함께 있을 때의 모습을 보니 확실히 알 수 있었다. 저 남자가 얼마나 무리 속에서 우월한 존재감을 드러내는 남자인지. 저 남자에게선 남들과 품격이 다른, 타고난 존재감과 귀티라는 것이 흘렀다.

'금수저 물고 태어난 사람이라 그런가.'

잠시 강준에게 시선을 빼앗겼던 서원은 식판으로 고개를 내렸다. 사는 세계가 완전히 다른 사람에 대한 흥미일 뿐일 테니 그 흥미를 끊어 내는 건 어렵지 않았다. 강준에게서 신경을 거둔 서원은 조용히 식사를 이어 나갔다.

❀

긴장했던 것이 무색하게도 회사 생활은 무난하고 평범했다. 입사 후 2주 정도가 지나자 어느 정도 업무 체계도 잡혀 회사 일에도 꽤 능숙한 모습을 보였다.

이강준 부사장을 상대하는 건 대부분 박 실장이었지만, 차 담당만은 신입인 서원이 맡게 되었다.

'부사장님은 커피는 무조건 진하게, 그리고 오전엔 블랙티를 즐기시니 참고해.'

서원은 처음 김 비서에게 지시받은 대로 영국산 블랙티를 내려 집무실로 향했다.

똑똑.

노크한 후 한 호흡 내쉰 서원이 집무실 문을 열었다. 이 문을 열 때마다 자신도 모르게 긴장하게 되고 만다. 특히 이강준이 출장으로 어제까지 일주일 정도 자리를 비웠기 때문에 오늘은 더 그랬다.

"차 가져왔습니다."

세련된 모노톤 인테리어에 맞닿은 벽의 두 면이 통유리로 되어 있어 확 트인 분위기를 내는 집무실은 광활하다 할 정도로 넓었다.

그는 한강과 서울 전경이 배경처럼 펼쳐진 전면창을 등지고 둔 마호가니 책상 앞에 앉아 있었다.

"거기 테이블에 둬요."

"네."

책상 쪽으로 다가가던 서원은 강준의 말에 걸음을 멈추고 가죽 소파 앞 테이블에 찻잔을 내려놨다. 몸을 돌려 문 쪽으로 향하는 동안 어떤 시선이 등 뒤에 박히는 묘한 기분이 들었다.

'기분 탓……이겠지.'

서원은 자신이 느끼는 과한 긴장감 때문이라고 생각하고 그대로 집무실을 나왔다.

탁.

문이 닫히는 소리가 나자, 강준은 시선을 들어 문 쪽을 서늘하게 바라봤다. 방금 찻잔을 내려놓는 한 비서의 가느다란 손목과 보얀 목덜미가 묘하게 잔상이 되어 머릿속에 남았다.

입사 날 보고 그 후 자세히 본 적이 없었는데 방금 문 쪽으로 걸어가는 뒷모습을 보니 전체적인 체격 자체가 슬림했다. 특히 허리가 그랬다. 170cm 정도의 키면 남자치고 왜소한 편이기도 하고.

잠시 닫힌 문을 보고 있던 강준이 다시 모니터로 시선을 돌렸다. 그는 본래 비효율적인 일에는 시간이든 돈이든 낭비하는 법이 없었고, 그건 사람에게도 마찬가지였다.

모니터 화면 안의 내용을 다 훑은 강준은 프린트된 보고서를 들고 소파 쪽으로 걸어갔다.

강준은 워커홀릭의 대명사였다. 고작 30대의 나이로 엘른 부사장까지 오른 것은 그저 회장의 직계 자손이기 때문만은 아니었다.

그는 미국과 독일, 유럽을 비롯해 최근엔 중국과 아시아 지사에서 머물며 사업을 크게 확장시켰다. 국외에선 선대부터 내려오던 호텔 체인과 신개발 에너지 산업 부분에서 큰 성장을 이루고, 국내에선 건설업과 유통업을 빠른 속도로 신장시켰다.

그전까진 대중적 인식이 미미하던 엘른 호텔 체인을 세계적인 브랜드 반열에 확고히 올려놓은 것도 그의 능력이었다.

"부사장 자리에 있나."

갑자기 집무실 문이 벌컥 열리며 이일도 회장이 들어왔다. 급작스런 방문에 강준이 보고 있던 보고서에서 시선을 들어 올렸다.

"오셨습니까."

그가 일어서서 묵례하자 이 회장이 불만스러운 표정으로 다가와 맞은편 소파에 풀썩 앉았다.

"출장을 다녀왔으면 먼저 와서 나에게 보고를 해야지 여기 틀어박혀서 뭘 하고 있는 게야?"

이 회장의 눈썹 끝이 불만스럽게 치켜 올라갔다.

엘른의 총수인 그는 일흔이 넘은 나이에도 총기를 잃지 않은 눈으로 사람들을 꼼짝 못 하게 하는 힘이 있었다. 강준은 자신과 비슷한 위압적인 분위기를 지닌 그의 칼날 같은 시선에도 표정 변화가 없었다.

"죄송합니다. 중역 회의 끝나고 찾아뵐 생각이었습니다."

정중한 말투지만 훈기라고는 전혀 찾아볼 수 없었다. 이 회장은 그런 강준을 불만스레 쳐다보며 끌끌 혀를 찼다.

"네게 안 바쁜 때가 있더냐. 뭘 그리 핑계를 대고."

겨우 5년 만에 이강준이 이루어 놓은 성과는 이미 검증을 넘어섰다. 엘른사 내부에서도, 언론들도 차기 회장은 이강준이라고 다들 인정하는 분위기였다.

그걸 유일하게 인정하지 않는 사람은 엘른의 지배권을 노리고 있는 이일도 회장의 동생, 이춘일 사장이었다. 그가 어떤 꿍꿍이를 가지고 본사로 온 건지 이 회장 역시 모르고 있지 않았다.

'저놈도 알고는 있을 텐데……'

이 회장이 눈을 가늘게 떴다. 강준이 그런 뻔한 수를 보지 못할 리는 없을 텐데, 겉으로는 이춘일 사장에 대해선 전혀 신경을 쓰고 있지 않은 걸로 보였다. 더 의지를 가지고 회사의 경영권을 휘어잡아 주길 바라는 이 회장이 보기에 답답할 정도로.

무감한 표정을 짓고 있는 강준을 건너다보고 있던 이 회장이 선언하듯 말했다.

"저녁에 본가로 들어와. 식사나 같이 하게."

"선약이 있습니다."

이 회장이 본가로 식사하러 오라는 것은 식사만의 의미는 아니었다. 그걸 알면서도 바로 거절하는 강준의 말에 이 회장은 심기가 뒤틀렸다.

"선약이 있어 봐야 또 일일 테지. 여자 만나는 거 아니면 취소하고 와!"

"중요한 자리입니다. 죄송합니다."

하나도 죄송하지 않은 얼굴로 강준이 말하자 이 회장은 부아가 치밀었다. 하지만 이런 싸움에서 자신이 이긴 적은 한 번도 없었다. 분명 강준은 의도를 가진 자신의 속내를 눈치채고 있을 것이므로.

'저 딱딱한 놈을 억지로 끌어다 놓을 수도 없고.'

한쪽 눈썹을 치켜 올리고 있던 이 회장이 결국 자리에서 일어섰다.

"에이, 팍팍한 놈."

이 회장이 씩씩대며 집무실에서 나가자 강준은 짧게 고개를 숙였다.

탁.

문이 닫히자 강준은 테이블 위에 내려뒀던 보고서를 들고 냉철한 표정으로 다시 읽어 내려가기 시작했다.

❋

퇴근 시간이 넘어서야 집무실을 나온 강준은 운전기사가 대기하고 있던 벤틀리에 올라탔다.

주차장을 빠져나와 지상으로 나오자 차창에 빗물이 떨어지기 시작했다.

"요즘 비가 꽤 자주 내리는군요. 오늘은 그냥 넘어가나 했는데 지금 또 내리는 걸 보니."

"……그렇군요."

운전기사 백준식의 말에 짧게 대답한 강준이 흐린 창밖을 내다봤다. 보안 라인을 먼저 나가는 차량이 있어 대기하는 중에 무료히 밖을 쳐다보던 강준의 시야에 누군가가 잡혔다.

　우산을 들고 회사 정문을 나가는 사람들 틈에 가만히 서 있는 익숙한 얼굴.

　강준의 눈이 가늘어졌다.

　'한도원이라 했던가.'

　신입 비서의 이름을 떠올린 강준은 정문 앞에 서서 내리는 비를 보며 우두커니 서 있는 도원을 냉정한 시선으로 응시했다.

　'우산이 없나.'

　강준의 눈빛이 서늘해졌다. 늘 완벽을 추구하는 그가 우산도 제대로 챙기지 못하는 비서를 달가워할 리가 없다.

　그러나 신입 비서는 우산 따위를 걱정하는 얼굴이 아니었다.

　그저 어두운 눈빛으로 쏟아지는 빗줄기를 조용히 보고 있었다. 그런 도원의 모습에 시선을 박고 있던 강준은 차가 다시 움직이기 시작하자 곧 시선을 거둬들였다.

　서원은 자신이 모시는 부사장의 차가 지나쳐 갔다는 사실도 모른 채 내리는 비를 하염없이 응시하고 있었다.

　'도원이는…… 지금 병실 창밖을 보고 있을까.'

　이렇게 비가 쏟아지는 날이면, 도원에 대한 죄책감이 그녀를 힘들게 만들었다.

　수술은 성공적이었지만 아직 도원은 스스로 거동조차 제대로 할 수가 없었다.

　그런 도원이 하루 종일 병원 침대 위에 누워서 사고가 났던 날처럼 쏟아지는 비를 창 너머로 보고 있을 것을 생각하면 마음이 걷잡을 수 없이 우울해졌다.

"……."

휴대폰을 만지작거리던 서원은 작게 한숨을 내쉬고 가방에서 우산을 빼냈다.

손이 모자라 귀와 어깨 사이에 휴대폰을 끼운 채 꺼낸 우산을 펼쳐 한 손에 들고, 다른 한 손엔 브리프케이스를 들었다. 그 상태로 통화 연결음을 들으며 천천히 계단을 걸어 내려갔다.

귓가를 울리던 신호음이 끊기며 곧 통화가 연결됐다.

"나야. 뭐 하고 있었어?"

방금 전까지의 우울했던 얼굴과는 다른 밝은 목소리가 그녀의 입술에서 흘러나왔다.

"비 때문에 차가 꽤 막히겠는데요. 앞에 사고라도 난 건지 움직이질 않고……."

핸들을 잡고 초조하게 전방에 늘어선 차들을 보던 백 기사가 룸미러로 강준을 흘끔거렸다.

"여유 있으니까 천천히 가셔도 됩니다."

"네. 알겠습니다."

업무용 태블릿PC에 시선을 둔 강준이 말하자 백 기사는 안도한 얼굴로 대답했다. 혹시나 약속 시간에 늦을까 봐 긴장했는데 다행이라는 표정이었다.

정체된 도로를 확인하기 위해 창밖으로 시선을 돌리던 강준은 버스 정류장으로 향하는 도원을 다시 발견했다. 그의 서늘한 눈이 가늘어졌다. 도원은 조금 전의 어두운 얼굴은 싹 지우고 밝은 표정으로 손에 우산을 든 채였다.

'업무 보고 드리겠습니다.'
'지시하신 서류입니다.'
'오늘 중으로 처리해 두겠습니다.'

그의 머릿속에 있는 한도원의 모습은 늘 긴장한 모습이었다. 제 앞에서 긴장하는 건 다른 비서들도 마찬가지지만 신입 비서는 특히 심했다.

하얀 얼굴은 늘 표정이 없었고 웃는 얼굴은 멀리서도 본 적이 없었다. 다른 사람들과 대화할 때 어떤지는 모르지만 적어도 2주 간 그가 본 얼굴은 늘 무표정한 얼굴이었다.

'……웃으면 저런 얼굴이 되나.'

맑은 미소를 지으며 통화하는 도원의 모습을 조용히 응시하던 강준은 태블릿PC로 시선을 옮겼다.

❋

"그럼 잘 부탁드립니다!"

"부사장님, 꼭 부탁드리겠습니다!"

정수리가 보일 정도로 깊게 허리를 숙이는 사장과 이사의 인사를 받은 강준이 뒷좌석에 올랐다.

백 기사가 곧장 차를 출발시키자 강준이 시트에 깊이 몸을 묻었다.

"……후."

강준은 반듯한 이마를 손으로 짚고 피곤한 숨을 내쉬었다.

"저 사람들 아직도 저러고 있네요."

백 기사의 말에 강준은 백미러를 힐긋 쳐다봤다. 차가 한참 멀어진 다음에도 그들은 여전히 허리를 숙인 채였다.

"이제 이 정도 자리는 부하직원들 시키셔도 되지 않습니까. 매번 이런 작은 자리까지 직접 하시면 몸이 열 개라도 부족할 텐데."

백 기사가 룸미러를 힐끔거리며 말했다.

사실 저런 하청업체들은 엘른의 후계자가 일일이 만나고 다닐 필요는 없었다. 그럼에도 이강준은 지나치다 싶을 정도로 모든 담당자를 직접 만나서 조율했다. 물론 시간이 허락한 상황에서나 가능한 일이긴 하지만, 이런 자리에서 있는 의례적인 술자리를 그다지 즐기지도 않으면서 최대한 자신의 시간을 투자하는 점이 의외였다.

"아…… 죄송합니다. 제가 괜한 참견을."

강준이 대답 없이 앉아 있자 백 기사가 얼른 사과했다.

첫인상은 위압감이 엄청났지만 매일 같이 있다 보니 그를 대하는 데 긴장이 좀 풀어진 모양이었다. 강준이 보기보다 매너 있게 대해 주는 탓도 있고.

'아무리 그래도 이강준인데…… 주제넘게 내가 무슨 참견을 한 건지, 원.'

백 기사가 운전대를 잡고 진땀을 흘리며 스스로의 실수를 난처해하고 있는 사이, 강준은 카시트에 뒷머리를 기댔다.

알코올이 불쾌하게 혈관 속을 돌아다니는 기분에 강준은 미간을 일그러뜨린 채 눈을 감았다.

"도착했습니다."

문득 들리는 소리에 눈을 떠 보니 어느새 저택 차고에 들어선 상태였다.

"내일 뵙겠습니다. 부사장님."

"네. 그럼."

언제 잠들었나 싶게 멀쩡한 얼굴로 차에서 내린 강준은 홍채 인식 보안 센서를 통과해 현관으로 들어갔다.

3층으로 이루어진 거대한 저택으로 들어서자 걸어가는 곳마다 자동으로 조명이 켜졌다. 저택의 내부는 문이 없는 구조였다. 예술작품이 걸린 벽과 빌트인 가구가 이 넓은 공간을 나누고 있을 뿐이었다.

살풍경할 정도로 광활한 거실을 가로질러 걸어간 강준이 서재 안의 욕실로 들어갔다. 잠시 후 샤워를 하고 나온 그가 탄탄한 상체를 드러내고 하반신을 타월로만 가린 채 서재 안 책상 쪽으로 걸어갔다. 타월 아래 긴 다리가 움직일 때마다 허벅지와 종아리에 보기 좋게 잡힌 근육에 힘이 들어갔다.

책상 위 노트북의 전원을 켠 그가 화면 안을 응시했다. 머리칼에서 떨어진 물이 넓은 가슴근육으로 떨어져 육감적인 복근으로 미끄러져 내렸다. 강인하고 우월한 짐승의 우두머리 같은 야성적 모습이었다.

노트북이 켜진 것을 확인한 강준이 드레스룸에서 옷을 입고 나왔다. 책상 앞에 앉은 그가 냉정한 얼굴로 업무에 집중했다.

다음 날 아침. 윈도페인 체크 그레이 슈트를 격조 있게 소화한 강준은 임원 전용 엘리베이터에 올랐다. 동이 틀 때까지 업무를 본 탓에 2시간도 자지 못했지만 그의 멀끔한 얼굴에선 조금의 피로도 엿보이지 않았다.

불면증과 워커홀릭이 겹쳐지면 대부분 몸부터 망가지지만, 강준은 타고난 체력과 꾸준한 고강도 헬스 트레이닝으로 몸을 다진 덕분에 오랜 기간 이런 생활을 해 오면서도 겉으로 피로를 보인 적이 없었다.

'괴물 같은 놈.'

그를 잘 아는 이 회장이 그렇게 혀를 내두를 정도로 강준은 타인에게 철저하게 완벽한 모습만을 보였다.

그라고 피로를 느끼지 않는 건 아니었다. 그저 약도 듣지 않는 오랜 불면증과 싸우느니 그 시간에 일을 하는 것이 효율적이라는 사실을 깨달은 것뿐이었다.

혼자 엘리베이터에 서서 바지 주머니에 손을 꽂은 채 잠시 피곤한 눈을 감았던 그는 움직임이 멈추자 곧장 눈을 떴다.

"아……."

엘리베이터 안으로 들어서던 도원이 자신을 보고 멈칫하는 것이 보였다.

"안녕하십니까."

도원이 곧 표정을 정돈하고 고개 숙여 인사를 했다. 강준이 고개를 가볍게 숙여 인사를 받자 도원이 그 앞에서 엘리베이터 문 쪽으로 돌아섰다.

뒤에 선 강준은 피곤한 눈을 가늘게 뜨고 도원을 보았다. 어깨가 지나치게 굳어 있는 것이 보이자 어젯밤 누군가와 통화를 하며 웃고 있던 도원의 얼굴이 머릿속을 스쳐 지나갔다.

자신 앞에서 누구나 비슷한 경계 태세를 보이긴 했지만 불면으로 예민해진 신경 때문인지 지나치게 긴장하는 도원의 태도가 불쾌하게 느껴졌다.

강준이 시선을 전광판으로 올리던 그때, 문득 도원의 어깨 위, 하얗고 가느다란 목덜미가 시야에 들어왔다.

"……."

강준의 시선이 점차 아래로 내려갔다. 곧은 등을 거쳐 남자치고는 지나치게 날씬한 허리에 시선이 닿자 그는 본능적으로 자신의 시선을 끌어 올렸다. 마침 LED전광판은 부사장실이 있는 85층을 가리키고 있었다.

엘리베이터가 멈추고 문이 열리자 도원은 열림 버튼을 누른 채 옆으로 비켜섰다.

"먼저 내리십시오."

도원이 정중히 고개를 숙이자 순간 그에게서 풀 내음 같은 싱그러운 샴푸 향이 느껴졌다. 남자의 것이라고 하기엔 너무도 묘한 그 향에 미간을 살풋 좁힌 강준이 곧장 엘리베이터를 빠져나갔다.

❋

오전 업무가 끝나고 비서팀 사람들과 사내식당에서 식사를 할 때까지도 서원의 머릿속엔 아침에 마주친 이강준이 한편에 남아 있었다.

대화를 나눈 것도 아니고 그저 한 공간에 잠시 함께 있었을 뿐인데 계속 그 순간을 떠올리게 만들다니. 엘리베이터에서 이강준과 둘만 있을 때의 묘한 공기는, 인정하고 싶지 않지만, 여성으로서의 자신을 바짝 긴장시킨다.

그에게서 풍기는 이국적인 앰버 향이 관능의 향처럼 느껴질 정도로.

'나만 예민한 건…… 아니겠지.'

자신뿐 아니라 모든 여자들이 저 남자 앞에선 이런 식으로 자극당할 거라는 걸 확신할 수 있었다. 이런 면에서 둔한 편인 자신조차 이렇게 느낄 정도니까.

'그래도 역시 불편해.'

서원이 억지로 그 기억을 털어 내려 하는데 귓등을 스쳐 지나가던 대화가 방향을 바꿔 귓속으로 들어왔다.

"부사장님 오늘은 안 오시네요."

젓가락을 입에 물고 주변을 둘러보는 김 비서에게 심 비서가 심드렁하게 대답했다.

"외부 스케줄이 얼마나 많으신데 여기서 자주 드시겠어?"

"그래도 종종 오시니까……. 혹시 뭐 사찰, 그런 것도 겸한 걸까요?"

"그럴 수도 있고. 어쨌든 후계자시니까."

대화를 듣던 서원은 문득 식당에 이강준이 중역들과 나타났던 날 나눴던 대화가 떠올랐다.

"김 비서님이 그때 말씀하셨던 그 소문이 뭡니까?"

조용히 있던 서원이 갑자기 질문하자 김 비서가 눈을 둥그렇게 떴다.

"응? 무슨 소문?"

"그때 부사장님 사생활이 깔끔한 게 그 소문 때문이라고 말씀하셨잖습니까."

"아아, 그거? 그건…….."

김 비서가 그제야 생각났다는 듯 말해 주려 입을 달싹이던 순간이었다. 옆에서 낯선 이의 목소리가 불쑥 끼어들었다.

"그게 뭔데요? 나도 궁금하네."

갑자기 끼어든 목소리에 서원이 고개를 들었다. 처음 보는 젊은 남자가 싱글거리는 얼굴로 김 비서를 보고 있었다.

"아! 이사님, 안녕하십니까!"

김 비서가 얼른 인사하자 서원도 따라서 고개를 숙이며 그를 다시 봤다.

'이사라고?'

이사치곤 너무 젊다. 하긴 이강준 부사장도 직책에 비해 젊은 건 마찬가지이지만…….

20대로 보이는 남자는 갈색이 도는 밝은 빛깔의 머리칼에 흰 피부를 가지고 있었고 얼굴도 상당히 준수했다. 하지만 전체적으로 이사라는 직함과는 어울리지 않는 어려 보이는 외모였다. 이제 막 사회에 들어온 초년병이나 대리급으로 보일 만한 남자가 엘른의 이사라니 의아함을 느끼게 했다.

그때 자신을 힐긋 보는 남자와 눈이 마주쳤다. 너무 빤히 보면 불쾌감을 줄 수 있을 것 같아 서원은 곧장 시선을 내렸다.

"아, 아무것도 아닙니다. 하하하. 그나저나 이사님 요즘 새로 진행하시는 어패럴 사업, 반응이 아주 좋은 것 같던데요. 역시 이사님이십니다! 축하드립니다."

그는 갑자기 말을 돌리는 김 비서와 일행의 분위기를 잠시 둘러보더니 바로 호쾌하게 대답했다.

"아직 축하받긴 이른 것 같네요. 그럼 식사 맛있게들 하시고."

"아, 네."

한결같이 싱글거리며 얘기하던 남자가 몸을 돌리기 전 서원을 다시 한 번 쳐다봤다.

"그런데 못 보던 얼굴이 있네요?"

"저희 신입입니다."

"아하, 그렇군. 반가워요. 이름이?"

"한도원이라고 합니다."

서원이 인사하자 남자가 마주 인사하고는 시선을 맞췄다.

"……?"

남자의 시선에 서원이 묘한 낌새를 느낄 때쯤이었다. 그가 언제 그랬냐는 듯 다시 싱글싱글 웃는 얼굴로 몸을 돌렸다. 이사라던 남자가 멀어지고 나서야 김 비서가 크게 숨을 내쉬었다.

"후우, 놀랐네. 왜 그런 얘기 할 때 나타나선……."

"그러게 공공장소에선 말조심 좀 하라니까."

김 비서와 심 비서의 말을 듣고 있던 서원이 의아한 표정을 지었다.

"누군데 그러십니까."

"아, 한 비서는 처음 보지? 이동진 이사라고 이 회사 사장의 아들이자 이강준 부사장의 사촌이지. 이동진 이사는 원래 유통 쪽엘른 계열사에 있었는데 작년에 여기로 발령받아 왔어."

"흔한 얘기지 뭐. 같은 핏줄이니 제 자식 본사 투입시켜서 후계 경쟁시키려는."

"후계 경쟁이요?"

"어. 하지만 우리 부사장님 실적이 월등한 데다 부사장님이 엘른의 후계자라는 건 기정사실이라. 회장님 직계는 부사장님밖에 없거든. 이런 경우 누가 승계받겠어? 승부는 뻔하지 뭐."

"……그렇군요."

대답한 서원이 멀어진 이동진을 잠시 바라봤다. 혈연인데도 저 남자와 이강준은 전혀 닮지 않았다. 확실히 미남이긴 했지만 이강준 같은 특유의 강렬한 분위기는 없었으니까.

재벌가의 후계 다툼은 전혀 다른 세상의 이야기처럼 느껴지는 터라 서원은 의문을 거두고 식사를 이어 갔다.

식사를 마친 비서팀이 식당을 빠져나와 엘리베이터로 향했다. 뒤에서 따라가던 서원이 엘리베이터 앞에 다다르자 조심스럽게 말했다.

"먼저 올라가세요."

버튼을 누르려던 김 비서가 눈을 둥글게 떴다.

"오늘도 바로 안 올라가고?"

"네. 갈 데가 있어서."

서원의 말에 김 비서가 의미심장한 웃음을 지었다.

"점심시간마다 어딜 그렇게 꼬박꼬박 간대? 벌써 썸 타는 분이 계시나?"

"그런 건 아닙니다. 아, 엘리베이터 왔네요. 먼저 올라가세요."

"그래, 그럼."

엘리베이터에 타는 김 비서와 심 비서를 보고 서원은 몸을 돌려 밖으로 나왔다. 회사 밖으로 나오자 한여름의 쨍한 햇빛이 온몸으로 쏟아져 내렸다. 조금 걸어 골목 안쪽에 위치한, 테라스가

41

있는 한적한 카페에 들어갔다.

"에스프레소 한 잔이요."

서원이 주문하자 젊은 여성 직원이 힐끗 올려다보며 말했다.

"오늘도 오셨네요."

"아, 네."

"이 근방에서 근무하시나 봐요."

직원이 웃자 서원도 미소를 지으며 대답했다.

"맞습니다."

"그렇구나……."

일부러 천천히 영수증과 잔돈을 건네는 직원의 태도에 서원은 조금 난감했다.

'완전히 남자로 보이는 건가.'

당연히 남자로 보여야 하는데 회사 외의 장소에서 이렇게 남자로 대해질 때면 기분이 묘했다.

음료를 받아 2층으로 올라온 서원은 아무도 없는 것을 확인하고 화장실로 들어갔다.

이곳 카페의 화장실은 가게 내부에 있지만 남녀공용 화장실이었다. 가급적 회사에서 화장실을 이용할 일을 만들지 않으려고 해도 하루 종일 버티는 것은 무리였다. 그래서 점심시간을 이용해 근처 한적한 카페의 화장실을 이용하는 거였다.

'불편하긴 하지만 어쩔 수 없지.'

연구실에 있을 당시 연구에 몰두하느라 화장실 갈 시간도 아까워서 생리현상을 참는 것에 익숙해졌다. 그런데 그게 뜻밖에도 이런 상황에서 도움이 될 줄이야.

서원은 화장실에서 나와 창가에 자리를 잡고 앉았다. 에스프레소 잔을 들고 창밖을 바라보는 그녀의 얼굴이 어두워졌다.

앞으로 언제까지 이런 생활을 해야 할지 감도 잡히지 않는다는 것이 가장 큰 걱정이었다. 지금까지는 운 좋게 들키지 않고 있지만 이 행운이 언제까지 따라 줄지 알 수 없으니까.

'너무 무모한 생각이었나. ……아니, 아니야.'

한숨을 내쉬며 고개를 저은 서원은 약해지려는 마음을 다시 다잡았다. 지금 자신의 상황이 어떻든 이미 저지른 일, 후회하고 싶진 않았다.

'다른 방법이 있는 것도 아니고.'

그러니까, 할 수밖에 없어.

그녀의 잔잔한 눈동자가 유리창 밖의 시린 햇살을 조용히 응시했다.

점심시간이 끝나기 전, 다시 회사로 돌아간 서원은 막 닫히고 있는 엘리베이터 문을 향해 달렸다.

"잠시만요. 같이 탈……."

겨우 문이 닫히기 전 엘리베이터 안으로 들어서던 서원은 안에 있는 사람을 보고 멈칫거렸다. 이강준이 한 손을 바지 주머니에 꽂고 다른 한 손으로 열림 버튼을 누르고 있었다.

'하루에 두 번이나 같은 방식으로 마주치다니.'

게다가 난처하게도 또 단둘이었다. 임원층 전용 엘리베이터라 다른 엘리베이터에 비해 한산하긴 하지만 이런 연속적인 우연이 서원에게는 불편하게만 느껴졌다.

"감사합니다."

서원은 강준에게 고개를 숙이고 문 앞에서 뒤돌아섰다. 이대로 또 85층까지 숨도 제대로 못 쉬겠구나 생각하고 있을 때였다. 갑자기 엘리베이터가 크게 흔들렸다.

덜컹!

"앗!"

사각형 공간 안이 크게 덜컹거리자 넘어질 뻔한 서원이 벽을 잡고 가까스로 몸을 지탱했다. 그 순간 엘리베이터 안이 암전되며 껌껌해졌다.

'뭐, 뭐지? 고장인가?'

갑자기 어두워져 시야 확보가 어렵게 되자 서원은 뒤에 있는 강준을 의식해 빠르게 비상벨을 눌렀다.

'안 되네. 이것도 먹통인가.'

아무 반응이 없는 비상벨을 누르기를 포기한 서원이 휴대폰을 꺼냈다. 엘리베이터 안에 갇힌 것보다 강준과 둘이 있는 상황이 더 난처한 서원은 곧장 김 비서에게 전화했다.

"네. 27층인 것 같습니다. 부사장님도 같이 계십니다. 빠른 처리 부탁드리겠습니다."

김 비서에게 상황을 설명한 서원이 전화를 끊고 강준을 향해 몸을 돌렸다.

"바로 알아보고 조치를 취해 준다고 합니다. 조금만 기다리시면 될 것 같습니다."

"……."

벽에 기대선 채 강준이 아무 말이 없자 서원이 의아한 표정으로 그를 바라봤다.

"부사장님?"

뭔가 이상……한데.

굳은 표정의 강준의 이마에 맺힌 것이 식은땀이라는 걸 안 순간, 서원이 저도 모르게 팔을 뻗었다.

"부사장님. 괜찮으십……."

그 순간, 서원의 팔을 강준이 거세게 움켜잡았다.

"!"

느닷없이 팔목이 잡힌 서원의 눈이 커졌다. 놀란 그녀의 심장이 거칠게 요동쳤다.

"부사장……님 아픕니다."

얼음장처럼 차가운 손이 가느다란 손목을 힘껏 움켜쥐자 서원의 이마가 찌푸려졌다.

"저, 이것 좀 놔주십시오, 부사장님. ……부사장님?"

서원이 강준을 보다가 흠칫 놀랐다.

'……뭐지?'

어둠에 익숙해진 시야 덕분에 그의 얼굴이 잘 보였다. 강준의 얼굴이 핏기 하나 없이 창백해져 있었다. 굳은 얼굴에 단단하게 힘이 들어간 턱과 악다문 입매가 평소와 전혀 다른 분위기를 내고 있었다.

'아파.'

강준의 상태를 살피던 서원의 미간이 찌푸려졌다. 아플 정도로 자신의 손목을 꽉 쥐고 있는데도 강준은 그 사실조차 인식하지 못하는 걸로 보였다. 그의 숨소리가 점점 거칠어지고 있었다.

"숨이, 잘 안 쉬어지십니까?"

자신의 말은 전혀 인식하지 못한 듯 창백하게 질린 얼굴로 숨을 몰아쉬는 강준을 보며 서원이 재차 물었다.

"부사장님. 제 말 안 들리십니까? 부사장님."

팟.

그때 엘리베이터의 불이 환하게 켜졌다. 그제야 강준의 동공이 움직이며 마른 입술로 크게 숨을 뱉어 냈다.

"이제 손 좀……."

강준의 시선이 움켜잡고 있는 서원의 손목으로 향했다. 그때 그의 눈은 마치 자신이 그녀의 손을 잡고 있다는 것도 그제야 깨달았다는 듯한 눈빛이었다.

그가 꽉 잡고 있던 손을 놔주는데 엘리베이터 문이 열렸다.

"괜찮으십니까?"

정비 직원과 김 비서가 나타나자 서원은 그제야 안도감을 느꼈다.

"부사장……."

강준이 곧장 그곳을 빠져나가자 김 비서가 헐레벌떡 그를 따라갔다.

"부, 부사장님!"

성큼성큼 멀어지는 강준을 뒤따라가는 김 비서를 보며 서원이 엘리베이터 밖으로 나왔다. 옆의 다른 엘리베이터 버튼을 누르고 지그시 손목을 내려다봤다. 이강준에게 잡혔던 부분이 벌겋게 물들고 있는 것이 셔츠 소매 바깥으로 보였다.

"……."

손목을 잠시 내려다보고 있던 서원은 엘리베이터가 도착하는 소리에 얼른 팔을 내렸다.

강준은 집무실로 돌아오자마자 곧장 서랍에서 약병을 꺼냈다. 알약을 입에 넣고 그대로 삼킨 그는 두 손으로 거대한 마호가니 책상을 짚었다.

"……후우."

강준은 거친 숨을 내쉬며 책상을 노려봤다. 단단한 책상을 짚은 그의 팔뚝과 손등에 퍼런 힘줄이 돋아났다.

한동안 그 자세로 강한 턱에 힘을 주고 있던 그가 가죽 의자 위에 쓰러지듯 기댔다. 한 손을 들어 눈을 가린 그의 입술에서 진정되지 않은 숨결이 어지럽게 흘러나왔다.

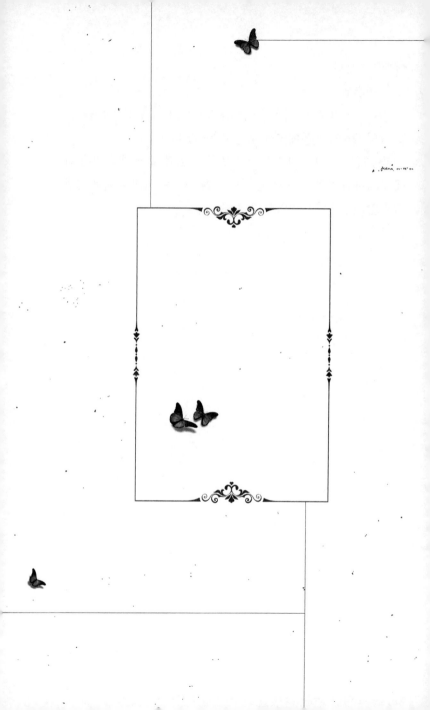

02

「폐소공포증claustrophobia
: 폐쇄된 공간에 대한 공포를 갖는 강박신경증.」

모니터를 응시하던 서원의 시선이 키보드 위의 자신의 손목에
향했다. 반팔 셔츠 아래 드러난 가느다란 손목에 손자국이 붉게
남아 있었다.

'부사장님께…… 그런 게 있었나.'

비서라면 당연히 알고 있어야 할 부분인데 누구에게도 이강준
에게 폐소공포증이 있다는 말은 듣지 못했다.

'김 비서님은 알고 계셨어요?'

'뭘? ……아! 엘리베이터 고장 난 거? 그걸 내가 어떻게 알았겠어?'

혹시나 싶어서 한 질문이었는데 김 비서는 정말 모르는 눈치였다. 그렇다는 건…….

"우연히 나만 알게 된 건가."

서원의 하얀 얼굴이 어두워졌다.

둘만 있는 엘리베이터 안에서 갑자기 일어난 일이 아니었다면, 자신도 영원히 몰랐을 일이었다. 의도치 않게 자신에게 치부를 드러낸 상황이라면 그에게도 썩 좋은 일은 아니겠단 생각이 들자 마음이 불편해졌다.

'……모르는 척하는 게 낫겠지.'

서원은 그렇게 생각하며 노트북의 전원을 껐다.

그럼에도 왠지 알면 안 되는 사실을 알아 버린 것 같은 기분에 묘한 불안감이 일었다.

'기분 탓이야. 내 쪽에서 불편하게 생각하고 있으니까…… 숨기고 있는 일이 있으니까 지레 겁먹은 거야. 걱정할 거 없어. 한서원.'

서원은 의자에서 일어나 피곤한 어깨를 툭툭 두드리며 침실로 향했다.

＊

똑똑.

노크 소리와 함께 문이 열리고 트레이와 파일을 든 도원이 집무실로 들어섰다.

"어제 요청하셨던 GJ 쪽 자료입니다."

커다란 책상 앞에 앉아 있는 그에게 다가간 도원은 트레이 위에서 찻잔을 먼저 내려놨다. 그리고 소리 나지 않게 찻잔 옆에 파일을 내려놓았다.

"그럼, 나가 보겠습니다."

고개를 숙여 인사한 도원이 몸을 돌려 걸어갔다.

탁.

문이 닫히고 나자 강준은 파일로 서늘한 시선을 옮겼다. 방금 전 파일을 내려놓는 손목에 남은 붉은 흔적은 분명 어제 자신이 남긴 것이었다.

'부사장……님 아픕니다.'

당황이 배어 든 목소리가 혼란스러운 기억 속에 떠올랐다. 이성이 있을 때 한 행동이 아니었다.

아마 그 가느다란 손목을 부러뜨릴 기세로 세게 움켜잡았을 것이다. 멍까지 들 정도로.

본능적인 행동이었다. 살고자 하는 이의.

강준은 미간을 찡그리고 두 손으로 마른 얼굴을 쓸었다.

'……무슨 생각인 거지. 한도원.'

어제 일로 뭔가 말이 있을 줄 알았는데 그는 마치 아무 일도 없는 것처럼 평소와 똑같은 태도를 보였다. 한도원의 그런 행동이 오히려 뭔가 다른 꿍꿍이가 있는 것처럼 여겨졌다.

어쩌면 그저 상사의 치부를 덮어 주는 정도의 배려일 수도 있으나 최근 묘하게 신경에 거슬리는 상대이기 때문인지 더 날카롭게 반응했다.

툭.

보고 있던 보고서를 책상 위에 던지듯 내려놓은 강준이 일어섰다.

집무실 문을 열고 나오자 김 비서와 대화 중인 도원이 보였다. 옆모습이었지만 하얀 얼굴에 어린 밝은 미소를 본 강준의 시선이 예리해졌다.

"아, 부사장님. 준비됐습니다. 가시죠."

마침 비서실로 들어오던 박 실장이 얼른 다가오며 말했다. 그 소리에 도원의 시선이 이쪽을 향했다.

도원과 눈이 마주치기 전에 고개를 돌린 강준은 박 실장과 함께 사무실 밖으로 나갔다.

"후우……."

멀어지는 그의 뒷모습에 시선을 둔 서원이 다시 자리에 앉았다.

어제 일은 거짓말이었던 것처럼 이강준은 평소의 위압감 넘치는 모습 그대로였다. 전혀 흐트러짐 없는 모습이 안심되면서도 한편으론 자신만 알게 된 그의 비밀이 너무 버겁다는 생각도 들었다.

'도원이가 빨리 나아야 할 텐데.'

아무것도 모르는 도원이 오게 되면 자신이 이렇게 불편한 마음을 가질 필요도 없을 거고, 이강준에게도 모르는 척하는 비서보다는 정말 모르는 비서가 나을 거였다.

'하지만 아직 혼자 걷지도 못하는 도원이에게 너무 무리한 기대를 하고 있는 거겠지.'

무거워지는 마음에 서원은 억지로 업무에 집중하기 위해 노력했다.

✳

밤 9시가 넘은 시간, 강준은 백 기사의 목소리에 눈을 떴다.

"부사장님. 도착했습니다."

의식하지 못한 사이 깜빡 잠이 들었던 모양이다. 강준은 충혈된 눈을 가늘게 뜨고 곧 현실감각을 되찾았다.

이탈리아의 유명 호텔 체인 대표와 미팅 후 술자리를 겸한 저녁 식사를 했다. 그 뒤 퇴근하던 도중 두고 온 파일이 있어 다시 회사로 들어가는 길이었다.

강준은 차에서 내려 임원 전용 엘리베이터를 탔다.

징—

문이 닫히고 엘리베이터가 움직이기 시작하자 그는 비스듬히 벽에 몸을 기댔다.

'술 때문인가.'

그 때문인지 피로가 더 진하게 몰려들고 있었다. 붉게 충혈된 눈을 지그시 감고 있는데 어제 이 엘리베이터 안에서 있었던 일이 떠올랐다.

"……."

강준이 천천히 눈을 떴다. 심장이 서서히 조이는 기분에 깊게 숨을 들이켜고 손바닥으로 마른 얼굴을 쓸었다.

좁고 밀폐된 공간은 점차 강준의 목을 졸라 왔다. 알코올로 느슨해져 있던 신경이 바짝 곤두서서 머리칼이 쭈뼛 설 것 같은 기분에 휩싸이는 순간, 엘리베이터 문이 열렸다.

53

……후.

길게 숨을 내뱉은 그가 밖으로 나와 집무실을 향해 걸어갔다. 비서실을 지나치던 그때였다. 그의 발걸음이 우뚝 멈춰 섰다.

'한도원?'

불이 꺼진 비서실 한쪽에 스탠드가 켜진 자리가 보였다. 그 자리가 누구의 자리인지 알고 있는 강준이 천천히 그쪽으로 다가갔다.

그곳엔 도원이 책상 위에 엎드린 채 잠들어 있었다. 야근을 하다 잠이 든 모양인지 키보드 옆에 자료들이 펼쳐져 있고, 모니터 화면은 스크린세이프 모드로 전환되어 있었다.

자료를 힐긋 쳐다본 강준은 시선을 도원에게 옮겼다.

도원은 정장 재킷을 의자에 걸쳐 둔 채 흰 셔츠 차림이었다. 엎드려 있어서인지 가느다란 몸의 윤곽이 더 잘 드러나 보였다.

유독 길고 하얀 목덜미와 셔츠 위로 보이는 가녀린 어깨뼈의 윤곽을 내려다보던 그의 시선이 곧 도원의 손목으로 향했다.

"……."

셔츠 소매 사이로 드러난 손목에 불그스름한 멍이 선명하게 보이자 그의 눈이 어둡게 가라앉았다. 그때 시선을 느낀 것인지 도원이 눈을 떴다.

잠이 덜 깬 눈동자를 천천히 굴리던 그는 옆에 서 있는 강준을 보고 놀라선 곧바로 책상에서 상체를 일으켰다.

"언제 오셨……."

황급히 몸을 세우려는 도원의 의자를 강준이 다리로 빙글 돌렸다. 자신 쪽으로 의자를 돌린 강준이 의자의 양쪽 팔걸이를 잡고 그대로 몸을 낮춰 도원에게 시선을 맞췄다. 바짝 거리가 좁혀진

도원의 눈이 크게 흔들렸다.

"부사장님?"

그의 팔에 갇히게 된 도원은 뒤로 몸을 물리며 숨을 들이켰다. 그런 도원에게 얼굴을 더 가까이 가져간 강준이 도망칠 수 없도록 시선을 똑바로 맞췄다.

"……."

도원은 응시하는 제 시선이 불편한 듯 눈을 내리깔았다. 안경 아래 짙고 풍성한 속눈썹과 난감한 듯 지그시 깨무는 붉은 입술이 시야에 들어온 순간, 강준은 그에게 무서울 정도로 강렬한 욕망을 느꼈다.

"그렇게 하면, 위험한데."

"……네?"

강준의 낮게 중얼거리는 목소리에 그가 다시 시선을 들었다.

"저에게 하실 말씀이…… 흡!"

붉은 입술 사이로 흘러나오던 목소리가 강준의 입술에 짓눌렸다. 놀란 듯 굳은 그의 입술을 강준이 억지로 벌리고 들어갔다.

"으읍. 부사장님, 그만……!"

고개를 돌려 입술을 피한 도원의 뒷머리를 커다란 손으로 거머쥐며 강준이 거칠게 다시 그의 입술을 삼켰다. 매끈한 혀를 휘어감아 타액을 빨아들이자 도원이 빠져나오려 버둥거렸다.

하지만 강한 힘으로 포박한 강준은 아랑곳하지 않고 그의 입술 안으로 더 깊게 탐닉해 들어갔다. 축축한 혀가 엉켜드는 감각이 모든 생각을 마비시켰다.

'뭘, 하고 있는 거지?'

강준의 머릿속에 혼란스러운 의문이 떠올랐지만 온몸을 뒤덮은 강렬한 욕망은 그 모든 것을 잠식시켰다.

"하……. 읍…… 으음."

막힌 입술 사이로 터져 나오는 도원의 더운 숨결이 강준을 더욱 자극시켰다.

자신이 뭘 하고 있는 것인지 인지하기도 전에 그는 도원의 입술을 잘근거리며 단맛이 나는 타액을 빨아들였다.

"잠깐……!"

강준이 커다란 손으로 도원의 작은 엉덩이를 꽉 움켜잡았다. 그대로 자신에게 바짝 밀착시키자 흥분으로 빳빳하게 치솟은 하반신에 그의 몸이 비벼졌다.

"으, 앗."

흠칫거리는 도원의 몸을 움직이지 못하도록 더 단단히 잡아 고정시켰다. 작은 움직임에도 터질 듯 부푼 페니스는 미칠 듯이 예민하게 반응하고 있었다.

더는 참지 못할 정도로 강렬한 욕망을 느낀 강준이 그대로 그의 엉덩이를 잡아 올려 책상 위로 앉히려던 순간이었다.

띠띠띠띠띠띠띠—

신경을 긁는 날카로운 알람음에 강준이 눈을 번쩍 떴다. 그대로 벌떡 몸을 일으킨 그가 거친 숨을 몰아쉬며 혼란스런 눈동자로 주변을 바라봤다.

"허억, 헉……. 뭐지?"

시야에 보이는 것이 익숙한 자신의 침실인 것을 확인하자 강준의 미간이 일그러졌다.

"그게, 꿈이라고?"

그가 믿기 어려운 눈으로 자신의 손을 바라봤다. 방금 전, 제 손이 움켜잡았던, 작지만 탄력적인 엉덩이의 감촉이 이렇게 생생한데…… 그게 꿈이라고?

입 밖으로 새어 나오는 거친 숨결이 쉬이 진정되지 않았다. 아무것도 입지 않은 근육질의 탄탄한 상체가 숨을 몰아쉴 때마다 위아래로 들썩거렸다.

"……후우."

강준은 흐트러져 내려와 있는 머리칼을 이마 위로 성마르게 쓸어 넘긴 뒤 불쾌한 시선으로 자신의 하반신을 바라봤다.

마치 꿈속의 자신처럼, 굵은 성기가 터질 듯 빳빳하게 발기해 있었다.

"빌어먹을."

그가 낮게 욕설을 내뱉었다.

태어나서 처음 꾼 성적인 꿈이 남자를 상대로 한 꿈이라니.

사춘기 때조차 겪지 않았던 육체의 반응 때문에 잔뜩 피가 몰려 팽창된 페니스가 아플 정도였다.

으득, 이를 악문 강준은 그대로 몸을 일으켜 남성적인 육체를 그대로 드러낸 채 욕실로 들어갔다.

쏴아아아아아—

강준은 샤워 부스 안에서 쏟아지는 찬물을 그대로 맞고 서 있었다.

한참을 그러고 있던 그가 굳은 얼굴로 여전히 피가 잔뜩 몰려 있는 자신의 몸의 일부를 노려봤다. 가라앉지 않는 꿈의 욕망이 아직도 터질 듯이 그의 몸을 뜨겁게 달구고 있었다.

어젯밤 회사에 들렀던 건 분명 현실이었다. 자고 있던 한도원을 봤던 것도 현실이고, 그 앞에 서 있던 것도 현실이다.

잠든 한도원의 팔목에 남은 멍을 잠시 바라보다가 그대로 집무실로 들어가 두고 왔던 서류를 가지고 나왔다. 그리고 대기하고 있던 차를 타고 집으로 돌아왔다.

분명, 아무 일도 없었다.

그런데 그 한도원을 상대로 그런 꿈을 꾼 데다 깨고 나서도 여전히 욕망이 사그라들지 않다니.

"……미쳤군."

아직도 전혀 가라앉지 않은 채 단단하게 힘이 들어간 굵은 페니스에는 핏대가 곤두서 있었다. 흉기처럼 적나라하게 꿈틀대는 자신의 몸을 노려보던 강준은 두 팔을 올려 젖은 머리칼을 쓸어 넘겼다.

수려한 이마가 드러나도록 머리칼을 넘긴 그가 미간을 좁히고 헛웃음을 흘렸다.

'불능이 아님을 확인했으니 다행이라고 생각해야 하나.'

샤워기에서 쏟아지는 물줄기를 맞고 선 강준의 눈이 짙어졌다.

특별한 건 아니다. 그 팔에 든 멍에 대한 죄책감 때문일 뿐……. 그래서 그런 꿈을 꾼 것이다. 특별한 다른 이유는 없다.

강준은 그렇게 생각하며 피부가 서늘해질 때까지 오래도록 샤워기 아래 서 있었다.

✸

"오늘 회의 참고 자료입니다."

강준은 도원이 책상 위에 서류를 내려놓자 모니터에 두고 있던

58

시선을 돌려 힐긋 서류를 쳐다봤다.

"확인해 보겠습니다."

"네. 그럼 나가 보겠습니다."

다시 모니터로 시선을 옮긴 강준이 말하자 도원이 짧게 고개를 숙인 뒤 몸을 돌렸다.

문 쪽으로 걸어가는 그의 뒷모습에 강준의 예리한 시선이 박혀 들었다.

그날의 야릇한 꿈 이후 도원의 존재는 전보다 더 그의 신경을 자극했다.

그런 꿈을 꿨다는 것이 부하직원에게 더러운 짓을 한 상사처럼 생각되어 더 불쾌했다.

'제길…….'

닫힌 문을 응시하는 강준의 얼굴이 굳었다.

타인에게 관심을 두지 않았던 그에게 최근 한도원은 신발 안에 들어온 돌 조각처럼 내내 신경을 거스르는 존재였다. 불필요한 감정 소모를 일으키는 비서를 계속 곁에 두고 있는 것은 이강준에게 있어 비합리적인 일이다.

하지만 그렇다고 해서 이유도 없이 아랫사람을 자르는 건 말도 안 되는 일이었다.

차라리 업무적으로 문제가 있다면 그걸 빌미로 간단하게 처리할 수 있겠지만, 한도원은 신입이면 응당 한다는 그 흔한 실수 한 번이 없었다.

미간을 좁힌 강준은 답지 않은 고민을 하는 자신이 짜증스러워 미간을 일그러뜨리고 다시 업무에 집중했다.

＊

두꺼운 안경을 벗고 옅게 화장한 서원은 블랙 홀터넥 민소매 셔츠에 화이트 스커트 차림이었다. 오랜만의 여자 복장이었다.

그녀가 엘른 호텔 이벤트홀로 들어서자 늘씬한 미인의 등장에 주변이 웅성거렸다.

커트 머리 아래로 드러난 가늘고 긴 목선과 스커트 아래 쭉 뻗은 다리, 그리고 작은 얼굴에 오밀조밀 들어찬 이목구비는 마치 인형 같아 사람들의 시선을 끌어당기고 있었다.

'하필 엘른 호텔이라니.'

서원이 살짝 난감한 표정으로 주변을 살폈다.

오늘은 대학 때 교수님의 출판 기념회가 있다. 존경하던 은사님이라 연락이 왔을 때 선뜻 기념회에 참석하겠다고 했는데 그 장소가 엘른 호텔일 줄은 몰랐다.

'여기서 설마 비서실 사람들을 만날 일은 없겠지…….'

아직 신입인지라 아는 사람도 많지 않았지만 그래도 걱정이 됐다.

"서원아. 여기!"

서원을 먼저 알아본 친구들이 손을 흔들자 그녀가 걱정스런 표정을 지우고 웃으며 다가갔다.

"오랜만이다. 다들 잘 지냈어?"

"서원이 너 한국 들어왔다는 소식 들었는데 연락도 않는다고 다들 서운해했어. 어떻게 된 거야?"

"아……. 들어오자마자 일이 좀 있었어. 미안."

서원이 흐리게 미소 짓자 현재 서원의 상황을 모두 알고 있는 진주가 얼른 말을 보탰다.

"니들도 연애할 땐 잘만 연락 끊고 살더니 왜 서원이한테만 그래? 간만에 한국 들어왔는데 일이 많았겠지."

"그럼 서원이 너도 연애 중이었어?"

"아니, 그런 건 아닌데……."

"아! 교수님! 축하드려요!"

서원이 난감한 표정을 짓고 있는데 마침 교수가 다가와서 대화가 끊겼다. 오늘의 주인공에게 다들 몰려가자 뒤에 남은 서원과 진주가 시선을 마주하며 안도의 숨을 내쉬었다.

"축하드려요, 교수님."

서원이 인사하자 그녀를 알아본 교수가 반갑게 웃었다.

"오, 그래. 소식 들었다. 자랑스럽구나. 내 제자가 JFMI에 있다니 말이다. 하하."

"교수님 가르침 덕분이죠. 감사합니다."

교수의 칭찬에 조금 멋쩍은 미소를 띤 서원이 다른 사람들이 다가오자 뒤로 물러났다.

"저기 카페 있던데 기념회 시작 전에 우리끼리 차나 한 잔 마시자."

"그래."

진주의 말에 서원은 그녀를 따라 이벤트홀 옆에 있는 호텔 카페로 들어갔다.

"쟤네들은 언제부터 그렇게 남 일에 관심이 많아선."

진주의 투덜거리는 말에 커피 잔을 든 서원이 옅게 웃었다.

"연락 못 한 내 잘못도 있는 거지 뭐."

"만나 봐야 열등감에 하는 쓴소리밖에 더 들어? 너 있는 연구실, 들어가고 싶은데 못 들어간 애가 한둘이야? 다들 어디 얼마나 잘되나 보자 하는 마음인 거지. 안부가 궁금한 게 아니라."

미간을 좁힌 진주가 고개를 저었다.

"……"

서원은 별다른 말 없이 커피 잔을 내려다봤다.

국내 최고의 권위를 가진 대학의 분자생물학 연구실에서 근무하다가 미국의 유명 연구소에 스카우트 제의를 받고 옮겨 간 서원은 대학 동기들에게 부러움과 질투의 대상이었다.

겉으론 축하한다고 하지만 뒤에서는 다른 말들을 하고 있다는 것을 서원 역시 모르지 않았다.

'한서원 멋진데? 내 친구지만 최고로 자랑스러워. 훌륭해!'

그런 동기들 사이에서 진주는 유일하게 진심 어린 축하를 해 준 사람이었다.

JFMI는 진주 역시 희망하던 곳이었지만 친구가 가게 되었다는 데에 조금도 고까운 마음을 가지지 않아, 서원은 미안함과 고마움을 동시에 가지고 있었다.

"도원이는 어때? 상태는 여전해?"

진주가 커피를 한 모금 마시고는 조심스럽게 물었다.

"……응. 아직."

"그래……"

흐린 미소를 띤 서원을 보며 진주가 무겁게 한숨을 내쉬었다.

도원의 사고 후, 남장 비서 생활을 하고 있다는 사실을 털어놓은 사람은 진주가 유일했다. 다른 누구도 서원이 도원 대신 회사

생활을 하고 있다는 건 모른다.

"그럼 언제까지 해야 하는지도 아직 모르겠네."

"아직은 그래."

"그냥 안 하면 안 되는 거야? 도원이도 네가 그렇게까지 하는 걸 바라진 않을 거 같은데."

진주가 어깨를 으쓱이자 서원의 얼굴이 어두워졌다.

"내가 마음이 무거워서 그래. 이렇게라도 하지 않으면 죄책감 때문에 힘이 들어서."

"……하긴. 네 성격에 힘들겠지."

진주도 서원의 말뜻을 이해했는지 길게 한숨을 내쉬었다.

학교 다닐 때도 책임감이 누구보다 강했던 서원이었다. 그런 데다 유일한 혈육인 도원을 그녀가 얼마나 아끼는지 오랫동안 봐왔던 진주는 그녀의 행동을 이해할 수밖에 없었다.

서원을 건너다보던 진주가 표정을 밝게 바꾸며 말했다.

"그래도 숨통이 막힐 때까지 미련하게 있지 말고, 종종 답답할 때 나 불러. 신나게 놀기라도 하게. 여자 한서원이 아깝잖아. 너 클럽 같은 데 한 번도 안 가 봤지?"

"너도 바쁘면서. 괜찮아. 신경 쓰지 않아도 돼."

서원이 미소 짓자 진주는 인상을 찌푸렸다.

"네가 아직 젊고 예뻐서 모르는데 나이 먹는 거 한순간이다? 그 짧은 시간에 남자로 살고 있다가 언제 연애할 것이며……."

"나 잠깐 화장실 좀 갔다 올게."

"어? 야, 나 말 아직 안 끝났는데!"

진주의 유일한 단점은 잔소리가 지나치다는 거였다.

한동안 계속 이어질 듯한 잔소리를 피하기 위해 웃으며 자리에

서 일어난 서원이 화장실 쪽으로 걸어갔다.

짧은 커트머리에 큰 눈, 마론인형 같은 몸매.

카페에 앉아 있던 강준의 시선이 한 여자에게 박힌 채 떨어질 줄을 몰랐다. 화장실로 걸어가는 여자의 뒷모습을 예리하게 보고 있는데 앞자리에 누군가가 앉았다.

"오빠, 어딜 그렇게 보고 있어?"

익숙한 목소리에 강준의 시선이 그제야 앞에 앉은 여자에게로 향했다.

웨이브 진 긴 머리칼을 늘어뜨리고 여성스러운 디자인의 원피스를 입은 예쁘장한 여자에게 강준은 벌써부터 피로감을 느끼고 미간을 좁혔다.

"……금세라."

강준의 낮고 서늘한 목소리에 세라는 얼른 입을 열었다.

"계속 시간 내 달라고 말해도 오빠가 시간을 안 내 줘서 그렇잖아."

"그래서 회장님까지 이용해서 이런 자리를 만들어?"

강준의 웃음기 없는 얼굴에 애교 부리듯 웃고 있던 세라가 입술을 삐죽거렸다.

"오빠가 아빠는 만나 주고 나는 안 만나 주니까……."

이 자리는 세라의 아버지인 금병준 회장을 만나는 자리였다. 금 회장은 천우그룹의 총수로서 오랫동안 이 회장과 사업적으로 친밀한 관계를 맺고 있었다.

평소 집안끼리의 친분도 두텁고 금 회장과 업무적인 자리도 종종 갖기 때문에 별 의심 없이 나온 자리였다. 그런데 생각지도 못한 세라가 나타나니 강준은 짜증이 치밀었다.

"한 번만 더 이런 일 만들면 다시는 너 안 본다."

"너무해. 어차피 만나 주지도 않으면서."

"금세라."

강준의 엄격한 눈빛에 투덜거리던 세라가 얼른 입을 다물었다.

"……미안. 다신 안 그럴게."

어릴 때부터 봐 오던 사람이지만 강준은 세라에게도 어려운 상대였다.

유복한 집안의 고명딸로 태어나 남부럽지 않은 사랑과 관리를 받아 온 세라는 누가 봐도 예쁘고 귀여운 외모였다. 그 재력과 외모 덕에 다른 남자들에게서 상당히 인기가 있는 편이었다.

하지만 강준은 아니었다. 그는 예전이나 지금이나 늘 냉정한 분위기로 쉽게 다가갈 수 없는 선을 그어 놓았다. 그리고 세라 자신은 그 선을 넘고 싶어 안달이 난 상태였다.

"그래도 일부러 오빠 편하라고 오빠네 호텔에서 만나자고 한 거잖아. 이왕 이렇게 나왔는데 같이 밥 먹자, 오빠. 내가 맛있는 거 살게. 응?"

다시 애교를 부리는 세라를 무시한 강준이 손목시계를 쳐다봤다.

"다음에. 가 봐야 돼."

"뭐? 어차피 아빠 만나려고 시간 빼서 나온 거잖아. 그 시간 나한테 주면 되는데 왜?"

강준이 일어서자 세라가 눈썹을 모으며 따라 일어섰다. 그러자 몸을 돌리려던 그가 그녀를 힐긋 내려다봤다.

"금병준 회장이 아닌 금세라가 내게 어떤 사업적 이득을 주지?"

"난……."

세라가 말문이 막힌 듯 보고 있자 냉정한 시선으로 응시하던 강준이 몸을 돌렸다.

"다신 이런 일 벌이지 마. 경고했다."

서늘하게 내뱉은 말에 세라는 입술만 달싹일 뿐 그 자리에서 움직이질 못했다. 그대로 카페를 빠져나가는 강준에게 대기하고 있던 직원들이 고개를 깊이 숙여 인사했다.

그가 나가는 모습을 끝까지 보고 있던 세라는 가슴 위로 팔짱을 끼곤 인상을 찌푸렸다.

"진짜 철벽남도 저런 철벽남이 없을 거야."

뾰족하게 입술을 내밀고 있던 세라가 곧 입술 끝을 둥글게 휘어 올렸다.

"……하지만 어차피 이강준한텐 나밖에 없으니까."

그에게 접근할 수 있는 여자는 자신이 유일하다는 건 세라 자신이 가장 잘 알고 있었다. 그 무기가 있는 한, 어차피 시간은 자신의 편이 돼 줄 거였다.

세라는 더 조급하게 생각하지 않기로 하고 직원들의 인사를 받으며 유유히 카페를 빠져나갔다.

"생각보다 일찍 나오셨네요. 대화가 빨리 끝나신 모양입니다."

차에서 대기 중이던 백 기사가 건네는 말에 강준이 곧장 말했다.

"집으로 가죠."

"알겠습니다."

대답한 백 기사가 바로 시동을 걸었다.

강준은 피곤한 얼굴로 의자에 느른히 기댄 채 창밖에 시선을 던졌다. 그때 창밖에 아까 호텔에서 봤던 여자가 지나가는 것이 보였다. 순간 그의 눈이 커졌다.

'한도……'

웬일 리가 없잖아.

차창 너머로 멀어지는 늘씬한 여자를 보며 강준이 미간을 좁혔다.

'이젠 별걸 다 착각을.'

여자를 한도원으로 착각했다는 데에 헛웃음을 흘리며 시선을 돌리려는데 문득 그의 시선이 멈췄다.

일행과 함께 있던 여자의 웃는 얼굴이, 그럴 리가 없는데도 비 오는 날 봤던 한도원을 많이 닮아 있었다.

굳은 얼굴로 창밖을 보고 있던 강준이 의자 등받이에 머리를 기댔다.

아닐지도 모른다. 그저 조금 닮은 정도인데 요즘 계속 한도원 생각을 해서 눈이 착시를 일으키는 것인지도.

강준은 그렇게 생각하며 피곤한 눈을 감았다. 머릿속에서 한도 원도, 한도원을 닮은 여자도 밀어내려 했다. 하지만 애를 쓰면 쓸 수록 한도원과 여자의 하얗게 웃는 얼굴이 겹쳐지는 묘한 기분에 눈을 감은 그의 곧은 이마가 찌푸려졌다.

'그러고 보니…… 어제도 2시간도 못 잤나.'

요즘 내내 이런 식이었다. 지독한 수면 부족 때문에 이러는 것 일지도 몰랐다.

강준은 덮쳐 오는 수마에 이길 재간이 없었다. 결국 수면 부족 으로 인한 피로가 누적된 그의 머릿속은 점차 잠 속으로 깊게 빠져들면서 결국 한도원과 그 여자를 하나로 합쳐 났다.

'뭐지?'

분명 한도원의 얼굴을 한 그 여자가 짧은 스커트 차림으로 자신에게 다가오고 있었다. 쭉 뻗은 긴 다리를 아슬아슬하게 교차시켜 다가오는 여자의 고혹적인 눈빛에 강준은 턱을 당겨 단단히 힘을 줬다.

'……이건, 가위?'

꿈인 것 같은데 의식이 남아 있었다. 하지만 여자가 다가와 자신의 허벅지를 야릇하게 쓰다듬는 모습을 보면서도 꿈에서 깨어날 수가 없었다.

과육을 머금은 것처럼 탱글하고 붉은 입술의 여자는 자신의 허벅지를 천천히 쓸어 올리며 시선을 똑바로 맞췄다. 그 눈동자는 분명 한도원의 것이었다.

'제기랄.'

이 빌어먹을 꿈에서 깨어나야 하는데 손가락 하나 까딱할 수가 없었다.

여자의 손이 점차 허벅지 위쪽으로 올라와 과감하게 바지 버클을 풀었다. 그대로 날씬한 다리를 벌려 자신의 허벅지 위에 올라탄 여자가 똑바로 시선을 맞추며 와이셔츠 위로 두 손을 갖다 댔다.

손바닥으로 가슴을 느릿하게 쓸다가 타이를 풀더니 셔츠 단추를 하나하나 풀어낸다.

'그만.'

거부할 수 없는 손의 움직임에 모든 단추가 풀려 나가자 셔츠가 벌어졌다. 그 사이로 은밀하게 손을 집어넣은 여자가 거칠게 오르내리는 단단한 맨가슴을 손바닥으로 야릇하게 쓸었다. 그녀가 살짝 고개를 숙이자 찰랑이는 머리칼이 스르륵 내려와 피부를 간질인다.

음탕한 웃음을 머금은 채 입술을 벌린 여자가 짙은 색 유두를 빨기 시작한다.

'그만해! 한도원.'

사납게 말했지만 거친 숨결은 제멋대로 입술 사이로 새어 나가고 욕망에 사로잡힌 거대한 페니스가 빳빳하게 곤두섰다. 여자가 손을 아래로 내리더니 지퍼를 내리고 터질 듯 솟구쳐 오른 딱딱한 근육 덩어리를 두 손 가득 잡았다.

그 움직임에 피가 잔뜩 쏠린 검붉은 페니스가 꿈틀거렸다.

만족스러운 웃음을 짓던 여자가 하얀 손을 음란하게 움직이기 시작했다.

"……!"

강준이 눈을 번쩍 떴다.

창밖에는 여전히 한여름 밤의 녹진한 거리 풍경이 무심히 지나가고 있었다.

앞자리에서 운전하고 있는 백 기사의 뒷모습을 충혈된 눈으로 본 강준이 가슴을 들썩이며 낮게 숨을 토해 냈다.

'그딴 꿈을…….'

여자 모습을 한 한도원이라니.

아까 봤던 여자의 모습과 그대로 합쳐져 꿈속에서 관능 어린 행각을 하던 한도원을 떠올리자 강준의 심장이 불규칙적으로 뛰기 시작했다.

'빌어먹을.'

꿈속의 자신처럼 하반신에 팽팽하게 피가 몰린 것을 느낀 그의 얼굴이 사납게 굳어졌다.

'……아무래도 안 되겠군.'

무서운 눈빛으로 창밖을 노려보던 강준이 결심을 굳혔다.

❁

아침부터 비가 내리고 있었다. 가장 먼저 회사에 출근한 서원은 회색 빛깔의 창밖을 조용히 바라봤다.

얼마 전 문병을 갔을 때 도원은 여전히 움직이지 못하는 상태였다. 앉을 수는 있지만 혼자 거동하지 못하는 도원은 몇 달을 내내 병실에 있는 것이 답답할 텐데도 서원을 보며 환하게 웃었다.

'자주 올 필요 없다니까.'

'또 맘에도 없는 소리.'

'어어, 들켰나?'

얼굴은 웃고 있었지만 살이 많이 빠진 데다 혈색도 좋지 않은 도원은, 예전 건강했을 때의 모습과 달리 죽을 날을 앞둔 환자처럼 보였다.

사고가 났을 때 가장 크게 다친 다리 때문에 여러 번 재수술을 받느라 그나마 있던 체력도 서서히 떨어져 가는 것 같았다.

'누나, 이제 다시 연구실에 돌아가 봐야 되지 않아?'

'나 오래 못 쉬고 일만 했잖아. 한동안 쉰다고 말해 뒀어.'

'……나 때문에 그럴 필요 없어. 어차피 언제 걸을 수 있을지도 모르는데.'

'무슨 소리야. 넌 금방 걸을 거야. 네가 성격이 좀 급하니? 그 급한 성격으로 남들의 몇 배는 빠르게 회복할 거니까 걱정 마.'

아무렇지 않게 웃으며 말했지만 병실을 나왔을 때 가슴이 먹먹해서 입술을 깨물었다. 하지만 결국 버스 정류장에 앉아 눈물을 흘리고 말았다.

점점 약해지는 도원을 혼자 병실에 두고 나오는 것이 마음에 걸려서, 그리고 자신 때문에 그렇게 된 것 같은 미안함과 죄책감을 지울 수 없어서…….

이렇게 비가 내리는 날이면 사고가 난 그날이 떠올라 그녀의 마음을 더 무겁게 짓눌렀다.

"하아…….."

서원이 무거운 한숨을 내쉬고 있는데 비서실에 누군가 들어오는 소리가 들렸다.

"아."

다른 비서가 출근한 줄 알고 몸을 돌리던 서원은 들어오는 이가 이강준인 것을 보고 멈칫거렸다. 세련된 짙은 그레이색의 슈트를 입은 강준은 오늘도 위압적인 분위기를 풍기고 있었다.

"오셨습니까. 부사장님."

서원이 고개를 숙여 인사하자 강준은 잠시 그 자리에 선 채 움직이지 않았다. 위에서 곧은 시선이 느껴졌다. 찌르는 듯한 그 시선에 서원은 긴장된 표정을 감추며 서 있었다.

"……."

그와 시선을 마주한 것도 잠시, 강준이 별말 없이 집무실로 들어갔다.

탁.

집무실 문이 닫히자 서원은 작게 숨을 들이켰다.

'오늘따라 유독 날카로우신 것 같은데…… 휴우, 어렵다.'

도원 대신 자신이 모셔야 하는 엘른 그룹의 부사장은 시간이 지나도 여전히 적응하기 힘든 상사였다. 유들유들한 도원이었다면 분명 자신보다 훨씬 수월하게 적응했을 텐데.

"한 비서, 좋은 아침."

"네. 안녕하세요."

마침 박 실장이 들어오며 인사하자 서원은 상념에서 깨어나 곧장 인사했다.

"오는데 차가 얼마나 막히던지, 한 비서는 대단해. 어쩌면 이렇게 매일 늦지도 않고 일찍 오지?"

"원래 아침잠이 없습니다."

"젊은 사람이 의외로군."

박 실장과 대화하는 동안 방금 전 마주쳤던 이강준의 묘한 눈빛은 서원의 뇌리에서 사라졌다.

❊

강도 높은 외부 스케줄을 마친 강준이 피곤한 얼굴로 백 기사가 운전하는 차에 올랐다. 시트에 뒷머리를 기댄 그가 지끈거리는 머리를 기다란 손가락으로 짚었다.

"……."

떠올리지 않으려고 해도 잠깐의 틈을 비집고 한도원이 들어와 머릿속을 차지한다. 그 사실이 화가 나 미간을 일그러뜨리고 창밖에만 시선을 뒀다.

그때 휴대폰 진동이 울렸다. 액정에 뜬 번호를 본 그의 눈빛이 일순 바뀌었다.

"이강준입니다."

그가 서늘한 목소리로 전화를 받았다. 이 번호로 전화가 걸려 오는 이유는 단 하나뿐이니까.

"그래서, 누굽니까."

잠시 휴대폰을 귀에 대고 창밖을 응시하던 강준의 얼굴이 사납게 굳었다.

✸

이강준 부사장도 외근 후 바로 퇴근한다고 들어 쉬엄쉬엄해도 되는데, 서원은 평소보다 바쁜 일과를 보내고 있었다. 재게 움직였음에도 아직 처리해야 할 일들이 남아 야근까지 하게 된 서원은 잠시 숨이라도 돌릴 겸 휴게실에 들어갔다.

의자에 앉아 자판기에서 뽑은 밀크티를 마시며 조용히 서류를 점검하고 있는데 누군가가 옆에 앉는 기척이 느껴졌다.

"아는 얼굴인데?"

들려오는 목소리에 서원이 고개를 들었다.

'누구더라……?'

제 앞에서 싱글대는 남자를 보며 잠시 누군지 생각하고 있던 서원이 이내 그를 기억해 내고 인사했다.

"안녕하세요. 이사님."

전에 사내식당에서 소개받았던 이강준의 사촌이라는 이동진 이사였다. 서원은 자신이 들고 있는 서류에 동진의 시선이 닿아 있는 것을 보고 조심스럽게 서류를 덮어 옆에 내려놨다. 그러자 동진이 피식 웃었다.

"내가 훔쳐보는 것 같아서 그래요?"

"그건 아닙니다."

"아니라고 하면서 왜 숨겨요?"

"습관입니다."

"흐응, 습관이라."

동진은 여전히 웃는 얼굴로 바라보며 손가락으로 자기 턱을 툭툭 두드렸다.

서원은 그가 지나치게 가까이 얼굴을 갖다 대고 있다는 생각에 불편한 느낌을 받았다. 하지만 곧바로 일어서 버리면 너무 대놓고 피하는 것 같아서 어떻게 해야 하나 고민하는데 동진이 물어 왔다.

"이름이 뭐라고 했었더라?"

"한도원입니다."

"아, 한도원 씨. 나도 꽤 여자들한테 인기 있는 타입인데 그쪽도 상당하겠어. 그렇죠?"

제 얼굴에 금칠하는 타입인가.

서원은 자신이 별로 좋아하지 않는 타입이라고 생각하면서 대답했다.

"그렇진 않습니다."

동진의 눈빛이 묘하게 빛났다.

"왜지? 인기 많을 것 같은데…… 아니면, 남자한테 인기가 많나?"

"무슨 뜻입니까?"

서원이 불쾌한 기색을 드러내자 동진이 쾌활하게 웃으며 그녀의 어깨를 툭툭 쳤다.

"농담입니다, 농담. 웃자고 한 말에 그렇게 정색하면 내가 무안하잖아요?"

동진의 말에 서원은 굳은 표정을 빠르게 거둬들였다.

"……죄송합니다. 그다지 좋아하는 농담이 아니라서."

"뭐 이해는 해요. 한도원 씨같이 곱게 생긴 타입은 그런 장난 많이 당했을 테니까…… 실은 나도 많이 당했거든. 근데 그런 장난을 내가 하다니, 생각해 보니 최악이네. 미안해요, 정말."

두 손을 모아 사과하는 동진을 불편하게 보던 서원은 안경을 추켜올렸다.

"괜찮습니다. 그럼 먼저 실례하겠습니다."

서원이 서류를 챙기고 인사하자 동진이 다시 사과했다.

"생각 없이 말해서 미안해요. 한도원 씨."

고개를 끄덕이고 휴게실을 나온 서원은 짧게 한숨을 내쉬었다.

남자한테 인기 있을 것 같다는 말에 순간적으로 예민하게 반응해 버리다니…….

이런 농담에도 유들유들하게 넘어가야 하는데 싱글싱글 웃고 있는 동진이 어딘가 사람을 긴장시키는 부분이 있어서 자신도 모르게 예민하게 받아 버렸다.

'태연했어야 하는데. 바보같이.'

이런 태도들이 쌓이면 당연히 의심을 받는 것이다. 서원은 마음이 무거워졌다. 씁쓸한 얼굴로 비서실로 들어온 서원은 자리에 앉아 다시 서류를 펼쳐 들었다.

보고서를 완성한 뒤에 시간을 보니 밤 9시가 넘어 있었다. 강준의 자리에 보고서만 올려 두고 빨리 퇴근해야겠다고 생각한 서원이 그의 집무실 안으로 들어섰다.

아무도 없는 집무실 안에 환하게 불이 밝혀지자 커다란 창밖으로 비가 쏟아지는 것이 보였다.

'……하루 종일 비가 오네.'

잠시 비를 보고 있던 서원은 이강준의 책상으로 다가가 보고서를 놓았다. 그리고 그대로 몸을 돌리는데, 문 앞에 이강준이 서 있었다.

"!"

갑자기 나타난 강준에 놀란 서원이 굳어 있자 그가 예리한 시선으로 그녀를 응시했다.

"놀랐습니까."

"죄송합니다. 퇴근하신 줄 알았는데 계셔서 조금 놀랐습니다."

이강준의 낮은 목소리에 긴장 어린 얼굴로 대답한 서원이 이어 말했다.

"지시하신 해동무역 관련 보고서 출력한 서류 올려 뒀습니다. 그럼 먼저 퇴근하겠습니다."

할 말을 끝내고 빨리 방을 나가기 위해 그를 지나치려는데 강준이 그녀를 막아섰다.

"한 비서."

"……네. 부사장님."

서원이 한 발짝 뒤로 물러서며 대답했다. 가까이서 마주 보니 이강준의 눈빛이 평소보다 어둡게 가라앉아 있는 것 같다는 생각이 들었다. 아침에도 유독 찌르는 눈빛으로 봤던 기억이 떠올라 서원은 속으로 숨을 삼켰다.

그때 그의 입술에서 차가운 목소리가 흘러나왔다.

"지금까지 꽤 즐거웠겠습니다."

"그게 무슨 말씀…… 앗!"

강준이 느닷없이 서원의 멱살을 움켜잡았다. 투두둑! 우악스러운 힘에 셔츠의 위쪽 단추가 뜯겨 나가자 그녀의 눈이 커졌다.

"부사장님!"

그녀의 완강한 거부에도 강준이 힘으로 그녀를 벽에 밀어붙이자 아플 정도로 세게 등이 부딪쳤다.

"아!"

무서운 힘으로 서원을 밀어붙인 강준이 그녀의 양팔을 잡아 벌려 벽에 고정시켰다. 얼음처럼 차가운 얼굴로 내려다보는 강준의 눈에 그녀의 흔들리는 시선이 포박당했다.

"내가, 정말 모를 거라 생각했나?"

이게 무슨 말…… 설마!

이강준의 말에 서원의 눈이 커졌다. 뜯어진 셔츠가 우악스럽게 잡아 벌린 힘에 의해 점차 넓게 벌어지고 있었다.

'알고…… 있었어?'

그가 자신이 여자라는 걸 알고 있다는 건 생각도 못 했기에 서원은 심장이 터질 듯 뛰었다.

이렇게 빨리 들켜 버리다니, 그것도 이강준에게…….

"그동안 날 속인 이유가 뭐야?"

모든 것이 끝났다는 생각에 핏기 없는 얼굴로 망연자실 서 있는 서원에게 얼굴을 바짝 갖다 댄 강준이 사납게 으릅렀다.

"입이 달렸으면 말을 해. 나를 더 화나게 하려는 게 아니라면."

"······저는······."

서원이 입술을 달싹였지만 긴장으로 침이 말랐는지 말하기가 어려웠다. 그녀가 고개를 숙이고 다시 입을 다물자 강준의 얼굴이 무섭게 굳었다.

"이동진이 시켰나?"

"······네?"

갑자기 강준의 입에서 나온 이름에 그녀가 시선을 들자 그의 살벌한 눈동자가 곧장 마주쳐 왔다.

"아니면 이춘일 사장인가? 널 보낸 사람이."

"무슨 말씀인지 모르겠······."

"말해. 누굴 위해서 문서를 빼냈는지."

잇새로 험악하게 내뱉는 강준을 올려다보며 서원이 더욱 알 수 없다는 표정을 지었다.

'문서? 문서라니······.'

왜 남자 행세를 했냐고 다그칠 줄 알았는데 강준의 입에서 나온 말은 전혀 다른 말이었다. 머릿속으로 빠르게 강준의 말을 정리한 서원이 천천히 숨을 들이켰다.

"······지금 제가 이곳의 문서를 빼냈다는 말씀이십니까?"

강준이 눈을 예리하게 떴다.

"끝까지 모른 척하겠다는 건가."

역시, 그건 모르고 있어.

낮게 으르는 목소리에 서원은 확신했다. 자신은 지금 들킨 것이 아니다. 모함을 받고 있는 것이다.

"오해십니다. 저는 맹세코 그런 적이 없습니다!"

서원이 강준을 똑바로 응시하며 말하자 그가 헛웃음을 쳤다.

"다 들켰다는 표정을 해 놓고는 이제 와서?"

"정말 아닙니다. 목숨을 걸라면 걸겠습니다."

서원이 단호하게 말하자 그의 입술 끝이 느릿하게 호선을 그리며 휘어 올라갔다.

"그거 참 쉬운 목숨이군요. 그럼 왜 한도원 이름으로 작성된 문건이 외부로 빠져나가려다 막힌 겁니까."

"네?"

"이런 일을 대비해서 공들여 만든 보안 체계가 가동됐단 말입니다. 우리 새파란 신입이 그것도 모르고 간 크게도 문건을 외부 서버로 바로 넘기려고 했던데."

"잠깐, 잠깐만…… 그러니까, 제 이름으로 작성된 문건이 외부 서버로 이동됐다는 말이십니까?"

서원이 되묻자 강준이 웃음기를 지웠다.

"그런 시도가 있으면 곧장 나에게 연락이 오게 되어 있다는 걸 몰랐겠죠. 그래서, 지금 이 방에서 뭘 찾으려고 한 겁니까? 아예 기밀서류를 통째로 넘기려는 생각이었습니까?"

"……."

서원이 말없이 강준을 응시했다.

"부사장님은 제가 비서로서 탐탁지 않으십니까?"

"……뭐?"

서원의 조용한 음성에 강준의 짙은 눈썹이 꿈틀거렸다.

"빼돌리려는 문서에 제 이름이 있다는 건 누가 봐도 일부러 제 이름을 남긴 겁니다. 부사장님이 그걸 캐치하지 못하셨다면, 제가 탐탁지 않기 때문에 냉철함을 잃으신 것으로밖에는 설명이 되지 않습니다."

강준이 서늘하게 서원을 응시했다. 그 눈을 똑바로 마주 보며 서원이 이어 말했다.

"한 달 내로 제가 범인이 아닌 것을 밝히겠습니다."

그의 예리한 시선이 서원에게 꽂혔다. 속에 감추고 있는 것을 읽어 내려는 듯 똑바로 내려다보며 강준이 말했다.

"내가 뭘 믿고 그 제안을 받아들여야 하지?"

"그때까지 밝히지 못한다면 어떤 처분이든 달게 받겠습니다."

서원이 확고한 말투로 말하고는 숨을 들이켰다.

"하지만 만약, 제 말이 사실이라면 부사장님도 제게 사과하셔야 할 겁니다. 저를 오해하신 것에 대해."

서원이 흔들림 없는 눈으로 강준을 바라봤다.

"……."

당돌한 제안에 강준은 눈을 가늘게 뜨고 도원을 내려다봤다.

보란 듯이 이름이 남겨진 파일.

도원의 말대로 그가 묘하게 신경에 거슬리는 상대가 아니었다면 곧바로 범인이라고 생각했을까?

자신이 냉정을 잃은 건 사실이었다. 그런데 그것 외에, 지금 한도원의 태도가 예상 밖이었다.

지금까지 자신에게 보인 모습으로는 이런 상황에서 하얗게 질려 아무 말도 못 할 것 같았는데, 그는 자신의 결백을 꽤나 타당하게 설명하고 있었다. 그리고 그걸 넘어서서 사실이 아닐 경우엔 사과를 할 것을 요구하고 있다.

스파이로 몰린 마당에 감히 뻔뻔하게 그런 말을 한다고 생각하면서도 도원의 당당한 태도와 흔들림 없이 마주 보는 눈동자는 강준을 묘한 기분에 사로잡히게 했다.

미동 없이 한참 내려다보고 있던 강준이 잡고 있던 팔을 놔줬다.

"한 달이나 면죄부 줄 생각 없으니 2주 안에 끝내요. 못 밝히면 한도원 씨가 했든 안 했든 당신에게 처분이 내려질 거니까."

"알겠습니다."

도원이 고개 숙여 인사를 하곤 곧장 몸을 돌렸다.

"……."

강준은 문밖으로 나가는 도원의 뒷모습을 예리한 시선으로 조용히 응시했다.

자리로 돌아온 서원은 브리프케이스를 들고 곧장 비서실을 나섰다.

"……하아!"

엘리베이터에 올라타 문이 닫히고 나서야 서원은 벽에 등을 기댄 채 뜯어진 셔츠를 거머쥐었다. 셔츠를 여민 하얀 손이 덜덜 떨리고 있었다.

'괜찮아…… 괜찮아. 들키지 않았으니까 됐어.'

얼굴이 창백하게 질린 서원이 깊게 숨을 들이켰다.

이강준이 무섭게 노려보며 멱살을 잡고 밀어붙였을 때 완벽하게 들켰다고 생각했다.

다행히 들킨 건 아니었지만 처음 보는 강준의 살벌한 분노에 그 자리에서 주저앉을 뻔할 정도로 겁을 먹었다. 그 위압적인 분위기에 아직도 심장이 터질 듯 뛰고 있었다. 쉬이 진정되질 않을 정도로.

띵—

"!"

엘리베이터가 멈추고 문이 열리자 보인 이동진의 얼굴에 서원이 흠칫 놀랐다.

"도원 씨?"

동진의 시선이 그녀가 거머쥐고 있는 뜯어진 셔츠로 향했다. 셔츠를 본 동진이 의아한 얼굴로 서원을 바라봤다.

"이거 부사장실에서 내려오던데, 맞죠?"

……하필.

서원은 낭패감에 휩싸였다. 동진이 엘리베이터 안으로 들어와 지하 주차장 층수를 누르는 동안, 셔츠를 잡고 있는 서원의 손에 땀이 배어들었다.

'인기 많을 것 같은데…… 아니면 남자한테 인기가 많나?'

아까 동진이 했던 질문을 떠올리며 서원이 지그시 입술을 사리물었다.

지나치게 예민하게 반응했던 것도 이상했을 텐데, 지금 이런 꼴을 보였으니 그야말로 오해 사기 딱 좋은 상황이 되어 버렸다. 부사장 비서실은 남자들만의 구역이라는 걸 모르는 사람은 이 회사에 없으니까.

'최악이야.'

서원이 표정을 굳히고 답답한 심정으로 서 있는데 동진이 휙 돌아봤다.

"!"

자신을 응시하는 그 시선에 서원은 바짝 긴장했다.

휘익—

동진이 뭔가 물어볼까 봐 걱정하고 있는데 의외로 장난스러운 휘파람 소리가 들렸다.

"한도원 씨 의외로 남자다운 면이 있네요. 그새 누구랑 주먹다짐한 거예요?"

주먹다짐? 동진의 말에 서원이 미간을 좁혔다.

"……아닙니다."

"에이, 아닌 게 아닌 것 같은데? 딱 봐도 멱살잡이한 모양새를 하고는. 어디…… 상처는 없어 보이는데…… 이겼어요?"

서원의 몸을 위아래로 훑어보며 동진이 싱글거렸다.

"아까 사과하길 잘했네. 사과 안 했으면 지금 내가 곤죽이 됐을 거 아냐."

"그런 거 아니……."

"앞으로 개기지 않을 테니 잘 부탁드립니다, 한도원 씨? 아, 1층 도착했네요. 그럼 조심히 들어가십시오!"

자신의 말은 들은 척도 하지 않고 허리까지 숙여 깍듯하게 인사한 동진이 열린 문을 손으로 공손히 가리켰다.

"먼저 가겠습니다."

고개를 짧게 숙이고 엘리베이터를 빠져나온 서원이 작게 내뱉었다.

"참 일방적인 사람이네."

남의 말은 듣질 않고…….

하지만 차라리 동진이 오해하고 있는 편이 낫다는 생각이 들었다. 주먹다짐이든 뭐든, 비서실에서 이상한 소문이 도는 것보다는 훨씬 나으니까.

한숨을 내쉰 서원은 빠른 걸음으로 로비를 걸어갔다. 다행히 늦은 시간이라 로비에는 경비원밖에 없었고 회사 입구 밖 계단도 한적했다.

비가 내리는 거리를 달려 곧바로 택시를 잡아탄 서원은 사는 동네를 말하고 시트에 등을 기댔다.

그제야 어깨 힘이 풀린 서원은 창밖의 밤거리를 응시했다. 긴장이 풀리자 가장 큰 문제가 머릿속으로 떠올랐다.

'누가 내 이름으로 문서를 넘기려 한 걸까.'

이런 문제가 생길 거라곤 생각해 본 적도 없는데…….

그저 자신이 여자인 것을 숨기는 것에만 신경을 쓴 나머지 주변의 모든 것에 안이하게 대처한 것인지도 몰랐다.

'나도 모르는 사이 누군가의 표적이 된 것도 모르고.'

어둡게 가라앉은 눈으로 창밖을 보고 있던 서원은 착잡한 표정으로 휴대폰으로 시선을 옮겼다.

'도원이를 스파이로 만들어선 안 돼. 난 지금 한서원이 아닌, 한도원으로 살고 있는 거니까.'

도원을 위해서라도 반드시 2주 안에 범인이 누군지를 밝혀내야만 한다. 이강준이 그 이상의 아량을 베풀 사람으로는 절대 보이지 않으니까.

아까 전 그의 행동은 완벽히 자신을 의심하고 있음을 증명하는 것이었다.

'내가, 정말 모를 거라 생각했나?'

그 말을 할 때의 이강준의 강렬한 눈빛과 낮은 목소리가 떠오르자 서원은 온몸의 솜털이 몽땅 곤두서는 것 같았다.

평소에도 위압적인 사람이지만, 비서로서의 자신을 대할 때와는 분위기가 전혀 달랐다. 자신이 적이라고 생각한 상대에게는 무서울 정도로 냉혈한이 되는 것이다, 이강준은.

양팔을 잡혔을 때의 우악스러운 손아귀의 힘이 선명하게 떠오르자 서원이 긴장된 표정으로 느리게 숨을 들이켰다.

'괜찮아……. 아니라는 걸 증명하면 돼.'

겁먹을 것 없어.

스스로에게 다짐하듯 말한 서원은 눈을 감았다. 바짝 긴장했기 때문인지 피로가 몰려들고 있었다. 흔들리는 택시 안에서 잠에 빠져들면서도 서원은 제 셔츠를 꼭 쥔 손을 놓지 않았다.

❊

강준은 여전히 집무실에 남아 있었다. 전면창 앞에 선 채 비 내리는 밤거리를 응시하는 그의 눈은 깊게 가라앉아 있었다.

비서실 서버의 모든 자료는 인터넷을 이용한 다른 서버로의 이동이 불가능하다.

만약 정상적인 루트 외에 다른 방법으로 이동하려 한다면 자신에게 곧장 연락이 오게 되어 있었다. 이것을 알고 있는 것은 자신과 박 실장뿐이었다.

그렇다면 남은 사람은 셋.

물론 외부인이 침투했을 가능성도 있지만 비서실 내부의 모든 PC는 암호화되어 있기 때문에 내부 사람일 가능성이 높았다.

30분 전.

외부 일정 후 집으로 가던 도중 비서팀 내에서 강제적 서버 접근 시도가 있었다는 연락을 받았다. 이동 시도된 문건은 한도원의 이름으로 작성된 파일이었다.

마침 회사와 멀지 않은 위치였기 때문에 곧바로 차를 돌려 회사로 왔고, 그때 자신의 집무실에 있는 한도원을 발견했다. 아무도 없는 사무실에 혼자, 그것도 비서실이 아닌 자신의 집무실 책상 앞에 서 있는 도원을 봤을 때, 완벽히 그의 소행이라고 생각했다.

그래서 강하게 추궁했던 것인데…….

'빼돌리려는 문서에 제 이름이 있다는 건 누가 봐도 일부러 제 이름을 남긴 겁니다. 부사장님이 그걸 캐치하지 못하셨다면, 제가 탐탁지 않기 때문에 냉철함을 잃으신 것으로밖에는 설명이 되지 않습니다.'

한도원의 말이 맞다. 만약 그 파일에 적힌 이름이 다른 사람의 이름이었다면 무턱대고 의심부터 하진 않았을 거다.

누구라도 자신의 이름 먼저 지우고 파일을 빼돌리려 할 테니까. 그건 그저 한도원에게 책임을 떠넘길 초보적인 장치에 불과했다.

'하지만 만약, 제 말이 사실이라면 부사장님도 제게 사과하셔야

할 겁니다.'

그 말을 할 때의 한도원의 굳건한 눈빛이 떠오르자 익숙한 더운 열기가 몸 안 깊숙한 곳, 은밀한 내부에서 피어오르기 시작했다.

천천히 숨을 들이켠 강준이 미간을 좁히고 창밖에 시선을 고정시켰다. 창밖을 노려보는 이강준의 눈이 칠흑처럼 어둡게 가라앉았다.

❇

'……또 꿈인가.'

강준은 자신이 한도원의 멱살을 잡아 벽에 밀치는 장면을 보며 이게 꿈이라는 걸 알았다. 아까 있었던 일을 꿈으로 꾸고 있는 거였다. 이번엔 자신이 제삼자의 시선으로 보듯 두 사람을 보고 있었다.

도원의 양팔을 잡아 벌려 벽에 고정했을 때 자신의 눈에 강렬한 욕망이 번들거리는 것이 보였다.

'제기랄, 그만둬.'

꼼짝 않고 지켜보는 입장이 된 강준은 낮게 신음을 흘렸다.

꿈속의 자신은 도원을 움직이지 못하도록 한 손으로 두 팔을 잡아 결박한 뒤 다른 손으로 남은 단추를 하나씩 풀고 있었다.

'멈춰, 빌어먹을! 남자를 상대로 무슨 짓을 할 셈이야!'

사납게 으르렁거렸지만 꿈속의 자신은 거부하는 도원의 셔츠를 찢을 듯이 벗겨 그 사이로 얼굴을 가져가고 있었다. 도원의 몸을 탐할수록 거친 숨소리가 두 사람의 입술에서 흘러나오고 있었다.

'제발 멈추…….'

자신이 등장하는 관음적 포르노 영상을 보는 것을 참을 수 없다고 생각하는 순간, 강준은 어느새 꿈속의 자신이 되어 도원을 내려다보고 있었다.

지켜보던 때와 달리 자신이 도원의 몸을 가두고 있는 상황이 되자 멈출 수 없는 강한 욕망이 들끓었다.

'부, 부사장님 그만……!'

빠져나가려 안달하는 손목을 더욱 세게 붙잡아 말캉한 살결로 입술을 옮길 때마다 짐승 같은 욕망이 사납게 날뛰었다. 여자처럼 희고 가느다란 목덜미를 짐승처럼 빨아들이고 움츠러드는 연약한 어깨를 맛봤다.

'아웃, 그만, 제발 그만하세요…… 아!'

닥치는 대로 입술로 물고 빨기 시작하자 거친 숨결이 목 안을 그르렁거리며 울렸다. 입술이 지나간 자리마다 낙인처럼 남은 붉은 자국이 쾌감을 일게 했다.

마치 자신이 아닌 것 같은, 오로지 그 맹렬한 욕망만이 자신인 것 같은 갈증을 느끼며 도원의 바지 버클로 손을 가져가는 순간이었다.

"헉."

잠에서 깬 강준은 꿈속에서 뱉어 내고 있던 거친 호흡을 그대로 이어서 몰아쉬고 있었다. 터질 듯한 심장 소리가 생생히 들렸고, 온몸은 땀에 축축이 젖어 있었다.

"한도원……."

잇새로 사납게 내뱉은 강준이 주먹을 움켜쥐었다. 막 성에 눈뜬 사춘기 청소년처럼 매일 밤 한 사람이 등장하는 꿈을 꾸다니. 가뜩이나 불면으로 얼마 안 되는 수면 시간까지 모조리 어이없는 일에 소모되자 강준은 화가 치밀었다.

오늘 밤도 더는 잠들 수 없을 것 같다.

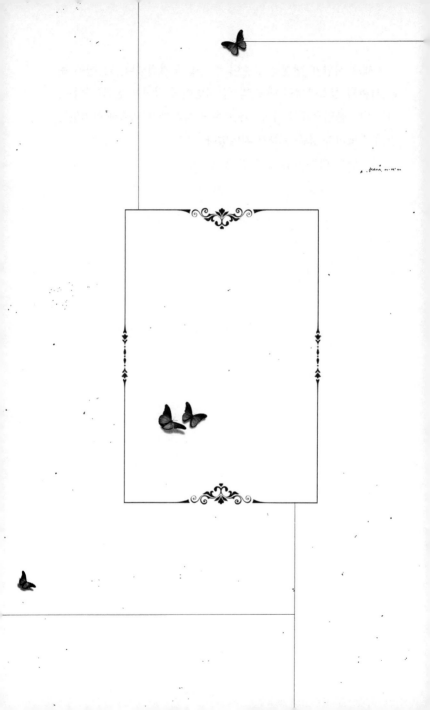

03

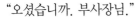

"오셨습니까. 부사장님."

"안녕하십니까!"

인사 소리에 서원도 몸을 일으켰다. 비서실로 들어선 강준의 시선이 자신에게 닿는 것이 느껴지자 정중하게 고개를 숙였다. 그 서늘한 시선이 강준에게서 느껴지는가 싶더니 그는 그대로 집무실로 들어갔다.

다시 긴장이 풀린 얼굴로 자리에 앉는 서원에게 옆자리의 김 비서가 소리 죽여 말을 걸어왔다.

"부사장님이랑 무슨 일 있었어? 오늘따라 칼 같은 눈빛으로 이쪽을 쳐다보시는데."

"아무 일도 없었습니다."

최대한 담담하게 대답한 서원은 눈에 들어오지 않는 화면 안의 워드 파일을 바라보며 한숨을 내쉬었다.

방금 전 이강준의 눈빛을 보면 여전히 자신을 범인으로 생각하고 있는 것이 분명해 보였다.

'이상하네.'

서원의 눈썹이 좁혀 들었다. 자신의 이름으로 된 문서라면 자신의 PC에서 유출됐을 가능성이 큰데 살펴봐도 평소와 전혀 다른 것이 없었다.

보안실에 요청해서 엘리베이터 앞과 복도 CCTV를 확인해 봤지만 외부인의 출입은 없었다. 게다가 중역의 비서실 내부는 대부분 프라이버시 문제로 CCTV가 설치되지 않았다.

'그렇다는 건…….'

서원이 지끈거리는 머리를 꾹 누르고 있는데 인터폰이 울렸다. 부사장 집무실에서 온 호출에 서원이 흠칫 놀란 것도 잠시, 곧 평소처럼 전화를 받았다.

"네. 부사장님."

— 지금 올 수 있습니까.

"바로 가겠습니다."

서원은 몸을 일으켜 집무실로 향했다. 숨을 들이켜고 노크한 뒤 문을 열자 책상 앞에 앉아 있는 이강준이 보였다. 늘 모니터나 서류에만 시선을 두고 있을 때와 달리 가죽 의자에 비스듬히 등을 기댄 채 자신을 똑바로 응시하고 있었다. 그 시선에 서원은 긴장을 누르며 걸어갔다.

"부르셨습니까."

"……한도원 씨."

"네."

느른하지만 묘하게 위압감이 느껴지는 목소리였다. 서원의 대답에 그의 검은 눈동자가 직시해 왔다.

"어제 한도원 씨가 한 말, 일리는 있습니다. 하지만 한도원 씨 자리에서 본인 이름으로 된 파일이 외부로 빠져나가려는 시도가 있던 것 역시 사실입니다."

강준의 목소리가 고저 없이 흘러나왔다.

서원은 그의 의도를 파악하기 위해 자신에게 고정된 눈동자를 가만히 마주 봤다.

"그렇다면 난 뭘 믿고 한도원 씨에게 2주란 유예 기간을 줘야 합니까? 만약 한도원 씨가 범인이 맞다면 그사이에 어떤 짓을 저지를 줄 알고?"

"저를 믿지 못하시겠다면……."

"한도원 씨를 무조건 믿으란 말입니까?"

"아닙니다. 다만, 저를 잘라 내신다고 해도 다음에 같은 일이 벌어진다면, 미수로 끝났던 것이 그때는 제대로 유출이 될 겁니다."

"……."

담담한 표정으로 답하는 서원의 얼굴에 강준의 시선이 향했다.

"그렇게 되면 부사장님이 감수하시게 될 피해가 더 클 수 있다는 걸 말씀드리려는 겁니다."

서원의 말에 그의 입술 끝이 유려하게 휘어 올라갔다.

"……협박으로 들리는데."

"그런 건 아닙니다. 오해는 하지 마십시오."

서원은 답답함을 느꼈다. 이미 자신을 범인으로 확정을 짓고 있는 그를 설득시킬 방법이 서원에겐 많지 않았다. 아니, 아예 없었다. 서원은 자신이 처한 상황에 가슴이 꽉 막힌 듯 답답했다.

'후, 대체 어떻게…….'

서원이 난감하게 미간을 좁히는데 그가 의자를 밀고 일어섰다.

끼익.

그 소리와 함께 서원의 몸이 저절로 긴장됐다. 그가 거대한 책상을 돌아 그녀 앞으로 다가와 우뚝 섰다.

"어젯밤의 말을 번복하려는 건 아닙니다. 나도 최소한 내가 한 말은 지키는 사람이니까."

서원은 긴장을 들키지 않으려 노력하며 반듯이 선 채 강준을 올려다봤다. 바지 주머니에 손을 꽂고 자신을 내려다보는 강준을 보자, 서원은 새삼 그의 조각같이 빼어난 외모를 다시 실감했다.

이렇게 가까이 마주 보고 있으면 원하지 않음에도 자신이 여자라는 걸 자각시키듯 심장이 반응한다. 이런 상황에서조차.

"하지만."

제 표정을 의식하며 서원이 조마조마한 마음으로 강준에게서 눈을 떼지 않았다. 그가 말을 이었다.

"한도원 씨가 날 안심시켜 줄 무언가를 보여 줘야 나도 당신을 믿고 다른 가능성을 생각할 수 있지 않겠습니까."

"……어떤 걸 보여 주길 바라시는 겁니까."

그의 눈빛이 다른 색을 띠는 것처럼 빛났다.

"글쎄. 어떤 걸까."

"……."

잠시 그의 시선을 받아 내고 있던 서원은 숨을 들이켰다.

이강준은 자신을 범인이라고 단정 짓고 그저 곤란하게 만들 생각인 것 같았다. 진짜 무언가를 보여 주길 바라는 것이 아니라 이런 식으로 난처하게 하고, 궁지에 몰아서 실토하는 것을 바라는 것이라고.

"처음부터 믿을 생각이 없는 사람에게 어떤 말을 해야 믿음을 줄 수 있을지 모르겠습니다."

서원의 말에 순간 이강준의 표정이 험악해졌다.

"부사장님께서 바라시는 걸 말씀하십시오. 이런 식으로 돌려서 말씀하지 마시고."

강준의 눈빛이 차갑게 가라앉았다.

"한도원 씨. 내가 이유 없이 당신을 괴롭힌다고 생각합니까?"

"……."

그녀가 말이 없자 예리한 시선으로 보고 있던 강준이 낮은 목소리로 말했다.

"한도원 씨가 말하는 진실이라는 게 정말 있다면, 내 인내심이 바닥나기 전에 찾아내는 게 좋을 겁니다."

냉소적으로 말한 그가 몸을 돌렸다.

"나가 봐요."

강준이 차갑게 말하자 서원이 그의 등을 향해 인사한 뒤 집무실을 나섰다.

자리로 돌아와 앉아서도 하루 종일 업무에 집중이 되지 않았다. 이강준의 냉정한 말과 자신이 오해받고 있다는 것, 그리고 어찌 됐든 다른 이유로 그를 속이고 있다는 사실 때문에 심경이 복잡했다.

집무실에 있는 강준이 퇴근을 해야 그나마 일에 집중할 수 있을 것 같은데 오늘따라 그는 퇴근도 하지 않았다. 퇴근 시간이 한참 지났는데도.

'안 되겠어. 커피라도 마시고 오자.'

제자리걸음인 서류를 내려놓은 서원이 회사 내에 있는 카페로 내려갔다. 진한 에스프레소 잔을 앞에 둔 서원이 조용히 내려다보며 생각에 잠겨 있는데 누군가가 어깨를 툭툭 쳤다.

"한도원 씨."

돌아보니 동진이 서 있었다.

"이사님?"

"자주 마주치네요."

동진이 싱글싱글 웃으며 묻지도 않고 자신의 잔을 들고 서원의 테이블에 앉았다.

"야근 자주 하는 것 같은데 강준이가 잘 챙겨 주나요? 이렇게 열심히 하는 직원은 잘 챙겨 줘야 될 텐데."

허락 없이 앉아선 능청스럽게 커피를 홀짝이는 동진을 서원이 난감한 얼굴로 바라봤다.

'이동진이 시켰나? 아니면, 이춘일 사장인가? 널 보낸 사람이.'

어제 이강준이 자신을 스파이로 오인했을 때 험악한 눈으로 노려보며 그렇게 말했다. 그러고 보니 처음 사내식당에서 동진이 말을 걸어왔을 때, 후계 다툼을 벌이는 상대라고 들었던 것이 서원의 머릿속을 스쳐 지나갔다.

'그래서인가?'

만약 그렇다면, 이렇게 동진과 함께 앉아 있는 것만으로도 이강준의 의심을 사게 된다.

"한도원 씨, 내 말 듣고 있어요?"

생각에 잠겨 있던 서원의 귀에 그제야 동진의 목소리가 들려왔다.

"네?"

서원이 되묻자 동진이 한숨을 내쉬었다.

"그럴 줄 알았어. 내 말 안 듣고 있는 것 같더라니."

"저, 이사님."

서원이 부르자 동진이 커피 잔을 입에 댄 채 눈으로 대답했다. 그 모습을 건너다보며 서원이 목소리 톤을 낮춰 말했다.

"불쾌하실 수도 있겠지만 말씀드리겠습니다. 이사님과 제가 이렇게 같이 앉아 있는 것만으로도 제가 의심받는다는 생각은 안 해 보셨습니까?"

동진의 눈이 둥그레졌다.

"오해?"

"네."

"누구에게?"

동진은 정말 아무것도 모르는 듯 눈을 깜빡이며 되물었다. 그것이 연기인지 아닌지 가늠하며 서원은 조용한 목소리로 말했다.

"부사장님, 그리고 부사장님과 이사님의 관계를 알고 있는 그 외의 다른 사람들에게요."

"아아, 그건 걱정 안 해도 돼요. 강준이는 그런 오해 할 사람 아니니까."

말도 안 된다는 듯 가볍게 대답하는 그를 보니 서원은 혼란스러움을 느꼈다.

'거짓말 같진 않은데…….'

아까부터 이강준을 '강준이'라고 부르는 걸 보면 사이가 나쁜

97

것 같지도 않았다. 동진의 빙글거리는 얼굴을 보던 서원이 에스프레소 잔으로 시선을 내렸다.

"이사님은 그렇게 생각하실 수 있지만 부사장님이 정말 어떻게 생각하는지는 알 수 없습니다."

"한도원 씨는 아직 강준이 잘 모르잖아요. 그리고 내가 어떻게 강준이와 비교가 돼? 말도 안 되지. 저 일에 미친놈과 날 비교하는 건 웃긴 거야. 다들 그렇게 생각할걸요?"

"……."

어깨를 으쓱이며 가볍게 말하는 동진의 진의가 어떤지는 알 수 없었지만 겉보기엔 정말 그래 보였다. 그리고 의외로 동진은 자신에 대해 정확히 평가하고 있었다. 외부에서 동진을 평가하는 건 정말 그의 말이 맞았으니까. 다들 이강준과 이동진은 비교 대상이 되지 않는다고 말했다.

그건 이동진에게는 자존심이 상할 수 있는 문제일 텐데도 지금 그의 태도를 보면 딱히 그런 것 같지도 않았다.

'그럼 부사장님은 왜 날 오해한 걸까. 이사님에게 내가 모르는 무언가가 있는 걸까?'

생각을 비우려고 내려온 자리에서도 다시 생각을 하게 만든 상대 때문에 서원은 머리가 아파 왔다.

"먼저 올라가 보겠습니다."

빠르게 에스프레소 잔을 비운 서원이 몸을 일으키자 동진이 그녀의 손목을 탁 잡았다.

"!"

불시에 손목을 잡히자 서원이 멈춰 서 그를 바라봤다. 동진은 잘생긴 얼굴로 짐짓 처연한 표정을 지으며 말했다.

"벌써 올라가게요? 나 심심한데."

"일 끝나셨으면 퇴근하십시오."

"나라고 좋아서 남아 있는 게 아니란 말이죠. 일찍 퇴근하면 자꾸 눈치를 주는 사람이 있어서 어쩔 수가 없이 남아 있는 거지."

동진의 표정이 같이 있어 달라는 것으로 보여 서원이 잠시 보다가 정중하게 말했다.

"저는 일이 남아서, 죄송합니다."

"아아, 아쉽네."

서원이 손목을 빼서 몸을 돌리자 뒤에서 볼멘소리가 들려왔다.

'정말 이해할 수가 없…….'

짧게 한숨을 내쉬며 카페를 나오던 서원은 입구 앞에 서 있는 이강준을 보고 그대로 숨을 삼켰다. 강준은 차가운 시선으로 자신을 응시하고 있었다. 그의 차가운 눈빛에 서원은 지금도 자신이 오해받는 상황이라는 것을 깨달았다.

'하필이면.'

서원이 입술을 잘근 깨물었다. 지나치게 타이밍이 나쁘다. 우선 해명부터 해야 한다.

"부사장……."

"너 아직 퇴근 안 했어?"

서원이 뭐라 말하기도 전에 뒤에서 동진의 목소리가 들렸다. 돌아보니 동진이 서원의 옆에 서며 그녀의 어깨에 친밀하게 팔을 올리고는 웃으며 강준을 바라봤다.

"카페에서 우연히 만나서 대화 좀 했어. 네 신입 비서는 너한테 오해받는다고 쓸데없는 걱정을 하고 있던데, 비서실에서 직원들 들들 볶나 봐? 별걸 다 걱정하게 하고."

동진이 말하는 동안 이강준의 시선이 자신의 어깨에 놓여 있는 동진의 손에 서늘하게 내려앉는 게 보였다. 그러다 곧 그 시선을 돌려 자신과 눈을 마주하며 강준이 말했다.

"올라가 보세요."

"알겠습니다."

바로 대답한 그녀가 엘리베이터 쪽으로 걸어갔다. 뒤에서 동진의 목소리가 들렸다.

"커피 마시려고? 그럼 나도 한 잔 더 할까."

돌아보니 이강준을 따라 동진이 카페로 들어가고 있었다. 서원은 카페 안의 두 사람의 모습을 잠시 보다가 몸을 돌렸다.

비서실로 올라와 자리에 앉은 서원은 하얀 이마를 찌푸렸다.

'괜히 내려갔어. 또 오해만 받게.'

하필 이강준이 의심하고 있는 동진을 카페에서 만나다니. 정말 우연인데도 강준이 그렇게 생각할 리가 없다는 생각에 가슴이 답답해졌다.

'……어차피 늦었어. 일이나 하자.'

서원이 포기하고 다시 서류를 펼쳐 드는데 비서실로 이강준이 들어왔다. 테이크아웃 커피 잔을 들고 들어선 그를 본 서원이 몸을 일으켰다.

"오셨습니까."

냉소적인 시선이 잠시 머무르는가 싶더니 그는 그대로 집무실로 들어가 버렸다. 닫힌 문을 잠시 응시하던 서원은 천천히 자리에 앉았다.

탁.

강준은 가지고 온 커피를 제 집무실 책상 위에 내려놓았다.

'처음부터 믿을 생각이 없는 사람에게 어떤 말을 해야 믿음을 줄 수 있을지 모르겠습니다.'

자신이 떠보는 것을 단번에 알아차린 도원의 역습은 꽤 인상적이었다. 이 눈치 빠르고 영리한 신입 비서는 알면 알수록 신경에 더 거슬리는 존재가 되어 가고 있었다. 무심히 지나칠 수 있는 일조차도 개의하게 되는…….

"……."

강준은 책상 위에 내려놓은 커피 잔을 무감히 쳐다봤다. 순간 카페에서 동진이 한도원의 손목을 잡고 있던 모습이 떠오르자 그의 굵은 눈썹이 예리하게 치켜 올라갔다.

본래 여기저기 잘 달라붙는 동진이었다. 지금까지 한 번도 그의 그런 태도가 거슬린 적이 없었는데, 방금 전 그의 행동에는 불쾌감이 일었다.

게다가 한도원이 자신에게 오해를 받는 게 걱정이라는 둥, 사사로운 이야기까지 할 정도로 둘이 친밀한 사이라는 것도 거슬렸다.

그건 한도원이 이동진에게 문서를 빼돌렸을 거라고 의심하는 것과는 전혀 다른 종류의 불쾌감이었다. 엘리베이터에서 자신이 손자국을 남겼던 한도원의 손목에 동진의 손이 닿는 것이, 화가 치밀 정도로 불쾌했다.

"……뭐 하자는 거야."

잇새로 낮게 내뱉은 강준은 노트북을 끄고 그대로 집무실을 빠져나갔다.

"후……."

집으로 돌아와 서재에서 일하던 강준은 고개를 뒤로 젖히고 피곤한 눈을 감았다. 그리고 다시 고개를 내려 모니터를 응시하는 그의 눈이 붉게 충혈되어 있었다.

잠이 쏟아졌지만 잘 수가 없었다. 잠들면 또다시 한도원이 등장하는 음탕한 꿈을 꾸게 될 테니까…….

'대체 언제까지.'

이마를 손으로 짚은 강준은 크게 숨을 들이켜며 눈을 내리깔았다. 짙은 속눈썹이 아래로 향하며 눈 밑에 깊은 그림자를 드리웠다. 조각처럼 수려한 그의 얼굴이 딱딱하게 굳어져 있었다.

이 말도 안 되는 악몽이 끝나지 않는다면, 차라리 불면이 나을 것 같았다.

＊

지지부진하게 일주일이 지났지만 여전히 범인이 누구인지 감도 잡히지 않고 있었다.

'앞으로 일주일……. 그 안에 진범을 잡지 못하면 내가 뒤집어쓰게 되는 건가.'

서원은 깊게 가라앉은 눈동자로 집무실 문을 쳐다봤다. 일주일 동안 할 수 있는 건 다 해 봤지만 혼자서 조사하는 것에는 한계가 있었다. 비서실에서 기밀 유출 시도가 있었다는 사실이 외부로 알려지면 안 되기 때문에 여러 가지 제약들이 있었고, 사내 보안

팀에서도 확실한 정보를 얻어 낼 수가 없었다.

"한 비서. 오늘 알지?"

심 비서의 목소리에 생각에 잠겨 있던 서원이 고개를 돌렸다.

"……오늘이요?"

서원이 의아한 표정을 짓자 심 비서가 눈을 둥글게 떴다.

"오늘 우리 팀 회식이라고 했잖아. 잊었어?"

"아아, 회식……."

그제야 생각난 서원의 표정이 곧 어두워졌지만 그걸 인식하지 못한 심 비서가 활기차게 말했다.

"잊지 말고 5시까지 업무 끝내. 오늘은 한 비서 입사 기념도 겸 하는 거니까. 우리 팀이 회식이 자주 있지 않아서 환영회도 이제 야 하게 됐네. 그동안 서운하진 않았어?"

"아닙니다. 괜찮습니다."

서원이 흐린 미소를 지어 보였다.

"그럼 남은 일 속도 내서 끝내고."

"네."

서원은 멀어지는 심 비서의 뒷모습을 보며 씁쓸한 표정을 지었다.

'회식도 잊고 있었구나.'

기밀 유출 건에 정신이 팔려 있었더니 회식도 까맣게 잊고 있 었다. 하지만 자신의 운신이 어떻게 될지도 모르는 처지에 환영 회라니…….

서원은 착잡한 기분으로 회의 보고서를 마저 작성했다.

5시에 업무를 마친 비서팀은 회식을 위해 늘 이용하는 고급스러운 바로 향했다.

이곳은 룸 형식의 공간과 클럽 형식의 스테이지가 나뉘어져 있어, 룸에서 술을 마시다가 원하면 스테이지로 나가서 춤추고 놀 수 있는 자유로운 분위기의 장소였다. 부사장은 항상 이런 자리에서 적당히 있다가 빠져 주는 편이니 눈치 볼 것 없이 즐기면 된다고 김 비서가 말해 줬다.

"우리 막내 한도원 비서를 환영하며, 건배합시다!"

"건배!"

"환영한다, 한 비서!"

박 실장의 요란한 건배사와 함께 잔들이 부딪쳤다. 강준이 아무 말 없이 조용히 술잔을 입으로 가져가는 걸 곁눈질하며 서원도 조심스럽게 술을 마셨다.

"부사장님도 한 비서에게 한마디 해 주시죠."

김 비서의 권유에 잔을 비우고 술을 받던 서원의 시선이 강준에게 향했다. 그녀의 맑은 눈동자와 강준의 짙은 눈동자가 순간 공중에서 부딪쳤다. 그때 심 비서가 인상을 찡그리며 김 비서에게 타박하듯 말했다.

"김 비서 너, 부사장님이 그런 거 하시는 거 봤어? 괜히 불편하시게."

"아, 죄송합니다!"

김 비서가 벌떡 일어나서 고개 숙여 사과하는데 강준이 서원에게 술병을 내밀었다.

강준의 의도를 눈치챈 서원이 얼른 잔을 비우고 내밀었다. 그 잔에 위스키를 따라 주며 강준이 시선을 맞춰 왔다.

"앞으로도 잘 부탁합니다."

"……네. 부사장님."

형식상의 말이지만 묘한 기분을 느끼며 서원은 강준이 채워 준 잔을 비웠다. 그러자 주변에서 요란하게 박수를 쳐 댔다.

"오, 한 비서 오늘 계 탔네!"

"축하나 환영 뭐 이런 데에는 영 인색하신 우리 부사장님께서 친히 덕담까지 해 주셨으니 정말 잘해야 돼. 알았지?"

"명심하겠습니다."

서원의 대답과 함께 와자지껄하게 술잔이 돌았다.

"……."

한편 강준은 위스키 잔을 든 채 환영한다고 여기저기서 따라 주는 술을 받는 한도원을 지켜봤다.

'독한 위스키를 잘도 삼켜 내는군.'

도원은 술이 꽤 강한 모양인지 얼굴 한 번 찌푸리지 않고 따라 주는 대로 잘 받아 마시고 있었다.

그런 도원을 보던 강준이 술잔을 내려놨다. 그의 매끈한 미간이 좁혀 들었다. 요즘 가뜩이나 수면 부족인데 오늘은 더 못 잤기 때문인지 알코올이 들어가자 잠이 쏟아지기 시작했다.

아예 자지 않을 수는 없지만 최대한 자지 않으려고 버티다 보니 도원의 꿈을 꾸는 횟수는 확실히 줄었다. 불안함에 꿈에 빠져 들기도 전에 잠에서 깨 버리는 식이었으니까.

하지만 이런 식으로 버티는 데는 한계가 있는 모양인지 회식 중인데도 잠이 쏟아졌다. 그에게는 한 번도 없던 일이었다. 사람들의 대화가 잘 들리지 않을 정도가 됐을 때 비서들이 일어서는 것이 보였다.

"저희는 스테이지에 다녀올 생각인데 부사장님도 같이 가시겠······."

강준이 거부의 의미로 가볍게 손을 들어 보였다.

"난 곧 갈 겁니다."

"그럼 안녕히 들어가십시오!"

익숙한 패턴을 인지한 직원들은 강준에게 크게 인사하고는 우르르 룸을 빠져나갔다.

강준은 졸음으로 자꾸 감기려는 눈을 억지로 떴다. 룸을 나서는 사람들 사이에 한도원이 껴 있는 것이 희미해진 시야에 포착됐다.

"······후."

문이 닫히자 강준은 소파에 깊게 등을 묻었다. 지금 나갔으니 한참 안 들어올 것이다.

강준은 눈을 감았다. 쏟아지는 잠 때문에 지금은 도저히 움직일 수가 없었다. 잠깐이라도 눈을 붙이고 갈 수밖에.

"먼저 가 계세요. 저는 화장실 좀 들렀다 가겠습니다."

"그래. 갔다 와."

팀원들이 멀어지는 것을 보며 서원은 옆에 있는 화장실로 들어갔다.

'아······.'

화장실 입구가 출렁이는 파도처럼 흔들리고 있는 것 같은 기분에 서원은 고개를 흔들었다. 사실 술에 세지 않은 서원은 연구실 회식에서 다진 정신력으로 지금까지 버틴 거였다. 하지만 한계인 모양인지 취기가 주체할 수 없이 올라오고 있었다.

"······이런. 실수했네."

술김에 여자 화장실로 들어왔다는 것을 칸에 들어오고 나서야 깨달은 서원은 입술을 지그시 깨물었다. 이대로 나갔다가 변태 취급이라도 당하면 일이 복잡해질 거라고 생각한 서원은 안경을 벗었다. 셔츠 안의 압박 브래지어도 벗어 내자 숨이 쉬어지는 기분이었다.

"하아, 살겠네."

하루 종일 압박 브래지어를 하고 있는 것도 불편한데 술까지 취한 상태에서 계속 착용하고 있으려니 너무 힘들었다.

화장실 칸 안에서 비틀거리며 나온 서원은 취기로 흐릿해진 눈으로 주변을 둘러봤다. 다행히 아무도 없는 것을 확인하고 얼른 밖으로 나오는데 걸음이 제멋대로 꼬였다.

'후, 아무래도 안 되겠어. 일단 룸으로 들어가서 좀 쉬다가…….'

이강준도 먼저 들어간다고 했으니 룸에는 아무도 없을 거였다. 너무 어지러워서 제대로 걷기가 힘들어진 서원은 손으로 이마를 짚고 비틀거리며 룸으로 향했다.

털썩—

가까스로 룸을 찾아 들어온 서원은 바로 보이는 기다란 소파 위에 그대로 누웠다.

"……하아."

더운 숨을 흘린 서원이 몸을 뒤척였다. 혈액 속을 나도는 알코올 때문에 머릿속이 빙글빙글 돌고 있었다.

'아, 안경……. 주머니에 넣어 놨는데.'

주머니에서 안경을 빼야겠다는 생각을 했지만 넘실거리는 알코올이 급속도로 뇌를 잠식해 버려 서원은 손 하나 까딱할 수가 없었다.

술에 취한 서원은 반대편에 잠들어 있는 이강준을 보지 못한 채 그대로 잠에 빠져들었다.

혼곤한 잠의 입구에서 습관적으로 잠이 깬 이강준의 시야에 맞은편 소파에 누워 있는 사람이 보였다.

'……한도원?'

아무도 없는 룸 안에서 흐트러진 셔츠 차림으로 안경도 없이 잠들어 있는 도원을 보자 강준은 입술 끝을 차갑게 비틀었다.

빌어먹을 꿈에서 벗어나기 위해 그 노력을 했는데도 결국 또 한도원이 나오는 꿈이라니.

허탈한 기분에 낮게 웃음을 흘린 강준이 고개를 흔들어 제 머리칼을 흩트리고는 다시 도원을 바라봤다. 여느 때처럼 한도원을 본 순간 온몸에 강렬한 욕망이 꿈틀거리고 있었다.

천천히 자리에서 일어선 강준은 잠든 도원에게 다가갔다. 안경도 없이 기다란 속눈썹을 그대로 내보인 채 잠이 들어 있는 도원을 강준이 검게 일렁이는 눈동자로 내려다봤다. 흐트러진 셔츠 아래로 꿈속에서 물어뜯듯 삼켰던 속살이 아슬아슬하게 보이고 있었다.

"……이러면."

그의 입술에서 탁하게 잠긴 목소리가 낮게 흘러나왔다.

"더는 방법이 없잖아. 한도원."

그렇게나 노력했는데도 이런 꿈을 꿔 버리면.

강준은 잠들어 있는 도원의 얼굴로 손을 가져갔다. 보드라운 뺨에 손끝이 닿자 열기가 느껴졌다. 꿈인데도 이렇게 리얼한 감촉이라니……. 이강준의 입술에서 실소가 흘렀다.

"이러다간 나중엔 꿈과 현실을 구분하는 것조차 힘들겠어."

낮게 내뱉은 강준이 손끝으로 도원의 뺨을 지나 가느다란 목덜미로 훑어 내려갔다.

늘 이 하얀 목덜미가 그로 하여금 금지된 욕망을 부추기곤 한다. 꿈속에서처럼 자신이 새긴 붉은 흔적으로 그를 엉망으로 만들어 버리고 싶다는.

"음……."

목덜미를 손가락 끝으로 쓰는 손길에 도원이 몸을 뒤척였다.

"……하아."

더운 숨을 뱉으며 고개를 돌리자 촉촉한 윤기가 흐르는 붉은 입술이 살짝 벌어졌다. 그 입술을 본 순간 강준은 지독한 갈증을 느꼈다. 그의 목울대가 크게 꿈틀거리고, 탱탱한 입술에 시선을 박은 채 그대로 고개를 숙여 입술을 삼켰다.

"하…… 아음."

꿈에서 늘 삼키던 입술인데 오늘은 유독 보드라운 감촉이 선명하게 느껴졌다.

'제길.'

거기에 미치도록 달달한 맛이 느껴지자 강준은 낮게 신음을 흘리며 거칠게 입술 사이로 혀를 밀어 넣었다. 작은 입술을 벌려 말캉한 혀를 찾아내 휘감자 더운 숨결이 입안으로 밀려들었다.

"합…… 으음, 하아."

입술이 벌어지고 축축한 혀가 엉켜들 때마다 점점 더 호흡이 거칠어졌다. 평소와는 다르게, 아니 평소의 꿈과는 다른, 자제를 할 수 없을 정도로 생생하게 느껴지는 감촉에 집요하게 그의 입술을 탐하면서도 강준은 이상함을 느꼈다.

"……!"

그 순간 강준은 이상함을 느끼는 지점을 정확히 깨달았다.

향기…….

꿈에서는 한 번도 맡아 본 적 없던 향기로운 풀 내음 같은 도원의 체향이 위스키 향과 함께 느껴지자, 움직임을 멈춘 그가 입술을 떼어 냈다. 순간 술이 확 깨는 기분과 함께 그가 벌떡 일어섰다.

'이건…… 이건 설마.'

꿈이 아니야?

급작스럽게 밀려드는 현실감에 강준은 잠들어 있는 도원을 혼란스러운 시선으로 내려다봤다. 자신이 삼키고 빨아 댄 입술이 그의 타액으로 번들거리고 있었다.

"…….'

미간을 일그러뜨리고 흔들리는 눈동자로 도원을 응시하던 그가 그대로 몸을 돌려 룸을 빠져나갔다.

❋

다음 날, 서원은 머리가 깨질 듯한 숙취보다 더 큰 절망감에 시달리고 있었다.

"미쳤어. 이강준을 상대로 그런 꿈을 꾸다니…….'

간밤에 강준과 진한 키스를 나누는 꿈을 꾼 서원은 난감한 표정으로 입술을 깨물었다.

하필 다른 사람도 아니고 이강준이라니. 물론 요즘 가장 머릿속을 복잡하게 만들고 있는 사람이 그 남자이긴 하지만 아무리 그래도…….

"제정신이 아니야. 한서원."

자신에게 타박하듯 말한 서원이 푹신한 베개에 얼굴을 푹 묻었다.

'꿈인데도 왜 이렇게 생생한 거야? 아, 정말!'

입술을 깨물고 혀를 빨아들이는 감촉과 더운 숨결이 떠오르자 서원은 이불 속에서 어쩔 줄을 몰라 했다.

아무리 꿈이라지만, 키스를 거부하지 않고 받아들인 자신이 이해가 가지 않았다.

물론 그 남자는 늘 지나칠 정도로 남성적인 페로몬을 풍기긴 하지만…… 자신도 모르게 멍하니 바라보게 될 정도로 수려한 외모를 가지긴 했지만, 그렇다고 해도 어떻게 그 남자를 상대로!

"아아! 나 욕구불만인가? 왜 이래?"

서원은 발갛게 물든 얼굴로 난감하게 제 입술만 잘근댔다.

주말이 지나고 출근한 서원은 부사장실 앞에서 강준과 마주치고 말았다. 마음의 준비가 안 되었는데 그를 마주해 버려 내심 당황했지만 정신을 다잡고 평소처럼 인사했다.

"안녕하십니까."

고개를 숙여 인사한 그녀를 지나친 강준이 부사장실로 들어가자 서원은 길게 숨을 토해 냈다.

강준의 얼굴과 평소와 같은 완벽한 슈트 차림만 봐도 심장이 큰일이라도 벌어진 듯 쿵쿵 뛰어 대고 있었다.

'진짜로 키스한 것도 아닌데 왜 이래?'

자신을 남자로 알고 있는 그와 키스할 일도 없는데 뜬금없이 꾼 꿈 때문에 심장만 미친 듯이 널을 뛰고……. 어쩌지?

서원이 심란한 얼굴로 비서실로 들어서는데 그녀를 본 박 실장이 말했다.

"한 비서. 그날 잘 들어갔지? 많이 취했던데."

"네. 그날 택시 태워 주셔서 감사했습니다."

"첫 회식이라 우리가 한 비서 주량을 과대평가했나 봐. 뻗게 한 우리가 책임져야지. 다음부터는 알아서 적당히 마셔. 제대로 놀지도 못했지?"

"술에 그다지 강하지 못해서…… 걱정 끼쳐 드려서 죄송합니다."

"그 정도 가지고 뭘."

박 실장이 대수롭지 않게 웃자 고개를 숙인 서원이 자리에 앉았다.

다행히 그날 룸에서 조금 잔 덕분에 술이 어느 정도 깨서, 김비서가 택시 잡아 준 것과 집에 도착할 때까지의 상황은 또렷하게 기억하고 있었다.

'……집에 들어온 다음엔 다시 곧바로 정신을 놓고 쓰러져서 잠들었지만.'

그리고 깨어났을 때 가장 먼저 떠오른 건 이강준과 키스한 꿈이었다.

'떠올리지 마.'

다시 얼굴이 화끈거릴 정도로 열이 오르는 기분에 서원은 얼른 꿈의 기억을 쫓아내며 노트북을 켰다. 하지만 노트북이 부팅되는 짧은 사이에도 그때의 기억은 떠나지 않고 머릿속을 배회했다.

입술에 닿은 부드러운 감촉, 그리고 혀로 입을 벌리고 들어오는 느낌…….

이상하게 눈을 뜨지 않았는데도 그게 이강준이라고 생각했다.

'꿈이라서 그런 걸까?'

그렇게 부드럽게 키스하는 사람이 이강준일 리가 없는데.

"한 비서."

"네."

자신을 부르는 소리에 퍼뜩 정신을 차린 서원이 고개를 들자 심 비서가 자신을 의아한 눈으로 보고 있었다.

"부사장님 차 잊었어?"

"아, 지금 가겠습니다."

서원은 자리에서 일어서서 탕비실로 갔다. 이럴 때 그의 집무실에 들어가야 하다니. 블랙티를 내리면서도 서원은 답답한 기분이었다.

트레이를 들고 아직도 얼굴이 붉진 않은지 계속 신경을 쓰며 집무실 문을 두드렸다.

달칵.

문을 열고 들어가자 이강준은 결재 서류에 시선을 박고 있었다. 서원은 그의 시선이 자신을 향하지 않은 데에 안심하며 책상 쪽으로 걸어갔다.

"차 여기에 놓겠습니다."

달그락거리며 찻잔을 놓는 동안에도 강준의 시선은 한 번도 들리지 않았다. 서원은 조용히 집무실 문을 열고 나왔다. 그동안에도 심장의 쿵쿵대는 소리가 묘하게 귓속을 울리고 있었다.

강준은 닫힌 문을 예리한 시선으로 응시했다. 한도원의 태도를 보니 그날 일을 전혀 모르는 것 같았다.

'다행이라고 해야 하나.'

하지만 그게 한편으론 상대방 모르게 비겁한 짓을 한 것 같아 더 마음에 걸렸다.

탁!

눈에 들어오지 않는 결재 서류를 거칠게 덮은 강준이 성마르게 머리칼을 쓸어 넘겼다. 완벽하게 정돈됐던 머리칼이 느슨하게 흐트러지고 관능적인 입술 사이로 낮은 한숨이 새어 나왔다.

"……돌겠군."

요즘 계속 한도원 생각만이 그의 머릿속을 온통 잠식하고 있었다. 꼼짝도 할 수 없이.

다른 사람에 대해 깊게 생각해 본 적도 없었지만 이런 식으로 다른 생각을 할 수 없을 정도로 누군가가 머릿속을 가득 채우는 일이 가능한 줄도 몰랐다.

타인은 늘 그의 흥미의 대상이 아니었고 그건 여자든 남자든, 모든 관점에서 마찬가지라고 생각했으니까.

'한도원 넌 대체…….'

강준이 답답한 듯 타이를 거칠게 흔들었다. 흐트러진 머리칼과 느슨해진 타이가, 회사에선 늘 엄격할 정도로 정돈된 그의 모습에 관능 어린 분위기가 풍기도록 만들었다.

"……후."

매끈한 이마를 찌푸리며 한숨을 내쉬자 그 모습조차 묘한 분위기를 자아냈다. 금욕적인 분위기가 오히려 관능적으로 느껴지는 그가 자신의 입술을 손가락 끝으로 쓸었다. 한도원과 키스한 감각이 선명하게 입술에 남아 있었다.

"……."

말없이 입술을 쓰는 그의 눈동자가 무섭도록 어둡게 물들었다.

그때 노크 소리가 들렸다. 강준의 시선이 문 쪽으로 향하자 다시 도원이 들어왔다.

"말씀하신 임원 회의록입니다."

한편 회의록을 내려놓으며, 서원은 최대한 피하려 한 강준의 어두운 눈과 마주하고 말았다.

꿀꺽, 시선을 돌린 서원은 입안에 고인 침을 저도 모르게 삼켰다. 지금 자신의 상태 때문인지 강준에게서 느껴지는 분위기가 숨이 막혔다.

평소와 달리 이마 위에서 살짝 흐트러진 머리칼과 느슨하게 풀어진 타이 때문인지, 아니면 평소보다 더 짙어진 눈동자 때문인지……. 정확한 이유는 모르겠지만 그의 시선 하나만으로도 심장이 발작하듯 뛰어 대고 있었다.

미쳤나 봐. 정말.

"그럼."

난처해진 서원이 서둘러 몸을 돌리려는데 뒤에서 목소리가 들렸다.

"한도원 씨."

"네. 부사장님."

서원이 시선을 돌리자 그의 진한 어둠이 밴 눈동자와 다시 맞닥뜨렸다. 서원은 조용히 숨을 들이켜고 최대한 흔들림 없이 그를 응시했다.

"이제 사흘밖에 안 남았는데, 알고 있습니까?"

눈빛은 타오르듯 강렬했지만 흘러나오는 목소리는 얼음처럼 차가웠다.

"……알고 있습니다."

서원이 대답하자 강준이 고개를 비스듬히 기울였다.

"미리 말해 두지만, 기한을 미뤄 줄 거란 생각은 안 하는 게 좋을 겁니다."

"그럴 생각 없습니다."

서원이 표정을 굳히고 강준을 바라봤다. 두 사람의 시선이 허공에서 엉켜들었다.

"나가 보세요."

고개를 숙인 서원이 집무실 문을 닫고 나왔다.

서원은 어두운 얼굴로 그 자리에 잠시 서 있었다. 이강준의 차가운 목소리가 집무실을 나선 뒤에도 내내 잔상처럼 귓가에 남아 있었다. 사흘밖에 남지 않은 건 자신도 알고 있었지만, 그 사실을 그의 입에서 듣게 되니 확인사살을 당한 기분이었다.

'꿈의 기분에 취해 그에게 이상한 감정을 느끼다니…… 내가 미친 거지.'

원래 저렇게 차갑고 냉정한 남자였는데 고작 환영회 술을 따라 줬다고, 꿈에서 키스했다고 갑자기 제 결백을 믿어 줄 거라고 생각했나?

'한심하게.'

서원은 자조적인 웃음을 흘리고 자리로 향했다.

✳

"한도원 씨 정말 자주 마주치네."

옥상 테라스에 앉아 있는 서원에게 동진이 성큼성큼 다가왔다.

"밥은 왜 안 먹고 점심시간에 여기 있어요."

또 묻지도 않고 옆자리에 앉는 동진이 다른 질문을 하자 서원이 시선을 내리깔고 대답했다.

"그냥 입맛이 없어서요."

결국 사흘 동안 스파이의 정체는커녕 어떤 정보도 얻지 못한 채 마지막 날을 맞이하고 말았다.

'뭘 더 할 수 있을까…….'

그동안 뼈저리게 느낀 건 자신이 알아보고 추적할 수 있는 데 한계가 있다는 사실뿐이었다. 일개, 그것도 신입 비서가 이 거대한 회사 안에서 자신의 결백을 증명하기 위해 할 수 있는 일은 없었다.

서원이 어두운 얼굴로 앉아 있는데 동진이 그녀의 시야 안으로 불쑥 자신의 얼굴을 들이밀었다.

"……뭡니까. 갑자기."

동진이 갑자기 얼굴을 제 앞에 들이밀자 서원이 본능적으로 물러섰다.

"입맛만이 아니라 살맛도 없는 얼굴인데?"

동진이 서원의 얼굴을 살피고는 싱글거렸다.

"……."

하얀 이마를 살짝 찌푸린 서원이 입을 다물었다. 그러자 동진의 눈이 의외라는 빛을 띠었다.

"정곡을 찌른 모양이네? 맨날 철벽 치고 있더니. 무슨 일 있어요?"

"아닙니다."

117

서원은 짧게 대답하고 푸른 하늘을 올려다봤다. 제 처지와는 달리 날은 좋았다. 쨍하니 내리쬐는 햇빛, 목화솜같이 하얀 구름, 보기만 해도 기분이 맑아질 것 같은 청명한 하늘을 바라보면서도 서원은 어두운 상념에 잠겼다.

'이대로 누명을 쓴 채 이곳에서 잘리게 된다면 이 회사뿐 아니라 앞으로 도원이에게 주어질 다른 기회들마저 사라지겠지.'

도원이 오기 전까지만 조용히 지내려고 한 계획이 이런 이상한 일로 틀어지게 되다니…….

이 사실을 도원에게 말한다면 결국 이해해 주겠지만, 서원은 또 다른 죄책감에 빠질 것이다. 자신이 도원을 다치게 한 데에 이어 그의 꿈까지 짓밟은 것 같아서.

"……하기로 한 거예요. 알았죠?"

"네…… 네?"

갑자기 귓속으로 들어온 목소리에 습관처럼 대답한 서원이 다시 정신을 차리고 되물었다. 동진은 한 팔을 얼굴에 괴고 부드러운 미소를 머금은 채 서원을 바라보고 있었다. 순간 가벼운 그와는 어울리지 않는 미소라고 생각하며 이질감을 느끼는데 동진이 말했다.

"오늘 저녁에 같이 식사하자고 말했고 도원 씨가 네라고 대답했어요."

"전 그 대답을 한 게…….."

"못 물러요. 한도원 씨."

동진이 손을 뻗어 그녀의 머리칼을 살짝 흐트리며 웃었다. 그의 행동이 왠지 여자에게 하는 행동 같다는 생각이 들자 경계심에 서원은 뒤로 몸을 물리며 말했다.

"이사님 바람둥이 같습니다."

"내가? 그럴 리가."

동진이 오버스러운 얼굴로 어깨를 으쓱였지만 서원은 확신했다.

"남자인 저에게도 이렇게 느끼하게 구시는데 여자들에게는 어떨지 상상이 되네요."

"아닌데? 오해인데? 난 한도원한테만 그런 건데?"

"네?"

서원이 인상을 찡그리고 무슨 말이냐는 듯 되묻는데 동진이 가볍게 웃으며 일어섰다.

"아무튼 약속이나 지켜요. 오늘 저녁입니다."

"이사님, 전 정말."

"내가 비서실로 찾아가도 좋아요? 그럼 한도원 씨 또 곤란해질 텐데? 안 나타나면 찾아갈 겁니다."

동진이 장난스럽게 서원을 손가락으로 가리키고는 웃으며 멀어졌다.

다시 혼자 남은 서원은 헛웃음이 새어 나왔다.

"대체 저 사람은……."

이동진은 농담인지 진담인지 모를 소리를 하며 사람을 꼼짝 못 하게 만드는 재주가 있었다.

그런 점에서 보면 그는 겉보기와 달리 꽤 무서운 사람일 수도 있다는 생각이 들었다. 저런 식으로 사람을 꼼짝 못 하게 만들어서 결국 자신의 의도대로 이끌어 갈 테니까.

'이강준 부사장과는 다른 방식이지만.'

그럼에도 결론적으로 자신의 뜻대로 움직이게 만드는 건 같았다. 역시 피는 무시하지 못하는 건가?

다시 이강준에게로 생각이 옮겨 가자 서원의 얼굴이 흐려졌다.

'후, 어떻게 해야 할까.'

계속 고민했지만 답은 나오지 않았다. 처음부터 답은 없었는지도 모른다. 그저 이렇게 될 운명이었는지도.

'……차라리 여기서 끝내는 게 나을지도 모르지.'

아등바등해 봐야 달라지는 게 없다면 남은 건 받아들이는 일밖엔 없었다.

서원은 자포자기한 심정으로 씁쓸하게 몸을 일으켰다.

"이사님이 여긴 웬일이십니까?"

비서실에 남아 있던 김 비서가 묻는 말에 서원이 흠칫해선 돌아봤다.

'진짜 왔잖아?'

심란한 마음에 신경을 못 썼더니 어느새 퇴근 시간이 되었고, 정말 동진이 비서실로 찾아온 것이다.

"아아, 찾아갈 게 있어서요. 신경 쓰지 않아도 됩니다."

"네? 무엇을요?"

되묻는 김 비서의 말을 웃음으로 넘긴 동진이 서원에게 아래를 가리키며 로비에 있겠다는 신호를 보냈다. 그걸 본 서원은 입바람을 훅 불어 앞머리를 날렸다.

'정말 왜 저러는 거야?'

농담이겠지 생각했는데 정말로 찾아온 동진을 이해할 수가 없었다. 자신과 식사를 해서 그가 얻는 게 뭐가 있단 말인가. 오히려 식사라도 했다간 이강준이 가진 자신에 대한 오해를 더욱 키울 뿐일 텐데.

'……이미 늦었으려나.'

강준은 점심때부터 자리를 비우고 있었다. 지금까지 돌아오지 않고 있다는 건 자신에게 기대하는 것도 없다는 뜻인 것 같았다.

어차피 오늘이 마지막이니까.

체념한 서원이 자리에서 일어섰다.

"먼저 퇴근하겠습니다."

"오, 웬일로 한 비서가 먼저 퇴근이래? 조심히 들어가."

흐리게 웃은 서원이 고개를 숙이고 짐을 챙겨 비서실을 나섰다.

로비로 내려오자 동진이 기다리고 있었다. 싱글거리며 손을 흔들고 있는 그에게 서원이 다가갔다. 동진은 손목시계를 확인하고 웃는 얼굴로 쾌활하게 말했다.

"곧바로 내려왔네요. 좀 더 기다려야 할 줄 알았는데. 뭐 먹고 싶어요?"

"이사님. 역시 식사는 어려울 것 같습니다."

서원의 말에 싱글거리던 동진이 그녀를 내려다봤다.

"왜? 강준이 신경 쓰여서?"

"……네."

서원이 솔직하게 대답했다. 이강준이 자신에게 기대가 없다고 하더라도 마지막까지 쓸데없는 오해를 만들고 싶지 않았다.

"흐응…… 고작 밥 먹는 것에도 강준이가 신경 쓰인단 말이지."

"죄송합니다."

"아니, 죄송할 건 없는데 그럼 연락처는 알려 줄 수 있나?"

"제 연락처는 무슨 일로……?"

서원이 경계 어린 눈빛으로 묻자 동진은 바람 빠진 웃음을 흘렸다.

"당연한 걸 묻네. 궁금하니까 물어보지 왜 물어보겠어? 설마 이것도 부담스러워요?"

"아니 그런 건…….."

난처한 얼굴로 휴대폰을 꺼내려 바지 주머니 안에 손을 넣은 서원이 멈칫했다.

"어?"

주머니에서 휴대폰이 아닌 메모용 수첩이 나왔다. 다른 주머니와 가방 안을 뒤져 보았지만 휴대폰은 보이지 않아 당황한 서원에게 동진이 물었다.

"핸드폰 두고 왔어요?"

"아…… 급하게 나오는 바람에 두고 온 모양입니다."

"그럼 빨리 올라갔다 와요."

"아, 네."

의도치 않았지만 번호를 알려 줘야 할 상황을 자연스럽게 넘긴 게 되자 서원은 조금 안심이 되었다. 동진을 나쁜 사람이라 생각하는 건 아니지만 역시 불편한 감이 있었다.

'내 처지가 이래서 과민한 걸까?'

엘리베이터를 타고 비서실로 돌아가면서 서원은 그런 생각이 들었다.

오히려 남자들끼리는 쉽게 식사하고 번호도 교환하는데, 자신이 지레 겁을 먹고 유난을 떠는 것일지도 모른다는 생각이 들자 동진에게 미안한 마음이 들었다. 게다가 동진은 직속은 아니래도 엄연한 회사 상사였다.

'연락처 정도는 알려 줘도 괜찮았을까. ……뭐, 이제 연락할 일도 없겠지만.'

어차피 곧 그만두게 될 테니까.

서원이 상념에 젖어 있는 사이 어느새 엘리베이터가 도착해 비서실로 들어갔다.

'어?'

서원이 그 자리에 멈춰 섰다. 비어 있어야 할 자신의 자리에는 이미 누군가 앉아 있었다.

"김 비서님, 제 자리에서 뭐 하고 계십니까?"

서원이 자신의 자리에 앉아 있는 김 비서에게 다가가며 물었다. 잠시 멈칫하는가 싶더니 김 비서는 가벼운 말투로 별거 아니라는 듯 말했다.

"아, 확인할 게 있어서."

"저한테 말씀하시면 제가…….."

"아니, 아니야. 신입 비서라고 시켜 먹는 일도 많은데 이 정도는 내가 해야지."

김 비서는 서원이 다가오는 동안 어느새 작업을 종료했는지 노트북을 끄고 있었다.

"다 하신 겁니까?"

"어, 으응."

어색하게 대답하며 급히 자리에서 일어나 몸을 돌리는 김 비서에게서 무언가가 툭, 하고 떨어졌다. 서원은 자신의 발치에 떨어진 그것을 조용히 주워 들었다.

"······이게 뭡니까?"

서원이 USB를 들고 김 비서를 똑바로 쳐다보자 그의 얼굴이 당혹으로 물들었다.

"아, 개인적인 거야. 개인적인 거. 하하하."

김 비서가 잽싸게 USB를 향해 손을 뻗자 서원은 그대로 손을 높이 들어 올렸다. 그러고는 서늘한 시선으로 김 비서를 응시했다.

"김 비서님의 개인적인 게 제 노트북에 저장되어 있단 말입니까?"

"······!"

흔들리는 시선으로 서원을 보던 김 비서의 얼굴이 붉게 달아올랐다. 그걸 본 서원이 씁쓸한 어조로 말했다.

"이런 일을 하려면 표정 관리부터 하셔야 합니다. 왜 어울리지도 않는······."

"입 닥쳐!"

김 비서가 갑자기 고함을 내지르며 주먹을 휘둘렀다.

"윽!"

쿠당탕!

흥분한 그가 휘두른 주먹에 얼굴을 가격당한 서원이 책상으로 밀쳐졌다. 그리고 김 비서가 시뻘겋게 달아오른 얼굴로 달려들어 서원의 손에서 USB를 뺏으려 했다. 하지만 서원이 꽉 쥔 그것을 놓지 않자, 그의 눈이 초조함으로 더 벌겋게 물들었다.

"이 새끼가 진짜······ 이거 안 놔?!"

서원이 콜록거리면서도 USB를 꽉 움켜쥐고 있자 김 비서가 그걸 강제로 빼내려고 힘을 썼다. 억지로 주먹을 벌리려는 힘에 손가락이 부러질 것 같았지만 서원은 기를 쓰고 버텼다.

"놔! 당장!"

다급해진 김 비서가 입술이 터져 피를 흘리고 있는 서원의 멱
살을 움켜쥐고 다시 주먹을 높이 치켜드는 순간이었다.

"뭐 하는 겁니까?"

느닷없는 남자의 목소리에 김 비서의 주먹이 허공에서 멈췄다.
뒤에는 동진이 서 있었다.

동진의 시선이 잡혀 있는 멱살과 터진 입술을 오가는 것이 느
껴졌다. 이윽고 그가 실소를 흘렸다.

"와, 이거 어이없네."

"아, 아니 이건……."

김 비서가 당황한 듯 얼버무리며 초조하게 눈을 굴리는데 입구
에서 다른 사람의 목소리가 들렸다.

"김성하 씨."

"!"

김 비서는 몸이 굳은 양 모든 움직임을 멈췄다. 본능적으로 낮
은 목소리의 주인을 알아챈 것이다. 이강준이었다.

저벅저벅, 동진을 지나 김 비서와 서원에게 다가간 강준이 그
자리에 우뚝 섰다. 그리고는 고개를 비스듬히 기울인 채 내려다
봤다.

"지금 이게 무슨 상황입니까?"

낮지만 위압적인 목소리에 김 비서가 식은땀만 흘리고 있자 강
준이 다시 물었다.

"내 말 안 들립니까."

"이, 이건…… 이건……."

김 비서가 잡고 있던 멱살을 놓자 서원이 몸을 일으켰다. 콜록 거리며 일어선 서원이 그때까지 움켜쥐고 있던 USB를 서원이 강 준에게 내밀었다

"이거, 받으십시오."

서원이 똑바로 선 채 강준을 올려다봤다.

"김 비서님이 제 자리에서 무언가를 빼냈습니다. 여기 들어 있 는 것을 확인해 보면 뭘 빼내려고 한 건지 알 수 있을 겁니다."

"……."

눈을 내리깔고 잠자코 보고 있던 강준이 서원이 내민 USB를 집어 들었다. 그러고는 김 비서에게 시선을 돌렸다.

"김성하."

무서우리만치 위협적인 목소리가 강준의 입술에서 흘러나왔 다.

"너였어?"

김성하의 붉게 달아올랐던 얼굴이 창백해졌다.

김성하가 흔들리는 동공으로 아무 말 못 하고 있는 사이 동진 이 다가와 있었다. 그러고는 자신의 재킷을 벗어 서원의 어깨에 걸쳐 주었다.

"옷이 난리가 났네."

그제야 서원은 김성하에게 멱살이 잡혀 버티는 동안 셔츠 단추 가 몇 개나 뜯겨 나간 것을 깨달았다. 표정을 굳힌 서원이 벌어진 셔츠 깃을 움켜잡았다.

"우선 상처부터 치료하러 갑시다."

"괜찮습니다."

"입술 다 터져서 피 뚝뚝 흘리면서 뭘 괜찮대. 나와요."

자신이 피를 흘리고 있다는 것도 그제야 깨달은 듯 서원이 손등으로 입술을 훔쳤다. 쓰라린 감각과 함께 손등에 피가 묻어났다.

"빨리 치료해야 된다니까."

동진이 서원의 팔을 잡고 이끌자 서원이 그를 제지하고 이강준에게 고개를 숙였다.

"그럼, 가 보겠습니다."

강준에게 인사한 서원이 동진에게 재킷을 돌려주고 걸어갔다.

"어……."

서원이 그대로 입구 쪽으로 향하자 동진이 허둥지둥 따라갔다. 엘리베이터 앞까지 뒤따라온 동진이 그녀 옆에 서서 말했다.

"한도원 씨. 치료해야 된다니까요? 치료는 할 거죠?"

"괜찮습니다."

서원이 버튼을 누르며 말했다.

"의외로 와일드하다니까. 맨날 괜찮대. 혹시 전에도 김성하 씨와 싸운 거였어요?"

"……아닙니다."

서원은 짧게 대답하며 속으로 복잡한 심경을 느꼈다.

'김 비서님이었다니…….'

자신에게 스파이 누명을 씌우려던 사람이 김성하였다는 것이 충격적이고 아팠다. 터진 입술의 통증은 정말 아무렇지도 않을 만큼.

서원이 착잡한 표정으로 서 있는데 엘리베이터 도착음과 함께 문이 열렸다. 짧게 한숨을 내쉬며 올라타자 동진도 함께 올라탔다.

"정말 치료 안 받을 거예요?"

"네. 괜찮……."

그때 닫히는 문을 누군가가 잡았다. 다시 문이 열렸고, 눈앞에는 이강준이 서 있었다.

"부사장님?"

서원이 의아스러운 눈으로 보고 있는데 강준이 그녀를 직시하며 말했다.

"내려요."

"네?"

"할 말 있으니 내리라고."

서원이 보고만 있자 강준이 팔을 잡아 끌어당겼다. 그러고는 엘리베이터 안의 동진을 향해 말했다.

"내 비서에게 볼일 있으면 나중에 해."

"어? 야, 잠깐……."

동진의 말이 끝나기도 전에 문이 다시 닫혔다.

이강준은 마치 화가 난 사람처럼 서원을 잡고 걸어가고 있었다. 서원이 그런 그에게 말했다.

"부사장님. 팔은 놔주십시오. 제가 가겠습니다."

그제야 우뚝 멈춰 선 강준이 그녀의 손을 놔줬다. 그대로 앞서 걷는 그를 서원이 따랐다. 비서실에 들어서자 어깨를 떨어뜨린 채 서 있는 김성하의 뒷모습이 보였다.

"……."

잠시 그를 보던 서원은 고개를 돌렸다. 이강준의 집무실로 따라 들어온 서원은 휴대폰을 빼 들고 있는 그의 뒷모습을 쳐다봤다. 어딘가에 전화를 걸려던 강준이 뒤를 돌아봤다.

"일단 거기 앉아 있어요."

"네."

소파를 가리키며 하는 말에 서원이 조심스럽게 걸어가 앉았다. 여전히 벌어진 셔츠 끝을 한 손으로 잡은 채였다. 곧 강준의 말소리가 들려왔다.

"셔츠 하나 구해 와. 아니, 내 사이즈 말고 가장 작은 사이즈로. 그래."

전화를 끊은 그가 서원이 앉아 있는 곳으로 다가왔다. 맞은편에 앉는 강준을 조용히 보던 그녀가 말했다.

"제 옷 때문이라면 괜찮습니다."

"어떻게 안 겁니까?"

서원의 말은 무시한 강준이 테이블에 USB를 툭 내려놓으며 물었다.

"계속 의심하고 있던 겁니까? 김성하를?"

강준의 날카로운 시선에 서원은 작게 숨을 삼켰다.

"……그건 아닙니다. 오늘 현장을 발견한 건 우연이었습니다."

그의 시선이 속내를 살피려는 듯 서원의 표정을 예리하게 샅샅이 훑었다. 그 시선을 감내하며 서원이 다시 입을 열었다.

"김 비서님은 저렇게 둬도 괜찮은 겁니까?"

"그건 내가 처리할 일이니 신경 쓰지 않아도 됩니다."

강준의 서늘한 목소리에 서원이 입을 다물었다. 말투는 정중했지만, 지금 이강준이 무섭도록 화가 나 있다는 건 충분히 느껴졌다.

김성하는 체념한 것인지 도망도 안 가고 그대로 서 있었다. 어차피 도망쳐 봐야 이강준이 어떤 식으로든 자신을 찾을 것임을 누구보다 잘 알고 있는 사람일 테니.

'그런데 왜 이런 일을 벌였을까.'

서원이 긴 속눈썹을 내리깔고 생각에 잠겼다. 자신의 생각으로는 도저히 이해할 수 없는 일이었다. 김성하의 행동은.

"……."

한편 강준은 말없이 도원을 보고 있었다.

입술이 터진 채 셔츠 깃을 움켜쥐고 앉아 상념에 빠져 있는 모습에 강준의 눈동자가 어둡게 잠겼다. 하얀 얼굴과 대비되는 붉은 입술에 피가 맺혀 있었고, 안경은 김성하에게 맞으면서 벗겨진 모양이었다.

'……엉망이군.'

강준의 미간이 바짝 좁혀 들었다. 지금 한도원의 상태를 보면 그가 이 USB를 김성하에게 빼앗기지 않기 위해 얼마나 처절하리만치 노력했는지를 알 수 있었다. 한눈에 보이는 체격 차이를 생각하지 않더라도 그런 상황에서 김성하가 얼마나 폭력적이었을지는 충분히 상상할 수 있었다.

그 모습을 떠올리니 강준은 아까 사무실에 들어왔을 때 두 사람을 본 순간과 같은 기분을 느꼈다.

"한도원 씨."

강준이 미간을 좁힌 채 입을 열었다. 도원은 그제야 그의 말에 내리깔고 있던 시선을 들어 올렸다.

움직이면 펄럭이는 소리가 들릴 것 같은 기다란 속눈썹이 위로 곱게 들려 올라가자, 강준은 방금 전과 다른 의미로 목이 꽉 조여드는 기분에 저도 모르게 타이를 잡아당겼다.

"과정은 어찌 됐든 예정된 마지막 날에라도 밝혀냈으니, 한도원 씨 말대로 내가 의심했던 건 사과하죠."

"……."

그러자 도원이 저와 눈을 똑바로 마주해 왔다. 안경이 없어서인지 긴 속눈썹을 가진 투명한 눈동자와 마주치자 강준은 꽉 조여든 목이 더 답답해지는 것을 느꼈다.

잠시 말간 눈동자와 시선을 맞댄 도원이 말했다.

"부사장님은 지금 그게, 사과하시는 겁니까?"

한도원의 말에 강준의 짙은 눈썹이 꿈틀거렸다.

"이런 태도로 사과하실 거라면 전 받지 않겠습니다. 절 의심하신 것에 대해서, 다시 제대로 사과해 주십시오."

도원의 목소리는 정중하지만 날이 서 있었다. 그리고 그는 고개를 숙인 후 몸을 일으켰다.

탁.

그대로 도원이 집무실을 나가 버리자 강준의 한쪽 눈썹이 날카롭게 휘어 올라갔다.

강준이 굳은 얼굴로 말없이 닫힌 문을 응시했다.

서원이 다시 비서실로 나왔을 때 김성하는 보이지 않았다. 보안팀 소속 직원들이 김성하의 자리를 수색하고 있었다. 아마 보안팀에서 그를 데려간 모양이었다.

짧게 그 모습을 일별한 서원이 엘리베이터에 올라탔다.

"후……."

길게 숨을 뱉어 내던 서원은 그제야 거울같이 반들반들한 문에 비친 자신의 모습을 확인했다.

"어? 안경이 어디……."

당혹스러운 얼굴로 기억을 떠올리던 서원은 아까 김성하에게 얼굴을 맞은 순간을 떠올렸다.

"아, 그때……."

그럼 그때부터 계속 맨얼굴이었나.

부어오른 볼과 터진 입술 때문에 여성적인 부분은 많이 감춰진 것 같지만, 그래도 역시 신경이 쓰였다. 방금 전 이강준과 둘이 마주 앉아 있기도 했으니까.

잠시 거울 속의 자신의 모습을 보고 있던 서원이 쓴웃음을 흘렸다.

"꼴이 말이 아니네."

얻어터진 얼굴이며, 뜯어진 옷이며…….

자신의 결백을 밝히기 위해서라면 어떤 일도 마다하지 않겠다 다짐했는데도, 제대로 사과조차 하지 않는 이강준에게 실망감이 일었다. 아무리 그가 부사장이라고 할지라도 오해한 것이 명백히 밝혀졌다면 좀 더 제대로 사과를 해야 할 것 아닌가.

"그동안 내가 얼마나 속을 끓이고 밤마다 잠을 설칠 정도로 스트레스 받았는데. 고작 그런…… 사과 같지도 않은 사과로."

작게 읊조리던 서원이 어두운 얼굴로 숨을 깊게 들이켰다. 그러고는 고개를 들어 뒷머리를 벽에 툭 기댔다.

"……어쨌든 다행이다. 도원아."

진실이 밝혀졌으니까.

서원의 피가 말라붙어 있는 입술이 둥글게 휘어 올라갔다.

04

집무실에 혼자 남은 이강준은 표정을 굳힌 채 앉아 있었다.

지금까지 자신의 말에 이리도 당돌하게 반응한 이는 없었다. 게다가 한도원은 자신의 사과가 마음에 들지 않는다며 제대로 된 사과를 요구했다.

다른 사람이었다면 그런 말을 한 자를 그냥 보내지 않았을 테지만, 한도원의 말에 그는 자신도 모르게 당혹감을 느꼈다. 그래서 어떤 말도 하지 못하고 유유히 빠져나가는 한도원의 뒷모습만 망연히 보고 있던 것이다.

"하."

냉소 어린 헛웃음을 흘린 강준이 곧장 몸을 일으켜 집무실을 벗어났다. 엘리베이터를 타고 지하 주차장까지 내려온 그는 직접 차를 몰고 빠르게 빌딩을 벗어났다.

버스 정류장에 앉아 있던 서원은 경적이 울리는 소리에 고개를 돌렸다. 차창을 내린 은빛 마세라티 안에는 강준이 탑승해 있었다.

'이강준?'

잠시 멈칫했던 서원이 의아한 얼굴로 다가갔다.

"부사장님. 무슨 일이십니까?"

"타세요."

"네?"

타라는 말에 서원의 얼굴엔 더 의문이 어렸다. 그 표정을 읽었는지 강준이 서늘하게 말했다.

"사과하라고 했잖습니까. 그러니까 타라고."

"지금…… 말입니까?"

"안 탈 겁니까."

위압적인 목소리에 서원은 잠시 고민했다. 사과를 한다니 탈 생각이긴 했는데, 평소와 달리 그는 운전석에 앉아 있었다. 그렇다면 그의 옆자리에 타야 하는 건지, 아니면 뒷좌석에 타야 하는 건지 고민이 됐다. 짧은 순간 고민한 서원은 결국 조수석에 올랐다. 그녀가 벨트를 매는 사이 차가 출발했다.

'안경이 없어서 불편한데…….'

서원은 조용한 차내에서 그런 생각을 하고 있었다. 다른 것보다 지금 안경이 없다는 사실이 마치 보호색을 잃은 카멜레온처럼 그녀를 불안하게 만들고 있었다.

'이럴 줄 알았으면 사과 같은 거 다시 하지 말라고 할 걸 그랬나.'

뒤늦은 후회가 들었지만 이미 늦었다. 그가 이리도 빨리 다시 사과를 한다며 나타날 줄은 몰랐으니까.

서원이 조용히 한숨을 삼키고 있는데 차는 어느새 의외의 곳으로 진입하고 있었다.

'여, 여긴……'

서원의 눈에 당혹감이 떠올랐다. 차는 어느 저택의 거대한 입구를 지나 긴 드라이브 웨이를 따라 달리고 있었다.

'이강준의 집?'

거대한 규모의 저택 주인이 누구인지 단번에 알아챈 서원은 강준을 바라봤다. 그는 평소처럼 일말의 온기도 없는 얼굴로 전방만 응시하고 있었다.

"왜 절 여기로 데려오신 겁니까?"

여러 대의 고급 슈퍼카가 주차된 차고에 주차를 하는 강준에게 서원이 물었다. 혼란스러움을 최대한 눌렀지만 목소리에 실리는 당혹감은 숨길 수 없었다.

"내려."

서원의 질문에는 대답 없이 명령조로 말한 강준이 운전석 문을 열었다. 날렵한 슈트 차림의 남성적인 몸이 차에서 빠져나가는 모습을 잠시 보고 있던 서원도 차 문을 열고 밖으로 나왔다. 차고와 저택이 이어진 엘리베이터 쪽으로 걸어가는 강준을 서원이 몇 걸음 뒤에서 따라 걸었다.

'왜 상황이 이렇게 된 거지.'

서원은 입술을 꾹 깨물었다.

둘만 있는 상황은 어떻게든 피하고 싶은 남자의 집까지 오게 되다니. 사과는 회사에서 해도 충분한데 굳이 이곳으로 자신을 데려온 이유는 뭘까? 이런 식으로 이강준의 개인 영역까지 침범하게 될 줄은 생각도 하지 못했다.

어느새 서원은 그를 따라 엘리베이터를 타고 올라 저택 내부로 들어서고 있었다.

예상은 했지만 생각 이상으로 이강준의 집은 거대했다. 미국에 있을 때 상당한 재력가의 저택에도 초대받아 간 적이 있었지만 이곳은 그 저택보다 더 컸다.

모든 것이 이강준의 취향대로 설계되어 최고급 자재와 최첨단 설비로 건설된 이 저택은 그야말로 그의 재력을 보여 주는 상징처럼 여겨질 정도였다.

"앉아. 한도원."

잠시 압도적인 저택의 규모에 시선을 뺏겼던 서원이 앞에서 들린 목소리에 그를 바라봤다. 강준은 광택이 흐르는 블랙 색상의 기다란 바 앞에 놓인 스툴에 자신의 재킷을 걸쳐 두고 있었다.

"네."

서원이 긴장을 감추며 대답하고는 최대한 그에게서 멀리 떨어진 스툴에 앉았다. 하지만 그런 행동이 무색하게도 비치된 온더락 잔 두 개에 얼음과 위스키를 넣은 그가 그걸 들고 바로 옆자리로 와 앉았다.

서원은 그때야 비로소 자신이 찢어진 셔츠를 아직도 손으로 잡고 있다는 것을 깨달았다.

'보통 남자들끼리 있을 때 이렇게까지 하는 건…… 이상하겠지?'

밖이면 몰라도 남자들만 있는 개인적 공간에서까지 지나치게 방어적으로 행동하는 것 같아 서원은 슬쩍 잡고 있던 셔츠 깃을 놓았다.

"전 괜찮습니다."

자신 앞에 놓인 위스키 잔을 보고 서원이 사양하자 강준이 그의 잔을 느른히 들고 힐끗 쳐다봤다.

"그때 보니 꽤 잘 마시던데."

그가 말하는 그때가 자신의 환영회 날이라는 것을 깨닫자 서원은 그날의 야릇한 꿈이 떠올라 순간 숨을 들이켰다.

"그날은 첫 회식이어서 좀 무리한 겁니다. 평소엔 그렇게 술을 잘하지 못합니다."

"그래서, 내가 주는 술을 거부하겠다는 건가?"

"……."

위압적인 목소리에 서원은 결국 잔을 들어 올렸다. 고개를 옆으로 돌리고 위스키를 마시자 독한 술이 닿은 입술에서 찌릿한 통증이 일었다. 통증을 참고 그대로 몇 모금 더 삼킨 서원이 바 테이블에 잔을 내려놨다.

"자, 그럼."

탁.

소리 나게 잔을 내려놓은 그가 시선을 내리고 있는 제 옆모습을 집요하게 쳐다보는 게 느껴졌다.

"한도원 씨가 말한 제대로 된 사과를 해 볼까 하는데. 어떤 식의 사과를 바라지?"

낮은 목소리에 서린 불쾌감을 서원이 모를 리가 없었다.

'역시 기분이 나빴던 건가.'

대놓고 말을 놓는 강준의 태도는 분명 비틀린 그의 심리를 대변하는 것 같았다. 이 정도의 권력을 가진 남자가 본인이 한 사과를 감히 받지 않는 상대에게 느낄 감정은 사실 뻔한 거니까.

"저는 그저 진심이 담긴 사과를 바랄 뿐입니다."

서원은 이강준이 화가 났다는 걸 알면서도 그를 똑바로 바라보며 말했다. 시선이 맞부딪치자 그의 다크그레이색 눈동자가 어둡게 가라앉았다.

"……진심."

강준이 시선을 서원에게 맞춘 채 천천히 위스키 잔을 들어 올렸다.

얼음이 잔 안에서 잘그락거리는 소리와 함께 그의 낮게 내뱉는 목소리가 다시 들려왔다.

"진심이라."

나에게 감히 진심이란 말을 하다니, 라는 듯한 날카로운 눈빛에 서원은 침을 삼켰다. 그 냉기 어린 눈빛에도 묘한 관능이 느껴져 긴장과 함께 아슬아슬한 무언가가 몸을 타고 올랐다.

강준이 위스키 잔을 입술로 가져갔다. 기울어지는 글라스의 각도와 함께 그의 날렵한 턱도 들려 올라갔다. 섬세한 입술이 벌어지는 것이 왠지 부도덕한 것을 엿보는 것 같은 은밀함이 느껴져 서원은 눈을 내리깔았다.

"……한도원."

이름을 부르는 톤이 위험하게 들릴 정도로 낮고 차가웠다.

"아까의 내 사과에선 전혀 진심이 느껴지지 않았나?"

감정이 묻어나지 않는 고저 없는 목소리였지만 사람을 긴장시키기엔 충분했다. 서원은 숨을 들이켜고는 차분하게 입을 열었다.

"저는 적어도 부사장님께서 저와 했던 약속은 지키실 것이라 생각했습니다."

"그런데?"

"제가 스파이라는 억울한 누명을 쓴 것에 비해서는, 충분한 진심이 담긴 사과라는 생각이 들지 않았습니다."

이강준의 사적인 공간에서 이런 위협적인 분위기를 느끼면서도 서원은 흔들림 없이 그를 보며 제 할 말을 하고 있었다.

"……."

강준은 몸을 비스듬히 틀어 서원 쪽으로 향한 채 한 팔을 바 위에 올려 지그시 머리를 지탱했다.

그대로 잠시 말이 없던 그가 입을 열었다.

"왜, 한도원에게 안 느껴진 걸까. 그 진심이라는 게."

똑바로 내리박히는 시선에 서원은 투명한 위스키 잔으로 시선을 내렸다.

"제가 무례한 요구를 했다고 생각하신다면……."

"정말 무례한 게 뭔지 알아?"

말허리를 끊고 들어오자 서원이 시선을 올려 그를 바라봤다. 강준의 눈빛이 아까보다 더 짙어져 있는 것 같다는 생각이 들었다.

"……."

묘한 관능을 담은 어둡게 타오르는 눈동자에 서원은 입안이 바짝 마르는 것 같았다. 그때 강준이 손가락을 뻗어 서원의 턱을 들어 올렸다.

"……앗."

흠칫한 서원이 뒤로 얼굴을 물리려 했지만 그가 먼저 얼굴을 커다란 손으로 잡아 쥐었다.

"!"

얼굴을 잡힌 채 그에게 시선이 고정되자 서원의 옅은 갈색 눈
망울이 흔들렸다. 가까이에서 샅샅이 살피듯 그녀의 얼굴을 훑는
집요한 시선에 심장이 가쁘게 뛰기 시작했다.

"부사장님?"

"그대로 있어."

강준이 명령하듯 말했다.

그의 수려한 얼굴이 지나치게 가까이에 있었다. 움직이지 못하
도록 고정하고 피할 수도 없게 시선이 맞부딪혀 오자 서원은 긴
장으로 숨소리가 거칠어질 것만 같았다.

그녀를 주시하던 그가 입을 열었다.

"……왜 난 아직도 네가 날 속이고 있다는 생각을 지울 수 없을
까."

강준의 말에 서원의 눈이 흔들렸다.

'그저 떠보려는 말인가? 아니면 뭔가 다른 단서라도 잡은 건
가?'

뭔가 알고 있는 듯한 뉘앙스에 서원은 이번에야말로 자신이 남
장을 한 것을 들켰는지도 모른다는 생각에 심장박동이 급격히 빨
라졌다. 자신이 의심받을 행동을 했으니 강준이 뒷조사를 했을
수도 있었다. 돈으로 알아내지 못할 일은 없을 테니.

'만약…… 내가 한도원이 아닌 한서원이라는 것도 이미 알고서
이런 말을 하는 거라면?'

혼란으로 물들던 정신을 가다듬고 서원은 침착한 눈으로 그를
바라봤다.

"부사장님께서 저를 의심하는 건 제가 어찌할 수 없는 부분입
니다."

"······그건 알아."

날카롭게 응시하던 그가 미간을 좁히고 그녀의 얼굴을 놔줬다.

하아, 서원은 속으로 깊게 안도의 숨을 내쉬었다.

'들킨 건······ 아직 들킨 건 아니야.'

지금 그의 반응으로 봐선 아직 자신이 여자라는 것까진 모른다는 확신이 들었다. 하지만 어찌 됐든 이강준은 방금 전 자신에게서 무언가를 확인하려 했다. 계속 의심하고 있는 것이다. 그의 의심처럼 스파이나 그런 것은 아니지만, 그를 속이고 있는 것은 사실이기 때문에 서원은 마음이 무거웠다.

"부사장님께서 저를 신뢰하지 못하시는 것, 압니다. 의심을 살만한 일들도 있었으니 그 부분은 저도 인정합니다."

서원이 무겁게 짓눌리는 죄책감을 참아 내며 조용한 어조로 말했다.

"하지만 사실이 밝혀진 일에 대해서만은, 제 결백을 믿어 주시길 바랍니다."

"······."

"그 이상은 바라지 않습니다."

말을 맺은 서원과 한참 동안 눈을 마주한 채였던 강준이 바지 주머니에서 휴대폰을 꺼냈다.

"10분 뒤에 차고로 차 대기시키세요."

이강준이 전화를 끊자 서원이 몸을 일으켰다.

"괜찮습니다. 저 혼자 갈 수 있습니다."

그녀의 말이 끝나기도 전에 강준이 스툴에서 일어서서 재킷을 들었다. 그리고 다른 손으로 자신의 위스키 잔을 채웠다.

"10분 뒤에 내려가."

그녀를 보지도 않고 말한 강준이 잔을 든 채 몸을 돌려 거실로 향했다. 넓은 거실을 향해 걸어가는 그의 뒷모습을 보며 서원은 그제야 소리 내어 한숨을 토해 냈다.

'어렵다, 정말······.'

이강준이란 사람은 너무 어려워.

글라스 안에서 잘그락잘그락 소리를 내며 녹고 있는 얼음을 가만히 내려다보는 서원의 눈이 혼란스럽게 가라앉았다.

서재 창가에 선 이강준은 광활할 정도로 넓은 정원을 가로지르는 차의 헤드라이트 불빛을 응시했다.

"······."

들고 있던 위스키 잔을 천천히 입술로 가져가는 그의 눈빛이 어둡게 가라앉아 있었다.

탁.

위스키 잔을 내려놓은 강준이 혀로 제 입술에 묻은 물기를 훑었다.

방금 전까지 그의 시선을 잡았던, 한도원의 벌어진 셔츠 깃 사이의 연약한 쇄골 라인이 타들어 갈 듯한 갈증이 일게 만들었다.

한도원의 얼굴을 움켜잡았을 때 입술의 상처가 제대로 보였다. 순간 피가 말라붙어 있던 붉은 입술을 그대로 사납게 삼키고 그의 피 맛까지 느끼고 싶은 짐승 같은 욕망이 타올랐다.

그건 위험신호였다.

더는 이 집에 한도원을 둬선 안 된다는. 그랬다간 자신이 그를 어떻게 할지 모른다는.

"······꿈에서처럼 그런 짓을 저지를 셈인가. 현실에서."

바 위에 눕혀 두 팔을 결박한 채 그를 난폭하게 갖는 자신을 상상하자 턱이 단단하게 굳었다.

"미쳤군."

위스키 잔을 든 채 강준이 쓴웃음을 흘렸다.

그 꿈 때문에 머리가 어떻게 되어 버린 모양이다. 남자를 상대로 이런 미친 생각을 하고 있는 걸 보니.

아까 회사로 돌아왔을 때 엘리베이터에서 내리자마자 시끄러운 소리가 들려왔다. 그 소리에 걸음을 빨리하는데, 입구에 동진이 서 있는 것이 보였다. 그리고 그 안에서 벌어지고 있는 일들도.

일방적인 폭행을 그대로 드러내듯 한도원의 작은 몸이 커다란 김성하의 몸에 떠밀려 있었고, 그의 주먹이 다시 휘둘러질 것처럼 공중에 높이 올라간 순간이었다.

'뭐 하는 겁니까?'

자신보다 먼저 말한 건 동진이었다. 동진의 말에 김성하는 폭행을 멈췄고 강준은 그제야 자신의 심장이 움켜잡힌 듯 꽉 조여들었다는 것을 느꼈다.

한도원이 맞고 있는 걸 본 순간부터 그랬다.

그리고 그렇게 얻어맞으면서도 한도원이 지키려고 했던 것이 뭔지 확인한 순간 화가 치밀었다.

'이걸 지키겠다고 그렇게 엉망으로 맞고 있어?'

그 증거가 없더라도 설명하면 될 일이었다. 상황을 전하면 김성하를 조사하고 추궁해 그 USB를 대신할 만한 증거를 찾으면 될 거였으니까. 범행 현장을 들킨 범인을 그런 식으로 자극하는 건 무모하기 짝이 없는 짓이었다.

스스로도 이해할 수 없을 만큼 화가 치미는 상황에서 동진이 한도원에게 재킷을 벗어 주는 것은 또 다른 분노를 일으켰다. 그 대로 동진이 도원을 따라가는 것에도 짜증이 일어 견딜 수가 없었다.

한도원의 몸에 동진의 손이 스치듯 닿는 모습이 하나하나 전부 다, 거슬렸다.

"……제대로 미쳤군."

헤드라이트 불빛이 완전히 사라져 버린 정원을 내려다보는 강준의 미간이 일그러졌다.

＊

다음 날 서원이 출근하니 비서실이 어수선했다. 김성하의 자리에 보안팀 직원들이 서서 무언가 얘기하고 있었고 박 실장과 심 비서가 굳은 얼굴로 듣고 있었다.

"실장님. 조사는 끝났습니까?"

서원의 목소리에 박 실장과 심 비서의 고개가 동시에 돌려졌다.

"한 비서, 괜찮아? 어제 현장 목격하고 맞았다면서."

걱정스럽게 다가오는 박 실장에게 서원이 멋쩍은 미소를 지었다.

"괜찮습니다. 크게 다친 것도 아니고."

"얼굴에 멍들었는데? 입술의 상처도 김성하가 그런 거야?"

"정말 괜찮습니다. 내용은 다 전달받으셨습니까?"

박 실장과 심 비서가 나란히 서서 자신의 얼굴을 살피는 것이 부담스러워 서원이 뒤로 물러나며 물었다. 박 실장이 심각한 얼굴로 고개를 끄덕였다.

"조사는 다 끝났어. 어제 현장을 잡은 데다 증거까지 있으니까 남은 건 보안팀에서 확인하겠지."

"그렇군요⋯⋯. 그럼 우선 자리로 돌아가 보겠습니다."

"그래. 어제 고생 많았어."

"아닙니다."

서원이 몸을 돌려 자신의 자리로 향했다. 뒤에서 박 실장과 심 비서의 중얼거리는 소리가 들려왔다.

"후. 그 자식, 그렇게 안 봤는데⋯⋯."

"정말 믿을 사람 없는 모양이네요. 이렇게 제대로 당할 줄은 몰랐는데."

믿고 있던 동료가 스파이였다는 것에 박 실장과 심 비서가 받은 충격도 큰 것 같았다. 자리에 앉으며 그들의 모습을 살핀 서원이 김성하의 자리를 바라봤다. 이미 PC나 주요 자료들은 어젯밤 다 수거해 간 모양인지 빈 책상과 서랍들만 빠져나와 있었다.

서원은 잠시 어젯밤의 일을 떠올렸다.

평소 자신에게 유쾌하게 잘 대해 주던 김성하와, 어제 벌건 눈으로 자신에게서 USB를 빼앗으려 달려들던 김성하는 전혀 다른 사람같이 느껴질 정도였다.

"⋯⋯."

서원이 쓸쓸한 얼굴로 빈자리를 보고 있는데 파일과 몇 가지 개인 물품을 더 챙긴 보안팀 직원이 다가왔다.

"부사장님 지시대로 저희 쪽에서 철저히 수사할 방침이지만, 이 일이 외부로 새어 나가지 않도록 비서팀 내에서도 특별히 신경 써 주시길 바랍니다."

"알겠습니다."

당부의 말을 남긴 보안팀 직원들이 비서실을 빠져나가자 김성하의 자리는 휑하니 비었다. 썰렁해진 옆자리를 서원이 말없이 보고 있는데 누군가가 그녀의 책상을 두드렸다.

"네."

그 소리에 멈칫거린 서원이 고개를 돌리자 박 실장이 미소를 지으며 내려다봤다.

"그래도 한 비서 덕분에 일이 커지기 전에 막았네. 몸싸움까지 하고 정말 고생 많았어."

"아닙니다."

"김성하가 그런 짓을 하고 있다는 건 어떻게 안 거야?"

"아, 어제 사무실에 놓고 온 것이 있어서 올라왔다가 우연히 보게 되었습니다."

그 전에 이강준과 있었던 일은 숨긴 채 서원이 보고하자 박 실장이 고개를 끄덕였다.

"아직까지 밝혀진 피해는 없는 모양이지만 어제 걸리지 않았다면 어떤 식으로 유출됐을지 모르는 일이지. 큰일 한 거야, 한 비서."

박 실장이 서원의 어깨를 가볍게 두드려 주며 칭찬하자 서원은 머쓱한 기분이었다.

실은 자신이 김성하 대신 스파이로 오인되었기 때문에 어제 그 행동을 더 의심스럽게 본 거였지만…… 그 말을 할 수는 없었으니까.

"우연이었는걸요. 그렇게 칭찬받을 만한 일은 아닙니다."

서원이 흐리게 미소를 짓는데 마침 비서실로 이강준이 들어섰다.

"아, 부사장님."

강준을 본 박 실장이 빠르게 다가갔다. 동시에 서원도 고개를 숙여 그에게 인사했다. 다시 고개를 들었을 때 그의 시선이 잠시 자신에게 닿아 있는 것 같았지만 곧 말을 거는 박 실장에게로 옮겨 갔다. 서원의 눈이 침잠했다.

'……왜 난 아직도 네가 날 속이고 있다는 생각을 지울 수 없을까.'

이강준의 그 말이 목에 걸린 가시처럼 계속 마음에 걸렸다.

'그것이 타고난 직감 때문이라면…….'

그는 분명 엘른사를 지금의 자리에 오르게 할 만한 사람임에 틀림없겠지.

가끔 자신을 꿰뚫어 보듯 냉철하게 응시하는 강준의 눈을 보면 정말 모든 걸 간파당하는 듯한 기분에 심장이 오그라드는 것 같았다.

마치 혀를 날름거리는 육식동물 앞에 놓인 초식동물이 된 것처럼.

강준이 박 실장과 함께 집무실로 들어가는 모습을 잠시 보고 있던 서원은 문이 닫히자 몸을 일으켰다.

똑똑.

노크를 하고 들어서자 집무실 안에서 강준과 박 실장이 소파에 마주 앉아 있었다.

"내 것도 준비해 준 건가? 고마워, 한 비서."

"아닙니다."

두 개의 찻잔을 본 박 실장의 칭찬에 미소 지으며 대답한 서원이 차를 내려놓고 인사했다.

"그럼 말씀 나누십시오."

밖으로 나온 서원은 탕비실에 들어와 트레이를 놓고는 두 손으로 테이블 위를 짚었다.

'……뭘 이리 긴장해.'

그녀의 하얀 이마가 살풋 찡그려졌다.

찻잔을 내려놓을 때 가까이서 날카롭게 얼굴을 응시하는 강준의 시선이 고스란히 느껴졌다. 안경으로 완전히 가려지지 않는 멍과 입술의 상처를 샅샅이 살피는 듯한 그 시선에 손끝까지 바짝 긴장이 될 정도였다.

'후, 의심받을 행동을 하지 않으면 차차 나아지겠지.'

자신에 대한 강준의 경계가 조금씩 누그러지길 바라는 수밖에.

서원은 입안이 깔깔해지는 기분에 미간을 살짝 좁히고 비서실로 돌아왔다. 여러 가지로 기분이 뒤숭숭했지만 업무에 열중하는 것만이 이 모든 것을 잊을 수 있는 유일한 방법이었다.

❁

김성하의 일 때문인지 강준은 원래 있던 일정을 취소하고 박 실장과 심 비서까지 대동하고 외출했다. 사무실에 남아 혼자 일을 처리하던 서원은 점심시간을 훌쩍 넘긴 것을 시계를 보고서야 알았다.

'어차피 입맛도 없으니 식사는 건너뛰자.'

하던 일을 정리한 서원은 자주 찾는 카페로 갔다. 카페에서 주문한 에스프레소 잔을 앞에 둔 그녀는 창으로 쏟아져 들어오는 햇빛을 바라봤다.

이제 의심에서 해방됐는데도 기분은 계속 가라앉았다.

'차라리 모르는 사람이 벌인 일이라면 얼마나 좋았을까.'

대학 시절, 논문을 도둑맞은 적이 있었다. 같은 방을 쓰는 선배가 몰래 자신의 논문을 훔쳐 먼저 발표해 버린 것이다.

'넌, 넌 이해하지 못해. 너처럼 머리 좋은 애는 절대 나 같은 사람의 마음 이해 못 한다고! 날 그런 눈으로 보지 마. 나도…… 살기 위해 한 거야.'

논문을 훔쳤으면서도 그 선배는 서원을 질타했다. 결국 연구한 내용을 의심한 교수의 추궁으로 그 선배는 대학에서 제적당했다.

'네가 교수님한테 이른 거지? 그렇지? 어떻게 넌 다 가졌으면서 나한테 그거 하나 양보 못 해?!'

기숙사를 떠나기 전까지 자신 탓을 하던 그 선배가 아직까지 머릿속에 남아 있었다.

사실 그 선배한테 논문을 도난당한 걸 알았을 때 오히려 안타깝다는 생각이 들었다. 얼마나 압박에 쫓겼으면 이런 일까지 벌였을까, 하고. 하지만 선배가 한 그 말들이 자신에게 상처가 됐다.

이번 일에서 역시 서원은 김성하가 자신을 모함하려고 한 사실보다 자신을 속였다는 사실에 더 깊은 실망감을 느끼고 있었다. 늘 다정하게 챙겨 주던 사수가 자신을 스파이로 만드는 작업을 하고 있었다는 건 생각하지 않으려 해도 자꾸만 기분을 가라앉게 했다.

'……그만 가자.'

씁쓸한 얼굴로 커피 잔을 내려놓은 서원은 자리에서 일어났다. 그리고 그대로 카페를 나오려는데 뒤에서 직원이 말을 걸었다.

"저, 혹시 싸우셨어요?"

문으로 향하려던 서원은 자신에게 말을 거는 직원 쪽으로 돌아섰다. 그녀는 걱정스러운 시선으로 서원을 보고 있었다.

"얼굴에 상처가 있어서……."

"아, 이거요. 얼굴 쪽으로 넘어져서 그래요."

자신이 둘러댄 소리를 믿는 눈치는 아니었지만 서원은 조금 곤란한 미소를 지으며 다시 몸을 돌리려 했다.

"아, 저기."

다시 부르는 소리에 서원이 돌아보자 살짝 뺨을 물들인 그녀가 물었다.

"저 혹시…… 실례가 되지 않는다면…… 여자 친구 있으신지 물어봐도 될까요?"

"있습니다. 여자 친구."

"아, 그렇군요……."

망설임 없는 서원의 대답에 아쉬운 표정을 한 직원이 얼른 다시 웃어 보였다.

"그냥 궁금했을 뿐이니 신경 쓰지 마세요. 그럼 조심히 가시고 상처 빨리 나으시길 바랄게요. 또 오세요!"

"네. 수고하세요."

가볍게 고개를 숙이고 카페를 나온 서원은 양심이 찔리는 기분이었다.

"쓸데없는 기대를 주는 것보단 낫겠지."

그래. 그게 나아.

서원은 그렇게 생각하며 미안한 감정을 털어 냈다. 앞으로도 저 카페에 자주 가게 될 텐데 괜한 기대를 주는 것보다는 선의의 거짓말이 나을 테니까.

그 시간, 방금 전부터 서원이 카페 안에 있는 모습을 보고 있는 사람들이 있었다.

"어? 한 비서네?"

"어디요?"

조수석에 앉아 있던 박 실장의 말에 운전하던 심 비서가 차를 멈췄다. 동시에 태블릿PC에 박혀 있던 이강준의 시선도 창밖으로 향했다.

"저기 카페 직원과 대화하고 있잖아."

"아, 정말이네요? 점심마다 어딜 그리 뻔질나게 다니나 했더니 저기서 썸을 타고 있었나 봅니다."

심 비서의 싱글거리는 말에 박 실장도 픽 웃었다.

"근무시간도 아닌데 상관없겠지."

"좋을 때네요. 한 비서 아직 한창때 아닙니까. 얼굴도 잘생겨서 회사 여직원들 사이에 벌써 소문이 퍼져 인기 많더라고요. 만나는 사람 없는 거 같더니…… 저런 취향인가."

"그만 살피고 어서 출발하기나 해."

"아, 네."

심 비서가 다시 차를 출발시키는 중에도 강준은 계속 카페 안을 주시하고 있었다. 환한 미소를 지은 두 사람이 대화하는 모습이 그의 시야에서 멀어져 갔다.

✷

퇴근 후에 도원의 병원에 들른 서원은 사과를 깎다가 TV를 보고 있는 도원을 불렀다.

"도원아."

"응?"

예능 프로를 보며 사과를 우물거리고 있던 도원이 서원을 돌아봤다. 그녀는 사과에만 시선을 둔 채 말했다.

"너 전에 합격했던 엘른에 꼭 가고 싶다고 했었잖아."

"응."

"거긴 왜 가고 싶었던 거야?"

"그건 왜 묻는데?"

도원이 빤히 바라보자 서원이 어색하게 웃었다.

"그냥, 물어본 적이 없는 것 같아서."

"다 지난 일인데 뭐……."

괜히 물었나.

도원의 표정이 어두워지는 것을 보고 서원이 자신의 질문을 후회했다.

지금 그녀가 그 대신 엘른에 있다는 걸 알 리 없는 도원은 사실 제 꿈을 포기한 상황이니 이런 이야기를 꺼내는 것 자체를 달가워하지 않을 거였다.

서원이 다른 화제로 바꾸기 위해 머리를 굴리는데 잠시 포크를 만지작거리던 도원이 말을 꺼냈다.

"내가 원래 엘른 계열사에 비서로 있었잖아."

"응. 그랬지."

"거기서 일하면서 알게 된 게 있었는데."

서원은 사과를 마저 깎으며 잠자코 도원의 말을 들었다.

"원래 엘른이 그러진 않았거든. 근데 이강준이 본사에 들어온 이후로 하청업체를 한 번 쓰고 버리는 식이 아니라 계약 기간 동안 전폭적인 지원을 해 줬어."

"보통 그러는 거 아니야?"

"아니지. 대기업들은 보통 하청업체들은 쓰고 버리거나 흡수하든가 하거든. 근데 이강준은 안 그랬어."

서원이 도원의 포크를 가져와 사과를 하나 찍어 내밀었다.

"그래서?"

자신도 사과 하나를 입으로 가져가며 서원이 물었다. 도원의 우울하던 표정이 다행히 말을 하면서 점점 나아지고 있었다.

"음, 원래 이쪽이 하청의 하청까지 내려가면서 그 사이에서 로비도 많고, 대기업에서 건수 주는 거니까 중간에서 해 먹는 것도 많아. 그런데 중간 관리자가 그걸 하지 못하게 이강준은 자기가 웬만한 계약 건에는 다 참여하는 거야. 로비가 벌어질 만한 자리에도 직접 나오고."

"그게…… 가능한가?"

강준의 바쁜 스케줄을 누구보다 잘 알고 있는 서원이 의아한 얼굴로 고개를 모로 기울였다.

"물론 스케줄이 안 되니까 가끔이었지만 언제든 들이닥칠 수 있다는 위기감에 중간에 상납받던 애들이 그러지 못하게 된 거지."

"아아…….."

서원이 이해했다는 듯 고개를 끄덕였다.

"게다가 하청업체들도 엘른과 동등한 선상에서 지원해 주고. 쉽게 말해 갑질을 안 했어. 같이 프로젝트에 들어가면 막대한 투자비를 내고 그 중소기업과 똑같이 지분을 나누는 거지. 그거 대기업 입장에선 정말 쉬운 거 아니거든."

"그랬어?"

강준의 비서실에 있으면서도 서원은 처음 듣는 이야기였다.

그러고 보니 가끔 박 실장과 퇴근 후에 갖는 비공식 일정들이 있었다. 이번 김성하 사건도 있었듯이 비서실 내에서도 말이 나갈 수 있으니 박 실장에게만 알리는 개인적인 스케줄들.

'그게 그런 일들이었구나.'

서원이 사과를 먹으며 조용히 생각하고 있는데 신이 나서 말하던 도원의 다시 표정이 가라앉았다.

"……어쨌든, 그런 일들을 듣고 동경하게 됐어. 그런 사람 밑에서는 나도 배울 점이 많을 거라는 생각이 들었고."

"다 끝난 것처럼 말하지 마. 기회는 또 올 수 있잖아."

"말했잖아. 거기는 정말 자리가 쉽게 나지 않는다고. 늘 정예멤버로만 운영되기 때문에 웬만해선 신입을 안 뽑아. 그때도 4년을 기다렸다니까."

"그거야……."

"게다가 합격해 놓고 안 나간 전적이 있는 사람을 다시 합격시킬 리가 없잖아."

도원이 씁쓸한 얼굴로 빈 포크를 만지작거렸다.

"……."

서원은 지금 그 비서실에 있는 자신의 상황을 설명할 수도 없고, 속없이 위로의 말도 할 수 없어서 조용히 있었다. 한동안 침묵이 흐르는 병실에 먼저 정적을 깬 건 도원이었다.

"사과 더 없어?"

"아, 더 먹을래?"

"응. 오랜만에 먹으니까 맛있네. 사과 별로 안 좋아하는데."

씩 웃는 얼굴로 말한 도원이 TV화면으로 시선을 옮기는 걸 보며 서원은 동생의 배려에 마음이 짠해졌다.

"……누나가 다음에 사과 또 사 올게."

콧등이 시큰해져 작게 말한 서원이 붉은 사과를 하나 더 깎기 시작했다.

✻

J호텔 페리어스홀. 은은한 조명과 격조 있는 클래식 선율이 흐르는 넓은 홀에 턱시도와 드레스를 차려입은 사람들이 모여 있었다.

재계 순위 7위의 대기업에서 마련한 자선 행사에 수많은 정·재계 인사들이 참석했다. 그 자리에 빼어난 외모와 카리스마 넘치는 분위기를 겸비한 엘른 부사장 이강준이 들어서자 모든 이목이 자연스럽게 집중됐다.

완벽한 슈트 핏을 뽐내듯 우아하게 들어서는 강준에게 사람들의 시선이 쏠리자, 여러 명의 남성들 가운데서 웃으며 대화하던 세라는 얼른 그에게 다가갔다.

"강준 오빠!"

짧은 칵테일 드레스를 입어 매끈한 다리를 드러내곤 인형처럼 화사한 메이크업을 한 세라가 호들갑스럽게 말했다.

"왜 이제 왔어? 한참 기다렸는데."

세라가 눈웃음치며 팔짱을 끼자 이강준이 그녀를 힐긋 쳐다봤다.

"회장님은."

그가 팔짱을 낀 팔을 바로 풀어내며 건조하게 묻는 말에 세라는 뾰루퉁하게 입술을 내밀었다.

"오랜만에 보는 건데 오빠 나한테 관심도 없어? 나 여기도 오빠 온다는 소리에 일부러 참석한 거란 말이야."

"그런 것치곤 즐거워 보이던데."

방금 세라와 함께 있던 남자들이 모여 있는 곳을 힐긋 보며 강준이 말하자 그녀의 얼굴이 당황으로 물들었다.

"무슨 소리야? 난 오빠 찾다가 그냥 사람들이 인사해서……."

"이강준 부사장. 오랜만입니다."

그때 누군가가 강준에게 인사하며 다가오자 그는 변명하는 세라에게서 몸을 돌려 버렸다. 그대로 다른 사람들에게 강준이 완전히 둘러싸여 버리자 옆자리에서 밀려난 세라는 불만스럽게 눈썹을 모았다.

'맨날 이렇다니까.'

이대로 강준은 그에게 눈도장 찍으려는 사람들과 한참 인사만 하고 있을 테니 자신은 그 뒤에 다시 접근하는 것이 나을 것 같았다. 세라는 아쉬운 입맛을 다시며 몸을 돌렸다.

"이강준."

사람들 틈바구니로 들려온 소리에 그가 돌아보니 동진이 서 있었다.

"안에 답답한데 저쪽에서 얘기 좀 할까?"

동진의 말에 강준은 그를 따라 한가한 테라스 쪽으로 자리를 옮겼다. 비를 품은 듯한 습한 바람이 불어오는 곳에서 칵테일 잔을 들고 마주 서자 동진이 싱긋 웃었다.

"어제는 잘 이야기된 거야?"

강준이 그에게 시선을 돌렸다. 칵테일 잔을 입으로 가져가며 동진이 말을 덧붙였다.

"한도원 씨 말이야. 네가 화난 얼굴로 끌고 가서 나도 뭐라 말 못 했지만 왜 스파이를 잡은 사람한테 그렇게 함부로 대하냐?"

"……네가 상관할 일 아니야."

강준은 짧게 내뱉고는 무심히 테라스 바깥을 바라봤다.

"치료는 해 줬어?"

"아니."

"아무리 부하직원이라지만 그렇게 상처 입었는데 치료도 안 해 주고, 너무하네. 이강준 부사장."

동진이 인상을 쓰고 고개를 절레절레 저었다. 강준은 모델처럼 칵테일 잔을 들고 선 자세로 그에게 시선을 두지 않은 채 말했다.

"이동진."

낮은 목소리에 동진은 강준을 바라봤다. 밖에만 시선을 두고 있던 강준이 동진에게 천천히 고개를 돌렸다.

"내 말 못 알아들어?"

화가 난 얼굴도 아니었지만 위압감이 느껴지는 냉소적인 얼굴이 동진을 향했다.

"내가 내 비서에게 어떻게 하든, 그건 네가 상관할 바 아니라고."

마치 자기 것을 탐내는 상대에게 동물적인 위협을 가하는 듯한 태도였다. 서늘한 눈빛에 동진은 잠시 말문이 막힌 듯 그를 보고 있다가 이내 웃었다.

"자식, 까칠하기는. 내가 네 비서한테 뭘 어떻게 한다고 그렇게 유난스럽게 반응해? 누가 보면 내가 네 여자 넘보는 줄 알겠다."

"······."

동진이 억울하다는 듯 말했지만 강준은 말없이 칵테일을 마셨다. 어제 동진이 한도원에게 재킷을 덮어 주고 엘리베이터로 데리고 가던 모습이 그의 심기를 계속 건들고 있었다.

"그 스파이는, 잘 처리하기로 한 거야?"

강준의 표정을 살피던 동진이 말을 돌렸다.

"감사 결과 나오는 거 보고."

칵테일 잔을 천천히 돌리며 강준이 대답하자 동진이 픽 웃었다.

"간도 크지. 어떻게 이강준을 상대로 그런 짓을 할 생각을 다 했을까. 대범하기 짝이 없어. 안 그러냐?"

"······누군가에게 거액의 제안이라도 받은 거겠지."

"아무리 거액을 제시한다고 해도 그렇지, 나라면 절대 그런 짓 안 해. 뻔히 들킬 짓을 왜 해?"

싱글거리며 말하는 동진을 강준이 빤히 쳐다봤다. 그 시선에 동진이 의아하게 강준을 마주 봤다.

"너 그 시선 뭐냐? 혹시 지금 나 의심하고 있는 거야?"

"간다."

곧바로 몸을 돌리는 강준의 뒷모습에 동진의 억울한 목소리가 쏟아졌다.

"야! 나 아니야! 진짜 아니라고! 내가 그렇게 멍청할 것 같냐? 엘른에 있으면서 널 적으로 두게!"

동진의 항변을 일별하고 연회홀을 빠져나오자 호텔 입구에 그의 차가 대기하고 있었다. 뒷좌석 문을 열어 놓고 서 있는 호텔 직원 쪽으로 강준이 다가가는데 뒤에서 세라의 목소리가 들렸다.

"오빠!"

강준을 뒤따라온 세라가 얼른 그를 붙잡았다.

"벌써 가는 게 어디 있어? 아직 나랑 얘기도 제대로 안 했잖아."

"나중에."

"잠깐, 강준 오……."

세라를 떨쳐 낸 강준이 피곤한 얼굴로 차에 올라탔다.

"집으로 갑시다."

"네."

백 기사가 곧장 차를 출발시켰다. 백미러로 멀어지는 세라의 김빠진 얼굴이 보였지만 강준은 거기엔 전혀 신경을 두지 않았다. 아까부터 그의 신경이 쏠린 상대는 따로 있었다. 모든 신경을 붙잡아 놓고 꼼짝을 하지 못하도록 거슬리게 하는 존재가.

매끈한 이마를 기다란 손가락 끝으로 짚고 있던 그가 한쪽 눈썹을 치켜 올리고 기사에게 말했다.

"목적지를 바꿔야겠습니다."

❋

"지금 집으로…… 온다는 말씀이십니까?"

서원이 당혹스러운 얼굴로 되물었다. 갑자기 울린 강준의 전화를 받고 보니 나오는 말이 황당했다.

지금 집으로 온다니?

자신의 집 주소를 그가 어떻게 알고 있나 떠올리다가, 생각해 보니 이강준은 굉장히 쉽게 알 수 있는 위치라는 것을 깨달았다.

'하지만 왜?'

당황함이 깃든 목소리를 들었음에도 강준은 고저 없는 어조로 대답했다.

— 10분 안에 도착할 거야.

"네? 잠깐만요. 부사장……."

강준은 그녀의 말이 다 끝나지도 않았는데 일방적으로 전화를 끊었다. 서원이 커다란 눈을 깜빡거리며 끊긴 휴대폰을 바라봤다.

"갑자기 이게 무슨 일이야?"

이강준 성격을 보건대 자신이 하겠다고 한 일은 반드시 하고야 말 사람이다. 10분 안에 도착한다고 말했으니 그는 정말 10분 안에 이곳에 나타날 것이다. 거기까지 생각한 서원의 얼굴이 당혹으로 물들었다.

"어쩌지? 아, 일단 안경, 안경부터…….”

당황한 서원은 우선 안경부터 찾아 꼈다. 집에서 편안한 차림으로 쉬고 있었는데 난데없는 날벼락에 무엇부터 해야 할지 가늠이 되지 않았다.

"맞다, 옷!"

서원은 자신이 입고 있는 청 소재의 긴 셔츠와 무릎까지 오는 하얀 레깅스를 보고 아랫입술을 사리물었다. 누가 봐도 여성적인 몸매를 여실히 드러내는 옷차림이었다.

"이걸 입고 이강준 앞에 나갈 수는 없어. 하지만…….”

서원에게 남자 옷이라고는 출근용 남성 정장밖에 없었다.

초조한 얼굴로 옷장 문을 열고 급히 뒤적거려 봤지만 역시 대체할 만한 옷은 없었다. 서원은 할 수 없이 내일 출근 때 입으려고 꺼내 둔 셔츠와 정장 바지를 급히 다시 입었다.

'집에 들어온 지 얼마 되지 않았다고 하면 되겠지.'

어차피 다른 방법은 떠오르지 않았다. 급히 옷을 꿰어 입자마자 현관 벨소리가 들렸다.

딩동—

"!"

서원은 긴장된 눈으로 현관문을 바라봤다. 이강준, 그가 왔다.

하아, 서원이 크게 숨을 내쉰 뒤에 현관 쪽으로 다가갔다.

달칵.

조심스럽게 문을 열자, 문 밖에는 검은 슈트 차림의 이강준이 서 있었다. 고개를 비스듬히 기울이고 자신을 내려다보고 있는 그를 보자 서원은 절로 침이 삼켜졌다.

"정말 10분 만에 오셨군요."

"늦게 오길 바란 사람 같은데."

"……아닙니다. 들어오세요."

서원은 몸을 비키며 말했다. 그가 성큼 들어서는 순간, 서원은 자신이 아주 중요한 실수를 했다는 것을 깨달았다.

'이런.'

서원의 얼굴에 낭패감이 어렸다. 급히 셔츠를 갈아입으면서 가슴 압박 브래지어를 착용하는 것을 깜빡 잊고 말았다.

"저기 잠시만 앉아 계십시오."

소파 쪽을 가리키며 빠르게 말한 서원이 곧장 방으로 들어갔다. 셔츠를 벗은 뒤 거울을 보며 압박 브래지어를 착용하던 서원은 문득 움직임을 멈췄다.

남자 행세를 하기엔 지나치게 마른 자신의 몸을 보니 절로 한숨이 나왔다.

'……요즘 더 말랐나.'

원래도 마른 편이었지만 최근 여러 가지 일 때문에 더 체중이 빠진 건지 전보다 가녀린 몸이 되어 버렸다.

'어쩔 수 없지.'

밖에서 기다리고 있는 강준 때문에 서원은 빠르게 압박 브래지어 위에 하얀 민소매 셔츠를 입었다. 그 위에 와이셔츠를 입고 거울 속의 제 모습을 살피고는 문 쪽으로 걸어갔다.

"기다리셨……."

방에서 나오던 서원은 이강준이 보고 있는 액자를 보고 흠칫했다.

'저건 도원이의…….'

지금 강준이 보고 있는 건 자신이 아닌 도원의 사진이었다. 초등학교 입학 전에 찍었던 어린 날의 도원의 사진.

말없이 한동안 사진을 보고 있던 그가 서원에게 시선을 옮겼다.

"이건 몇 살 땝니까."

"아마…… 6살 무렵 같습니다."

서원이 초조함을 숨기고 대답하자 그의 시선이 다시 액자에 닿았다. 그러고는 그 자리에 액자를 다시 내려놓으며 말했다.

"분위기가 지금과 좀 다른데."

강준이 그렇게 말하고 소파 쪽으로 걸어가자 서원은 속으로 안도의 한숨을 내쉬었다.

"아무래도 어릴 때니까요. 차는 어떤 걸 가져올까요? 커피와 녹차가 있는데."

"차는 됐으니 이쪽으로 오시죠."

강준이 말하자 서원의 얼굴에 다시 긴장이 어렸다. 그가 앉아 있는 소파는 3인용 소파였다. 그 앞에 서 있기도 어색하고, 그 옆에 앉기도 어색했다.

잠시 동안 복잡하게 머리를 굴리던 서원은 결국 그의 앞에 섰다. 그 모습을 본 강준이 시선을 들어 올렸다.

"서 있을 겁니까?"

"네."

서원이 앉는 것을 사양하자 강준이 눈을 예리하게 떴다.

"내가 끌어다 앉혀야 앉을 건가?"

"……."

서늘한 목소리에 결국 서원은 그의 옆에 앉았다. 최대한 간격을 두고 싶지만, 3인용 소파에선 무리였다. 게다가 이강준은 체격이 무척 큰 남자였다. 어쩔 수 없이 가까이 앉게 된 서원의 표정에 난감함이 가득했다.

'왜 집까지 찾아와서는…….'

강준이 왜 갑자기 여길 온 것인지, 지금 왜 자신과 나란히 앉아 있는 것인지 서원으로서는 도저히 이해할 수가 없었다.

회사에서 바짝 긴장하고 있는 것도 힘든데 왜 집까지 찾아와서 이러는지 억울한 마음도 들었다. 어제도 멋대로 제집으로 데려가더니…….

'의심받고 있기 때문일까?'

그것 말고는 다른 이유를 생각할 수 없자 서원은 마음이 무거워졌다.

'무언가 추궁당할지도 몰라. 이 남자에게.'

서원이 긴장감이 역력한 표정으로 옆을 보자 무언가 골똘히 생각에 잠긴 듯 시선을 내리깔고 있는 그의 수려한 옆모습이 시야에 들어왔다. 서원의 심장이 빠르게 뛰며 더욱 긴장이 됐다.

"하실 말씀이 있다고 하셨는데 어떤 겁니까? 어제 일과 관련된 겁니까?"

서원이 최대한 담담한 어조로 물었다. 빨리 용건을 듣고 내보내는 것이 최선일 것 같다는 생각이 들었다. 서원의 물음에 강준의 시선이 천천히 돌려졌다. 짙은 눈동자와 시선이 마주치자 서원은 긴장을 숨기며 그를 쳐다봤다.

"확인하고 싶은 게 있는데."

역시 추궁인가.

낮게 흘러나오는 목소리에 서원은 조용히 침을 삼켰다. 어떤 질문을 받을지 신경을 바짝 곤두세우고 있는데 그의 입에서 예상치 못한 질문이 나왔다.

"점심마다 만나는 여자, 당신과 무슨 관계지?"

"……네?"

이상한 질문에 서원이 눈을 깜빡였다. 그녀의 옅은 갈색을 띠는 투명한 눈동자를 강준이 똑바로 응시했다.

"한도원 씨가 매일 간다는 회사 앞 카페에 있는 여자."

아, 거기?

그제야 강준의 말을 알아들은 서원이 안경을 추켜올렸다.

"거기 자주 가는 건 맞지만……. 그런데 그건 왜 물으십니까?"

서원이 조금 경계하는 표정을 지었다. 강준이 왜 이런 질문을 하는지 그녀로서는 이해가 되지 않았다.

하지만 그가 이유 없이 이런 질문을 할 리도 없었다. 그가 의심하는 무언가와 관련이 있을 거란 생각이 들었다. 그게 대체 뭐지?

자신을 내려다보고 있는 강준을 서원이 의심스러운 눈빛으로 쳐다보았다. 한동안 보고만 있던 그가 낮게 말했다.

"알고 싶으니까."

알고 싶다니……?

강준의 대답은 서원을 더 큰 혼란으로 빠뜨렸다. 그의 말의 의미를 잠시 생각하고 있던 서원은 어쨌든 자신이 이강준에게 의심받고 있는 상황이라는 걸 깨달았다. 그러자 자신이 설사 누군가를 만난다고 해도 그것을 상사가 이런 식으로 추궁할 문제는 아니라는 반발심이 일었다.

"이해할 수가 없군요. 엘른의 부사장은 비서의 사생활까지 간

섭합니까?"

서원이 불쾌한 기색을 보이며 묻자 강준은 표정 변화 없이 대답했다.

"간섭하고 싶은 경우에만."

"……."

서원이 눈썹을 모았다. 아무리 생각해도 강준의 말은 이상했다. 일에서 그토록 완벽주의자의 면모를 보이는 그가 이런 노골적인 사생활 침범이라니.

하지만 곧 점심시간마다 회사를 빠져나가 같은 카페에 간다는 것도 그를 의심하게 하는 하나의 이유가 될 수 있겠다는 생각도 들었다.

"대답해. 한도원."

그의 낮은 목소리에 서원은 짧게 한숨을 내쉬고 입을 열었다.

"아무 관계도 아닙니다. 적어도 지금은."

서원의 말에 강준의 눈매가 날카로워졌다.

"그 말은 앞으로 그럴 가능성이 있다는 건가."

"그건 저도 모르는 일입니다."

"그럼, 가지 마."

"네?"

자신의 말허리를 자르고 명령조로 하는 말에 서원이 눈을 깜빡였다.

"앞으로 그 카페 가지 말라고."

자신을 강렬하게 쳐다보는 시선에 서원은 숨이 턱 막히는 기분이었다.

아무리 그래도 개인의 사생활까지 통제하려 하다니, 이건 월권

166

이었다. 물론 자신이 의심받을 행동은 했지만 그건 오해로 밝혀지지 않았던가. 이렇게까지 자신을 의심하는 강준에게 서원은 화가 났다.

"부사장님. 업무와 상관없는 일까지 이런 식으로 간섭하시는 건."

"한도원."

서늘한 목소리로 다시 서원의 말을 끊은 강준이 거리를 좁혀 왔다. 그가 점차 가까이 다가오자 서원의 눈이 작게 흔들렸다.

가까운 곳에서 위압적인 눈빛으로 시선을 포박한 그가 입을 열었다.

"내 말 못 알아듣겠나? 그 여자, 만나지 말라고."

……왜 이렇게까지?

서원은 아무 말도 하지 못하고 입술만 달싹였다.

부당하다는 생각이 들었지만 바로 앞에서 자신을 응시하는 예리한 시선에 숨만 삼키고 있는데, 그가 다시 멀어졌다.

"그럼, 알아들은 걸로 알겠습니다."

할 말을 다 한 건지 몸을 일으킨 강준이 현관 쪽으로 향했다. 서원은 못마땅한 표정으로 소파에서 일어나 그를 뒤따랐다.

"내일 뵙겠습니다."

서원의 인사를 받는 둥 마는 둥 그는 문을 열고 나갔다. 갑자기 찾아왔던 것처럼 갑자기 돌아가 버리자 서원은 긴장이 풀린 얼굴로 한동안 그 자리에 서 있었다.

'그 말을 하려고 굳이 여기까지 온 건가.'

회사에서도 할 수 있는 말을 굳이 집에까지 찾아와서 한 이유는 뭘까. 자신을 믿지 못하기 때문에 위협적으로라도 주의를 주기 위함인가.

"휴, 모르겠다."

저 남자를 내가 어떻게 이해할 수 있겠어.

강준의 의도에 대해 생각하던 서원은 작게 고개를 젓고는 옷을 갈아입기 위해 방으로 향했다.

그러다 문득 테이블 위에 놓인 사진이 눈에 들어왔다. 강준이 보던 사진 쪽으로 다가간 서원이 작은 액자를 들어 올렸다.

"……."

어릴 적 도원의 얼굴.

사실 얼마 전까지만 해도 이 액자 옆에 같은 날 찍은 자신의 사진도 같이 놓여 있었다.

"이런 일에 대비한 건 아니었지만…… 어쨌든 내 사진을 치워둔 건 잘한 일 같네."

똑같이 생겼지만 다른 옷을 입고 있는 자신과 도원은 같이 놓고 보면 묘하게 다른 분위기가 느껴지긴 했으니까.

"미리 알고 한 행동도 아닌데 신기하네."

혼잣말처럼 중얼거린 서원은 액자를 내려놓고 방으로 들어갔다.

도원의 집에서 나온 강준은 대기하고 있던 차에 올라탔다.

"또 들르실 데가 있으십니까?"

"집으로 가면 됩니다."

"알겠습니다."

대답한 백 기사가 차를 출발시키자 강준의 시선이 도원의 집을 향했다.

어제는 동진이 신경이 쓰이게 하더니, 오늘 낮에는 도원 옆에서 웃고 있던 카페 직원이 신경 쓰였다. 떨쳐 내고 싶어도 머릿속이 그 모습들로 가득 차서 일을 제대로 할 수가 없었다.

'한 비서 아직 한창때 아닙니까. 얼굴도 잘생겨서인지 회사 여직원들 사이에 벌써 소문이 퍼져 인기 많더라고요. 만나는 사람 없는 거 같더니…… 저런 취향인가.'

심 비서의 그 말은 불쾌감을 더욱 자극했다.

도원의 외모는 굳이 따지자면 잘생겼다기보다는 중성적이었다. 지금까진 타인의 외모에 대해 신경 쓴 적이 없었는데, 그 말을 들은 이후 회사에서 한도원을 자세히 보게 됐다.

그러자 그의 투명하리만치 깨끗한 피부와 안경 속의 옅은 갈색의 눈동자, 유독 붉은 입술까지 모든 것이 다 거슬렸다.

……화가 날 만큼.

뭐에 화가 나는 건지 인지하기도 전에 충동적으로 한도원의 집까지 찾아가 그 카페에 가지 말라고 명령하고 나와 버렸다.

매끈한 이마를 일그러뜨린 강준이 낮게 내뱉었다.

"뭘 하는 거지. 대체."

김성하의 일 때문에 신경이 날카로워져 있기 때문일까? 지금까지는 비서를 포함한 다른 직원들의 사생활 영역에 참견한 적은 한 번도 없었는데.

그런데 누명은 확실히 벗었는데도 이상하게 한도원은 계속 신경에 거슬리는 존재로 남아 있었다.

'그 빌어먹을 꿈 때문인가.'

강준의 표정이 서늘하게 굳었다.

그에게 과하다 할 정도로 신경이 쓰이는 이유는 그 꿈 탓이 틀림없었다. 정말 사람 정신을 완전히 미치게 할 심산인지, 그 망할 꿈은 소강되어 가긴커녕 나날이 더 노골적이 되어 가고 있었으니까.

굳게 입을 다문 강준이 피곤이 몰린 눈가를 손가락으로 지그시 눌렀다. 몰려오는 잠과 싸우려는 어리석은 짓을 그는 여전히 계속하고 있었다.

잠이 들면, 자신은 또 한도원을 범할 테니까.

어김없이…….

❀

주말이 지난 뒤 월요일, 점심시간이 되자 서원은 식사를 마치고 우울한 얼굴로 회사 밖으로 나왔다.

'다른 카페를 찾아봐야 하나.'

근처에 카페는 몇 군데 있으니 찾는 건 어려운 일이 아니었지만 강준이 카페를 가는 행위가 아닌, 매번 밖으로 나오는 일을 의심하는 거라면 문제가 복잡해졌다.

'하, 답답해.'

서원이 어깨를 들썩일 정도로 크게 한숨을 내쉬었다. 일단 다른 카페를 찾아보자는 생각으로 회사를 오가면서 봐 뒀던 카페 중 한 군데로 향했다.

"한도원 씨."

자신을 부르는 소리에 서원이 돌아봤다. 밖에서 식사하고 들어오는 길인지 몇몇 사람들과 함께인 동진이 그녀를 보고 있었다. 일행들에게 먼저 가라는 손짓을 한 동진이 서원에게 다가갔다.

"어딜 가요? 식사하러?"

"아니요. 다른 일로 잠시⋯⋯."

서원이 대답하는데 동진이 갑자기 손을 쑥 뻗어선 그녀의 얼굴을 들어 올렸다.

"잠깐만요. 뭘⋯⋯."

서원이 당황하는데 동진이 그녀의 얼굴을 요리조리 살피기 시작했다.

"그래도 멍은 금방 빠지는 모양이네요. 그때 부은 걸로 봐선 꽤 오래가지 않을까 걱정했는데."

"괜찮습니다."

서원이 동진의 손을 치우게 하고는 한 걸음 뒤로 물러섰다. 동진은 아랑곳하지 않고 서원의 상처가 남은 입술에 시선을 뒀다.

"입술은 꽤 아팠겠다. 약 안 발랐죠? 상처 보니 아무것도 안 했는데."

"금방 나을 겁니다. 걱정해 주셔서 감사합니다. 그럼."

자신의 얼굴을 집요하게 살피는 동진이 부담스러워 서원이 고개를 숙이고 돌아서려 했다. 하지만 동진은 늘 그렇듯 특유의 마이 페이스로 서원의 팔을 여유롭게 잡았다.

"뭐가 그렇게 급해요? 나 한도원 씨한테 물어볼 거 있는데."

자신을 잡고 있는 동진의 팔을 짧게 내려다본 서원이 잡힌 팔을 빼내며 물었다.

"저한테 말입니까?"

⋯⋯항상 느끼는 거지만 이 사람은 행동에 거리낌이 없어.

성별을 속이고 있는 서원에겐 그 막무가내 태도가 여간 불편한 게 아니었다. 그래서 이렇게 매번 정색을 하는데도 전혀 달라지는 것이 없다는 점도 이동진의 특징이었다. 게다가 어떤 반응을 보이든 동진은 지금처럼 싱글싱글 웃는다. 그 웃음이 더 정색할 수 없도록 만들곤 했다.

"강준이와 사이 어때요?"

"……네?"

생각에 잠겼던 서원이 의아하게 바라보자 동진이 웃었다.

"그때 김성하 잡았을 때, 강준이가 나랑 있는 도원 씨 데리고 갔잖아요. 그때 별일 없었어요?"

"네. 없었는데요."

"아……. 그래요? 별일 없었으면 됐어요."

동진이 다시 싱글 웃으며 말을 넘기려 하자 서원은 질문의 저의가 궁금해졌다.

"그런데 그건 왜 물어보신 겁니까?"

"아아, 그냥…… 강준이에게서 오랜만에 아주 그리운 표정을 본 것 같아서요."

"그리운……?"

서원의 질문에 동진이 무언가를 떠올리다가 묘한 표정을 지었다.

"네. 그 표정, 자기 것을 빼앗길까 봐 안달할 때 짓는 표정이거든."

……자기 것?

동진의 말을 듣고 있던 서원이 불쾌한 기색을 내비쳤다.

"무슨 말씀이신지 잘 모르겠습니다."

"흐음. 그래요? 이상하네······. 강준이는 자기 거에 대한 소유욕이 대단한데, 그걸 사람한테 보인 적은 없단 말이죠."

동진이 생각에 빠진 얼굴로 자신의 턱을 손가락 끝으로 툭툭 두드렸다.

그가 어떤 뜻으로 한 말인지는 알 수 없으나 서원은 마치 자신을 떠보는 듯한 동진의 말에 불쾌감을 느꼈다. 그리고 그 말은 곧 자신의 상사에 대한 모욕으로도 느껴졌다.

"그런 말씀은 상당히 불쾌합니다. 부사장님은 자신의 비서를 소유물로 취급하시는 분이 아닙니다."

"아······ 이런, 한도원 씨 기분 나쁘라고 하는 소리는 아닌데."

서원이 정색하자 동진이 당황한 얼굴로 얼른 두 팔을 들어 보였다.

"미안해요. 내가 좀 궁금한 걸 못 참기도 하고 생각한 걸 뇌를 거치지 않고 바로 말해 버리는 성격이라."

동진이 난감한 얼굴로 고개를 숙였다.

"맞아, 저번에도 이래서 한도원 씨 기분 나쁘게 했었는데 내가 또 실수를 저질러 버렸네. 미안해요. 정말."

"의도적이든 그렇지 않든 여러 번 상대방에게 같은 실수를 하는 건 고의로밖에 받아들여지지 않는다는 거 아닙니까?"

"고의라니, 난 정말 그런 게 아니라······. 아, 정말 나도 왜 또 생각 없는 소릴 지껄여서는."

"······."

서원이 웃음기 없는 얼굴로 동진을 올려다봤다.

난처한 얼굴로 허둥지둥하는 동진을 보니 정말 고의는 아닌 듯했다.

"정말 미안해요. 도원 씨."

다시 깊이 머리를 숙이는 동진에게 서원이 말했다.

"……사과는 됐습니다. 전 이만 가 보겠습니다. 이사님."

서원이 돌아서자 동진이 얼른 뒤따라왔다.

"용서해 준 게 아닌 것 같은데 이렇게 가 버리면 어떻게 해요? 한도원 씨, 화 풀어요. 내가 정말 잘못했다니까."

그가 옆에 바짝 따라붙으며 하는 말에 서원이 표정을 굳혔다.

눈치가 없다지만 동진의 지금 태도는 잘못된 거였다. 자신의 잘못을 제 눈앞에서 받아들여야 속 편한 사람은 결국 이기적인 사람이다.

상대방의 불편함보다 자신의 마음이 편해지는 걸 우선으로 생각하는 사람이니까.

"이사……."

결국 서원이 동진에게 한 소리 하려던 때였다. 바로 앞에 선 낯익은 실루엣에 서원이 걸음을 멈춰 섰다.

"강준아."

우뚝 서 있는 강준을 본 서원은 입술을 질끈 깨물었다.

'왜 항상 이런 오해받을 상황에서만 마주치게 되는 거야. 이 남자는.'

마치 동진과 함께 어딘가로 가고 있는 모습으로 보였을 상황에 서원이 낭패감을 느꼈다. 그런데 강준은 아무 말도 없이 그들 사이를 그냥 스쳐 지나갔다.

'……또, 오해한 것 같네.'

지금 그의 태도로 볼 때 그게 확실한 것 같아 서원이 착잡한 기분으로 강준의 뒷모습을 보고 있었다. 그 와중에 옆에서 동진이 속없는 말을 던졌다.

"오늘은 또 왜 저리 냉랭해? 무슨 일 있었어요?"

"어디까지 따라오실 생각이십니까?"

"나? 한도원 씨가 기분 풀어 줄 때까지."

기분 풀다니. 무슨 사람을 토라진 사람처럼……

잠시 황당한 표정을 지었던 서원은 싱글싱글 웃는 얼굴을 하고 있는 동진을 보며 할 말을 잃었다.

'이강준과 같은 피인 건 분명해.'

서원은 이동진은 이강준과는 다른 방식으로 자신이 원하는 바를 이루고야 마는 타입이라고 확신했다. 저 매끈한 얼굴로 저렇게 웃고 있으면 대부분의 사람들은 그의 의도대로 할 테니까.

"저 화나지 않았으니 신경 쓰지 마세요. 진심입니다."

서원의 말에 동진은 그녀의 얼굴을 유심히 살폈다.

"정말이죠?"

"네."

서원이 시선을 피하지 않고 마주 보며 담담히 대답했다. 동진은 그제야 안심한 얼굴로 고개를 끄덕였다.

"고마워요. 화 풀어 줘서. 그럼 난 가 볼게요. 또 봐요, 한도원 씨."

환한 미소를 지으며 몸을 돌린 동진이 회사 쪽으로 향했다. 그 모습을 보고 있던 서원이 작게 한숨을 내쉬었다.

"왜 매번 이럴 때만……"

방금 전 강준의 서늘한 눈동자를 떠올린 서원은 가슴이 꽉 막히는 것 같았다.

왜 항상 이렇게 이강준에게 오해받는 일만 생기는 걸까. 겨우 누명을 벗었다고 안심했는데.

'자꾸 이런 모습을 보이니까 나에 대한 의심을 지우지 못하는 거겠지.'

답답하고 억울한 마음이 들어 서원은 흐려진 얼굴로 카페를 향해 걸어갔다.

새로 가 본 카페는 원하는 조건과 안 맞아 다른 곳을 찾아보기로 하고 서원은 다시 회사로 복귀했다.

'화장실 문제로 계속 이런 걱정을 하고 있어야 하다니.'

제 처지가 씁쓸해서 기분이 가라앉을 것 같아 서원이 얼른 그 생각을 떨쳐 버렸다. 자꾸 마이너스적인 생각은 안 돼.

가뜩이나 사방이 답답한 일투성인데 스스로 더 땅굴을 팔 필요는 없다고 생각하며 엘리베이터에 올랐다. 80층에서 멈춰 문이 열리자 강준이 서 있었다. 예상치 못한 일이라 순간 멈칫한 서원이 자세를 바로 했다.

"부사장님."

강준은 고개를 숙여 인사하는 그녀를 잠시 보고는 곧 안으로 들어섰다. 당연히 엘리베이터는 부사장실로 올라갈 것이기에 강준은 따로 버튼을 누르지 않았다.

'아까 회사에 들어가시는 걸 봤는데 왜……. 아, 회장실이 있구나.'

생각해 보니 80층엔 회장실이 있었다. 거기 들렀다 나온 것이라 생각한 서원은 강준의 얼굴을 힐끔 쳐다봤다. 그는 바지 주머니에 손을 꽂고 정면을 응시하며 서 있었다.

"……."

강준의 서늘한 분위기에 서원은 아까의 일을 떠올렸다. 동진과 함께 있던 모습을 보고 다시 오해를 받은 것 같지만, 그걸 해명하는 것도 우스운 일 같아 그저 시선만 내리고 있었다.

그런 서원의 귓가에 예상치 못한 목소리가 흘러들어 왔다.

"이동진 이사와는 친합니까?"

"네?"

서원이 고개를 들었다. 정면을 보고 있던 그의 시선이 어느새 찌르듯 자신을 향하고 있었다.

"언제 가까워진 겁니까."

"특별히 가까운 관계는 아닙니다."

서원이 곧장 대답하자 그의 눈이 가늘어졌다.

"그렇다기엔 함께 있는 모습이 유독, 자주 보이는 것 같은데."

그의 말에 서원은 말문이 턱 막혔다. 이런 식으로 생각할 거라는 걸 알고 있었지만 막상 그의 입으로 추궁당하니 뭐라 말을 해야 할지 알 수가 없어졌다.

"아닙니다. 친한 사이는 아닌데 그저 우연히, 몇 번 마주친 것뿐입니다."

궁색한 변명 같다는 생각이 들었지만 그게 사실이었다. 하지만 역시 강준은 그렇게 생각하지 않는 모양이었다.

"……."

차가운 시선의 그가 엘리베이터가 멈추자 곧장 열린 문 사이로 먼저 걸어 나갔다.

'역시.'

서원은 그의 의심을 해소시켜 주지 못한 채 그를 따라 엘리베이터에서 나와야 했다. 강준과 함께 비서실로 돌아오자 박 실장이 보고했다.

"부사장님. 안에 손님이 와 계십니다."

"손님?"

일정에 없던 일에 강준이 한쪽 눈썹을 휘어 올리자 박 실장이 조금 난처한 얼굴로 말했다.

"금세라 씨가……."

얼굴을 굳힌 강준이 집무실로 성큼성큼 걸어갔다. 서원이 의아스러운 얼굴로 심 비서에게 물었다.

"금세라 씨가 누군데 그러십니까?"

"아아, 천우그룹 금병준 회장의 고명딸이야. 부사장님과는 오랫동안 집안끼리 아는 사이고. 부사장님도 아직 미혼이시니 집안끼리 뭔가 오가는 이야기가 있는 모양인데……."

집안끼리 혼담이 오고 가는 관계?

강준에게 그런 상대가 있다는 걸 처음 알게 된 서원이 다시 물었다.

"그런데 뭐가 문제인 겁니까?"

"그건……."

심 비서가 집무실 쪽을 한 번 흘끔거리고는 목소리를 낮춰 말했다.

"우리 부사장님, 여자한테는 좀 결벽 같은 게 있으시거든. 그래서 그런지 금세라 씨가 찾아오는 걸 좋아하지 않으셔. 그런데 금세라 씨는 또 성격이 막무가내라 막 찾아오고."

"아, 그렇군요."

상황이 대강 이해가 된 서원이 고개를 끄덕였다.

자리에 앉은 그녀의 시선이 잠시 집무실 문 쪽으로 향했다. 그러고 보니, 이강준이 여자와 함께 있는 건 처음이었다.

'우리 부사장님, 여자한테는 좀 결벽 같은 게 있으시거든.'

방금 전의 심 비서의 말을 다시 떠올려 보니 그런 이유로 지금까지 여자와 있는 모습을 보지 못한 모양이었다.

'저 외모에 저 재력을 가지고도 만나는 여자가 없다는 데에 그동안 이상함을 느끼지 못했네.'

그와 일하는 동안 자신의 문제로 바짝 긴장한 상태여서 그런지 그런 당연한 문제도 생각한 적이 없었다.

'……그게 약혼자가 있기 때문이었나.'

잠시 집무실 문을 바라보던 서원이 시선을 돌려 노트북 전원을 켰다.

이강준이 집무실 안으로 들어서자 소파에 앉아 있던 세라가 반가운 얼굴로 일어섰다.

"강준 오빠!"

최고의 에스테틱 숍을 제집 드나들듯 다니는 세라의 얼굴과 몸매는 연예인 저리 가라 할 정도로 완벽했다. 그런 그녀의 반가움을 잔뜩 담은 환한 얼굴을 마주하고서도 강준의 표정은 차가웠다.

"업무 시간에 멋대로 회사 찾아오는 거, 하지 말라고 했을 텐데."

그의 낮은 음성에 세라는 얼른 서운한 기색을 내비쳤다.

"그래서 착하게 그 말 잘 지키고 있었던 거 몰라? 오늘은 회장님 만나러 온 김에 잠깐 들른 거야."

표정을 굳힌 강준은 방금 전 회장실에서 이 회장이 한 말을 떠올렸다.

'오늘은 무슨 일이 있어도 본가에 들어와. 벌써 몇 번이나 핑계 대며 거절했으면 한 번은 와야지.'

……거절의 말을 하지 못하도록 일부러 못을 박듯 말한 이유가 그거였나.

강준은 자신과 세라를 어떻게든 이으려 하는 이 회장의 의도를 깨닫고 한쪽 눈썹을 치켜 올렸다. 그런 속도 모르고 세라는 살랑 살랑 강준에게 다가가서 애교 있게 말했다.

"오빠도 어차피 오늘 같이 본가 갈 거라며. 회장님도 바로 가신 다고 우리도 같이 오라고 하셨어."

"먼저 가. 일이 남았어."

강준이 재킷을 벗으며 책상으로 걸어가자 세라가 눈썹을 찌푸 렸다.

"또 일이야? 맨날 일만 하면서."

투정 부리듯 말하는 세라를 강준이 건조하게 쳐다봤다.

재킷을 벗자 셔츠 위로 드러나는 그의 보기 좋은 남성적인 상 반신 윤곽에 세라는 슬며시 뺨을 붉혔다.

집안끼리의 친분으로 아주 어릴 때부터 봐 오던 강준이었다. 그렇게 오랫동안 알고 지냈음에도 자신의 기억에 흑역사가 단 한 순간도 없을 만큼 그는 늘 완벽했다.

학생 시절에도 또래보다 키도 크고 머리도 좋았으며, 아이답지 않은 진중한 분위기는 저택에서 일하는 연상의 여자들까지 홀리게 만든다는 소문이 돌 정도였다.

'하긴, 아버지가 그렇게 미남이셨으니까.'

강준이 닮은, 미남이었던 그의 아버지를 세라가 떠올리고 있는데 그녀를 응시하던 강준이 낮게 말했다.

"금세라."

"……알았어. 먼저 갈 테니까 일 끝나면 꼭 와야 돼?"

저런 눈으로 말하면 꼼짝을 할 수가 없다니까. 세라는 아쉬움을 삼키고 일어나 백을 챙겨 들었다.

"오늘도 안 오면 회장님이 정말 혼내신다고 하셨어."

당부의 말을 남긴 세라는 집무실 문을 닫고 나왔다.

그녀가 비서실로 나오자 박 실장이 다가왔다.

"안녕히 가십시오."

"수고하세요. 실장님."

정중히 인사하는 박 실장에게 살갑게 대답하던 세라가 비서실을 둘러보더니 이내 한곳에서 시선을 멈췄다.

"새로 오신 분인가 봐요?"

도원이 일어서서 대답했다.

"네. 처음 뵙겠습니다. 한도원이라고 합니다."

"아아, 그렇구나. 우리 오빠 잘 좀 챙겨 줘요. 부탁드릴게요."

환한 미소를 날리며 마치 아내처럼 당부를 한 세라가 그대로 입구 쪽으로 몸을 돌렸다.

"네. 조심히 들어가십시오."

그 뒷모습에 인사하며 서원은 조금 묘한 감정을 느꼈다.

'기분이 왜…….'

자신의 혼란스러운 감정에 대해 잠시 생각하던 서원은 생각의 고리를 그대로 끊어 버리고 자리에 앉았다. 하지만 일의 흐름이 끊겼기 때문인지, 보고 있던 문서를 한참 들여다봐도 쉬이 집중이 되지 않았다.

결국 야근까지 하고 나서야 일을 마친 서원은 다들 퇴근하고 빈 사무실의 불을 껐다. 엘리베이터를 기다리는 동안 그녀의 기분이 조용히 가라앉았다.

이강준의 약혼녀.

'그 사실이 왜 이렇게 마음에 걸리는 걸까.'

아까부터 내내 신경이 거슬리는 원인이 강준의 약혼녀를 봤기 때문이라는 생각이 들자 서원은 그 이유를 점검하기 시작했다.

'누가 봐도 인형처럼 예쁜 여자가 한껏 꾸미고 있는 모습을 봐서일까?'

그 이유도 있을 수 있겠지. 어쨌거나 자신은 여자임에도 어쩔 수 없이 남자의 모습을 하고 있는 거니까.

도착한 엘리베이터에 들어선 서원이 피곤한 얼굴로 벽에 등을 기댔다.

회사 내에도 부러울 정도의 외모를 가진 여자들이 많았다. 하지만 그 여자들을 마주칠 때와는 너무 다른 감정이, 금세라를 본 뒤에 일어나고 있었다.

그렇다면 그저 억눌린 여성성에서 비롯된 상대적 박탈감 때문만은 아닐 텐데…….

'그럼 왜일까?'

이렇게나 우울해지는 이유가.

상념에 빠져 있는 사이 어느새 엘리베이터는 1층에 도착해 있었다.

밖으로 나온 서원은 생각에 잠긴 채 버스 정류장으로 향했다. 버스 정류장에서 버스를 기다리고 있을 때였다.

앞에서 경적 소리가 울렸다. 그 소리에 서원이 고개를 들었다. 눈앞엔 고급 승용차가 서 있었다.

"한도원 씨."

조수석 쪽 창이 내려가자 운전석에 앉아 있는 동진이 이쪽으로 고개를 바짝 빼고 있는 게 보였다. 반가운 표정으로 웃고 있는 그를 본 서원의 표정에서 기대감이 사라졌다.

그 순간 서원은 흠칫했다.

'뭘 기대한 거야?'

자신도 모르게 실망감을 느낀 것에 서원이 당혹스러워하고 있는데 동진이 말했다.

"야근했나 봐요? 버스로 다녀요?"

"아, 네."

"그럼 타요. 내가 바래다줄 테니."

"괜찮습니다."

"괜찮습니다."

서원과 동시에 말한 동진이 웃었다.

"그것 봐. 또 괜찮다고 할 줄 알았어. 어서 타요. 자고로 남이 이런 호의를 보이면 받는 게 미덕이니."

동진이 상냥한 웃음을 지으며 그녀를 보고 있었다. 이 웃음에 여직원들이 그렇게 사르르 녹았던 거구나.

동진은 회사에서 꽤 인기가 있었다. 대기업 엘른의 후계 순위

183

에 있기도 하고, 친절하고 자상한 편이라고 들었다.

자신에게 보이는 친절도 그들에게 보이는 친절과 다르지 않을 거였다.

동진의 얼굴을 잠시 보던 서원이 입을 열었다.

"정말 괜찮습니다."

낮의 강준의 말로 그가 동진과 가까워지는 것을 경계하고 있다는 걸 알 수 있었다.

그렇다면 자신이 더 조심해야 한다. 이강준과 이동진의 회사 내의 관계를 생각하면 충분히 그럴 수 있는 일이라고 생각하니까.

"뭘 그렇게까지 완강하게."

동진이 조금 멋쩍은 표정을 짓자 서원은 미안한 기분도 들었지만 표정 변화 없이 그를 응시했다.

"그럼 조심히 가십시오."

마침 버스가 도착하자 정중하게 인사한 서원이 그대로 버스에 올라탔다.

'이런 식으로 피하다 보면 강준에게 쓸데없는 의심은 더 받지 않아도 될 거야.'

자신이 더 확실한 태도를 보이면…….

덜컹거리는 버스 안에서 창밖의 텅 빈 거리를 보는데 문득 오빠를 잘 부탁한다는 금세라의 예쁜 얼굴이 떠올랐다. 그 얼굴이 서원의 마음을 짓눌렀다.

점차 무거워지는 마음의 무게에 내심 당황해하며, 서원은 생각에 잠긴 얼굴로 차창 밖을 내다보고 있었다.

당부에도 불구하고 강준은 본가로 가지 않았다. 그는 회사 근처 바에 앉아 있었다.

혼자 앉아 위스키를 마시는 동안에도 끊임없이 벨이 울리는 통에 휴대폰은 전원을 꺼 버린 채였다.

"후우."

강준이 피곤한 표정으로 손을 들어 마른 얼굴을 쓸었다. 그를 심란하게 만드는 것은 이 회장이나 금세라가 아니었다. 그건 그에게 아주 사소한 문제에 불과했으니까.

지금 그를 이러지도 저러지도 못하게 하는 상대는 따로 있었다.

"……한도원."

강준이 위스키 잔을 내려다보며 낮게 내뱉었다.

어느 순간부터 머릿속에 박힌 존재는 내내 꿈속에서 그의 욕망을 자극하더니 이젠 아예 대놓고 그와 열정적인 정사를 벌이고 있었다.

'하! ……읏! 아아! 부사장님……!'

깜빡 잠이 든 순간마다 자신은 도원의 헐벗은 상체를 끌어안으며 헐떡였다. 땀에 젖은 피부가 부딪힐 때마다 철썩이는 음란한 소리가 신경을 자극했다. 그 소리가 더 격렬해지도록 뜨거운 도원의 안으로 빠르게 내질러 들어가며 그는 자신이 점점 더 미쳐 간다는 생각이 들었다.

185

그리고 결국은,

현실의 한도원에게도 육체가 반응해 버렸다. 완벽하게.

"제기랄."

신음처럼 내뱉은 강준이 인상을 쓰며 제 매끈한 이마에 손을 짚었다.

집무실에서도, 그리고 함께 있던 엘리베이터에서도 제멋대로 반응해 버리는 육체 때문에 분노가 치밀어 올랐다.

'대체 한도원이 뭐라고.'

이렇게 자신을 거스르는 그를 잘라 내지도 못하게 되어 버렸다는 데에 화가 났다.

스파이 건이 오해였다는 게 밝혀진 마당에 이런 말도 안 되는 이유로 그를 회사에서 자를 수는 없었다. 그건 지독히도 원칙주의자인 이강준에게 있을 수 없는 일이었다.

'고작 신입 비서에게……..'

그것도 남자 비서에게 이런 식으로 욕망이 치달아 버리다니.

도저히 빠져나올 수 없는 굴레에 갇힌 것처럼 답답한 기분에 타이를 신경질적으로 흔든 강준이 위스키 잔을 입술로 가져갔다. 계속 이런 식이라면 정신과 치료를 받아야 할지도 모른다는 생각이 들자 헛웃음이 흘러나왔다.

엘른의 부사장이 이런 이유로 정신과 치료를 받는다면 곧장 소문이 온갖 데로 퍼져 나갈 것이다. 거액을 주고 의사의 입은 틀어막을 수 있겠지만 그 병원에서 차트를 관리하는 모든 사람들의 입을 틀어막기는 불가능하다.

'진지하게 이런 생각을 하고 있다는 것 자체가 내가 미쳤다는 증거인가.'

강준은 쓴웃음을 흘리며 잔에 위스키를 따랐다.

다른 모든 이유라면…….

자신의 의지로 컨트롤 가능한 것이라면 어떤 일이든 할 수 있다는 확신이 있었다. 지금까지 스스로 컨트롤하지 못한 일은 없었으니까. 하지만,

"꿈속에 나와서 사람을 돌게 만드는 걸 대체 어떻게 하라는 거야."

탁! 거칠게 잔을 내려놓은 그의 얼굴이 사납게 굳어졌다. 더는 꿈속의 문제가 아니다. 현실까지 육체 반응이 넘어오는 상황에서 계속 이대로 있을 수는 없었다.

강준이 빈 위스키 잔에 술을 가득 채웠다.

✽

버스에서 내려 집 쪽으로 걸어가는 동안에도 서원의 기분은 계속 가라앉았다. 구름이 잔뜩 낀 날씨 때문인지 가로등 불빛이 있음에도 평소보다 유독 거리가 어두워 보였다.

"날씨까지 왜 이런지."

서원이 자조적으로 중얼거리며 집 쪽으로 터벅터벅 걸어가고 있는데 전화벨이 울렸다.

'도원?'

먼저 연락을 잘 안 하는 도원에게서 전화가 오자, 혹시 무슨 일이 생긴 게 아닐까 하는 마음에 서원은 얼른 전화를 받았다.

"응. 도원아."

— 누나. 갑자기 연락해서 미안. 집이야?

평소와 별다를 것이 없어 보이는 도원의 목소리에 서원은 조금 안심한 얼굴로 대답했다.

"약속 있어서 나갔다 오는 길이야. 집에 거의 다 와 가. 도원이 넌, 뭐 하고 있어?"

— 난 그냥…….

말끝을 흐리는 목소리가 어쩐지 힘이 없어 보여 서원은 휴대폰을 고쳐 잡았다.

"무슨 일 있는 거야?"

— 무슨 일은. 그런 건 없어.

"아닌 거 같은데? 말해 봐. 도원아. 무슨 일인데 그래?"

— …….

수화기 저편에서 침묵이 이어지자 서원은 초조하게 입술을 깨물었다. 불안함 때문인지 골목을 걷는 자신의 발걸음 소리가 유독 크게 느껴졌다. 도원은 그러고도 한참 동안 말이 없었다.

"도원……."

— 오늘, 의사가 그러는데 나 걷기 힘들 수도 있대.

서원이 뭐라 말하려던 순간, 도원의 말이 흘러나왔다. 서원은 그 자리에 우뚝 서서는 다시 물었다.

"의사 선생님이 그러셔?"

— 어. 이번 수술도 잘 안 됐나 봐. 재활은 열심히 하고 있어서 이런 말 하기 미안한데…… 나중에 더 크게 상심할까 봐 말해 준다고 하더라고.

"그랬구나……."

서원은 뭐라 위로해 줄 말이 없어 입술을 지그시 물었다.

도원이 재수술에 실패한 뒤, 의사도 몇 차례 더 수술을 해야 할 것 같다고 했다.

그 뒤에 한 재수술이 번번이 실패하고 있어 서원도 걱정은 됐지만 도원에겐 말을 하지 않았다. 당시 의사도 그러는 편이 나을 거라는 조언을 했다.

하지만 도원에게 의사가 그런 말을 직접 했다는 건, 자신의 기대보다 상태가 더 안 좋다는 뜻일 거였다. 잠시 말을 끊었던 도원의 목소리가 우울하게 흘러나왔다.

— 나, 앞으로 진짜 걷지 못하게 되면 어쩌지?

"……도원아."

서원이 숨을 크게 들이켜며 하얀 손가락으로 머리칼을 쓸어 넘겼다.

도원이 힘을 낼 수 있도록 밝은 목소리로 위로를 해야겠는데 그게 잘 되지 않았다.

"도원아?"

— ……응.

목소리가 목구멍에서 나오지 못하고 걸려 있는 듯했다.

울지 않으려면 목에 아플 정도로 힘을 줘야 했지만 도원과 통화하는 동안 이런 일에는 익숙해져 있었다.

휴대폰의 스피커 부분을 가리고 길게 숨을 내쉰 서원이 입을 열었다.

"있잖아. 나 오늘…… 많이 우울했어. 왜 이렇게 우울한지 이런 이유, 저런 이유 다 생각하고 있었는데 지금 통화해 보니 알겠어. 도원이 네가 우울해서 그랬나 봐."

— …….

"너도 알지? 우리 쌍둥이니까. 어느 한쪽이 기분 안 좋고 그러면 다른 한쪽도 그 영향 받는 거."

전화기 너머에선 아무 말이 없었지만 서원은 일부러 밝은 목소리로 말을 이었다.

"넌 정말 밝고 긍정적인 애야. 그런 큰 사고를 겪고 병원에 있으면 누구나 다 그렇게 힘들고 우울해져. 그래도 넌 다른 사람보다 훨씬 잘 견디고 있어. 그건 누나가 보증해."

— 누나가 잘못 알고 있는 거야. 난 그렇게 강하지 못해.

"아니야. 평생을 봐 왔어. 누나가 제일 잘 알아."

— …….

서원이 단호하게 하는 말에 도원은 대답이 없었다.

"다음번 수술은 분명 잘될 거야. 너무 걱정하지 마. 도원아."

— ……그래. 속상하게 해서 미안해. 누나.

서원의 말끝에 맺힌 물기를 못 알아챘을 리가 없는 도원이 사과를 해 왔다.

— 그냥 누나 말대로 내가 오늘 좀 우울한가 봐. 그래서 이것저것 생각이 많아진 모양이네. 누나도 힘들 텐데 힘 빠지는 소리 해서 미안해.

"아니야. 살다 보면 그런 날도 있는 건 당연해. 그래도 넌 잘 이겨 내고 있는 거라니까? 지금 병원에 있는 게 만약 네가 아니라 나였으면 맨날 울면서 너한테 전화해서 맛있는 거 사서 당장 오라고 난리 쳤을걸?"

휴대전화 너머로 들리는 도원의 웃음소리에 서원은 입가에 미소를 지었다.

"그러니까 도원아. 우리 힘내자. 누나도 힘낼게. 같이 힘내는 거야. 알았지?"

— 응. 누나. 그렇게.

"주말에 갈 테니까 먹고 싶은 거 생각해 두고 있어."

— 알았어. 그때 봐.

한결 나아진 목소리로 도원이 전화를 끊었다. 하지만 서원은 끊긴 전화를 보며 움직이지 않고 그대로 서 있었다.

툭.

까맣게 변한 액정 위로 눈물이 한 방울 떨어지자 그제야 자신이 울고 있다는 걸 깨달은 서원이 흠칫 놀랐다.

'안 돼. 우는 건.'

울면 더 약해질 뿐이라는 걸 서원은 오래전에 깨달았다. 눈물이란 나약해진 마음에 더 약해지라고 기름을 붓는 행위일 뿐이라는 걸.

그걸 알게 된 건 부모님이 교통사고로 돌아가셨던 고등학교 1학년 때였다.

울어 봐야 아무 일도 해결되지 않는다. 하지만 죄책감은 서원의 가슴 깊은 곳을 아프게 쥐어짰다. 자신 때문에 사고를 당한 도원에게 너무 미안해서.

"……하아."

뜨거운 숨을 뱉어 내고 얼른 손등으로 눈가를 닦아 낸 서원은 다시 집을 향해 걷기 시작했다.

집까지 걸어오는 동안 어지러웠던 마음은 어느 정도 정리가 됐다. 하지만 여전히 머릿속에 생각은 많아 서원은 천천히 계단을 올라갔다.

어두운 집 현관 앞의 센서 등이 켜지는 순간, 그 앞에 서 있는 커다란 남자를 본 그녀의 눈이 당혹으로 물들었다.

"부사장……님?"

이강준이 왜 여기에?

말도 없이 집에 찾아온 강준이 현관에 등을 기댄 채 서 있었다. 그가 놀란 그녀의 얼굴을 내려다보고만 있자 서원이 다시 물었다.

"말도 없이 어쩐 일이십니까. 미리 연락을 주셨으면……."

"꽤, 늦었군."

강준이 서원의 말을 끊고 낮은 음성으로 내뱉자 그에게서 독한 알코올의 향이 느껴졌다.

"술 드셨습니까?"

"……어."

서원은 그제야 그의 모습이 평소와는 조금 다른 것이 느껴졌다. 목소리도 약간 느른했고 눈도 좀 붉은 것 같았다.

"빨리 들어가서 쉬시는 게 좋을 것 같습니다. 용건은 내일 회사에서……."

"쉬는 게, 좋을 것 같다고."

"네?"

독백처럼 흘러나온 그의 말에 서원이 의아한 얼굴로 되물었다. 그가 내리뜨고 있던 눈을 천천히 올려 서원을 응시했다.

그의 짙은 눈동자와 부딪치자 서원은 본능적으로 심장이 질주하기 시작했다. 지금 이 요란한 심장의 반응이, 과거와는 뭔가 달라졌다는 것을 그녀에게 느끼게 했다.

'……아니, 아니야.'

서원은 그 생각을 곧장 부정했다. 그때 센서 등이 꺼지고 사위가 어두워졌다. 그 어둠 속에 우뚝 서 있는 그가 말했다.

"난 쉴 수가 없는데."

어둠 속에서 강준이 천천히 몸을 앞쪽으로 기울였다.

"쉴 수가 없다고, 한도원. 너 때문에."

낮은 음성으로 토막토막 내뱉은 강준이 커다란 손으로 서원의 어깨를 그러쥐었다.

"!"

잡힌 어깨가 아플 정도로 강한 아귀힘에 서원의 눈빛이 흔들렸다. 강준의 얼굴이 점차 가까워지고 있었다. 뭐라 말을 해야 하는데, 터질 듯한 심장 소리를 들킬 것 같은 두려움에 어떤 말도 못하고 시선만 빼앗긴 채 서 있었다.

그가 그대로 그녀의 귓가에 고개를 숙였다.

"너 때문에, 잠을 잘 수가 없어."

"제가 뭘······."

강준의 입술이 귓가에 가까이 닿아 있었다. 고개만 돌리면 곧장 입술이 닿을 정도로 가까이에.

'심장······이.'

온몸을 뒤흔드는 듯한 쿵쿵 울리는 심장박동 때문에 서원은 어지럼증을 느꼈다.

긴장으로 숨이 막히고 뇌에 산소가 부족하다는 기분이 들었다. 지금 이강준이 그녀를 그렇게 만들고 있었다.

그때 그가 고개를 뒤로 물렸다. 그 움직임으로 다시 환하게 밝아진 센서 등 아래에서 그의 검게 일렁이는 눈동자와 가까이 마주쳤다. 서원은 마른침을 삼켰다.

"왜인지 말해 줘?"

그의 입술에서 흘러나오는 목소리가 지독히도 탁하게 잠겨 있었다.

"네가……."

내가?

서원이 움직이지 않고 눈만 깜빡이며 보고 있는데 그가 말했다.

"네가 매일 밤 꿈마다 내 아래 깔려서 신음해 대는 통에, 미쳐 버릴 것 같으니까."

……무슨……!

믿기지 않는 말을 들은 듯 서원의 눈이 크게 흔들렸다. 당혹스러움이 고스란히 얼굴에 드러난 서원과 달리 강준은 오히려 냉정한 모습이었다. 평소처럼, 아니 평소보다 더 차가운 시선을 그녀에게 꽂은 그의 얼굴 위로 다시 어둠이 내려앉았다.

두 사람 다 아무런 움직임도 없었다. 센서 등이 꺼진 현관 앞에는 침묵만이 맴돌았다.

한참 동안 서원이 아무 말이 없자 다시 말을 꺼낸 건 강준이었다.

"내 말이 농담 같아?"

"……."

서원은 대답 없이 어둠 속에서 그와 시선을 마주하고 있었다. 어둠에 익숙해진 시야로 그가 서늘한 표정으로 자조적인 웃음을 흘리는 게 보였다.

"……나도 농담이었으면 좋겠군."

시니컬하게 휘어 올라간 그의 차가운 입술과는 달리 눈동자는 이루 말할 수 없이 뜨거웠다.

"그러니까 충고하는데, 잡아먹히기 전에 도망가. 한도원."

서원은 아무 말도 할 수 없었다. 강준이 비스듬히 고개를 기울이자 그의 얼굴이 어둠 속에서 다시 가까워졌다.

"이건 널 위해 하는 말이야."

그 말을 남긴 강준이 몸을 돌렸다. 그의 움직임에 센서 등이 다시 켜졌다.

그대로 뚜벅뚜벅 계단을 내려가는 이강준의 뒷모습을 서원은 미동도 없이 바라보고 서 있었다.

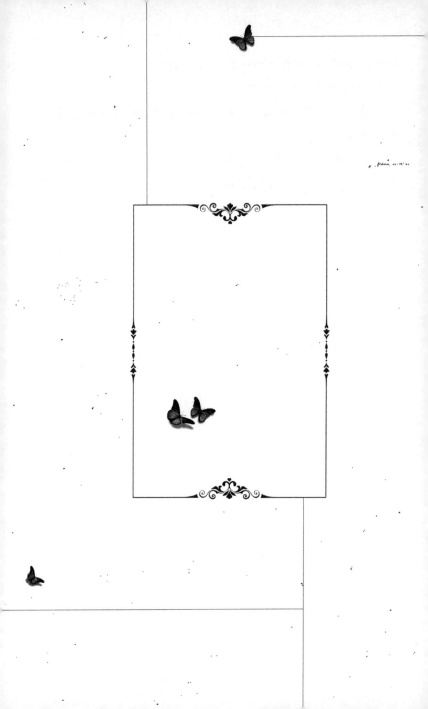

05

"한 비서, 이것 좀 부탁해."

심 비서가 급히 가져온 파일이 서원의 책상 위에 놓였다. 서류를 본 그녀의 시선이 곧 심 비서에게로 향했다.

"언제까지 하면 됩니까?"

"글피. 아니다, 모레까지."

이미 그녀의 책상 위에는 서류가 탑처럼 쌓여 있었지만 서원은 곧장 고개를 끄덕였다.

"알겠습니다."

김성하 사건 이후로 부사장 직속 비서실은 3인 체제로 돌아가고 있었다. 강준을 직접 보좌하거나 외근에 동행하는 박 실장을 제외하면 실무를 보는 사람들은 심 비서와 서원, 둘뿐이라는 의미였다.

일에 익숙해지자마자 밀어닥치는 업무량에 서원은 자신의 몫을 다하려 사력을 다했다. 끝없이 이어지는 야근도 불사하며. 심 비서 역시 자주 야근을 했지만, 가정이 있는 그를 배려해서 잡다한 업무는 서원이 도맡다시피 했다.

"또 먼저 가려니 미안해서 발이 안 떨어지네."

퇴근 준비를 해 놓고도 서원의 책상 앞에 엉거주춤 서 있는 심 비서를 향해 그녀는 맑게 웃어 주었다.

"아이 태어난 지 얼마 안 되셨잖습니까. 지금이 가장 중요할 땐데 일찍 일찍 들어가셔야죠."

"그래도 매일 나만 먼저 들어가는 기분이라."

심 비서가 진심으로 미안한지 제 머리를 긁적였다. 서원은 일부러 가볍게 그에게 말했다.

"별말씀을 다 하십니다. 나중에 제가 같은 상황이 온다면 그때 배려해 주세요. 저도 바쁜 거 지나면 곧 연애도 하고 그럴 생각이니까."

그제야 조금 마음이 놓인 모양인지 표정을 푼 심 비서가 그녀의 어깨를 툭툭 두드렸다.

"고마워. 우리 속 깊은 신입. 연애 시작하면 바로 말해 줘. 그땐 내가 대신 야근해 줄 테니까."

"알겠습니다. 조심히 들어가십시오."

손을 흔들며 퇴근하는 심 비서를 잠시 건너다보던 서원이 다시 모니터로 시선을 옮겼다.

'아……..'

그녀의 얼굴이 일순 어둡게 흐려졌다.

하지만 곧 숨을 들이켠 서원은 미간을 좁히고 검토하던 자료에 신경을 집중시키려 노력했다.

'지금 같은 상황에 일이 이렇게 바쁜 건 축복 같은 거야……. 정말.'

강준의 말을 들은 뒤로 서원은 진심으로 그렇게 생각했다. 그래서 더 심 비서의 일까지 자신이 도맡아 하고 있는 건지도 몰랐다. 그게 아니면 내내 그 남자의 말만 떠올리고 있을 테니까.

적어도 일에 집중하고 있는 동안은 잊을 수 있으니까. 그 말도 안 되는 말들을…….

결국 비집고 들어온 생각이 서원의 뺨을 열기로 물들였다. 서원은 곤란한 얼굴로 키보드 앞을 맴돌고 있는 자신의 손가락을 바라봤다.

'신경 쓰면 안 돼. 알잖아. 부사장님이 왜 그런 말을 한 건지.'

물론 알고 있었다. 그는 자신을 그만두게 하기 위해 그런 말을 한 게 분명했다. 스스로 나갈 생각을 하지 않으니 그런 식으로 내쫓으려 하는 거겠지. 하지만…….

'나, 앞으로 진짜 걷지 못하게 되면 어쩌지?'

도원과의 통화를 떠올린 서원은 마음을 다잡고 허공에 멈춰 있던 손을 빠르게 움직이기 시작했다.

'흔들릴 여유 없어. 어떻게든 버틸 거야.'

서원이 진지한 얼굴로 화면을 바라봤다. 다음 수술이 성공적으로 되어 완쾌하게 된 도원에게 자신 때문에 포기했던 꿈을 선물로 주고 싶었다.

'그게 지금 내가 여기 있는 이유야.'

한동안 멈춰 있던 키보드 소리가 다시 빠르게 비서실을 울렸다. 밤늦게까지 이어지던 소리가 멈춘 건 별안간 등 뒤에서 들려온 목소리 때문이었다.

"취향이 그쪽이었습니까?"

일순 움직임을 멈춘 서원이 고개를 돌리니 파티션 위에 손을 올린 강준의 눈과 정면으로 맞닿았다. 그러자 서원은 본능적으로 몸을 뒤로 물리며 일어섰다.

"언제 오신 겁니까."

외부 일정으로 하루 종일 회사에 없던 강준이 늦은 시간에 갑자기 나타나자 서원은 자신도 모르게 당황해 버렸다. 서원이 그 당황을 겨우 숨기고 묻자 강준은 느른한 표정을 지어 보였다.

"매번 두 번씩 묻게 만드는군. 취향이 그쪽이냐고 물었습니다."

하지만 그 느른한 표정 안에 담긴 차가운 눈동자에 서원의 여린 어깨가 긴장으로 경직됐다.

"무슨 취향을 말씀하시는 겁니까."

웃음기 없는 얼굴로 자신을 바라보는 강준의 앞에 서원이 마주 섰다. 그의 고개가 비스듬히 기울어졌다.

"내 말을 듣고도 한도원 씨가 여기 앉아 있다는 건 나에게 당해도 상관없다는 뜻으로 보여서."

그의 말뜻에 담긴 음란함에 서원은 순간 몸이 빳빳하게 굳는 것 같았다.

"그건 아닙니다."

"그럼?"

한 손으로 책상 위를 짚은 그가 상체를 더 기울여 얼굴을 가까이 가져왔다. 뒤로 물러나고 싶은 본능을 참아 내며 서원이 시선을 똑바로 맞췄다.

"그건 부사장님의 문제일 뿐, 저와는 관련 없는 일입니다."

"……."

서늘하게 굳은 얼굴을 서원은 그대로 마주 봤다. 이런 말이 그의 심기를 불편하게 할 것을 알지만 이곳에서 버티려면 어쩔 수가 없다.

서원은 조용히 숨을 죽인 채 표정을 굳힌 강준을 쳐다보고 있었다. 여기서 물러나면 그의 의도대로 될 것이 뻔했다.

강준의 눈동자가 어둡게 빛났다.

"……그렇게 해. 굳이 시험해 보고 싶다면."

낮은 목소리로 말한 강준이 다시 몸을 세우고 돌아섰다.

그가 냉기를 풍기며 비서실을 나가자 서원의 어깨에 힘이 탁 풀렸다. 한숨처럼 숨을 내쉰 서원이 털썩 의자에 앉았다.

"잘한 건가. 나."

화가 단단히 난 것 같은데.

"어차피 이강준에겐 더 점수 잃을 것도 없으니까."

서원이 혼잣말처럼 중얼거리고는 시선을 돌려 창밖을 바라봤다. 검게 물든 도시에 언제부터인지 비가 내리고 있었다.

❋

비는 며칠간 계속해서 내렸다. 상당히 강한 바람과 함께 세차게 창문을 때려 대는 사나운 빗소리 때문에 밤새 잠을 설친 서원은 무거운 몸을 일으켰다.

'몸 상태가…….'

잠을 설쳐서인지, 불안정한 상태로 몰아치는 업무량을 소화해서인지 몸이 심상치 않은 신호를 보내고 있었다.

하지만 여전히 책상 위에 쌓여 있는, 당장 해야 할 일들을 떠올리며 서원은 간신히 샤워를 마치고 출근 준비를 했다. 지끈거리는 머리를 누르며 두통약을 하나 먹고 집 밖으로 나오자 시꺼먼 먹구름이 또다시 비를 쏟아 낼 듯 잔뜩 성이 나 있었다.

"그만 좀 내렸으면 좋겠는데."

우산을 펼쳐 들며 서원이 작게 중얼거렸다.

제발 그만 좀.

정말 비가 너무도 싫었다. 도원이 사고가 난 날도, 부모님 사고가 난 그날도…… 이렇게 비가 왔으니까.

우산을 들고 버스 정류장으로 향하는 서원의 얼굴이 어두워졌다. 몸이 안 좋아서일까? 평소보다 더 가라앉는 듯한 기분에 그녀의 발걸음이 빨라졌다. 괜히 약해질 것 같은 마음을 억지로 다잡으며 서원이 회사에 들어왔다. 엘리베이터에서 내려 비서실 앞에 당도하니 심 비서가 나오고 있었다.

"안녕하십니까."

"어, 한 비서. 왔어?"

허둥지둥 비서실에서 나오던 심 비서가 뒤를 가리키며 말했다.

"자리에 먼저 처리해야 할 것부터 위로 올려 뒀어. 난 당장 급한 외부 일정이 잡혀서 박 실장님 대신 다녀와야 하니까, 좀 부탁해."

"알겠습니다. 다녀오세요."

서원의 대답이 끝나기도 전에 심 비서는 손목시계를 보며 엘리베이터로 잰걸음으로 걸어갔다.

'많이 급한 일인가.'

초조하게 엘리베이터를 기다리는 심 비서에게 잠시 시선을 두던 서원이 고개를 돌려 비서실 안으로 들어섰다. 책상 위에 아슬아슬하게 쌓여 있는 서류들과 파일들을 보니 절로 한숨이 나왔다.

'아무리 해도 끝이 나지 않는 일은 연구실에서 다 한 줄 알았는데.'

대기업 비서실이 이 정도로 바쁜 줄 몰랐던 자신의 과거 생각이 미안해질 정도로 엘른의 부사장실 비서실은 업무가 많았다. 이강준이라는 사람 자체가 사소한 일까지 하나하나 챙겨서 직접 점검하는 지나친 완벽주의 성향을 가지고 있기 때문이었다. 어물쩍 넘어가려는 꼼수가 통하지 않는 철저한 그의 성미 때문에 비서들 역시 완벽해지지 않을 수가 없다.

그래도 오늘은 좀 나았다. 지금 그는 박 실장과 함께 해외 출장을 나간 상황이라 신경을 덜 써도 됐다.

"일단 급한 것부터 처리하고 나머지는 하나하나 해 봐야지."

프린터 앞에 서자 순간 머리가 어질했다. 중심을 잡은 서원이 손을 이마로 가져갔다.

'더 심해지네……. 약을 더 강한 걸 먹어야 하나.'

하얀 이마를 살짝 찌푸리고 잠시 생각했지만 곧 쉴 틈 없이 울리는 전화와 방대한 업무량에 서원은 그 생각을 잊었다.

오후 늦게 비서실로 복귀한 심 비서가 파김치가 된 얼굴로 한숨을 푸욱 내쉬었다.

"후, 힘들다. 요즘 같아선 아주 몸이 두 개가 있어도 모자랄 것 같아. 못해도 서너 개는 필요할 지경이라고."

"집에서도 아이 때문에 많이 바쁘실 텐데 정말 보약이라도 드셔야 하는 거 아닙니까?"

서원의 말에 심 비서는 조금 멋쩍은 얼굴로 웃었다.

"우리 여보에 비하면 이건 고생도 아니지. 그리고 한 비서 앞에서 이런 투정 부리면 안 되는데 말이야."

"괜찮습니다. 심 비서님 요즘 얼굴이 정말 힘들어 보이긴 하세요."

서원이 걱정스러운 표정으로 바라봤다. 심 비서는 드디어 알아주는 사람을 만났다는 듯 반갑게 눈을 반짝였다.

"한 비서가 보기에도 그래 보이지? 내가 요즘 2킬로그램이나 빠졌어. 그렇게 다이어트를 해도 안 되더니 이게 바로 혹사 다이어트인가 싶다니까?"

자랑스레 말하는 심 비서의 투정을 서원이 미소를 머금은 채 듣고 있었다.

지금 그녀의 몸 상태 역시 굉장히 안 좋은 상태로 접어들고 있었지만 심 비서는 전혀 눈치채지 못했다.

"바로 퇴근하게 되어 버려 미안하네. 그럼 마저 수고 좀 해 줘."

"걱정 마시고 들어가서 푹 쉬세요. 일은 오늘 내로 다 끝내 놓겠습니다."

"그래. 부탁해. 우리 듬직한 한 비서."

끝까지 그녀의 상태를 알지 못한 채로 심 비서가 퇴근했다. 서원은 본래 하던 일도 자신의 건강 상태가 나쁘다고 쉴 수 있던 일이 아니었던지라 아픈 내색을 하지 않는 데에 익숙해져 있었다.

그러니 심 비서가 전혀 눈치를 채지 못하는 것도 무리는 아니었다.

"이제 남은 게…….'"

남은 서류를 뒤적거린 서원이 열이 오르고 있는 이마에 손을 살짝 짚었다. 더운 숨결이 입술 밖으로 새어 나오자 불안감이 번졌다.

'다 끝내기 전까진 버틸 수 있을까.'

집에 가서 기절을 하더라도 지금은 어떻게든 일은 다 끝내 놔야 했다. 현재 시간을 확인한 서원은 다시 보고서를 작성하기 시작했다.

서원이 일을 마친 건 자정이 넘은 시간이었다. 긴장이 풀려서인지 비서실을 나오는 순간부터 온몸에 열이 확 오르는 것이 느껴졌다.

'……집까지만 참자. 눕게 해 줄 테니까 집까지만 버텨 줘.'

파리한 얼굴로 엘리베이터 벽에 기댄 서원이 열기를 품은 숨결을 작게 내뱉었다. 자신의 숨소리가 거슬릴 정도로 크게 들리는 걸 보니 남도 자신의 숨이 거칠다 느끼겠단 생각이 들었다.

서원은 대로변으로 나와 빠르게 택시를 잡아탔다. 그 순간 안도감이 밀려들었다.

기사에게 행선지를 말한 서원은 그대로 뒷좌석에 기댄 채 눈을 감았다. 눈을 감는 순간 공중과 바닥이 구분이 가지 않을 정도로 눈앞이 어지러웠다.

'여기서 잠들면 안 되는데……. 도착할 때까진 버텨야…….'

아슬아슬한 이성의 끈을 잡고 정신을 차리려고 노력했지만, 그럴수록 현기증은 심해져 몸이 곤두박질치는 것 같았다.

✳

상류사회 자제들만 모인다는 클럽에 이동진이 나타나자 여자
들이 알은척을 해 왔다.

"오랜만이네? 한동안 안 보이더니."

"좀 착실한 척이라도 해야지. 알잖아."

"아, 맞다. 이제 이사님이지?"

까르르 웃은 여자가 칵테일 잔을 빨갛게 칠한 입술로 가져갔
다. 그녀의 착 달라붙은 타이트한 원피스를 짧게 훑은 동진이 주
변을 둘러봤다.

"기분 전환이나 하려고 왔는데, 애들은 없어?"

"걔네들도 요즘 바쁜 것 같은데. 거의 해외 나가 있잖아. 너와
다르게 놀러 나간 것 같지만."

"뭐, 그렇군."

동진이 씁쓸한 웃음을 지었다.

"나도 아무 생각 없이 놀고 싶다. 예전처럼."

한숨처럼 동진이 말하자 은밀한 미소를 지은 여자가 동진의 어
깨에 손을 올리고 귓가에 속삭였다.

"오늘 그러면 되잖아?"

여자가 유혹적으로 동진을 바라봤다.

"아, 잠깐."

그때 동진이 무언가를 발견한 듯 여자의 손을 내리고 걸어갔
다.

"어이."

동진이 알은척을 하자 맥주병을 든 채 남자들 무리에 끼어 있던 세라가 흠칫 놀랐다.

"동진 오빠."

놀란 표정을 금세 감추고 귀여운 얼굴로 웃어 보이자 동진도 픽 웃었다.

"너 이러고 다니다가 완전히 강준이 눈 밖에 난다?"

"괜찮아. 강준 오빠 나한테 신경도 안 쓰는데 뭐. 질투해 주면 좋지."

세라가 어깨를 으쓱이며 맥주병을 입술로 가져갔다.

저를 봐 주지도 않는 강준만 바라보기엔 자신은 너무 예쁘고 젊었다. 그만을 기다리며 무료한 젊음을 보내고 싶지 않았다.

시간이 지나면 강준은 자신에게 올 거라고 생각하고 있기에, 세라는 강준 몰래 다른 남자들과의 관계를 즐기고 있었다.

'어차피 강준 오빠 나밖에 못 만나니까.'

맥주병을 든 세라의 입가가 휘어 올라갔다.

그런 그녀를 철없이 바라보던 동진이 혼잣말처럼 중얼거렸다.

"……이럴 때가 아닐 텐데."

"뭐가?"

"아니다, 아무것도. 어쨌든 적당히 놀아."

손을 흔든 동진이 세라에게서 멀어져 입구로 향했다. 그가 나가는 걸 본 아까의 여자가 그에게 소리쳤다.

"이동진! 방금 왔으면서 어디 가?"

"다음에 올게."

미소 지으며 말한 동진이 클럽을 빠져나왔다. 답답한 공기를 벗어난 그가 숨을 내쉬었다.

"······다 재미가 없냐."

동진이 낮게 중얼거리고는 계단을 성큼성큼 올라섰다.

❋

이강준은 한도원의 집 앞에 차를 댄 뒤 창밖을 응시했다. 손목
시계를 확인한 그가 기다란 손가락으로 핸들을 두드렸다.

툭, 툭.

단조로운 속도로 핸들을 두드리며 예리한 눈빛으로 한도원의
방 창문을 보던 그가 차 문을 열었다. 강준이 차에서 내려서던 그
때, 그의 옆에 택시가 멈춰 섰다.

힐끗, 택시를 보던 시선을 돌려 도원의 집 입구로 향하려던 그
가 우뚝 멈춰 섰다.

'한도원?'

다시 고개를 돌려 택시 뒷좌석 차창에 얼굴을 기댄 채 잠든 사
람을 확인했다. 택시 기사가 실내등을 켜고 손님을 흔들어 깨우
고 있어서 얼굴이 더 잘 보였다.

"이봐요. 이봐요? 도착했는데 좀 일어나 봐요."

도원의 어깨를 흔들던 택시 기사가 이상함을 느꼈는지 '어어?'
하더니 차 문을 열고 밖으로 나왔다. 뒷좌석 문을 열고 도원의 상
태를 확인한 택시 기사가 난감한 목소리를 냈다.

"어이구. 이거 불덩이네, 불덩이."

요금을 내야 하는 손님이 열이 펄펄 끓어선 의식까지 잃어버리
자 기사는 당혹스러운 얼굴로 운전석으로 갔다.

"아프면 병원으로 갈 것이지 왜 애먼 택시에서 정신을 잃어? 사람 난감하게……."

투덜거리며 휴대폰을 꺼내 드는 기사를 보던 강준이 열린 뒷좌석으로 다가갔다.

비스듬히 의자에 기댄 채 있는 도원은 의식을 잃은 것 같았다. 그의 창백한 얼굴을 강준이 내려다봤다. 곧 손을 뻗은 그가 도원의 몸을 가볍게 흔들었다.

"한도원 씨."

그 소리에 난처한 얼굴로 어딘가에 전화를 걸려던 기사가 획 뒤돌아봤다.

"한도원 씨. 내 말 안 들립니까?"

"저기, 저 손님 아는 분이십니까?"

기사가 반색을 하며 얼른 다가와 물었다. 어서 이 당황스러운 상황에서 자신이 빠져나갈 수 있게 해 달라는 간절한 얼굴로 쳐다보자, 강준이 도원의 의식 없는 얼굴에 시선을 둔 채 말했다.

"제 비서입니다."

"허어! 그거 참 다행이네요. 이대로 구급차를 불러야 하나 어쩌나 했……."

"언제부터 이랬습니까?"

"네?"

예상치 못한 해결사를 만난 얼굴로 떠들던 택시 기사가 강준의 낮은 음성에 눈을 둥그렇게 뜨고 되물었다. 강준은 그때까지 한도원에게 박고 있던 시선을 느리게 들어 올려 택시 기사에게 향했다.

"이 사람 상태, 언제부터 이랬냐고 물었습니다."

강준과 시선이 마주친 택시 기사는 뜨끔했다.

'무슨 사람이 저리…….'

어두워서 잘 몰랐는데 냉기를 풀풀 풍기는 목소리하며 커다란 체구에서 느껴지는 위압감하며, 분위기가 장난이 아닌 남자였다.

얼른 코를 한 번 문지른 택시 기사는 기억을 더듬어 강준에게 말했다.

"그러니까, 그게…… 택시에 탈 때부터 기운이 좀 없어 보였어요. 분명 목적지까진 분명히 얘기했으니까 자나 보다 했지. 그 후엔 나도 운전하느라 잘 못 봤고."

기사의 목소리가 눈에 띄게 수그러들어 있었다.

"……."

강준은 다시 도원에게 시선을 뒀다. 높은 위치에 있는 그의 얼굴을 힐끔거리던 택시 기사가 침을 삼키고는 말했다.

"그럼 택시비는 그쪽이 대신…… 주는 겁니까?"

기사의 말이 끝나기도 전에 지갑을 꺼낸 강준이 수표 한 장을 꺼내 건넸다.

"아, 잠시만요. 잔돈이…….."

"됐습니다."

수표를 받고 허둥지둥 뒷주머니로 손을 가져가던 기사가 눈을 크게 뜨고는 허리를 숙였다.

"아이고, 감사합니다!"

강준은 그사이 도원을 안아 올려 자신의 차 쪽으로 걸었다. 긴 다리로 순식간에 제 차 앞에 선 그가 뒷문을 열었다. 뒷좌석에 눕히는 동안에도 도원은 힘없이 축 늘어져 있었다.

"……하아."

열에 들뜬 도원의 입술에서 미약한 숨소리가 새어 나왔다. 그 소리에 강준이 표정을 굳히고 도원의 얼굴을 가까이에서 내려다봤다. 손을 뻗어 도원의 이마를 짚어 본 강준의 미간에 세로줄이 깊게 그어졌다.

탕!

문을 닫고 빠르게 운전석으로 돌아온 강준이 시동을 걸었다.

강준이 집까지 오는 동안에도 도원은 의식을 찾지 못했다. 그가 거대한 침대에 눕힐 때까지도 전혀 미동이 없었다. 도원의 창백한 얼굴에서 안경을 벗겨 내 탁자 위에 놔둔 강준이 방에서 나가 물과 해열제를 들고 돌아왔다.

해열제를 손바닥으로 부숴 가루로 만든 약을 물에 탔다. 그 컵을 탁자에 내려놓는데 미약한 목소리가 들려왔다.

"……면."

잠긴 목소리로 작게 웅얼거리는 소리에 강준이 도원을 내려다봤다. 그가 땀에 젖은 얼굴을 찡그리고 있었다.

"안 돼……. 거기, 거기 가면."

흘러나오는 목소리는 작지만 절박했다.

강준은 우뚝 선 채 그런 도원을 내려다봤다. 자세히 보니 그의 얼굴을 적신 건 땀만이 아니었다. 눈물이 진하고 긴 속눈썹을 적시며 하염없이 눈꼬리를 타고 흘러내리고 있었다.

"……가지 마."

열에 들떴기 때문인지 울먹이는 목소리가 마치…… 여자 목소리처럼 들렸다.

조용히 내려다보고 있던 강준은 침대 위에 걸터앉아 도원의 몸을 자신 쪽으로 기대 세웠다.

"한도원."

"……흑."

여전히 꿈속인지 도원은 눈을 감은 채 눈물만 흘리고 있었다. 눈꼬리에 매달린 눈물을 손가락으로 털어 낸 그가 작은 턱을 들어 올려 입술을 벌리게 했다.

그대로 컵을 도원의 입술로 가져가 해열제를 섞은 물을 천천히 흘려보내 봤지만 물은 입안으로 들어가지 못하고 그대로 입가로 흘러내려 버렸다.

"……이건 너 때문이야. 한도원."

낮게 말한 그가 약을 섞은 물을 자신이 머금은 뒤 그대로 도원의 입술에 포갰다.

"음……."

입술을 막고 천천히 흘려보내자 꿀꺽, 하고 도원의 목구멍을 타고 물이 삼켜졌다. 그런 식으로 시간을 들여 조금씩 약을 다 먹게 한 그가 빈 컵을 내려 두고 도원을 다시 침대 위로 눕혔다.

"하아……."

미약하게 흘러나오는 숨소리가 눈물에 젖어 있었다.

강준은 그대로 잠시 도원을 내려다봤다. 물기에 젖은 입술이 촉촉하게 빛났다. 그걸 보던 그가 도원의 젖은 입술을 제 손가락으로 닦았다. 열기 어린 입술의 감촉이 손가락 끝에 닿자 그의 눈동자가 타오를 듯 까맣게 일렁였다.

"……후."

그때 도원이 몸을 바르작거리며 답답한 듯 타이를 손으로 쥐었다가 뗐다. 고개를 옆으로 돌린 도원의 땀에 젖은 목덜미가 보였다. 번들거리는 창백한 피부가 강준의 목울대를 꿈틀거리게 만들었다.

도원의 목덜미에 시선을 박고 있던 그가 손을 뻗었다.

스륵.

타이를 풀어낸 뒤 도원의 셔츠 가장 윗단추를 풀었다. 두 번째 단추까지 풀어내고 세 번째 단추로 옮겨 가던 그의 손이 허공에서 멈췄다.

"……."

풀어진 단추 사이로 창백할 정도로 하얀 피부와 연약한 쇄골 라인이 보였다.

어둡게 가라앉은 눈동자로 벌어진 셔츠 깃 사이를 내려다보던 강준이 얼굴을 굳히고 일어섰다. 그러고는 그대로 그 방을 빠져나갔다.

❀

……목말라.

갈증으로 인상을 찌푸린 서원이 눈을 떴다. 흐릿한 시야가 점차 선명해질수록 이질감이 들었다.

'여긴 어디지?'

자신이 지금 모르는 장소에 있다는 사실을 깨닫자마자 정신을 차리고 벌떡 몸을 일으켰다.

"아."

현기증이 일어 이마를 손으로 짚는데 익숙하지 않은 장소에서 익숙한 목소리가 들렸다.

"정신이 듭니까."

멈칫거린 서원이 고개를 들었다. 문 쪽에서 강준이 방 안으로 들어서고 있었다.

"제가 어떻게……."

혼란스러운 얼굴로 묻던 서원이 자신의 목 부근을 손으로 감싸고 미간을 찌푸렸다.

'목이 아파.'

잔뜩 잠긴 목으로 소리를 억지로 쥐어짜자 목에 통증이 느껴졌다. 그때 그녀의 시야에 물컵이 들어왔다.

"……감사합니다."

겨우 말한 서원이 두 손으로 컵을 잡고 곧장 입술로 가져갔다. 사막 한가운데에서 몇 날 며칠을 헤맨 사람처럼 지독한 갈증에 시달려서인지 눈앞의 물이 마치 오아시스의 물처럼 느껴졌다.

서원이 달게 물을 다 마시는 걸 지그시 보던 강준이 말했다.

"열감기는 땀을 푹 내면 낫습니다."

그의 말에 서원이 다시 고개를 들어 강준을 바라봤다. 평소 같은 서늘한 눈으로 서원을 보던 그가 말을 덧붙였다.

"그만하면 땀은 충분히 흘린 것 같은데."

……이 사람이 어떻게 내가 감기 걸린 것을 알고 있지?

게다가 자신이 왜 이곳에 있는지도 알 수가 없어 서원이 눈을 깜빡이며 기억을 되짚었다.

분명 몸 상태가 안 좋아서 약을 먹고 출근했고, 그대로 버티다가 퇴근해서 택시를 타고…….

서원의 하얀 이마가 찌푸려졌다. 택시를 탄 뒤의 기억이 없었다.

"제가 왜…… 부사장님 댁에 있는 겁니까?"

서원의 혼란스러운 눈으로 강준을 보며 물었다.

"내가 데려왔어요."

"어디에서요?"

"한도원 씨 집 앞에서. 한도원 씨는 택시에서 의식을 잃은 상태였고."

"……."

기억을 떠올려 보려 했지만 여전히 아무것도 떠오르지 않았다. 이강준은 왜 거기에 있던 걸까.

"본인 기억에는 없겠지만."

마치 심중을 파악한 듯 강준이 덧붙이자 서원이 고개를 숙였다.

"폐를 끼쳤습니다."

기억은 나지 않지만 어쨌든 결과적으로 자기 몸 하나 건사하지 못해 상사에게 폐를 끼친 꼴이 되어 버렸다. 서원이 착잡한 심경으로 고개를 숙이고 있는데 침대 위에 툭, 하고 무언가가 놓이는 소리가 들렸다.

"이건……."

서원이 시선을 옮긴 곳에는 이강준의 옷이 있었다.

"씻을 힘이 있다면, 샤워하고 그걸로 갈아입어요. 욕실은 저쪽."

"아…… 감사합니다."

서원의 인사가 강준의 등 뒤로 향했다. 방을 나가는 이강준의 뒷모습을 멍하니 보고 있던 서원은 들고 있던 빈 잔을 탁자 위에 놓았다.

215

'난감하게…… 되어 버렸네.'

의도치 않았지만 의식을 잃은 채 그의 집까지 오게 된 것에 서원은 기분이 복잡해졌다. 특히 최근 자신의 상태에서는 더 난감했다.

'어쩌지.'

서원은 한숨을 내쉬며 천천히 그가 놓고 간 옷을 집어 들었다. 온몸이 땀에 완전히 찌든 상태라 빨리 씻고 싶긴 하지만…….

'그런데, 여기서 샤워해도 될까?'

이곳이 이강준의 집이란 사실 때문에 잠시 갈등하던 서원은 결국 그의 옷을 들고 침대에서 빠져나왔다. 이 상태로 강준의 집에 있는 것 자체가 민폐라는 생각이 들 정도로 자신의 몰골은 형편 없었으니까.

방에 딸린 욕실로 들어서자 파우더룸 같은 공간이 나오고 그 안쪽으로 욕실 문이 보였다.

고급스러운 마감재가 사용된 공간 안에는 기본적인 샤워 용품만 있었다. 청결했지만, 현재 누군가가 사용하고 있는 공간이라는 생각은 들지 않았다.

'애인이 머물렀던 곳일까?'

서원이 그렇게 생각하며 파우더룸을 보다가 문득 거울 속의 자신의 모습을 보고 멈칫했다.

"아, 안경."

안경이 어디 있지?

아마 자신이 자는 사이에 강준이 벗겨 놓은 모양이었다. 그게 아니라면 오는 길에 떨어졌거나.

"한두 번도 아니고."

서원이 짧게 한숨을 내쉬었다. 전에도 그랬고, 방금 전에도 안경 없이 강준과 대화하면서도 까맣게 잊고 있었다.

"이렇게 해이하면 안 되는데. ……정신 차리자."

작게 중얼거리다가 목이 아파 인상을 찡그렸다. 목으로 손을 가져가던 서원이 이상함을 느끼고 거울을 바라봤다.

'이것도…… 저 사람이 한 건가?'

타이가 벗겨진 채 셔츠 단추가 두 개 풀린 것을 서원이 당혹스러운 시선으로 바라봤다.

열에 들뜬 환자가 자고 있으니 그랬겠지. ……그나마 옷을 갈아입히지 않은 걸 다행으로 생각해야 되나.

서원은 씁쓸한 얼굴로 땀에 축축이 젖은 셔츠를 벗어 냈다. 압박 브래지어까지 완전히 젖어 있어 힘들게 벗어 내려는데, 문득 문을 잠그지 않은 것이 신경 쓰였다.

'남자끼리 있으면서 문을 잠그고 샤워하는 것도 이상하고…….'

갈등 어린 시선으로 입구 쪽을 보던 서원은 결국 그대로 브래지어를 벗어 냈다.

'설마 들어오진 않겠지.'

야릇한 말을 내뱉던 강준이 신경 쓰였지만 그건 자신을 퇴출하기 위한 방법일 뿐, 설마 정말 남자에게 그런 감정을 품진 않았을 거였다.

'약혼자까지 있는 남자잖아.'

서원이 그런 생각을 하며 바지와 팬티까지 벗어 내자 연약한 여성의 몸이 거울 앞에 드러났다. 그의 집에서 옷을 다 벗고 있으니 왠지 기분이 조금 이상했다.

"뭐가 이상해. 샤워하는 것뿐인데."

217

살짝 눈썹을 찡그린 서원은 불투명한 욕실 문을 열고 들어갔다.

뜨거운 물로 샤워를 하고 나오니 한결 나아진 기분이었다. 아직 몸에 힘이 없었지만 아까보다 기운 차린 모습으로 욕실을 나선 서원이 조명이 달린 거울 앞에 섰다.

달칵.

"!"

갑자기 문이 열리는 소리가 들리자 막 셔츠를 입고 있던 서원이 흠칫거렸다. 그녀의 한쪽 어깨와, 셔츠 아래로 쭉 뻗은 하얀 다리가 그대로 노출되었다.

돌아보자 강준이 문 앞에 그녀를 보며 서 있었다.

"무슨 일입니까?"

서원이 당혹스러운 빛을 최대한 억누르며 강준을 바라봤다. 셔츠를 걸치는 게 조금만 늦었더라면 브래지어가 그대로 노출되었을지도 모를 일이었다. 겨우 가리고는 있지만 지금 이 차림도 난처한 건 마찬가지였다.

'아직 아래엔 아무것도 입고 있지 않은데……'

우선 셔츠 먼저 입으려고 브래지어는 빨아서 드라이기로 대충 말려 입었지만 팬티는 아직 젖은 채였다.

강준의 시선이 노골적으로 자신의 다리에 향해 있는 것을 본 서원은 더 긴장이 됐다.

"전화가 와서."

강준은 그제야 느릿하게 자신이 들고 있던 서원의 휴대폰으로 시선을 옮기며 말했다.

"끊어졌지만."

아아, 그래서였나?

자신의 휴대폰으로 전화가 와서 그가 들어온 모양이었다. 이 상황에서 노크를 바라는 건 욕심이었겠지.

강준이 휴대폰을 전해 줄 제스처를 취하며 다가오자 서원이 손을 내밀었다.

"……감사합니다."

서원이 내민 손이 휴대폰에 닿기도 전에 그가 다시 위로 들어 올렸다. 서원이 의아한 눈빛으로 올려다보자 그가 서늘한 시선으로 가까이에서 내려다봤다.

"최진주, 여자 이름이던데."

"돌려주십시오."

서원이 눈썹 사이를 모으며 손을 뻗었다. 그러자 강준은 차가운 시선을 박은 채 말했다.

"누구지? 이 시간에 한도원에게 전화하는 최진주는."

"그건 제 사적인 영역입니다."

서원이 긴장을 숨기고 단호한 목소리로 말했다. 그의 입술 끝이 비스듬히 기울어졌다.

"여긴 내 사적인 영역인데. 사적인 영역에서 사적인 질문을 하면 안 되나?"

웃음기 있는 목소리였지만 섬뜩한 차가움이 느껴져 서원은 숨을 들이켰다.

"누구야? 애인?"

강준이 화장대에 서원을 가두듯 두 팔을 양옆으로 넓게 펼쳐 테이블을 잡았다. 집요하게 따라붙는 시선과 바짝 밀착되어 부담

219

스러운 거리감이 서원의 침을 바짝 마르게 만들었다.

'왜 자꾸…….'

강준에 의해 거리가 좁혀 들수록 아무것도 입지 않은 하반신이 미치도록 신경 쓰였다. 하지만 얼굴을 꼿꼿하게 든 채 최대한 태연함을 유지했다. 지금 당황하면 안 된다는 걸 그녀 스스로 잘 알고 있었다.

"부사장님이 이런 식으로 저를 시험한다고 해도, 저는 그만두지 않습니다."

서원의 말에 강준의 얼굴에서 웃음기가 지워졌다.

"……무슨 뜻이지."

위압적인 목소리에 서원은 조용히 숨을 삼키고 말했다.

"저, 이런다고 그만두지 않으니까 부사장님이야말로 이런 짓 그만두시란 말입니다."

강준의 눈동자가 평소와 다른 색으로 빛나는 것 같았다. 지나치게 가까운 거리 때문인지 서원에게 그 변화가 잘 보였다. 마치 빛 하나 머금지 않은 흑요석처럼 어두워진 눈으로 그녀를 응시하고 있었다.

서원이 숨을 삼키는데 그가 입술 끝을 말아 올렸다.

"한도원."

낮게 부른 강준이 그녀의 턱을 들어 올렸다.

"내가 너 하나 내치려고 연기 따위를 하는 것 같아?"

그가 커다란 손으로 얼굴을 잡자 서원의 시선이 강제로 고정됐다. 서원은 긴장 어린 표정으로 그를 바라봤다.

지금의 이강준은…… 무척 위험한 상태라는 것을 서원은 직감적으로 알았다. 입은 웃고 있지만 지금 그는 머리끝까지 화가 나 있었다.

강준이 서원의 얼굴을 느릿하게 매만지며 말했다.

"내가 그렇게 여유 있어 보이나."

"부사장님. 전……."

그의 얼굴에서 웃음기가 가셨다.

"아까부터 난 네 다리를 벌려 그 안에 날 묻고 싶다는 미친 생각만 하고 있는데?"

"……!"

강준에게 포박된 서원의 몸이 그대로 경직됐다. 연한 갈색 눈동자가 당혹으로 커져 있었다.

"전, 저는……."

서원은 입술만 달싹일 뿐 말을 제대로 할 수가 없었다. 충격을 받은 머릿속엔 아무것도 떠오르지 않았다.

'말도 안 돼…….'

하지만 그의 말이 사실임은 알 수 있었다. 지금 강준의 눈동자는 방금 들은, 도저히 믿을 수 없는 말이 거짓이 아니라는 걸 말해 주고 있었으니까.

"분명 경고했을 텐데. 한도원."

강준이 그녀의 벌어진 입술을 엄지로 느릿하게 매만졌다.

"내 경고를 무시한 네가 잘못한 거야. ……이젠 정말 한계거든. 네가 내 비서라는 것도, 그리고 남자라는 것도 이제 전혀 문제가 되지 않을 만큼."

서원은 몸 안의 피가 완전히 빠져나가는 느낌이었다. 그녀는 그의 엄지가 닿아 있는 입술로 간신히 목소리를 내뱉었다.

"저는……."

서원이 숨을 삼켰다. 흔들리던 눈동자가 곧 그에게 곧게 향했다.

"저는 그만두지 않습니다. 아니, 그만두지 못합니다."

서원의 항거에도 강준의 시선은 입술에서 떨어지지 않은 상태였다.

"직원의 커리어를 뭉개면서까지 저를 희롱하고 싶다면, 그렇게 하십시오. 전 무슨 짓을 하든 버틸 거니까."

희롱이라는 말에 강준의 예리한 눈썹이 꿈틀거렸다.

"……."

마주친 시선 사이로 침묵이 흘렀다. 한동안 말없이 내려다보고 있던 강준이 그녀의 얼굴에서 손을 떼어 냈다.

"이제 막 의식을 차린 사람 덮치는 취미가 없는 것에 감사해야 할 거야."

낮게 으른 강준이 휴대폰을 테이블 위에 내려놓고 몸을 돌렸다. 그가 그대로 나가 버리자 서원의 긴장된 어깨가 아래로 탁 떨어졌다.

'무슨 말을 들은 거지…….'

그가 내뱉은 음란한 말을 떠올리자 아랫배가 꽉 조여드는 느낌이었다. 그러더니 헐벗은 다리 사이에서 무언가가 주르륵 흘러내리는 것이 느껴졌다.

"……!"

미끈한 애액이 허연 허벅지 사이를 타고 내려가자 서원의 창백한 얼굴이 붉게 달아올랐다.

"말도…… 안 돼."

이런 식으로 몸이 반응하다니.

자신을 남자로 알고 있는 강준의 음란한 말에 완벽한 여자의 몸으로 반응해 버린 자신 때문에 서원은 입술을 지그시 물었다.

❋

"무슨 일 있어?"

진주의 목소리에 서원이 정신을 차리고 고개를 들었다. 카페 테이블 맞은편에 앉아 있는 진주가 자신의 얼굴을 빤히 들여다보고 있었다.

"……어?"

"너 표정이 안 좋아 보여서. 고민 있는 사람같이."

"그런 거 없어."

서원이 뒤늦게 웃음을 지었다. 며칠 전 이강준의 집에서 그녀로부터 걸려온 전화로 인해 어떤 일이 있었는지 진주는 전혀 모르고 있었다.

'그 말들이 그저 겁을 주기 위한 말이 아니었다니…….'

이강준의 말을 떠올리면 머릿속이 엉망으로 뒤엉키고 심장이 미친 듯이 뛰어 댔다.

"정말 아무 일도 없는 거 맞니? 너 안 그래도 말랐는데 살 더 빠졌어. 턱 뾰족해진 것 봐."

"얼마 전에 좀 아팠어."

서원이 커피 잔에 시선을 내린 채 말하자 진주가 눈을 동그랗게 떴다.

"네가? 너 잘 안 아프잖아."

"요즘 회사에 일이 좀 있어서 많이 바빴거든. 한동안 계속 무리

해서 그런가 봐."

"서원이 네가 아플 정도면 어지간히 회사에서 무리시켰나 보
네. 보통 비서실이 그렇게까지 바빠?"

"나도 잘 몰랐는데 생각보다 일이 많더라고."

"그래?"

잠시 생각하던 진주가 뭔가 깨달은 표정을 지었다.

"아, 그러고 보니까 네가 있는 데가 엘른 후계자 비서실이랬
나?"

"응. 맞아."

타인의 입에서 강준을 엘른의 후계자라고 표현하는 말을 들으
니 서원은 기분이 조금 이상했다.

"어쩐지. 그래서 유난히 바쁜 모양이네. 후계자라면 실세 중의
실세잖아. 도원이도 그런 데 채용될 정도면 꽤 능력 있다?"

가벼운 말투로 말하던 진주는 자신이 꺼낸 도원의 이름에 멈칫
해선 급히 말을 덧붙였다.

"음료만 마셔 댔더니 영 배가 안 찬다. 시간은 좀 이르지만 지
금 나가서 뭐라도 먹자. 나 배고파."

"……그래."

서원은 옅은 미소를 지으며 진주를 따라 일어섰다. 마치 '도원'
이라는 이름이 말하면 안 될 사람의 이름이라도 되는 양 서먹해
진 분위기에 서원은 마음이 가라앉았다.

진주 역시 도원과 친한 사이다 보니 자신도 모르게 말이 나오
게 되는 거였다. 하지만 거기에 신경 쓰고 있을 진주를 생각해서
내색하진 않았다.

진주와 헤어지고 집으로 돌아오는 서원의 표정은 어두웠다. 오랜만에 만난 친구와 같이 있는데도 머릿속엔 내내 이강준만 떠올랐다. 그날 어떻게 집에 돌아왔는지도 뚜렷이 기억나지 않을 정도로 정신적으로 충격을 받았다.

그건 이강준이 했던 말 때문이기도 했고, 동시에 자신이 보였던 반응 때문이기도 했다. 자신을 남자로 알고 하는 말임에도 불쾌하다는 생각은 들지 않았다.

문제는 이강준의 그 노골적인 말들이, 한서원에게 한 말이 아닌데도 여성으로서의 자신이 완벽히 반응해 버렸다는 거였다.

'……제정신이 아니야.'

서원은 숨을 깊게 들이켰다.

지금까지의 서원은 오로지 가족과 자신의 일만이 우선이었다. 연애는 단 한 번도 한 적이 없었고, 이성에게 어떤 호기심이나 이끌림을 느꼈던 적도 없었다.

그랬는데, 하필 처음으로 이성에 대한 반응을 보이게 된 게 이강준이라니.

하지만 지금도 자신의 감정보다 동생이 우선순위였다. 도원이 돌아와야 할 자리인데 이런 식으로 강준과 관계가 얽히면 좋을 게 없었다.

'어떻게든 수습해야 해.'

서원이 어지럽게 흔들리던 마음을 바로잡았다.

도원이 돌아왔을 때 아무 이상 없는 평범한 일상을 돌려줘야 했다. 자신은 도원이 입원한 동안 잠시 그의 삶을 대신 살고 있는 것뿐이니까.

자신의 상황을 다시 직시하자 제어되지 않고 열기로 들뜨던 마음이 점차 차분하게 가라앉았다. 서원은 평정을 되찾은 얼굴로 천천히 집을 향해 걸어갔다.

하지만 그녀의 평온은 오래가지 못했다. 집에 거의 다다랐을 때 멀찍이 서 있는 익숙한 슈퍼카가 보였기 때문이다. 서원은 그 자리에 멈춰 섰다.

'저건 이강준의 집에서 봤던…….'

그의 차고에 있던 슈퍼카 중 하나라는 것이 떠오르자 서원은 본능적으로 몸을 숨겼다.

'설마, 보진 못했겠지?'

그녀는 낭패감 어린 표정으로 제 입술을 지그시 물었다.

강준이 집에 찾아온 적이 있음에도 그날 일로 넋이 빠져 있느라 여성의 모습으로 외출해 버렸다. 이런 일을 예상하지 못한 건 명백한 자신의 실수였다.

'일단 여길 벗어나자.'

서원은 그대로 왔던 길을 되돌아 골목을 빠져나갔다. 혹시 강준이 따라올지도 모른다는 생각에 바짝 긴장한 채 걷다가 큰길가로 나와서야 안심할 수 있었다.

'이참에 남자 옷을 좀 사 둬야겠어.'

도원의 모습으로 사는 건 회사에서만이면 될 거라 생각했는데 이렇게 급작스럽게 집으로 찾아오는 강준 때문에 사적인 영역까지 침범당하고 있었다. 언제까지 이 상태가 계속될지 알 수 없으나 우선은 남자로 보일 옷과 신발이 필요했다. 서원은 택시를 잡아타고 백화점으로 갔다.

쇼핑백을 여러 개 든 서원은 남자 옷으로 갈아입은 채였다. 그리고 다시 동네로 돌아와 시간을 확인했다.

'설마 아직도 있진 않겠지.'

백화점에서 쇼핑하느라 시간이 꽤 흘러 있었다. 게다가 이강준이 얼마나 바쁜 사람인지는 비서인 서원이 가장 잘 알고 있었다. 그렇게 바쁜 사람이, 이렇게 오랜 시간 동안 자신을 기다릴 거라고는 생각되지 않았다.

설마설마하며 집 앞에 돌아왔을 때 그 슈퍼카는 여전히 그곳에 서 있었다.

'아직도⋯⋯?'

서원의 눈빛이 흔들렸다. 아까 전과 똑같은 장소에 아직도 서 있는 그의 차를 본 순간 심장이 쿵 하고 내려앉았다.

당혹감만 느낀 게 아니었다. 아주 깊은 자신의 내면에서 그가 그곳에 있길 바라는 마음까지 느껴 버렸기 때문이다.

'정신 차려. 한서원. 아까 결심한 건 다 뭐야?'

마음을 다잡은 서원은 그의 차를 못 본 척 집 입구로 향했다.

차 문이 열리는 소리가 들렸지만 일부러 쳐다보지 않았다. 무게감 있는 발소리가 자신에게 가까워지는 것에 온 신경이 집중됐다.

"한도원 씨."

오래 기다린 사람답지 않게 평소와 같은 목소리 톤이었다.

'혹시 지금까지 이강준이 이렇게 오랫동안 날 기다린 게 처음이 아닌 걸까?'

그렇게 생각하자 심장이 꽉 잡힌 듯 조여들었다. 하지만 전혀 내색하지 않은 서원이 천천히 뒤돌아 그를 바라봤다.

강준은 휴일임에도 슈트 차림이었다. 반듯하게 머리칼을 넘기고 위압적으로 서 있는 그의 시선이 자신에게 내리박히자 서원은 조용히 숨을 삼켰다.

"부사장님. 사적인 이유로 이곳에 오시는 건 이제 그만두셨으면 합니다."

차분한 목소리로 말하자 강준의 입술 끝이 느릿하게 휘어 올라갔다. 그 모습이 아찔할 정도로 매혹적이라 서원은 또 숨이 막혀왔다.

"이제야 도망칠 생각이 들었나?"

"회사는……."

그만두지 않는다는 말을 하려고 했는데 강준이 그녀의 턱을 들어 올렸다.

'아…….'

어둡게 타오르는 검은 눈동자를 본 서원의 옅은 갈색 눈동자가 미세하게 흔들렸다.

"그런데 어쩌지? 난 이제 널 도망치게 놔둘 생각이 없는데."

그의 입술에서 사람을 홀리는 관능 어린 목소리가 낮게 흘러나왔다. 서원은 순간 다리 힘이 풀릴 것만 같았다. 이 남자가 작정하고 누군가를 유혹하려 든다면 어떤 여자라도 도저히 버티지 못하고 넘어갈 거라는 확신이 들 정도로, 지금의 그는 무섭도록 매혹적이었다.

매혹적이다 못해 치명적이었다.

"그만, 하십시오."

서원은 병원에 있는 도원을 떠올리며 그의 손을 뿌리쳤다. 그러고는 단호한 눈빛으로 강준을 올려다봤다.

"전 분명히 말씀드렸습니다. 이런 일로 다신 찾아오지 마십시오. 그럼."

선을 긋듯 정중하게 인사한 서원이 돌아섰다.

"한도원."

그때 낮게 가라앉은 목소리와 함께 뒤에서 뻗어 나온 손이 서원의 팔을 잡아챘다.

"!"

그녀가 돌아보기도 전에 돌려세워진 몸이 강준 쪽으로 끌어당겨졌다. 눈앞에 서늘하게 자신을 응시하는 그의 얼굴이 보였다.

"이번에도 두 번 말해야 알아들을 건가?"

"부사장……."

"도망치게 놔둘 생각 없다고 했어."

"잠깐만요, 부사장님!"

자신의 팔을 강하게 움켜잡은 채 차가 있는 쪽으로 걷는 강준을 서원은 뿌리치지도 못하고 속수무책으로 끌려갈 수밖에 없었다.

서원은 자신을 잡고 걸어가는 이강준의 뒷모습을 보며 심장이 미친 듯이 뛰는 것을 느꼈다. 그리고 지금 그가 무서울 정도로 화가 나 있다는 것도. 뒷모습인데도 똑똑히 느껴질 정도였다.

"아!"

탕!

조수석에 거칠게 서원을 태운 강준이 세게 문을 닫았다. 그가 보닛을 돌아 운전석에 앉는 모습을 보며 서원은 가느다랗게 숨을 뱉어 냈다. 차에 올라탄 강준이 핸들에 한 팔을 올리고 몸을 서원 쪽으로 향했다.

"……."

서원이 아무 반응도 없이 조용히 앉아 있자 그가 눈을 가늘게 뜨고 그녀를 응시했다.

"왜 갑자기 조용해진 거지? 문 열고 뛰쳐나가지 않고."

"그래 봐야 다시 같은 상황이 될 테니까요."

힘의 차이는 명확히 인지하고 있다는 듯 서원이 차분한 어조로 대답했다.

"꽤 영리하군."

칭찬 같지만 흘러나오는 목소리는 냉랭했다. 이강준은 역시 화가 나 있었다. 하지만 서원은 그 이유를 알 수 없었다.

'내가 그만두지 않는다고 했기 때문에?'

그의 말대로라면 자신이 눈앞에서 사라지는 것만이 그가 바라는 것인지도 모른다.

하지만…….

"내가, 정말 너 하나 자르지 못해서 이러는 거라고 생각하나?"

급작스러운 물음에 서원은 고개를 들고 그를 바라봤다. 흔들리는 투명한 눈동자를 강준이 똑바로 응시했다.

"그렇게…… 하실 겁니까?"

"끝까지 버틴다면 그 방법도 있다는 걸 말하는 거야."

물론 알고 있었다. 이강준에게 그것만큼 쉬운 방법은 없을 테니까.

여러 가지 생각이 뒤엉켜 뒤죽박죽인 서원에게 그가 물었다.

"만약 그렇게 한다면 어떻게 할 거지?"

서원은 입을 다문 채 자신을 집요하게 바라보는 강준을 보았다. 강준의 그 눈이 자신으로 하여금 그에게 매달리게 만들려는 건지, 아니면 포기하게 하려는 건지 알 수 없어 혼란스러웠다.

"……만약 그렇게 하신다면."

이윽고 서원이 입을 열었다.

"그것도 상사의 지시니 당연히 따를 겁니다."

서원이 담담하게 말하자 강준의 표정이 냉정해졌다.

"날 형편없는 사람 취급 하는군."

"전 부사장님의 질문에 대답을 했을 뿐입니다."

그의 강렬한 눈빛에 미칠 듯이 심장이 요동치면서도 서원은 겉으로는 차분함을 유지했다. 강준이 일에 있어서 얼마나 원칙주의자인지 알고 있는 서원이었기에 그가 그렇게 하진 않으리란 건 알았다.

아마 자신을 떠보는 발언이겠지…….

하지만 그녀가 한 대답은 진심이었다. 설사 그 원칙이 깨진다고 하더라도 그게 상사로서의 명령이라면 자신은 비서로서 당연히 따라야 한다. 도원에게 미안하지만, 어쩔 수 없는 일이었다.

"그런데."

강준이 한 손으로 서원의 얼굴을 잡아 자신에게 고정시켰다.

짧은 순간 다른 생각에 빠졌던 서원은 가까이서 맞닿은 시선에 숨을 삼켰다. 강준의 어둡게 이글거리는 눈이 묘한 열기를 품고 그녀를 응시하고 있었다.

"왜 너의 그런 부분은 매번 날 자극시키는 걸까…… 한도원."

낮고 느릿하게 흘러나오는 목소리에 서원은 온몸이 조여드는 기분이었다.

'아, 심장 소리가…….'

숨소리마저도 크게 들릴 좁고 밀폐된 공간이었다. 자신의 요란한 심장 소리가 들킬까 봐 서원은 손에 땀이 날 만큼 긴장이 됐다. 입술에도 바짝 힘을 주고 있는데 강준이 마치 핥는 듯한 시선으로 그녀의 입술을 응시했다.

'……이런.'

본능적으로 서원의 다리 사이가 조여들었다.

"네가 날 얼마나 자극하는지 낱낱이 보여 줄 수만 있다면 좋을 텐데."

낮게 타박하는 목소리에서 아찔한 관능이 묻어 나왔다.

"……그게 얼마나 사람 미치게 만드는 건지 말이야."

서원은 남성적인 그의 체향과 그와 잘 어울리는 앰버 향이 겹쳐져 머릿속이 어지러웠다. 지금 그에게 이대로 통째로 잡아먹혀도 어쩔 수 없다는 생각이 들 정도였다.

'안 돼. 정신 차려.'

서원은 가까스로 정신을 다잡고 강준의 커다란 손에서 벗어났다.

"그런 말씀, 불쾌합니다."

자신은 철저히 비서여야만 한다. 도원이 돌아오기 전까지 이강준에게 완벽한 비서로 남아 있어야 한다.

"……불쾌하다고."

강준이 굳은 얼굴로 노려보자 서원은 그의 시선을 피해 곧장 차 문을 잡았다.

"내일 뵙겠습니다. 부사장님."

일부러 명확하게 호칭을 붙인 서원이 빠르게 밖으로 뛰쳐나갔다.

금방 붙잡힐 수도 있을 거라는 예상과 달리 집으로 향하는 동안 뒤에선 아무런 소리도 들리지 않았다. 거의 입구에 도착했을 때 멀찍이서 묵직한 엔진음이 들려왔다. 차가 거칠게 출발하는 소리까지 듣고 나서야 서원이 돌아보았다. 그의 차가 곧장 골목을 빠져나가고 있었다.

"……하."

차의 불빛이 완전히 사라지자 서원이 그 자리에 털썩 주저앉았다.

아직까지 시끄럽게 울려 대고 있는 심장 부근을 셔츠 위로 꽉 움켜잡은 서원은 그 상태로 한동안 움직이지 않았다.

다음 날, 밤새 잠을 설친 서원이 피곤한 얼굴로 비서실로 들어섰다. 평소보다 이른 시간에 출근했기 때문에 비서실에는 아무도 없어 고요에 잠겨 있었다.

원래 일찍 출근하는 편이긴 하지만, 밤새 뒤척이다 어차피 잠을 자긴 그른 것 같다는 생각에 포기하고 새벽같이 출근한 거였다.

책상 앞에 앉아 탁상 스케줄러로 시선을 옮기던 서원이 문득 멈칫거렸다.

'아, 오늘부터 출장이지.'

강준이 이번 주 내내 해외 출장으로 자리를 비운다는 것을 이제야 깨달은 서원은 짧은 한숨을 토해 냈다. 간밤의 그 고민들이 무색하게도 고민에 빠지게 만든 상대는 이곳에 없는 것이다.

'……차라리 잘됐어.'

자신에게도 시간이 필요했다. 이강준의 어떤 도발에도 흔들리지 않을 정도로 냉정함을 유지할 수 있는 평정심이 필요했다. 지금 이렇게 널뛰는 감정으로는 결국에 그의 의도대로 휩쓸려 갈 거라는 불안이 그녀를 지배했으니까. 서원은 이 일주일 동안 마음의 정리를 끝내고 완벽하게 비서로서만 그를 대할 수 있게 되기를 바랐다.

신기하게도 이강준이 회사에 없다는 걸 안 순간부터 시간은 더디게 흘러가기 시작했다.

'이제 겨우 수요일이라니.'

출근 전 달력을 보던 서원은 하얀 미간을 살짝 좁혔다. 강준이 출장을 간 지 고작 이틀밖에 지나지 않았다는 것에 의아함을 느낄 정도였다.

'이강준이 없기 때문에?'

아니, 아니야.

서원은 머릿속에 떠오른 생각을 빠르게 지웠다. 하지만 출근 준비를 하는 내내 평정을 유지할 수가 없었다. 달력을 본 순간, 알고 싶지 않은 걸 자각한 기분에 자신도 모르게 허둥대고 있었다.

'네가 얼마나 날 자극하는지 낱낱이 보여 줄 수만 있다면 좋을 텐데…… 그게 얼마나 사람 미치게 하는 건지 말이야.'

타오르는 욕망이 묻어나는 눈동자와 그 낮은 목소리가 그가 없는 내내 환청처럼 귓가를 맴돌았다.

'그건 너에게 하는 말이 아니라고.'

여자인 자신에게 하는 말이 아니라는 걸 알면서도 어쩔 수 없이 심장이 반응한다.

'그만 좀.'

서원은 눈썹을 찌푸리고 빠르게 집 밖으로 나왔다. 언제나처럼 가장 먼저 비서실에 출근해 업무에 열중했다. 출장으로 자리를 비운 박 실장 대신 평소보다 더 많은 일을 처리해야 하기 때문에 정신없이 바빴다. 하지만 그 와중에도 시선은 시시때때로 시계에 향했다.

마치 누군가를 기다리는 듯이.

그렇게 수시로 시간을 확인하는 자신의 모습에 서원은 혼란스러움을 느꼈다.

입사 초기엔 분명 이강준의 잦은 출장을 내심 반겼다. 사람을 긴장하게 만드는 그가 불편했기 때문에 그가 집무실 안에 있어도 긴장이 되곤 했으니까. 그런데 지금 자신은 그때와 분명 달라져 있었다.

'그럴 리 없어.'

서원은 머릿속에 떠오른 생각을 부정하며 억지로 모니터를 노려봤다. 그녀의 눈에 쫓기는 짐승 같은 초조함이 어려 있었다.

"금세라 씨?"

심 비서의 목소리에 서원의 시선이 입구 쪽으로 향했다. 그곳엔 여전히 인형처럼 화사하고 귀여운 외모의 세라가 연한 베이지 컬러의 세련된 원피스 차림으로 서 있었다.

"오빠 안에 있어요?"

"부사장님은 지금 해외 출장으로 안 계시는데……."

심 비서가 난처한 듯 말하자 기대를 품었던 그녀의 얼굴에 실망이 어렸다.

"정말요?"

커다란 눈망울을 굴리며 예쁜 눈썹을 시옷 자로 만들자 뭐든 해 주고 싶은 보호 본능이 일었다.

"그럼 언제 오는데요?"

"다음 주에 출근하십니다."

"아아……."

아쉽게 입맛을 다신 세라는 얼른 그 귀여운 얼굴로 환한 미소를 지어 보였다.

"들른 김에 오빠 얼굴 보고 가려고 했는데, 할 수 없네요. 다음에 뵐게요. 수고하세요."

"안녕히 가십시오."

살갑게 인사한 세라에게 서원도 고개를 숙여 보였다. 그리고 비서실을 나서는 세라의 뒷모습을 가만히 바라봤다.

원피스 아래로 보이는 매끈한 다리, 그리고 그 아래는 예쁜 구두가 신겨 있었다. 키는 큰 편이 아니었지만 다리가 길어서 몸의 비율이 좋았다. 피부도 반들반들 윤이 났다.

'……참 예쁜 사람이구나. 금세라는.'

그 몸을 가꾸기 위해 매달 천문학적인 금액이 에스테틱에 들어간다는 사실을 알 리가 없는 서원의 눈에는 세라가 그저 타고난 아름다움을 가진 사람으로만 보였다.

평소에 다른 여자들의 외모에 질투를 느낀 적이 없던 서원이었다. 하지만 세라를 볼 때는 매번 묘한 기분이 들었다.

그녀가 이강준의 약혼녀라는 것을 안 뒤로.

'내가 정말 왜 이러지.'

서원은 답답한 기분에 자리에서 일어섰다.

"저 잠시 휴게실에 다녀오겠습니다."

"아, 그래. 잘 생각했어. 요즘 너무 일만 하던데 좀 쉬어 가면서 해야지."

"금방 올라오겠습니다."

"그럴 거 없어. 푹 쉬고 천천히 올라와."

심 비서의 배려에 흐린 미소를 지어 보인 서원은 휴게실로 내려왔다.

자판기 커피를 뽑아 손에 쥔 그녀는 휴게실 안의 큰 창문 앞에 섰다. 서서히 어두워지는 창밖 풍경을 바라보니 그녀의 표정도 덩달아 더 가라앉았다.

"……."

심란한 머릿속을 정리하려 했지만 잘 되지 않았다. 기분은 한도 끝도 없이 가라앉고 가슴이 꽉 막힌 듯한 답답함은 더해만 갔다.

지금까지 이런 식으로 머릿속을 어지럽게 한 사람은 없었다. 학생 때는 늘 공부만 했고, 대학 때 진로를 확실히 정한 다음부터는 늘 연구실에 틀어박혀 연구에만 매달렸다. 그녀의 인간관계는 친구 진주를 제외하면, 연구실의 보스와 동료 외에는 없었다.

그래서 이강준이라는 남자를 의식하게 된 이후로는 모든 것이 혼란스러웠다.

"한도원 씨?"

뒤에서 들려온 목소리에 서원이 고개를 돌렸다. 동진이 자판기 앞에 서서 그녀를 보고 있었다.

"오랜만이네. 잘 지냈어요?"

종이컵을 든 그가 성큼 다가왔다. 서원은 그가 다가온 뒤에야 그와 거리를 둬야 한다는 것을 기억해 냈다. 머릿속이 이강준으로 가득한 나머지 이동진에 대한 것은 완전히 잊고 있었던 모양이다.

"잘 못 지냈나? 좀 마른 것 같은데?"

동진은 여전히 웃음기 가득한 얼굴로 친근하게 굴었다.

서원은 대답 없이 그의 싱글거리는 얼굴을 올려다봤다. 그녀의 반응에 동진이 고개를 옆으로 기울였다.

"강준이 출장 갔다던데 그래도 한도원 씨는 나와 대화하는 게 눈치 보여요? 한도원 씨가 많이 불편해하는 것 같아서 요즘 지나가다 봐도 일부러 말도 안 걸었는데."

동진은 서원이 걱정하는 부분을 정확하게 짚었다.

"부사장님의 출장과 상관없이 내부 사정을 아는 비서라면 지켜야 할 일이라고 생각합니다."

"나와 대화하는 게 무슨 범죄라도 돼요? 왜 사람을 악당 취급을 하고 그러지?"

동진이 억울하다는 얼굴을 했지만 서원은 정중하게 고개를 숙였다.

"들어가 보겠습니다."

서원이 돌아서서 휴게실 문으로 향하자 동진이 황당하단 표정을 지었다.

"어어? 한도원 씨. 정말 그렇게 사람 대놓고 피할 거예요? 내가 뭘 어쨌다고?"

장난스럽게 따라붙은 말을 무시한 서원이 그대로 휴게실을 나갔다.

뒤 한 번 돌아보지 않고 유유히 멀어지는 서원의 뒷모습을 휴게실 유리 너머로 보고 있던 동진이 픽 웃음을 흘렸다.

"참 재밌어."

웃음기 섞인 목소리로 말한 그가 표정을 바꿔 진지하게 서원이 사라진 곳을 응시했다.

"이상하게 사람을 건드네. 자꾸 집착하게 만들면 어쩌라고."

동진이 혼잣말처럼 중얼거렸다.

❋

더디게만 느껴졌던 일주일이란 시간이 지나고, 강준이 출근하는 날이 되었다. 서원은 비서실 책상에 앉아 모니터 하단에 표시된 날짜를 물끄러미 바라봤다.

'그런 말씀, 불쾌합니다.'

그날 이후 처음 만난다는 사실에 긴장이 되어 주말을 어떤 정신으로 보냈는지 모를 정도였다. 하지만 겉으로는 초연함을 유지해야 했기에 서원은 화면에 펼쳐진 업무 창에 신경을 집중하려 애썼다.

"부사장님. 출장 잘 다녀오셨습니까?"

심 비서가 인사하는 소리에 서원의 손가락이 키보드 위에서 멈췄다. 억지로 유지하던 평정심은 그가 돌아왔음을 알리는 소리 하나에 깨져 버렸다. 순간 심장이 요란한 소리를 내며 바닥까지 곤두박질쳤으니까.

"다녀오셨습니까."

내부가 요동을 치고 있었지만, 다행히 입 밖으로 흘러나온 목소리는 담담했다. 서원은 그 사실에 안도하며 강준을 쳐다보았다. 막 비서실로 들어온 그는 늘 그렇듯 완벽한 슈트 차림으로 특유의 존재감을 과시하고 있었다.

여전히 숨 막히도록 근사한 얼굴엔 출장의 피로나 시차 같은 건 조금도 느껴지지 않았다. 건조한 시선으로 인사를 받은 그가 곧장 집무실로 들어갔다.

'……뭐지?'

서원의 얼굴에 의아함이 떠올랐다. 아주 짧은 순간 강준과 시선이 마주쳤을 때, 서원은 자신의 표정을 다잡으면서도 본능적으로 그의 눈빛을 확인했다.

그런데 그 시선이, 어딘가 달라져 있었다.

자리에 앉은 서원은 방금 전 지나친 그의 시선이 주는 생소함에 잠시 생각에 잠겼다가, 곧 정신을 차리고 차를 내려 집무실로 향했다.

똑똑.

조심스럽게 문을 열고 들어가자 강준은 넓은 책상 앞에 앉아 있었다.

그는 기다란 손가락으로 한쪽 이마를 지그시 짚은 채 출장 기간 동안 쌓인 결재 서류를 확인하고 있었다. 서원은 찻잔과 함께 업무 일정표를 책상 위에 조심스럽게 내려놨다.

"스케줄 변동 체크해 뒀습니다. 그리고 오늘 오전 회의에 필요한 자료는 메일로 전송했습니다."

"알겠습니다."

짧게 대답하는 강준의 시선은 한 번도 그녀에게 향하지 않았다. 마치 그를 처음 만났을 때의 냉랭한 분위기 같아 서원은 조금 어색함을 느끼며 돌아섰다.

자리로 돌아온 서원은 다시 키보드 위로 손을 올렸다.

'왜 당황하는 거지?'

철저히 비서로만, 그렇게 이강준을 대하기로 일주일 동안 무던히도 노력했는데 막상 그가 자신을 그렇게 대하니 태연할 수가 없었다.

'그러길 바란 건 나잖아. 그런데…….'

서원의 표정이 혼란스럽게 물들었다. 그 일주일이라는 시간 동안 그는 마음의 정리를 다 끝낸 것일까? 아니면 그건 역시 장난이었던 걸까? 자신이 그만둘 것 같지 않아 멈춰 버린 짓궂은 장난 정도?

'……잘된 거겠지.'

의도가 무엇이었든 자신이 바라던 대로 된 거니까.

그렇게 생각하는 서원의 투명한 눈동자가 깊게 가라앉았다.

❋

중역회의가 끝나자 정장 차림의 남자들이 회의실을 빠져나왔다. 비슷비슷한 옷차림의 사람들 중 부사장인 이강준은 가장 존재감을 드러내는 존재였다. 강준이 이 거대한 기업의 후계자라는 걸 모르는 사람도 그가 풍기는 분위기만으로 충분히 알 수 있을 정도였다.

"부사장, 오랜만이네."

누군가 말을 걸자 엘리베이터로 향하던 강준이 멈춰서 몸을 돌렸다. 이춘일 사장이 반가운 얼굴로 그 앞에 서 있었다.

241

"안녕하십니까."

강준이 정중히 인사했다.

이일도 회장의 동생이자 이동진 이사의 아버지인 춘일은 엘른 내에서 막대한 권력을 가지고 있었다.

"같은 회사에 있는데도 영 얼굴 보기가 힘들어. 이럴 때 말고는 안부를 묻기도 힘들 정도니 말이야."

미남의 피가 이어진다는 이 집안 남자들과는 달리 춘일은 인상이 우락부락했다. 날렵한 몸매의 이 회장과는 다르게 동생이면서도 더 나이가 들어 보일 정도였다. 기름진 뱃살을 넉넉한 사이즈의 정장 재킷으로 겨우 가린 춘일이 허허롭게 웃었다.

"동진이 말로는 잠잘 시간도 없을 정도라던데. 많이 바쁜가?"

"그 정도는 아닙니다."

강준이 자신에 비해 키가 많이 작은 춘일을 내려다보며 대답했다.

"하긴, 자네는 원래 잠이 많지 않지. 체력 하나는 타고났다고 회장님이 늘 말씀하시지 않는가. 그래도 건강은 챙겨 가면서 해야지. 너무 무리하면 무슨 일이든 안 좋은 걸세."

"걱정해 주셔서 감사합니다. 유념하겠습니다."

"아, 그리고……."

춘일이 주변을 흘깃 둘러보고는 목소리를 낮춰 은밀한 투로 말했다.

"소식 들었네. 비서실에서 불미스러운 사고가 있었다고?"

김성하의 일을 말하는 것임을 알았지만 강준은 일말의 표정 변화 없이 대답했다.

"이미 정리 끝난 일입니다. 신경 쓰지 않으셔도 됩니다."

선을 긋듯 하는 말에도 춘일은 말도 안 된다는 표정으로 숙덕였다.

"그래도 엘른 부사장 비서실에서 그런 일이 있으면 안 되지. 범인은 제대로 잡은 거야? 어디서 보낸 놈인진 확인했고?"

그때 이강준 뒤에 한 걸음 떨어져서 대기 중이던 박 실장이 다가왔다. 강준의 귓가에 무언가를 말하자 고개를 끄덕인 그가 춘일에게 말했다.

"걱정해 주셔서 감사합니다. 다음에 뵙겠습니다."

짧게 묵례한 강준이 박 실장의 전화를 넘겨받으며 몸을 돌렸다.

"……."

통화하며 엘리베이터를 향해 걸어가는 강준의 뒷모습을 춘일이 눈을 가느다랗게 뜨고 응시했다. 그리고 박 실장의 시선이 자신에게 닿기 전에 몸을 돌린 춘일이 자신의 비서가 있는 쪽으로 되돌아갔다.

두 사람은 강준이 타고 내려간 엘리베이터의 반대편 엘리베이터에 올라탔다.

"어떻습니까? 눈치챈 것 같습니까?"

문이 닫히자마자 비서실장인 최일권이 물었다. 그 말에 춘일은 가소롭다는 듯 웃음을 흘렸다.

"입을 열면 어떻게 되는지 본인이 가장 잘 알고 있는데 애먼 소리 했겠어?"

"역시 모르는군요."

최 실장이 춘일을 따라 입술을 비틀어 올렸다.

제아무리 이강준이라 하더라도 보안실의 모든 정보가 실시간으로 들어오는 춘일을 이기지 못한다. 후계자는 그라지만 회사 내부에 거미줄처럼 뻗어 있는 춘일의 인맥을 이기진 못한다는 소리다.

"이렇게 싱겁게 들켜 버릴 줄은 몰랐는데."

춘일의 중얼거림이 책망으로 느껴진 최 실장이 얼른 웃음을 지우고 머리를 조아렸다.

"죄송합니다. 다음번엔 확실하게 진행해서 이런 일 없도록 하겠습니다."

고개를 깊이 숙이고 있는 최 실장을 힐긋 본 춘일이 낮게 말했다.

"똑바로 해. 실수 없이."

"알겠습니다."

춘일이 열린 문 사이로 나가자 최 실장이 조용히 뒤따랐다.

"괜찮으십니까?"

통화를 마친 강준이 내민 휴대폰을 받으며 박 실장이 물었다. 그러자 강준이 무슨 뜻이냐는 듯 한쪽 눈썹을 추켜올렸다.

"출장부터 지금까지 지나치게 강행군이신 것 같아 드리는 질문입니다. 잠도 거의 못 주무셨지 않습니까."

"……오늘은 내 건강을 여기저기서 걱정해 주는군요."

강준이 엘리베이터 안에서 느른히 선 채 입술 끝을 휘어 올리자 박 실장이 말했다.

"아무리 강철 같은 체력이래도 부사장님 역시 남들과 똑같은 사람입니다. 너무 무리하지 마십시오."

"알겠습니다."

진심이 전혀 담기지 않은 대답에 박 실장은 속이 답답했다.

'⋯⋯역시 내 말은 귓등으로도 안 들으시는군.'

입사했을 때부터 모셔 온 자신의 상사는 외모부터 체력까지 전부 다 비상식적인 수준이었다.

자신이 잘 때도 자지 않고 일하는 상사를 처음엔 불편해했지만 오랜 시간 곁에서 보좌해 오며 지금은 이강준을 상당히 이해하게 됐다.

남들이 쉽게 말하는 금수저라는 단어 하나로 그의 전부를 평가하기엔 너무나 많은 성과를 이루었고, 그건 지금도 현재 진행형이다.

천부적인 자질과 지독한 워커홀릭의 면모, 그리고 그걸 뒷받침해 줄 체력까지 갖추고 있기에 가능한 일이었다.

하지만 근래의 이강준은 자신이 파악한 범주 이상의 스케줄을 소화 중이었다.

출장 중엔 하루에 한두 시간도 자는 모습을 보지 못했다. 그럼에도 국내의 일정을 더 끌어와 숨 쉴 시간도 없을 정도로 스스로 일을 만들어 하고 있었다. 걱정을 안 하려야 안 할 수 없는 수준까지 오게 된 것이다.

'계속 이런 식이면 정말 과로사할 텐데. 농담이 아니라 정말로.'

박 실장은 이강준의 조각 같은 옆모습을 힐금 올려다보며 속으로 걱정 어린 한숨을 내쉬었다.

✳

서원은 자료를 찾다가 집무실 쪽을 짧게 바라봤다. 출장 이후로도 강준은 자리를 비우는 일이 많았다. 지금도 그는 회사에 없었다. 그런데 왜 아무도 없는 집무실에 자꾸 시선이 가는 걸까.

'습관인가.'

서원이 씁쓸한 얼굴로 다시 커서를 움직이는데 박 실장과 함께 강준이 비서실 안으로 들어왔다.

"아, 오셨습니까."

급작스러운 그의 등장에 심 비서가 빠르게 일어나 인사했다. 서원도 따라 인사했지만, 강준은 이쪽으로는 시선도 주지 않고 곧장 집무실로 들어갔다.

"……."

그 모습을 확인한 서원은 익숙한 듯 다시 조용히 자리에 앉았다.

최근의 이강준은 처음 입사했을 때와 비슷한 태도를 보였다. 출장에서 돌아온 첫날 느꼈던 건 기분 탓이 아니었다. 항상 사람을 긴장시키는 서늘한 시선으로 훑을 뿐 제대로 눈을 마주치지 않는다.

'……시간을 돌이킨다는 게 가능한 거였구나.'

속으로 중얼거린 서원이 책상 위에 놓인 식어 버린 커피 잔을 가만히 응시했다.

괜히 화가 나는 마음도 있었다.

그렇게 사람을 어쩔 줄을 모르게 만들어 놓고 애초 그런 일 따위 없던 것처럼 태연하게 구는 그에게 농락당한 기분이 들지 않았다고 하면 거짓말이니까.

'하지만 그 마음이 갑자기 식어 버린 거라면…….'

그러길 바랐던 자신이 왜 벌써 식은 거냐고 불만을 가지는 것도 우스웠다. 불쾌하다고까지 말했으면서.

"하아."

머릿속을 떠도는 어지러운 상념에 서원은 습관처럼 한숨을 내뱉었다.

이강준은 얼마 안 있어 다시 자리를 비웠고, 서원은 다들 퇴근한 빈 사무실에서 홀로 야근을 하다 시간이 늦은 것을 확인하고서야 퇴근 준비를 했다. 가방을 챙겨 엘리베이터로 걸어가 버튼을 누르고 그 앞에 섰다.

'눈이 뻑뻑하네.'

장시간 이어진 업무로 잔뜩 피곤해진 눈을 지그시 감고 있다가 엘리베이터가 도착한 소리에 눈을 떴다.

"아."

문이 열리자 서원의 피곤에 물든 눈이 커졌다.

그곳엔 강준이 서 있었다.

예상치 못한 강준의 등장에 서원이 자신도 모르게 짧게 놀란 소리를 냈다가 얼른 고개를 숙였다.

"늦으셨군요. 먼저 퇴근하겠습니다."

"그래요."

서원의 말에 짧게 대답한 강준이 그녀를 지나쳐 갔다. 서원은 작게 숨을 들이켜고 엘리베이터에 올라탔다. 문이 닫히기 전 비서실로 들어가는 그의 훤칠한 뒷모습이 보였다.

'바보같이 놀라선.'

회사에서 상사를 마주치는 게 뭐 그리 놀랄 일이라고 필요 이상으로 반응을 해 버린 건지.

자신이 한심하다는 생각에 지그시 입술을 깨무는데 눈치 없게도 심장 소리가 귀가 먹먹할 정도로 울리기 시작했다.

'……정말.'

깨문 입술에서 아릿한 통증이 배어 나왔다.

강준은 집무실로 들어와 책상 위에 올려 두고 나갔던 파일을 집어 들었다. 건조한 눈길로 서류를 훑어 나가던 그가 파일을 책상 위로 다시 툭 내려놨다.

충혈된 눈을 감고 손가락으로 꾹꾹 누른 그가 낮게 한숨을 내뱉었다.

'그런 말씀, 불쾌합니다.'

그때 그 말은 그에게 예상치 못했던 충격을 줬다.

누군가의 말에 이렇게까지 충격을 받는 것이 가능한 줄은 몰랐는데, 그 말을 듣는 순간 마치 머릿속이 백지장처럼 새하얗게 변해 버렸다. 그리고 그다음엔 분노가 치밀어 올랐다.

'불쾌하다고? 내가?'

타인의 말에 충격을 받는 것이 낯선 것처럼 타인에게 그런 분노를 느끼는 것도 처음 겪는 감정이었다. 사납게 날뛰는 분노를 억누르며 출장을 떠났다.

그때 출장을 간 게 차라리 다행이라는 생각은 이제 와 들었지만, 당시엔 그런 생각조차 들지 않을 정도로 머릿속이 한도원에 대한 분노로 가득 차 있었다.

출장 기간 동안 다른 생각을 할 여유가 전혀 없을 정도로 타이트한 일정으로 자신을 몰아세웠다. 그럼에도 머릿속 한편으로는 계속 한도원의 그 말이 떠올랐다. 떠오를 때마다 분노가 일던 그 감정은 시간이 지나 냉정을 찾게 된 뒤엔 점차 다르게 바뀌었다.

생각해 보면 자신은 매일같이 꾼 꿈 때문에 한도원을 성적으로 의식하게 되었지만, 그는 아니다. 한도원에게 자신은 그저 비서로서 모시는 직장상사일 뿐인 것이다.

그동안의 자신이 느꼈던 그 모든 감정들이 온전히 혼자만의 것이었다는 것을 인지한 순간, 마치 찬물을 뒤집어쓴 것처럼 머릿속이 차갑게 식었다.

스스로의 감정과 육체적 욕망 때문에 한도원이 자신을 보는 시각은 전혀 생각하지 못했다.

한도원에게 자신은, 개인의 성적 취향을 강요하고 희롱하는, 불쾌한 상사일 뿐이라는 걸.

"……미친 짓을 할 뻔했군."

정말 미친 짓을 할 뻔했다. 한도원이 브레이크를 걸지 않았더라면.

현실을 직시한 이후엔 그 망할 꿈에서 벗어나기 위해 다시 잠에서 도망치기 시작했다. 이미 실패했던 일이라 하더라도 그 꿈에서 도망쳐야 했다.

현실의 한도원에게서도.

머리가 차가워진 뒤라 그런지 한국에 돌아온 뒤에도 사람을 미치게 만들던 불덩이 같은 뜨거움도 한결 가라앉아 있었다. 이번엔 제대로 도망칠 수 있다는 확신이 섰다.

방금 전 한도원과 똑바로 눈이 마주치기 전까진.

"고작, 한 번 눈이 마주친 정도로."

강준의 잇새로 사나운 음성이 흘러나왔다.

……제기랄.

그의 눈이 어둡게 타올랐다. 한도원이 연한 빛깔의 눈동자와 마주하자마자, 가라앉았다고 생각했던 내부가 다시 강한 열기로 달아올랐다.

그동안 외부 스케줄을 몰아서 하며 같은 공간에 있는 시간을 최소한으로 줄였음에도, 시선조차 주지 않으려 노력했음에도, 고작 단 한 번 시선이 부딪힌 일로 모든 노력이 수포로 돌아갔다.

한도원에게 몸이 달아 제어가 되지 않는 미치광이 성욕자로.

"……후."

강준이 숨을 깊게 들이쉬며 얼굴을 구겼다.

겨우 벗어났다고 생각했던 지옥이 다시 자신을 꼼짝도 못 하게 둘러싸고 있었다.

✺

프라이빗룸에서 위스키 잔을 든 남자가 느릿한 목소리로 말했다.

"제대로 끝낸 거야?"

"물론입니다."

긴장 어린 목소리로 대답하는 남자는 김성하였다.

잔을 들고 눈을 가늘게 뜬 춘일이 예리한 시선으로 찌르듯 보자 맞은편에 앉은 김성하는 침을 삼켰다.

"확실해? 가서 있는 대로 다 불어 놓고 내 앞에서 딴소리하는 게 아니고?"

"정말, 정말입니다. 제가 어떻게 사장님께 거짓말을 할 수 있겠습니까."

진땀을 흘리는 성하를 건너다보던 춘일이 입술 끝을 비릿하게 휘어 올렸다.

"하긴. 정말이 아니면 큰일 나게? 받아먹은 돈이 얼만데."

춘일이 비열한 웃음을 흘리며 눈을 번뜩였다. 그 웃음 앞에 성하의 얼굴이 창백해졌다.

비서실에 입사한 지 2년 정도 되었을 때 춘일로부터 제의를 받았다. 그때까진 나름의 소신을 가지고 충실히 비서 생활을 하고 있던 성하였다.

가족은 부모님 두 분과 여동생 하나였고, 화목했다. 하는 일에 나름의 성취감도 가지고 있었다.

그런 자신이 그렇게나 물질적 유혹에 약하다는 걸 알게 된 건 춘일로부터 거액의 제안을 받고 나서였다.

'파일 몇 개만 빼 주면 됩니다. 김성하 씨가 편하실 때 언제든. 이건 계약금이고, 나머지는 차근차근 드리겠습니다.'

눈앞에 놓인 3억이라는 큰돈을 거부할 양심 같은 건 처음부터 없던 사람처럼 일말의 망설임 없이 받아 챙겼다. 빈말로라도 못하겠다는 말은 꺼내지도 못했다.

뒤늦은 죄책감 때문에 그 거액을 은행에 넣어 놓지도, 쓰지도 못하고 있다가 결국 조금씩 헐어 쓰기 시작할 무렵, 다시 3억이라는 돈을 받았다.

파일을 넘긴 것도 아닌, 그저 비서실에서 나온 이야기를 해 준대가로.

그때부터 슬슬 서류를 외부로 **빼돌리기** 시작했다. 계약 문서 같은 것들을 따로 복사해서 넘길 때마다 돈을 받았고, 그 횟수가 점점 늘어나며 쏠쏠이도 커지기 시작했다.

대담해진 성하가 비서실 내부에서만 볼 수 있는 암호화된 문서까지 유출하려 시도할 때쯤 마침 신입 비서가 들어왔다. 자신에겐 축복 같은 일이었다.

'저놈에게 떠넘기면 되겠구나.'

신입 비서를 보고 그 생각부터 하는 자신이 생각보다 나쁜 놈일지도 모른다고 자조했다. 하지만 벗어나기엔 이미 너무 깊게 발을 담근 뒤였다.

"알려 주셨던 대로 대처했습니다. 파일을 빼돌려 경쟁사에 비싸게 팔아넘길 생각이었다고 말했습니다. 그러니 이 일은 제 선에서 마무리될 겁니다."

만에 하나 들킬 시에 그렇게 하라고 배웠다. 그대로만 하면 뒤탈은 없을 거라고.

성하가 자신의 최선을 증명하려는 듯 힘주어 말하자 춘일이 이를 드러내며 웃었다.

"그래, 그래. 그래야지. 혹시라도 잘못되면 지금까지 먹은 돈 다 토해 내야 할 거야. 근데 그게 얼마나 남아 있겠어? 이 동네 룸은 다 돌면서 돈깨나 뿌리고 다녔던데."

"아, 그건……."

성하가 당혹스러운 표정을 짓고 있는데 춘일은 더 즐거운 표정을 지으며 위스키 잔을 입으로 가져갔다.

"앞으로도 잘해야 될 거네. 그거 토해 내려면 자네와 자네 식구

장기까지 다 팔아도 못 갚을 테니 말이야."

"……!"

김성하의 입이 저도 모르게 벌어졌다. 당혹으로 허옇게 질리는 그의 얼굴을 춘일이 여유로운 미소를 띠고 바라보고 있었다.

❀

"전체 워크숍 말입니까?"

서원의 질문에 박 실장이 웃으며 대답했다.

"전에 말한 적 없었나? 매년 이맘때 하거든."

워크숍이라니.

서원의 얼굴에 난감함이 스쳤다. 워크숍에 대해 들은 적은 있었지만 늘 1박으로 간다는 걸 알게 된 건 최근이었다. 그래서 내심 자신이 회사에 있는 동안엔 없길 바랐었다.

회사 내에서 성별을 속이고 있는 것만도 버거운데 하룻밤을 자고 와야 한다니…….

"회식은 부서별로 하는 경우가 많은데 워크숍은 꼭 단체로 하길 회장님이 바라셔서."

"그것만 바라십니까? 단체 등산까지 바라시잖아요. 회장님도 참, 시대가 어느 땐데 단체 등산을 고집하시고……."

심 비서가 고개를 절레절레 젓자 박 실장이 어깨를 으쓱였다.

"정 맘에 안 들면 빠지는 방법도 있어. 강제는 아니니까."

"큰일 날 소리 하지 마세요. 그날 제 컨디션이 좀 안 좋았기로 서니 작년에 성하가 얼마나 사람을 들들 볶……."

어느새 금기가 된 이름이 툭 튀어나오자 심 비서가 입을 다물었다. 묘한 정적이 흐르는데 박 실장이 대수롭지 않게 말했다.

"큰일 날 것까진 없지. 말했듯이 강제는 아니니까."

"아니, 할 겁니다. 해야죠. 부사장 직속 비서실의 명예가 있는데."

"그게…… 그렇게 중요한 일입니까?"

두 사람의 대화를 듣던 서원이 조심스럽게 묻는 소리에 심 비서가 아아, 하더니 서원을 바라봤다.

"한 비서는 모르는데 설명도 안 하고 우리끼리 떠들었네. 우리 회사 전통 중에 하나가 워크숍 때 단체 등산 하는 건데, 부서 혹은 팀 순위를 매겨서 상을 주거든. 근데 그 상이 아주 그럴듯해. 작년엔 뭐더라? 벤츠였나?"

"그건 재작년이고. 작년엔 우승한 팀에 유럽 일주 여행권을 줬지. 그러니 다들 싫다면서도 눈에 불을 켜고 산을 기어오르는 거고."

"팀원 중에 낙오자라도 생기면 죽일 기세로 싸우기도 해. 아무리 봐도 팀워크엔 전혀 도움이 안 되는 이벤트인데, 회장님께서 주도하는 것이다 보니 워크숍의 메인이벤트가 되었지."

"아…… 그렇군요."

서원은 대답하면서도 속으로 한숨부터 쉬었다. 분위기를 보니 다른 핑계를 대고 빠질 수 있는 상황도 아닌 것 같았다. 잠시 생각하던 서원이 다시 고개를 들었다.

"부사장님도 참여하십니까?"

"당연하지. 그날은 회장님도 참여하시는데 후계자인 부사장님이 빠지실 리가 있겠어?"

……역시.

혹시 모를 기대감이 단번에 깨져 버렸다. 물론 단둘이 가는 것도 아니고 부서원 모두 같이 가는 거지만 지금 자신의 상황에서 이런 일은 악재에 가까웠다. 이강준 때문에 하루에도 수십 번씩 기분이 바뀌는 증상이 나아질 기미가 전혀 없는데.

"저 먼저 일어나겠습니다."

서원이 음식을 반 이상 남긴 식판을 들고 일어서자 심 비서가 걱정스러운 투로 물었다.

"또 그렇게 남기는 거야? 요즘 통 입맛이 없는 것 같은데. 어디 아픈 데라도 있어?"

"아닙니다. 신경 써 주셔서 감사합니다."

옅은 미소를 지은 서원이 몸을 돌려 걸어가자 심 비서가 고개를 갸웃거렸다.

"다이어트를 하는 것도 아닐 텐데……."

"자기 관리 확실해서 좋잖아. 심 비서도 좀 관리해야 하지 않나?"

박 실장이 안경을 추켜올리며 묻자 심 비서가 펄쩍 뛰었다.

"모르시는 말씀 마세요. 전 요즘 바빠서 얼굴 반쪽 됐다고 우리 집사람이 얼마나 걱정을 많이 하는데요."

"자네가, 말이지?"

비웃음을 숨길 수 없다는 듯 묻는 말에도 심 비서는 자랑스럽게 손가락 세 개를 펼쳐 들어 보였다.

"네. 무려 3킬로그램이나 빠졌습니다."

의기양양한 심 비서를 무시한 박 실장이 멀리 식판을 반납하고 있는 서원을 바라봤다.

"……너무 혹사시키나."

"그렇다니까요?"

혼잣말처럼 중얼거린 목소리에 심 비서가 얼른 대답하자 박 실장이 인상을 썼다.

"너 말고."

"네?"

"됐으니 밥이나 마저 먹자."

"아, 네."

두 사람이 다시 식사하는 동안 서원은 회사를 나와 새로 다니는 카페로 갔다.

이곳은 원래 다니던 카페보다 커서인지 점심시간에 손님이 꽤 북적였고, 직원도 여러 명이었다. 대부분 근처 회사에서 근무하는 직장인들이라 삼삼오오 모여 떠드는 소리가 음악 소리와 섞여 시끌시끌한 분위기를 내는 곳이었다.

서원은 창가 자리에 혼자 앉아 조용히 창밖을 내다봤다.

'……다들 열심히 사는구나.'

카페 안의 사람들도 그렇고, 바쁘게 거리를 지나다니는 오피스룩의 여자들도 그렇고, 모두 매일매일을 충실히 살아가고 있는 분위기가 느껴졌다.

그런 사람들에게서만 느낄 수 있는 일종의 생동감.

한도원이라는 가면을 쓰고 있는 시간이 길어질수록, 한도원으로 살아가는 시간이 길어질수록, 점차 자신의 정체성이 모호해지는 기분이었다.

시끌시끌하게 떠들며 웃어 대는 사람들 속에서 자신만이 낯선 존재로 느껴져 가만히 창밖만 보고 있는데 문득 창에 비친 자신의 모습이 보였다.

한도원도, 한서원도 아닌…… 익숙하면서도 낯선 자신이 자신을 마주 보고 있었다.

'언제쯤 익숙해질까.'

출근 첫날, 낯설었던 자신의 모습에 아직도 익숙해지질 않는다. 벌써 몇 달이나 지났는데도.

'단 걸 마실 걸 그랬나.'

서원은 자신의 앞에 놓인 아메리카노를 응시하며 생각했다.

기분이 우울한 날엔 혀끝이 얼얼해질 정도로 단 음식을 먹으면 좀 나아질 텐데. 평소엔 단 음식을 그리 좋아하지 않았지만 이럴 때는 의식적으로 먹어 주는 편이었다.

'도원이를 생각하면 기분이 날아갈 듯 좋아야 하는데.'

얼마 전 도원의 재수술이 성공적으로 끝난 데다 회복도 생각보다 빨랐다. 한동안 전혀 진전이 없던 치료에 속도가 붙자 도원도 다시 의욕을 보이며 열심히 재활에 몰두했다.

통증도 많이 나아져서 진통제도 많이 줄였다는 간호사에 말에 눈물이 날 만큼 기뻤던 게 바로 얼마 전인데, 대체 왜 이렇게 기분이 가라앉는 걸까……. 그 이유가 무엇인지 짚이는 바가 없는 건 아니지만.

'인정하고 싶지 않은 것뿐이겠지.'

옅은 한숨과 함께 고개를 저은 서원이 식어 버린 커피 잔을 입으로 가져갔다. 한 모금 입안에 머금자 커피가 아까보다 더 쓴 것 같다는 생각에 눈썹을 슬며시 찌푸리는데 누군가가 테이블 앞에 서 있는 것이 보였다.

"한도원 씨, 맞습니까."

시선을 들어 올리니 정장 차림에 은색 테의 안경을 낀 남자가 서 있었다.

누구지?

한 번도 본 적이 없는 사람이 자신에게 용무가 있다는 듯 서 있자 서원의 눈이 가늘어졌다.

"누구십니까?"

서원이 경계 어린 눈빛으로 보자 그 남자는 담백한 어조로 말했다.

"잠시 드릴 말씀이 있는데 앞에 앉아도 되겠습니까?"

처음 보는 남자가 나에게 무슨 볼일이 있다는 걸까.

의구심이 들었지만 용건은 들어 봐야 할 것 같아 서원이 그러라고 하자 남자가 맞은편에 앉았다.

"감사합니다."

정중하게 말한 남자가 지갑에서 명함 하나를 꺼내 서원 쪽으로 내밀었다.

"저는 강현태라고 합니다."

역시 모르는 이름이었다. 서원이 명함에 적힌 이름과 JC그룹 마케팅 실장이라 쓰인 직책을 보고 있는데 현태가 말했다.

"제가 모시는 분께서 한도원 씨에게 제안을 하고 싶어 하십니다."

멈칫거린 서원이 명함에서 시선만 올려 현태를 바라보자 그가 날렵한 안경테를 추켜올렸다.

"크게 어려운 일은 아닙니다."

"······."

조용히 명함을 들여다보던 서원이 테이블 위에 그대로 내려놨다.

"그게 어떤 것이든 듣지 않는 게 좋겠네요."

서원이 자리에서 일어서려 하자 현태는 당황한 기색 없이 흘리듯 말했다.

"그렇게 쉽게 거절하기엔 꽤 큰돈일 텐데. 후회하지 않겠습니까?"

탁.

테이블 위에 꽤 두툼한 서류 봉투가 놓였다. 일어선 서원이 그를 내려다봤다. 현태는 이런 일이 익숙한 듯 여유로운 자세로 앉아 있었다. 그 모습을 잠시 내려다보던 서원이 다시 몸을 돌렸다. 그러자 뒤에서 그 남자의 느긋한 목소리가 따라붙었다.

"사람 일은 모르는 겁니다. 마음 바뀌면 언제든 연락 주십시오."

어느새 바로 뒤에까지 따라온 남자는 제 명함을 서원의 상의 포켓에 다시 꽂아 주고는 그대로 카페를 나갔다.

남자가 나가는 걸 서늘하게 보고 있던 서원은 곧장 그 명함을 뽑아 한 손으로 구겨 카페 트래시 박스에 버렸다.

'사람을 뭘로 보고.'

서원은 굳은 얼굴로 카페를 나왔다. 고작 돈으로 사람을 떠보는 저열함에 기분이 불쾌했다. 김성하의 일도 있었던 상황이라 더 그랬다.

불쾌함을 떨치지 못하고 걸어가는데 뒤에서 누군가가 따라붙는 느낌이 들었다. 이상함을 느낀 서원이 홱 돌아보자 동진이 서 있었다.

"이사님."

의문의 청탁을 받은 뒤에 나타난 사람이 이동진이라니?

서원이 경계 어린 눈빛으로 보며 표정을 더 굳히는데 동진이 방금 전 그녀가 있던 카페를 턱으로 가리켰다.

"강 실장과는 어떻게 아는 사이예요?"

회사 사람도 아닌데 강현태를 알고 있어?

서원이 눈을 가늘게 뜨고 대답했다.

"모르는 사이입니다만. 이사님은 아는 분인가요?"

"나도 잘은 몰라요. 아버지와 만나는 걸 몇 번 본 게 다예요."

이춘일 사장 쪽 사람이었나.

동진의 말에 서원은 내심 동요하면서도 겉으로는 내색하지 않았다. 그가 말로 자신을 떠보는 것인지, 아니면 저 사람과 같은 계획을 가지고 자신에게 접근하려는 것인지 확신할 수가 없었다.

굳은 얼굴로 서원이 동진을 바라보고 있으니 그 속에 담긴 의심을 알아챈 모양이다. 동진이 대번 이마를 찌푸리며 말했다.

"사람 참 못 믿네. 한도원 씨가 경계해야 할 사람은 내가 아니라 바로 저런 사람인데."

서원이 뭐라 말을 못 하고 있자 기분 나쁜 듯 인상을 쓴 동진이 어깨를 으쓱였다.

"하긴 나는 접근하지 말랬지. 선의도 알아먹지 못하는 사람, 나도 더 도와줄 마음 없습니다."

돌아선 동진이 빠른 걸음으로 성큼성큼 걸어갔다. 조금 거리가 있는 곳에 엘른의 여직원이 몇 명 서 있는 것이 보였다. 그들 무리에 자연스럽게 끼는 동진을 보자 서원의 긴장하고 있던 어깨에서 그제야 힘이 풀렸다.

'지금 만난 건 우연이었나.'

절묘한 타이밍에 자신이 지나친 의심을 했나 싶어 서원은 뒤늦게 동진에게 미안해졌다. 그 타이밍 문제로 이강준에게 오해받았던 자신도 많이 억울했으면서.

"하아."

서원이 한숨을 내쉬었다. 모든 일이 꼬이는 듯한 답답한 느낌에 목 부근의 타이를 매만진 그녀가 피곤한 표정으로 회사 쪽으로 걸어갔다.

"그게 정말이야?"

서원의 보고를 받은 박 실장이 진지한 얼굴로 되물었다.

"네. 오늘 점심시간에 있었던 일입니다."

"강현태가 이춘일 사장 사람이라고 말한 게 이동진 이사라고?"

"그렇게 들었습니다. 저는 확인할 수 없지만, 실장님은 아실 것 같아서요."

"그래……."

박 실장은 이미 강현태 실장이라는 남자가 누구 사람인지 짐작하는 듯한 얼굴이었다. 표정을 굳히고 잠시 생각에 빠졌던 박 실장이 미소를 지으며 서원을 바라봤다.

"우선 지금 퇴근해서 바로 부사장님께 말씀드려야겠군. 아무튼 수고했어, 한 비서."

박 실장이 서원의 어깨를 툭툭 두드리며 말하자 서원이 고개를 저었다.

"아닙니다. 당연한 일을 했을 뿐입니다."

"이만 퇴근해. 요즘 야근 너무 많이 하는 것 같은데."

"알겠습니다."

고개를 숙인 서원이 자신의 자리로 돌아왔다. 보고할 타이밍을 보다가 심 비서가 일이 있어 먼저 퇴근하고 난 뒤 마침 퇴근 준비를 하던 박 실장에게 조용히 전달했다. 보고를 하고 나서야 마음이 조금 홀가분해졌다. 무거운 사실을 혼자 알고 있는 것 같아 오후 내내 마음이 편치 않았는데.

사무실에 혼자 남은 서원은 남은 업무를 처리했다. 그렇게 얼마가 지난 후 시간을 확인하려고 고개를 든 서원은 집무실 문으로 시선을 두는 자신을 발견했다.

'아무도 없는 집무실 문은 왜 자꾸 보는 건지.'

서원이 책상 위로 시선을 돌렸다. 다시 서류를 보려는데 문득 박 실장의 보고를 받은 이강준이 이 일을 어떻게 생각할지 궁금해졌다.

이걸로 자신에 대한 의심을 완전히 풀어줄지, 아니면 이것도 의심스럽게 생각할 것인지…….

그 사람의 속마음을 대체 어떻게 가늠할 수 있을까.

이렇게 생각해 봐야 아무 소용없을 일이었다. 자신으로서는 도저히 예상할 수 없는 일이니. 서원이 쓸데없는 생각을 털어 내며 다시 업무에 집중하려는데 누군가가 들어오는 소리가 들렸다.

"부사장님."

강준이 들어오는 것을 본 서원이 몸을 일으켰다.

어제에 이어 두 번째.

늦은 밤 사무실에서 강준을 마주치게 되니 서원은 심장이 떨리는 것을 느꼈다. 강준은 평소처럼 그녀를 지나쳐 집무실로 들어갔다.

닫힌 집무실 문을 서원이 조용히 바라봤다.

'아직 보고를 못 받은 걸까.'

박 실장의 보고를 받고도 저런 냉랭한 태도를 취하는 거라면…… 아직 자신에 대한 의심을 거두지 않았다는 뜻일 거였다.

'서운할 게 뭐 있어. 원래 그런 사람이잖아.'

하지만 알 수 없는 서운함이 가슴 깊숙한 곳에서부터 번져 올라왔다.

'……그만 가자.'

이런 기분으로 이강준과 같은 공간에 있고 싶지 않았다. 자신의 감정 기복이 점점 더 커지는 걸 느낄수록 위험하다는 걸 본능적으로 느끼고 있으니까. 서원이 서둘러 책상을 정리한 뒤 재킷을 들고 일어섰다.

그때, 집무실 문이 열렸다. 그리고 나오는 강준과 일어선 서원의 눈이 허공에서 부딪혔다.

'아…….'

요즘 계속 그랬던 것처럼 눈도 마주치지 않고 그가 그대로 사무실을 빠져나갈 거라는 예상과 달리, 강준은 시선을 맞춘 채 서원에게 똑바로 다가왔다.

'뭐지?'

서원의 심장이 주체할 수 없이 요동치기 시작했다. 지금 그의 눈은 냉기를 품고 있지만 마치 예전처럼 뜨겁고 강렬한 빛을 내고 있었다.

그녀 앞에 강준이 우뚝 섰다. 서원은 재킷을 든 채 그를 올려다봤다. 이렇게 가까이에서 마주 보는 건 얼마 전 엘리베이터에서 짧게 마주쳤을 때 외에는 아주 오랜만이라는 생각이 들었다.

"한도원 씨."

그가 자신을 부르는 낮은 목소리도.

"네. 부사장님."

머릿속을 어지럽게 울리는 심장 소리를 무시하며 서원이 차분하게 대답했다. 강준은 슈트 바지 주머니에 손을 꽂고 비스듬히 선 채 서원을 내려다보고 있었다.

"그 사람을 만난 게 오늘 점심이라고 했습니까?"

역시 그 일 때문이었나.

예상했던 일인데도 서원의 마음속 깊은 곳에서 실망과 반가움이 뒤엉켰다.

"그렇습니다."

"명함 같은 건 혹시 못 받았습니까?"

"받았지만 카페 쓰레기통에 버리고 나왔습니다."

거짓말이라 생각하는 건가? 냉철하게 꽂히는 시선이 왠지 물증을 바라는 것 같았다.

"혹 믿지 못하시겠다면……."

"믿지 못해서가 아닙니다."

서원의 말을 끊은 강준이 조금 더 가까이 다가와 시선을 맞춰 왔다. 익숙한 그 시선에 서원은 입안이 바짝 마르는 기분이었다.

'이 남자의 시선 하나에 왜 이렇게 동요해.'

서원이 복잡한 심경을 표정에 드러내지 않으려 필사적으로 노력하는 동안 강준은 말없이 그녀를 내려다보고만 있었다. 차라리 그만 봤으면 좋겠다는 생각이 들었다. 저 시선에서 도망치고 싶다고도.

"내가 아직도 한도원 씨를 의심한다고 생각합니까?"

"그건, 모르겠습니다."

강렬한 시선에 서원은 손바닥에 땀이 배어 나오는 게 느껴졌다.

"아니면, 내가 한도원 씨를 불쾌하게 만들 것 같아서 경계하는 겁니까?"

"아……."

그가 출장 가기 전날, 자신이 꺼냈던 말을 언급하자 서원의 눈이 흔들렸다.

하지만 그 눈을 마주하는 강준의 표정은 서늘했다.

"앞으론 한도원 씨 의심하지도 않을 거고, 불쾌하게 하지도 않을 겁니다."

"네?"

"그러니까 내 앞에서 움츠러들 필요 없다는 말입니다."

그 말은…….

서원이 그의 말의 의미를 헤아리려는데 강준이 미련 없이 몸을 돌렸다.

"그만 퇴근해요."

"아, 네. 들어가십시오."

그가 날렵한 걸음으로 비서실을 벗어나고 있었다. 서원은 잠시 그대로 서서 강준이 사라진 입구를 바라봤다. 이미 그는 시야에서 사라졌지만 서원은 그 자리에서 꼼짝도 할 수가 없었다.

집으로 돌아온 서원은 소파 위에 멍한 얼굴로 앉아 있었다.

"이제 의심하지 않는다고……."

자신에 대한 의심을 완전히 걷어 내게 됐는데도 이상하게 기쁘지가 않았다.

오늘 강준의 태도로 인해 완벽하게 자신의 포지션이 비서가 되었다는 걸 확인해서일까?

"그럼 그보다 더 좋은 게 어딨어."

누명도 벗고 제대로 된 비서가 됐는데.

이보다 더 좋을 수 없을 정도로 모든 게 해결됐는데도, 서원의 기분은 벗어날 수 없는 끝없는 늪에 빠진 것처럼 가라앉았다.

질척거리며 아주 깊게.

06

워크숍에 참석하는 엘른의 직원 전체가 전세 버스로 이동했다. 그중 회장을 비롯한 임원들과 직속비서들만 따로 움직였다.

고급 리무진형 버스에 비서팀을 두 팀씩 배정시켰고, 부사장 직속 비서팀만 예외적으로 단독으로 배정됐다. 그 사실을 의아하게 생각한 서원이 심 비서에게 물었다.

"원래 부사장실만 따로 배차 지정이 됩니까?"

"어. 아마 보안 때문이겠지. 여긴 원래 그랬어."

익숙한 듯 넓은 버스에 여유롭게 앉은 심 비서의 설명에 서원은 고개를 끄덕였다.

"그렇군요."

보안 때문이라면 이해가 갔다. 그리고 한편으로는 안심이 됐다.

부사장 직속이 아닌 대부분의 임원 비서팀은 여성 직원이 많았다. 그러다 보니 혹여 같이 있는 시간이 길어지면 자신이 여태 숨겨 온 것이 들킬 일이 생기지 않을까 하고 걱정했는데, 다행히도 그럴 일은 피할 수 있게 됐다.

"우리 팀은 특전이 많아. 리조트 건물도 임원들이 묵는 곳에 따로 묵고. 뭐 이건 모든 임원 비서들에게 주어지긴 하지만 우린 그중에서도 로열층의 최고로 좋은 방을 쓰거든. 게다가 우린 각방까지 줘. 부사장님이 있는 층은 우리 팀만 배정되니까."

"아…… 그렇군요."

혼자 방을 쓰게 되다니.

이것까진 기대하지 못했는데 서원의 얼굴에 숨길 수 없는 안도감이 일었다.

그런 서원의 심정은 알 리 없는 심 비서는 자랑스레 말을 이었다.

"후계자 대우가 다르듯 비서 대우도 다른 거 아니겠어? 안 그런 거 같아 보여도 회장님이 의전에 신경 쓰신다는 증거야. 작은 차이라고 해도 다른 사람들에게 심어 주는 인식 같은 거 있잖아."

후계자.

잠시 잊고 있던 이강준의 위치가 상기되자 서원은 괜히 입안이 썼다. 예전엔 아예 뜬구름 같은 존재였는데 그걸 망각할 만큼 자신이 변해 버린 것 같아서.

"내일 산 타려면 체력 비축해 둬야 하니 좀 자 둬. 회장님처럼 합리적인 분이 왜 이런 단합대회에 집착하시는지 참……."

심 비서가 투덜거리자 앞쪽에 블라인드를 내리고 의자를 젖혀 누워 있던 박 실장의 목소리가 들렸다.

"걸린 상품을 생각하면 합리적이지."

"……그것도 그렇네요."

박 실장의 일침에 납득한 듯 심 비서도 의자를 젖혔다. 완전히 누울 수 있는 넓은 간격의 좌석 덕분인지 박 실장과 심 비서는 금세 잠에 빠져들었다.

서원은 잠이 오지 않았지만 억지로 눈을 감고 잠을 청했다.

✳

엘른은 호텔 체인만이 아니라 리조트와 콘도 사업도 진행하고 있었다.

국내 최대 규모로 지어진 엘른 계열 리조트에 도착했다. 리조트는 그 많은 본사 직원들을 충분히 수용하고도 남을 정도로 넓었다.

그리고 마치 이국의 휴양지에 온 것 같은 세련된 외관과 바다가 내려다보이는 탁 트인 경관이 최고의 장점으로 꼽히는 곳이었다.

"꽤 그럴듯하지?"

서원이 자신도 모르게 둘러보고 있는데 박 실장이 미소를 지으며 물어 왔다.

"네. 멋진 곳이네요."

서원이 느낀 바대로 솔직히 대답했다.

"여기도 부사장님 작품이야. 먼저 시공한 하와이와 발리 리조트를 토대로 비슷한 구조로 지은 곳이지. 국내에 이만한 시설과 입지를 가진 곳은 없다고 자부할 수 있어."

"어찌 되었든 부사장님 사전에 실패란 없으니까요."

어느새 옆에 다가온 심 비서가 거드는 소리에 서원이 그를 바라봤다. 실패가 없는 사람.

그 말이 주는 묘한 여운에 잠시 생각에 잠기는데 박 실장이 어깨를 툭 쳤다.

"일단 들어가자."

"네. 실장님."

상념에서 깨어난 서원이 박 실장을 따라 매끈한 대리석으로 이루어진 리조트 입구로 향했다.

엘리베이터를 타고 올라와 지정된 룸에 짐을 푼 서원은 침대에 걸터앉았다.

"아, 바다다."

박 실장의 말이 거짓이 아닌 듯 침대에서 바로 보이는 테라스 너머로 탁 트인 바다가 한눈에 보였다. 햇살이 부서지는 푸른 빛깔의 바다를 홀린 듯 응시하고 있던 서원이 손에 들린 휴대폰을 쳐다봤다.

휴대폰을 만지작거리는 서원의 얼굴이 조금 어두워졌다.

도원에게는 워크숍에 간다는 말을 하지 못했다. 엘른에 다니는 것을 숨기고 있으니 당연한 일이었지만 멋진 경치를 보니 아쉬운 마음이 들었다.

'사진으로라도 이 풍경을 보여 줄 수 있으면 좋을 텐데…….'

서원은 아쉬운 기분을 털어 버리고 몸을 일으켜 테라스로 나갔다. 창밖으로 탁 트인 바다를 보며 숨을 길게 들이켰다.

"하, 좋다……. 이런 경치를 볼 줄은 몰랐는데."

서원이 끝없이 펼쳐진 수평선을 보며 중얼거리듯 말했다.

걱정만 하던 것과 달리 방도 따로 쓰고 이런 멋진 풍경까지 덤으로 주어지자 긴장이 풀려 그녀의 입술이 예쁘게 휘어 올라갔다.

"볼만할 겁니다. 입지 선정할 때 경관을 제일 중시했으니까."

불쑥 옆에서 들린 목소리에 멈칫한 서원이 고개를 돌렸다. 난간을 사이에 둔 옆 객실의 널찍한 테라스에 강준이 서 있었다. 짙은 색 셔츠에 심플하면서도 클래식한 바지를 입고 있는 그는 테라스 난간에 팔을 걸친 채 서 있었다.

"부사장……님."

서원의 옅은 색 눈동자가 흔들렸다. 바로 옆 객실이 이강준의 방이었다니.

그러고 보니 이곳 로열층에 부사장 직속 비서들만 묵는 이유는 부사장 때문이라는 박 실장의 말이 떠올랐다.

"상사가 옆방이라 불편합니까."

강준이 고개를 비스듬히 기울이고 이쪽을 보자 서원이 표정을 정돈했다.

"아닙니다. 조금 놀랐을 뿐입니다."

서원 역시 사복 차림으로 체크무늬 셔츠에 얇은 재킷을 걸치고 있었다. 그런 자신에게 강준의 시선이 잠시 머무르는가 싶더니 이내 그는 난간에서 몸을 돌렸다.

"그럼 쉬어요."

"네. 부사장님도……."

서원의 대답이 끝나기도 전에 강준은 방으로 들어가 버렸다. 그가 시야에서 사라지자 놀라움 뒤에 뒤늦게 반응한 심장이 쿵쿵 울리기 시작했다.

'혼자 쓰게 되어 다행이라 생각했더니 그게 아니었어.'

걱정과 다르게 상황이 운 좋게 흘러간다 했던 것이, 옆방에 강

271

준이 있다는 것만으로 순식간에 가장 최악으로 변해 버렸다.

난처한 표정으로 서 있던 서원은 룸으로 들어왔다. 요동치는 심장 소리 때문에 머릿속이 어질어질해지는 것 같았다. 서원은 난감하게 얼굴을 찌푸리며 심장 부근을 손바닥으로 지그시 눌렀다.

'그만 좀.'

하지만 손바닥 아래 심장박동은 점점 더 선명해져만 갔다.

✺

휴식 시간을 가진 뒤 오후엔 리조트 내 대강당에서 유명 방송 MC를 초빙해 기념행사가 진행됐다. 회사에 이렇게 많은 사람들이 다니고 있었나 싶을 정도로 셀 수 없이 많은 사람들이 빼곡히 들어앉아 있었다.

"그럼 회장님의 말씀에 이어, 이강준 부사장님을 자리로 모시겠습니다."

진행자의 소개와 함께 커다란 박수 소리가 들렸다. 강준이 단상 위로 올라서자 서원의 시선이 그쪽으로 향했다. 슈트 차림이 아님에도 그에게선 여전히 카리스마가 느껴졌다.

"부사장, 이강준입니다. 오늘 이 자리에서 이렇게 인사드릴 수 있는 기회를 갖게 되어 영광으로 생각합니다."

이렇게 많은 사람들의 시선이 그를 향해 있는데도 전혀 주눅들지 않고 평소의 차분한 톤으로 연설을 이어 갔다.

'저 남자는 긴장도 안 되나.'

이강준이 긴장하는 모습은 솔직히 상상이 되지 않긴 하지만.

"멋지지?"

"……네?"

문득 옆에서 심 비서가 귓속말을 해 오자 서원은 속을 들킨 사람처럼 순간 멈칫했다.

"우리 부사장님 말이야."

"아아, 네."

서원이 담담한 척 대답하는데 심 비서는 웃는 얼굴로 강준을 보며 말했다.

"역시 사람 인물은 잘나고 봐야 해. 그래야 사람들의 주목도도 더 높아지고. 저 자리가 전혀 어색하지 않잖아."

"……."

서원은 대답 없이 강준을 바라봤다. 당연하다는 듯 가장 높은 자리에 서 있는 강준의 모습을 보니 그가 무척 멀게 느껴졌다. 늘 자신이 모시는 상관이 아닌, 마치 전혀 모르는 낯선 사람을 보는 것 같은 기분에 서원은 조용히 다시 시선을 내렸다.

저녁 시간이 되자 리조트 야외에서 바비큐 파티가 벌어졌다. 넓은 수영장 옆에 뷔페식 식사가 차려져 있고 테이블마다 바비큐 그릴이 놓여 있었다.

야외에서 부서별로 시끌시끌하게 식사가 진행되는 동안 임원들과 비서팀은 안쪽 단독 건물에 있는 고급스러운 일식당에서 식사를 했다.

개별적으로 나뉜 다다미형 룸에는 각각의 비서팀들이 있었고, 뜰을 지나 안쪽 단독채에 이일도 회장을 포함한 임원들이 있었다. 임원들이 일반 부서의 식사에 끼게 되면 직원들이 마음 편히 즐기지 못할 것이라는 의견에 예전부터 행해 온 방식이었다.

"넌 매번 약속을 지키지 않아."

강준을 비롯해 이 회장의 최측근 임원인 황학준 전무와 최병호 상무만 있는 룸에서 이 회장이 불만스러운 표정으로 말했다. 그 말이 강준에게 한 말이라는 것을 알고 옆에 있던 황학준 전무가 달래듯 이 회장의 잔에 술을 채웠다.

"충분히 잘하고 있는데요. 뭘. 하하."

"누가 일에 대해 말하나."

"그 외의 것도 어련히 잘하겠지요."

최병호 상무도 거들자 이 회장이 인상을 쓰고 술을 마셨다.

"사내 녀석이 서른이 넘도록 말이야. 남들이 대체 어떻게 보겠냐고?"

다른 사람들 앞에선 손자라고 해도 절대 부사장을 함부로 대하거나 친밀하게 대한 적이 없는 이 회장이었다. 하지만 황 전무와 최 상무 앞에서만큼은 편하게 대했다. 강준이 어릴 때부터 이 회장의 최측근이었던 사람들이라 그들에겐 익숙한 모습이었다.

강준이 대답 없이 술잔만 정중하게 받고 있자 이 회장이 성을 냈다.

"넌 왜 할아비 말에 대답이 없어? 집에 오라고 몇 번을 말했는데 번번이 무시하고, 할아비와 한 약속이 우스운 게냐?"

이미 다른 임원들이 있는 룸에서 술을 꽤나 마시고 온 상황이라 이 회장은 조금 취한 상태였다.

평소 술을 마신대도 전혀 흐트러짐 없는 모습을 유지하던 이 회장도 친한 사람들끼리 있는 이곳에서는 평소 성격을 고스란히 드러내고 있었다. 닦달하듯 쏘아붙이는 이 회장을 조용히 보던 강준이 입을 열었다.

"죄송합니다만, 저는 약속을 한 적이 없습니다."

"이 뻣뻣한 놈!"

이 회장 자신이 일방적으로 한 말이니 엄밀히 말하면 약속이 아닌 통보였다. 사실 이 회장도 그 말엔 할 말이 없었다.

"벌써 몇 주째야? 넌 세라가 불쌍하지도 않아?"

몇 주째 만나 주지 않는 강준을 기다리는 세라에게 미안하지도 않은지 이 딱딱한 놈은 단 한 번도 와 주질 않았다.

지금 자신이 그걸 질책하고 있는 걸 알면서도 저리 태연한 얼굴을 보니 이 회장은 부아가 치밀었다.

"그만큼 말했으면 들어야 할 거 아니야!"

"죄송합니다."

강준이 늘 그렇듯 정중하게 사과하자 이 회장은 답답증이 차올랐다. 자신이 이렇게 화를 냈는데도 말하는 본새를 보니 다음에도 또 이런 식일 거였다.

끙.

속으로 겨우 화를 누그러뜨린 이 회장이 결국 자신이 방법을 달리 하는 것을 택했다.

"집에 오지 않을 거면, 일주일에 한 번씩이라도 둘이 따로 만나서 식사라도 해. 그게 싫으면 약혼식이라도 우선 올리고."

황 전무에게 받은 술잔을 예의 있게 비운 강준이 잔을 내려놨다.

탁. 세게 내려놓은 게 아닌데도 강준이 그저 술잔만 내려놓는 행동에 위압감이 느껴졌다. 그 행동과 분위기에 이 회장은 자신도 모르게 미소를 지었다. 젊은 날의 자신과 판박이인 부분이었기 때문이다.

정작 자신의 아들은 자신의 그런 부분을 전혀 닮지 않았는데, 대신 손자인 강준이 고스란히 물려받았다.

"전 지금 결혼할 생각이 없습니다."

"누가 지금 결혼하래? 일단 약혼부터 하고…….."

"약혼할 생각도 없습니다."

"어차피 해야 할 결혼이고 약혼인데 언제 하려고? 어차피 넌 세라하고밖에……!"

다시 언성을 높이던 이 회장이 말을 멈추고 술잔을 들어 입으로 가져갔다.

"에이, 못된 놈."

이 회장이 홧김에 술을 들이켜는 모습을 황 전무와 최 상무는 걱정스럽게 바라봤지만 강준의 표정엔 동요가 없었다. 저 표정이 왜 저리 나무토막같이 된 건지 잘 알고 있는 이 회장은 쓰게 술을 삼키고 강준을 향해 손을 휘휘 내저었다.

"보기 싫다. 그만 나가 봐."

"그럼 먼저 실례하겠습니다."

강준이 일어서서 묵례하고 룸을 빠져나갔다.

"후, 하나밖에 없는 손자 놈이라는 게…….."

한숨 쉬며 혀를 끌끌 차는 이 회장의 빈 술잔에 최 상무가 술을 채워 줬다.

"늦은 나이도 아닌데 너무 걱정하지 마십시오. 이 부사장도 다 생각이 있겠지요."

"지금 부사장 일정을 봐도 아시지 않습니까. 어디 여자 만나고 그럴 틈이 나겠습니까. 우선 회사 기틀부터 튼튼히 닦아 두고 나서…….."

"그럴 틈이 없으니까 빨리 결혼해서 가정을 만들어야 집에서라도 안정을 찾지 않겠나."

이 회장의 말투에 강준에 대한 걱정이 잔뜩 서린 것을 알고 있는 그들이 걱정 말라는 듯 말했다.

"결혼 같은 큰일을 신중히 생각하는 것도 부사장 성격에 무리는 아닙니다."

"지금껏 부사장이 잘못 처신한 일은 하나도 없지 않습니까."

"그래도……."

"믿고 기다리시다 보면 회장님께서 원하시는 대로 다 흘러가게 될 겁니다. 너무 염려 마십시오. 회장님."

"게다가 부사장 인물이 어디 보통입니까. 걱정하실 것 하나도 없습니다."

"……후, 그래. 뭐 그렇겠지."

이 회장은 표정을 풀지 않고 술을 다시 입에 털어 넣었다. 하지만 자신이 왜 이런 걱정을 하는지 진짜 이유는 황 전무나 최 상무에게도 말할 생각은 없었다.

아무리 술김이라도, 아무리 오랜 시간 동안 옆에 있던 최측근이라 하더라도, 강준의 치부가 될 수 있는 일을 자신의 입으로 말할 리가 없으니까.

'그러니 나 혼자 감내해야 하는 거지. 후우, 못된 녀석.'

이 회장은 답답함을 숨기고 연신 술잔만 비워 냈다.

이 회장이 있는 룸에서 나온 강준은 뜰을 걸어 나가 인공 호수가 있는 바깥으로 나왔다. 정원 안쪽에 비서들이 식사하고 있는 건물이 있었다. 한도원도 저곳에서 식사하고 있을 거였다.

"……."

잠시 그쪽을 본 강준이 몸을 돌려 입구 쪽으로 향했다.

"어? 부사장님!"

입구로 향하던 강준 앞에 막 통화를 끝내고 온 심 비서가 섰다.

"식사 다 끝나셨습니까? 객실로 돌아가시는 길인가요?"

"그렇습니다."

심 비서가 눈을 빛내더니 강준의 팔을 잡았다.

"그냥 가시지 말고 같이 한잔하고 가시죠. 저희 회식한 지도 오래되지 않았습니까."

"아니 난 됐……."

"에이, 됐다고 하지 마시고 딱 한 잔만 하고 들어가세요! 자자! 이쪽입니다!"

조금 취했는지 심 비서는 적극적으로 강준을 비서팀이 있는 룸으로 끌어들였다. 입구와 가까운 곳에 있는 룸의 문을 심 비서가 벌컥 열었다.

"자, 주목! 우리의 보스 등장이십니다."

심 비서의 커다란 목소리에 안에 있던 사람들의 시선이 그쪽으로 향했다. 심 비서와 함께 들어온 강준을 본 서원의 눈이 일순 커졌다.

'이렇게 갑자기…….'

워크숍에서 강준은 보통 회장님과 저녁 식사 후 객실로 올라간다는 말에 안심하고 있었다. 그런데 그가 이렇게 급작스럽게 나타날 줄이야.

"부사장님. 웬일로 이런 누추한 곳에 다 오셨습니까?"

박 실장이 반가운 얼굴로 일어서자 서원도 따라 일어섰다.

"제가 들어오다가 객실로 가시는 부사장님과 딱 마주쳤지 뭡니까. 그래서 모시고 왔습니다. 저 잘했죠?"

"아니 심 비서가 오랜만에 이런 쓸모 있는 행동을 다 하고. 아주 기특하게. 하하."

"어서 앉으십시오. 부사장님."

심 비서와 박 실장이 강준의 자리를 만들어 앉게 하는 동안 서원은 한 마디도 끼지 못한 채 어정쩡하게 서 있었다. 그러다 강준이 맞은편에 앉자 자신도 앉았다.

"자, 한 잔 받으십시오."

박 실장이 강준에게 술을 따라 주는 모습을 서원이 조심스럽게 쳐다봤다.

'술을 꽤 마시고 온 것 같은데도 멀쩡해 보이네.'

그를 완벽주의라고 표현한 말처럼, 대부분의 상황에서 그는 분명 완벽주의였다. 어떤 상황에서도 흐트러진 모습을 보이지 않고 늘 정돈되고 완벽한 모습을 유지했으니까.

그런 강준의 예외적인 모습을 본 자는 자신이 유일한 게 아닐까 생각하니 서원은 갑자기 몸이 뜨거워지고 술기운이 오르는 것 같았다.

'생각하지 마.'

생각을 끊어 버리려 했지만 이미 늦었다. 저 완벽한 남자가, 유일하게 저답지 않은 모습을 보였던 순간이 떠오르자 심장박동이 빨라졌다.

"아, 우리 한 비서 술잔도 비어 있었네? 내가 따라 줄……."

"내가 하죠."

강준이 박 실장의 손에서 일본 전통주를 건네받자 본능적으로 술잔을 들어 올리던 서원이 멈칫거렸다.

"감사합니다."

서원이 내부의 동요를 숨기고 두 손으로 정중하게 술잔을 내밀었다.

쪼르르—

투명하고 맑은 술이 채워지는 모습을 보고 있으니 첫 회식 때 술에 취해서 꿨던 야릇한 꿈이 떠올랐다.

'왜 하필 그 꿈 생각이 나는 거야?'

강준과의 키스가 너무도 생생했던 그 꿈이 기억나자 얼굴에 열이 오르는 것 같았다. 술잔이 채워지자 고개를 숙여 보인 서원이 제 앞으로 가지고 갔다.

"자, 그럼 건배합시다!"

박 실장의 말에 다들 술잔을 들었다.

"어렵게 자리해 주신 부사장님께 감사하며, 건배!"

"건배!"

쨍!

작은 술잔들이 기분 좋은 소리를 내며 부딪쳤다. 서원은 고개를 돌리고 정중하게 술을 마시면서도 머릿속이 복잡했다.

첫 회식 때의 꿈.

그 후의 일들을 떠올리면 어쩌면 그 꿈은 예지몽이었는지도 모른다는 생각이 들었다. 아니, 어쩌면 그게 아니라…… 그때 자신은 이미 강준을 이성으로 의식하고 있었는지 모른다. 그래서 그런 꿈을 꿨는지도.

지금 강준에게 느끼는 감정을 생각하면 한순간에 생긴 감정 같지는 않았다. 애초에 그녀는 무언가에 한순간에 휩쓸리는 타입이 아니었다.

"이번엔 제가 따라 드리겠습니다."

심 비서가 강준의 술잔에 술을 따라 주는 모습을 서원이 조용히 바라봤다. 생각이 복잡해서인지 강준의 얼굴을 보는 게 힘들었다. 그래서 술잔을 잡고 있는 손만 응시하는데, 그의 기다랗게 뻗은 수려한 손가락이 다시 그녀의 몸을 뜨겁게 만들었다.

저 손이 자신의 얼굴을 잡아 올리고 시선을 맞추던 순간을 똑똑히 기억하고 있었다.

'하아, 어쩌면 좋지.'

지금 자신의 상태는 너무 위험했다. 이강준의 손가락만 보고도 이렇게 온몸이 뜨거워지다니.

'술 때문인가?'

서원이 애써 술 탓으로 돌려 보고 있는데 강준의 목소리가 들렸다.

"내일 일정 괜찮겠습니까."

강준이 꽤 취한 듯한 심 비서를 보며 묻자 그가 얼른 손을 들어 보였다.

"아아, 그건 잘 알고 있습니다. 저희 절대 낙오하는 일은 없을 테니 걱정하지 마세요."

"맞습니다. 순위권엔 들기 힘들더라도 낙오하는 일은 없어야죠."

아, 그랬지.

단체 등산을 염두에 두고 하는 말에 서원은 그제야 내일 일정에 등산이 있다는 것을 떠올렸다. 여러 가지 생각이 많아 잠시 잊어버렸다.

"저기 리조트 앞에 나갔다 왔더니 다른 부서 사람들도 다들 만땅 취해 있던데요. 다들 비슷한 상태로 출발하니까 괜찮을 겁니다."

심 비서가 싱글거리며 말했다.

"매년 그렇긴 했지."

박 실장도 동감하는 듯 고개를 끄덕였다.

"그런데 올해는 상품이 뭡니까? 부사장님 혹시 아세요?"

"글쎄요."

"그 말은…… 모른다는 뜻은 아닌 것 같은데요?"

심 비서가 눈을 빛내며 묻는 말에 강준이 입술 끝을 살짝 올려 가벼이 웃었다.

'……저렇게도 웃는 사람이구나.'

서원이 그의 모습을 신기한 시선으로 바라봤다. 평소보다 풀어진 상태라서인지 강준에게선 나른하고 관능적인 분위기가 흐르고 있었다. 그 모습에 저도 모르게 시선을 뺏긴 서원이 얼른 술잔으로 시선을 옮겼다.

"알면 저희에게만 살짝 알려 주십시오. 부사장님."

"알면 뭐 하려고 물어봅니까."

강준이 낮은 웃음이 묻어나는 목소리로 물었다.

"그야…… 들으면 대충 산을 탈지 죽을 둥 살 둥 산을 기어오를지 결정하지 않겠습니까."

심 비서의 말에 강준의 미소가 깊어졌다. 서원은 그를 보지 않으려 노력했지만 그 미소가 자신의 시선을 잡고 놓지 않았다. 그때 강준의 시선이 서원에게 닿았다.

'!'

방금까지 그가 머금고 있던 미소와는 전혀 다른, 숨 막히도록 매혹적인 눈빛이 똑바로 와 닿자 서원의 심장이 쿵 하고 내려앉았다. 하지만 다음 순간 그의 시선은 언제 그랬냐는 듯 곧장 그녀를 비껴가 옆의 심 비서에게 향했다.

"그건 그다지 좋은 자세 같진 않군요."

"음, 그 말에 부정할 수는 없군요. 사죄하는 뜻에서 한 잔 드리겠습니다."

심 비서가 깍듯한 자세로 강준에게 술을 따랐다. 그 모습을 보며 웃는 박 실장을 따라 서원도 웃고 있었지만, 자신이 제대로 웃는 표정을 짓고 있는지 확신할 수 없었다.

머릿속이 자꾸만 헝클어진다. 앞에 앉아 있는 이강준 때문에.

다시 건배한 잔을 비운 뒤에 서원은 조심스럽게 자리에서 일어섰다.

"잠시 화장실에 다녀오겠습니다."

룸을 빠져나온 서원은 조용히 문을 닫았다.

"하아."

나오자마자 숨을 뱉어 낸 서원은 바깥으로 나왔다. 복잡해진 머릿속을 조금은 정리해 둬야 할 것 같았다.

'술 때문일 수도 있어. 조금 깬 뒤에 들어가자.'

주변을 둘러본 서원은 조용한 곳을 찾다가 넓은 정원에 나왔다. 잉어가 헤엄치는 인공 연못 쪽으로 다가간 서원은 일부러 조금 떨어진 안쪽 벤치에 앉았다.

입구와 가까운 곳엔 조명이 많아 밝았지만 안쪽 벤치 앞은 은

은한 조명만 군데군데 켜 있었다. 시끌벅적한 저쪽과는 달리 아무도 없어서 마음을 차분하게 정리하기 좋을 것 같았다.

"……."

서원은 눈을 감고 깊이 숨을 들이켰다. 취기 때문인지 제멋대로 뻗친 열기가 심장이고 머릿속이고 가리지 않고 달아오르게 하고 있었다.

'하필 지금 나타나선.'

서원은 귀밑까지 오는 짧은 머리칼을 쓸어 넘기고 입술을 지그시 물었다.

이강준의 모든 눈빛과 행동 하나하나에 초연할 수가 없었다. 초연하지 못하면 초연한 척이라도 해야 하는데 그러지도 못하는 자신이 답답했다.

'이런 식이면 안 돼. 이런 식이면…….'

그에게 들켜 버려.

그것만은 정말 안 된다. 겨우 제자리로 돌려놓은 위치를 자신이 다시 헝클어 놓을 순 없었다.

아무리 제 마음이 이렇듯 여러 갈래로 갈라진다고 해도, 도원을 생각하면 절대 그럴 수가 없었다.

"한 비서."

이 목소린……?

서원이 멈칫거렸다. 조금 떨어진 곳에서 들린 목소리지만 다른 사람과 헷갈릴 수 없는 목소리였다.

숨을 삼킨 서원이 고개를 드니, 환한 곳에 이강준이 서 있었다.

어떻게 자신을 한눈에 알아본 것인지 강준은 밝은 곳에서부터 이곳까지 곧장 걸어왔다. 서원은 난처함을 느꼈다. 저 남자를 피해 도망쳐 온 건데 오히려 둘만 있는 곳에서 그를 마주 보게 될 상황이었다.

'괜찮아. 여긴 어두우니까.'

표정을 숨기기엔 환한 룸보다 낫다는 생각에 서원은 자리에서 일어섰다.

긴 다리로 성큼성큼 걸어온 강준이 곧 서원 앞에 우뚝 멈춰 섰다.

"여기서 뭘 하고 있습니까."

"잠시 바람 쐬려고 나와 있습니다. 술기운이 좀 올라와서요."

다행히 평소 같은 톤의 목소리가 흘러나왔다. 강준이 그녀를 지그시 내려다봤다.

"많이 마셨나 봅니다."

"아무래도 좀 그런 것 같습니다. 취한 건 아니니 걱정 마시고 먼저 들어가 계세요."

서원이 말하자 강준이 바지 주머니에 손을 꽂아 넣고 선 채 고개를 옆으로 기울였다.

"내가 한 비서를 걱정해서 나왔다고 생각합니까?"

"……네?"

서원이 멈칫거리는데 강준이 그녀가 앉아 있던 의자에 앉았다.

"나도 도망쳐 나온 겁니다. 계속 술을 먹을 생각은 없으니까."

잠시 긴장했던 서원은 어깨에 힘이 탁 풀렸다.

'이 남자가 무슨 말을 할 거라고 생각했던 거지?'

자꾸만 과거의 그 시간들로 착각을 하고 만다. 이미 다 지나쳐 온 시간인데. 서원은 속으로 쓸쓸함을 삼키고 강준에게 말했다.

"그럼 전 들어가 보겠습니다. 쉬시다 오세요."

"······한 비서."

몸을 돌리려던 서원이 다시 강준을 바라봤다. 어둠에 익숙해진 눈이 낮은 조도의 은은한 조명에 비친 강준의 얼굴을 제대로 담았다.

서원은 조용히 숨을 삼켰다. 분명 그때와 똑같은, 뜨거운 열망을 담고 일렁이는 듯한 매혹적인 검은 눈동자가 자신에게 고정되어 있었다. 열기로 가득 찬 그 관능 어린 눈동자에 서원은 심장이 움켜잡히는 듯한 기분이었다.

'아니, 아니야. 방금 전에 그랬듯이 이것도 착각일 거야.'

서원은 제멋대로 날뛰는 심장을 진정시키려 애썼다. 벌써 여러 번 착각을 했으면서도 또 자신의 심장은 바보처럼 반응해 버린다.

"······."

두 사람의 눈동자가 어둠 속에서 얽혀 들었다. 멀리서 들리는 시끌시끌한 사람들 소리와 가까운 곳에서 들리는 풀벌레 소리가 정적이 흐르는 공간을 채우고 있었다.

한동안 시선을 맞추고 있던 강준이 무겁게 입을 열었다.

"아니, 아무것도 아닙니다."

아무것도 아니라고?

서원의 눈이 혼란으로 가라앉았다. 방금 전 그의 표정은 분명 무슨 말을 하려는 얼굴이었다.

"그럼 들어가 보겠습니다."

궁금했지만 묻지 못한 채 서원이 돌아서려는데 뒤에서 목소리가 들렸다.

"내일 너무 무리하진 않아도 됩니다. 처음이니까."

"……신경 써 주셔서 감사합니다."

몸을 돌린 서원이 왔던 길을 다시 돌아갔다.

'무슨 말을 하려고 했던 걸까.'

걷는 내내 뒤돌아보지 못하는 강준이 신경 쓰였다. 방금 전 그가 삼킨 말이 어떤 말인지 궁금해하면 안 된다는 걸 알면서도 미치도록 궁금했다. 당장 뒤돌아가 묻고 싶을 정도로.

'제발. 한서원.'

서원이 주먹을 꾹 쥐었다. 안 된다는 걸 알면서도 마음이 여러 갈래로 갈라지는 게 괴로웠다. 갈라진 마음 틈새로 무섭도록 강한 충동이 밀려들고 있었다.

서원은 충동을 이겨 내기 위해 걸음을 빨리해서 룸 입구 쪽으로 향했다.

빠른 걸음으로 멀어지는 도원을 강준이 깊은 눈으로 응시했다.

'도망치는 건가.'

자신이 방금 전에 하려던 말을 참았는데도 한도원은 도망쳐 버렸다. 자신이 어떻게 하든 도망친다면 이렇게 참을 이유가 있는 것인가?

'불쾌합니다.'

그 말을 떠올린 강준이 입매를 단단히 굳혔다.

억지로 몰아붙인다고 하더라도 한도원은 자신을 불쾌해할 거였다. 방금 도망친 것처럼. 그리고 요즘 내내 자신의 시선을 피하는 것처럼.

287

자신이 시선을 피하고 있는 동안엔 몰랐다. 한도원도 시선을 피하고 있는 것을.

태연하게 대한다고 생각했던 건 다 착각이었나 생각이 들 정도로 그는 자신의 시선에서 필사적으로 도망치고 있었다.

타인이 그를 겁내거나 불편해하는 눈빛엔 익숙했다. 아주 예전부터 그랬고 흔한 일이었으니까.

하지만 한도원의 그 눈빛은 대할 때마다 그의 내부를 뒤흔들었다. 누가 어떤 식으로 자신을 보든 관심 없었는데, 오직 한도원의 눈빛에만은 초연할 수가 없었다.

그럴 때마다 억지로 얼굴을 잡아 돌려 시선을 맞추고 자신만 보게 하고 싶은 충동이 아주 깊숙한 곳에서 치밀어 올랐다.

전보다 훨씬 위험하고 강렬한 충동으로.

"……도망치는 게 나았어. 한도원."

서늘하게 내뱉은 그의 시선이 도원이 사라진 곳에 박혀 있었다.

술자리를 마치고 객실로 돌아온 서원은 좀처럼 잠을 이루지 못했다. 아직 바비큐 파티가 끝나지 않았는지 간간이 웃음소리가 밖에서 들려왔다. 멀리서 들리는 파도 소리와 뭉근하게 섞여 든 유쾌한 소음이 잠을 잘 오게 할 것도 같건만,

'왜…… 잠이 오지 않는 걸까.'

널찍한 침대에 홀로 누워 있는 서원은 뒤척이며 돌아누웠다. 그러고는 TV가 놓인 벽 쪽을 가만히 응시했다.

그 이후로 강준을 볼 수 없었으니, 아마 먼저 객실에서 쉬고 있을 것이다.

자신이 지금 잠을 이루지 못하는 가장 큰 이유가 저 벽 너머일 거라는 생각이 들자 술기운이 가시지 않은 머릿속에 열기가 퍼졌다.

'아까 무슨 말을 하려고 했던 걸까?'

꺼내려다 만 이강준의 말이 내내 궁금했다. 별말 아닐 수도 있고, 그저 업무 지침일 수도 있었다. 그러나 그때 자신을 응시하는 그의 깊고 강렬한 눈빛은 분명 예전을 떠올리게 만들었다.

혹시 그때와 같은 마음이었던 걸까? 날 원한다고?

아니, 그가 원하는 건 내가 아니라 남자인 한도원이다. 하지만 그가 보는 건 남자도 한도원도 아닌 나인데…….

"자자, 좀. 그만 생각하고."

꼬리에 꼬리를 물고 끝도 없이 이어지는 생각에 서원이 한숨처럼 내뱉었다. 억지로 눈을 꾹 감은 채 가볍고 푹신한 이불을 머리 끝까지 뒤집어썼다. 고작 벽 하나를 사이에 둔 남자를 머릿속에서 지워 내려 끊임없이 노력하며.

그 시간 옆 객실에서 강준은 혼자 위스키를 마시고 있었다.

그가 머물고 있는 방은 이 리조트의 가장 좋은 룸이었다. 건물의 코너 부분에 위치한 방은 맞닿은 두 면이 통유리로 되어 있었다. 테라스로 이어진 유리 너머로 어둠에 잠긴 바다가 일렁이는 모습을 응시하며 강준은 위스키 잔을 매만졌다.

"……."

샤워 가운만 입은 채 젖은 머리칼을 말리지도 않고 그대로 둔 그가 소파 위에 느른하게 앉아 있었다. 상체의 여밈이 느슨히 풀린 사이로 탄력적인 가슴근육이 남성적으로 드러났다. 운동으로 다져진 단단한 육체가 관능적인 분위기를 흘리고 있었다.

'……오늘 밤은 밤새 깨 있어야 하나.'

이런 밤, 술이 올라온 상황에서 잠을 자 버리면 꿈과 혼동해서 바로 옆 객실에 있는 한도원에게 무슨 짓을 벌일지 모른다. 예전에도 그랬던 적이 있었으니까.

'아니.'

검은 바다를 응시하는 강준의 눈동자가 바다보다 더 어둡게 가라앉았다.

'꿈을 핑계로, 내가 저지를지도 모르니까.'

자신이 지금 얼마나 위험한 상태인지 과거 경험으로 충분히 알수 있었다. 그땐 강렬한 욕망에 어지럽게 휩쓸려 들어가 어느 순간 자제를 풀어 버렸지만, 지금은 아니다.

그 끝이 얼마나 더러운 기분인지 알고 있으니까…….

자신에게 제어 장치가 되어 주고 있는 그 기억이 탐욕스러운 욕망에 짓이겨지지 않으려면 더욱 정신을 차리고 있어야 했다.

'어쩌면 그게 아니라.'

바다로 고정되어 있던 강준의 눈이 일부러 보지 않으려 했던 벽 쪽으로 시선을 돌렸다.

'……더는 도망치게 만들고 싶지 않아서인가.'

저 벽 너머에 있는 사람을 떠올린 그의 남성적인 목울대가 꿈틀거렸다.

타들어 갈 듯 지독한 갈증을 느낀 강준이 위스키 잔을 들어 입술로 가져갔다. 단번에 입안으로 털어 넣은 그의 눈동자가 강렬하게 일렁였다.

＊

　다음 날 아침이 되자 서원은 등산복을 입고 나갈 채비를 했다. 거의 잠을 자지 못하고 밤새 뜬눈으로 있었기 때문에 술은 완전히 깬 상태라 다행히 숙취는 적었다.

　"수면 부족도 의외의 장점이 있네."

　혼잣말처럼 중얼거린 서원이 모자를 눌러썼다. 거울로 자신의 모습을 한번 확인한 그녀가 등산 가방을 멘 채 문을 나섰다.

　탁.

　문을 닫는 것과 동시에 옆 객실의 문이 열렸다. 서원이 고개를 돌리자 검은 색상의 등산복을 입은 강준이 서 있었다. 검은색 모자를 쓰고 배낭도 없이 나온 그를 보자 서원은 순간 놀랐지만 곧 깍듯하게 인사했다.

　"안녕히 주무셨습니까."

　"한 비서는 괜찮습니까. 꽤 늦게까지 마시는 것 같던데."

　"전 괜찮습니다."

　"다행이군요."

　강준이 엘리베이터 쪽으로 앞서 걸어가자 서원도 그를 뒤따라갔다.

　'어쩌면 저 남자는 등산복을 입어도 모델 같을까.'

　쭉 뻗은 날렵한 등산복 차림의 이강준의 뒷모습을 보며 서원은 그런 생각을 하는 자신이 어이없어 짧게 헛웃음을 흘렸다.

　밤새 자신을 고뇌하게 만든 남자를 보고 그런 생각부터 하다니.

　서원은 엘리베이터 버튼을 누르는 강준의 옆에 씁쓸한 표정으로 섰다.

"얼굴이 안 좋은데."

위에서 내려오는 목소리에 서원이 고개를 들었다. 자신을 내려 다보고 있는 강준의 짙은 색 눈동자를 보자 반사적으로 심장이 반응한다.

"정말 괜찮은 겁니까."

낮은 목소리에 심장이 더 빨라지는데 마침 엘리베이터가 도착 하는 소리가 들렸다.

"아닙니다. 괜찮습니다."

서원은 대충 둘러대며 엘리베이터 안으로 들어섰다. 강준이 그 녀를 따라 올라타자 천천히 문이 닫혔다.

'바보같이.'

서원이 고개를 숙이고 입술을 꾹 다물었다. 이렇게 표정 관리 조차 제대로 할 수 없다면 계속 강준을 피할 수밖에 없는데, 비서 로서 그 태도는 온당치 않았다. 처음의 원인은 그에게 있었다 하 더라도 지금의 책임은 온전히 자신에게 있다.

'이러면 안 돼.'

이렇게 흔들리는 자신을 어떻게 다잡아야 할까. 이 남자의 옆 에 있길 바라면서 이리저리 흔들리는 자신을.

서원은 착잡한 심정으로 시선만 아래로 떨어뜨리고 있었다. 강 준의 시선이 그녀에게 온전히 닿아 있다는 것도 모른 채.

간밤의 술 때문인지 전체적으로 직원들의 상태가 좋지 않았다. 등산복을 맞춰 입고 등산로 입구에 걸터앉아 숙취 음료를 마셔 대는 사람들을 보며 심 비서는 씨익 웃었다.

"역시 그럴 거 같더라니. 내가 어제 너무 마셨나 하고 막상 아침에 나와 보면 다들 비슷비슷하단 말이죠."

"매번 겪으면서 뭘."

박 실장이 가볍게 스트레칭을 하며 핀잔을 주자 심 비서는 회심의 미소를 지었다.

"그래도 나름의 노력을 했단 말입니다. 어젯밤에 숙취 해소 음료를 세 병이나 마시고 잤거든요."

"뭐? 혼자만 그렇게 마셨단 말이야?"

박 실장이 움직임을 멈추고 안경을 추켜올리자 심 비서가 아차, 한 표정을 지었다.

"물론 박 실장님도 드리려고 했는데 제가 너무 취한 나머지 깜빡해서…… 하하하. 아, 한 비서. 그때 말했던 거 있잖아."

황급히 말을 돌리며 서원 쪽으로 달려가는 심 비서의 뒤통수에 박 실장의 매서운 시선이 박혔다.

"쯧, 자기만 살겠다고. 아주 못쓰겠어."

"뭘 말입니까."

강준이 다가와 하는 말에 심 비서에게 향했던 시선을 거둔 박 실장이 자세를 바로 했다.

"아, 오셨습니까."

박 실장이 인사하는 소리에 심 비서와 서원도 고개를 돌렸다.

"부사장님. 좋은 아침입니다!"

심 비서가 얼른 박 실장 곁에 있는 강준에게 걸어가며 인사했다.

서원도 조용히 뒤따랐다. 아까 엘리베이터에서 내린 뒤에 강준은 그녀에게 먼저 가 있으라고 했다. 그가 향하는 쪽을 보니 이일도 회장과 그의 참모들이 서 있었다. 그 모습을 보고 바로 이곳, 모이는 장소로 온 참이었다.

"오셨습니까."

서원이 오늘 처음 마주친 사람처럼 고개 숙여 인사하고 자리를 피했다.

강준과 박 실장의 대화를 방해하지 않으려는지 심 비서도 그녀가 있는 쪽으로 왔다. 조금 떨어진 곳에 선 서원은 가급적 강준이 있는 쪽을 보지 않으려 했다. 한번 보기 시작하면 저도 모르게 그를 넋을 놓고 보고 있게 될 것 같아 작은 사이즈의 남성용으로 새로 산 등산화에 시선을 뒀다.

"한 비서, 저기 좀 봐."

심 비서의 말에 서원이 고개를 들었다.

"네?"

"저쪽, 그리고 저쪽. 저기 모여 있는 여직원들 다 우리 부사장님 보고 있잖아."

심 비서의 설명을 듣고 보니 거리를 두고 부서별로 서 있는 등산복 차림의 여자들의 시선이 모조리 강준에게 향해 있었다.

"부사장님이 본사로 오고 나서 여기 여직원들 등산복이 엄청 화려해졌다더라고."

"아아……."

"봐. 저렇게 안 보는 척하면서 계속 부사장님만 보잖아. 불쌍한 남직원들. 아무리 관심받으려고 해도 여자들은 가장 잘난 남자한테만 관심이 있으니까."

고개를 절레절레 저으면서도 심 비서는 그런 강준의 비서실 소속이라는 것이 은근히 뿌듯한 얼굴이었다.

'그런 건가?'

서원은 심 비서의 말을 듣고 생각에 잠겼다.

자신이 강준에게 휘둘리는 마음도 그런 걸까? 그가 가장 잘난 남자라서?

그가 엘른의 후계자라서, 저 여자들처럼 자신도 자연스럽게 가장 잘난 남자에게 끌리는 그런 감정이라면……

'차라리 다행이겠지. 나만 특별한 게 아니라서.'

그렇게 생각하니 왠지 안심이 됐다. 그사이 출발 시각이 됐다.

"출발하겠습니다!"

삼삼오오 등산로 입구로 들어서자 서원도 자연스럽게 끼어 걸어가기 시작했다.

"처음부터 무리하면 안 돼. 초입은 완만한 길이니까 페이스 조절 잘해서 올라가야 나중에 험한 코스 나올 때 체력이 남아 있거든."

그렇게 말한 심 비서는 누구보다 빠르게 사람들 사이를 뚫고 지나갔다. 강준은 박 실장과 함께 다른 길로 간 건지 이미 한참 전부터 보이지 않았다. 홀로 걷던 서원은 정신을 차려 보니 언제 길을 잘못 든 것인지 외딴길에 들어서 있었다.

'괜찮아. 대부분의 길은 이어져 있으니까.'

서원은 조급하게 생각하지 않고 느긋하게 마음먹었다.

출발하기 전에 확인한 지도상으로는 어느 산길이든 다 정상으로 향하는 길과 이어져 있었다. 자신이 가는 길에 인적이 드문 것을 봐서 이 길이 가파른 길일 거였다.

'등산은 오랜만이긴 하네.'

서원은 가벼운 발걸음으로 꽤 난이도 있는 코스를 부지런히 올라가기 시작했다.

체구는 작아도 서원은 나름 체력에 자신이 있었다. 자기 관리
에 확실한 편이라 아무리 연구로 오랜 기간 밤을 새우고 제대로
먹지 못한 생활을 해도 남들보다 잘 버텼다.

타고난 체력도 괜찮은 편이긴 했지만 노력도 했다. 다들 하나
의 프로젝트가 끝나면 한동안은 놀기 바빴지만 서원은 그 시간에
도 운동을 꾸준히 해서 체력을 키웠으니까. 지금도 쉬는 날엔 하
루에 몇 시간이든 조깅을 하며 체력을 보강하곤 했다.

그렇다고는 해도…….

"너무 사람이 없는데."

숲은 더 울창해지고 있는데 주변에 그 많은 사람들 중 하나도
보이지 않았다. 어디에서 사람들과 갈라진 건지 떠올려 봤지만
생각에 잠긴 채 걷다 보니 그것도 기억나지 않았다. 설상가상으
로 이젠 제대로 된 길도 아닌, 그야말로 가파른 바윗길이 이어지
기 시작했다.

'왔던 길을 돌아가야 하나?'

바윗길은 오르는 건 너무 위험하다는 생각에 서원이 뒤를 돌아
봤다. 잠시 고민하던 그녀는 성적에 따라 부서별 등수가 매겨진
다는 걸 떠올리고 다시 위로 올라가기 시작했다.

'모로 가도 서울로만 가면 됐으니까.'

바위가 가파르긴 해도 오르지 못할 정도는 아니었다. 나중에
더 가파른 길이 나오게 될까 봐 걱정은 됐지만 일단 눈앞에 보이
는 길을 올라야 된다는 생각에 서원은 가쁜 숨을 내쉬며 험한 산
길을 올랐다.

"아!"

투둑!

작은 바위의 끄트머리를 딛자마자 쑥 뽑혀져 나가더니 서원의 몸이 한순간에 중심을 잃었다.

"악!"

서원은 자신도 모르게 비명을 내지르며 커다란 바위 아래로 떨어졌다.

"으윽……."

바닥에 쓰러진 서원이 통증으로 낮게 신음을 흘렸다. 다행히 그리 높은 데서 추락한 건 아니었지만, 바위를 쓸고 내려온 오른쪽 무릎이 그대로 땅에 박혀 있던 커다란 돌을 찍어 버렸다.

"아, 이런."

뜨겁게 화끈거리는 무릎에서 피가 무섭게 흘러내리는 것을 느낀 서원의 얼굴에 낭패감이 흘렀다. 당장 지혈할 것이 필요해 목에 감고 있던 수건을 풀어 무릎에 꽉 묶었다. 상처에 압박이 가해지자 날카로운 통증이 느껴져 어금니 안쪽을 지그시 깨물었다.

"후우, 어떡하지?"

사람들에게 민폐를 끼치는 일은 정말 하지 않으려 했는데 이런 중대한 이벤트에서 다리를 다쳐 버리다니. 부서의 명예를 걸고 의욕을 보이던 박 실장과 심 비서를 떠올린 서원은 무거운 한숨을 흘렸다.

"……뭘 어떡해. 어떻게든 올라가야지."

서원은 바닥에 떨어진 안경을 툭툭 털어 다시 끼고는 바위를 짚고 조심스럽게 몸을 일으켰다. 지혈은 했으니 상처는 내려가서 치료하면 된다. 산을 오르고 내려갈 때까지만 다리가 버텨 주면 되는 거였다. 다행히 등산용 바지라 재질도 두껍고 어두운 색이

297

어서 안쪽에 묻은 피가 잘 보이지 않았다.

"다행이다. 걸을 순 있겠어."

무릎의 상처를 제외하고도 골반부터 발목까지 욱신거리는 통증이 있었지만 다리를 움직일 순 있었다.

서원이 아직 좀 남은 바위 언덕을 올려다봤다. 문제는 이 큰 바위였다. 아래로 돌아가서 다른 길을 찾아볼까도 했지만 아래는 더 가팔라 보였다. 할 수 없이 방금 미끄러진 바위 위로 손을 뻗었다.

"윽."

서원의 얼굴이 통증으로 일그러졌다. 몇 차례 더 바위를 오르려 시도해 봤지만 발의 통증 때문에 혼자 힘으로는 무리였다. 난감한 얼굴로 이마에 흐르는 땀을 닦아 내는데 아래에서 목소리가 들렸다.

"도원 씨?"

고개를 돌리자 익숙한 얼굴이 아래에서 바위를 타고 올라오고 있었다. 동진이었다.

"이사님?"

동진인 것을 확인한 서원이 눈을 크게 떴다.

"맞네? 이런 데서 다 보네요?"

동진이 반가운 얼굴로 속도를 내서 위로 올라왔다.

서원은 오르려는 시도를 멈추고 동진이 산을 타는 것을 바라봤다. 체력적으로 그녀보다 훨씬 우월한 동진은 순식간에 서원이 있는 곳까지 올라왔다.

"와, 어떻게 이 길을 알았지? 여긴 나밖에 모르는 길인데? 이 길로 오면서 다른 사람 만난 적은 한 번도……."

신기하다는 듯 말하던 동진이 서원의 얼굴에 난 상처를 보고 놀란 얼굴을 했다.

"이런, 다쳤어요?"

동진의 시선이 서원의 몸을 살피는가 싶더니 이내 수건을 묶어 둔 다리에서 멈췄다.

"다리 다친 거예요?"

"심하진 않습니다. 조금 긁혔어요."

서원은 왠지 스스로가 한심한 기분에 뒤로 한 걸음 물러서며 대답했다.

"그러게 왜 이런 험한 길로 왔어요. 나야 등산 좋아하는 회장님 때문에 수시로 끌려와서 익숙하다지만. 아팠겠다."

동진은 마치 자신이 다친 것처럼 인상을 쓰고 서원의 다리를 바라봤다. 서원은 얼마 전 자신에게 화가 난 듯 가 버렸던 동진이 떠올라 가만히 그를 바라봤다.

'금방 잊는 타입인가.'

그때 봤던 기분 안 좋던 모습은 온데간데없고 평소의 이동진의 모습이었다.

"어? 잠깐, 지금 그 상처 그냥 수건으로 지혈만 해 놓은 거예요?"

"아, 이건……."

서원이 뭐라 말하기도 전에 동진이 진지한 얼굴로 성큼 다가왔다.

"큰일 날 행동을 하네. 어디 봐 봐요. 그거 지금 그냥 그렇게 놔두면 안 돼요."

"괜찮습니다."

"괜찮다는 말은 나중에 하고 일단 좀 보자니까요. 우선 거기 앉아요. 앉을 수 있겠어요?"

동진이 빠르게 제 배낭을 어깨에서 풀어내며 말하자 서원은 바위를 잡고 조심스럽게 앉았다.

"제대로 앉지도 못하는 것 보니 상처가 심각한 것 같은데."

"그 정도는 아닙니다."

"일단 봅시다."

동진의 배낭에서 구급상자가 나오자 서원은 의외의 철저함에 놀랐다. 하긴, 그 완벽주의자인 이강준과 같은 피가 흐르는 사람이니까.

"수건 풀고 바지 좀 걷을게요. 좀 아플 수 있어요."

동진이 지혈해 놨던 수건을 풀더니 바지를 걷어 올렸다. 맨다리가 드러나는 것에 불편한 감정이 들었지만 막상 보니 흘러내린 피 때문에 전혀 여성적인 다리로 보이지 않았다.

"이런……."

무릎의 상처를 본 동진이 절로 얼굴을 찌푸렸다.

"피부가 완전 찢어졌네. 어디다 이런 거예요?"

상처를 보던 그가 시선을 올려 물었다.

"바위 오르다가 발을 헛디뎠습니다. 그래서 여기 돌에……."

"어우, 아팠겠다. 그거 진짜 아픈데."

동진이 생각만 해도 진저리 쳐진다는 듯 고개를 젓고는 구급상자에서 소독약과 거즈를 꺼냈다.

"아파도 좀 참아요. 소독을 잘 해 놓지 않으면 안 되거든요. 이런 상처 가볍게 봤다가 다리 잘라 낸 사람도 있습니다."

"……감사합니다."

서원은 무릎의 피를 닦아 내는 동진을 보며 그 손길이 꽤 능숙하다는 생각이 들었다.

'이런 일이 많았던 걸까.'

동진의 말대로 산을 자주 탔다면 그럴 수도 있겠다고 생각하고 있는데 소독약이 상처에 닿았다.

"……읏."

벌어진 상처에 소독약이 스며드는 통증에 서원이 이를 악물었다.

"잘 참네요. 이거 악 소리 한 번 안 내기 힘든데."

동진이 신기하다는 듯 말하고는 빠른 손길로 처치를 이어 갔다.

"최대한 빨리 끝낼게요. 조금만 참아요."

서원은 입을 열면 비명이 터져 나올 것 같아 대답을 하지 못했다. 이를 꽉 물고 참느라 턱이 당길 정도가 되자 처치가 끝났다.

후우. 통증으로 식은땀이 배어난 얼굴을 손등으로 닦아 낸 서원이 작게 숨을 뱉어냈다.

동진은 거즈를 뭉쳐 상처를 지압하고 압박붕대로 감았다. 거즈가 흔들리지 않도록 단단히 감은 그가 남은 소독약으로 다리에 묻은 피를 닦아 줬다.

"제가 하겠습니다."

고통을 참느라 꽉 잠긴 목소리로 서원이 말하자 잠시 쳐다본 동진이 소독용 솜을 건네줬다.

"일단 응급처치만 한 거예요. 병원 가서 제대로 치료해야 하니까 구급요원에게 전화할게요."

동진이 휴대폰을 꺼내 들자 서원이 저지했다.

"아니, 하지 마십시오."

서원이 곧장 저지하자 동진이 다시 그녀를 바라봤다.

"하지 말라니?"

동진이 의아한 얼굴로 쳐다보자 서원이 진지한 얼굴로 말했다.

"올라갈 수 있습니다."

"지금 이 다리로, 산을 타겠다고?"

동진이 황당하다는 듯 봤다.

"네. 갈 수 있어요."

"그 다리로 못 가요. 절대 못 갑니다. 이건 한도원 씨가 고집부릴 문제가 아니라고."

"갈 수 있습니다. 이사님."

"……."

서원의 단호한 목소리에 동진이 휴대폰을 든 채 그녀를 바라봤다. 할 말이 있는 얼굴로 입을 열었던 그가 한숨을 내쉬며 다시 다물었다.

"모르겠네. 정말."

동진이 얼굴을 찌푸리고 답답한 듯 내뱉었다.

"치료해 주신 것 감사합니다. 당장은 못 해 드리지만 꼭 답례하겠습니다."

"다친 사람 도운 게 뭐 답례받을 일인가. 그보다, 왜 그렇게 다친 다리를 하고도 기를 쓰고 올라가야 되는지 말해 봐요. 낙오하면 뭐 큰일이라도 벌어집니까? 다치지 않아도 힘들어서 낙오하는 사람들 매년 수두룩해요."

동진이 설득하듯 하는 말에 서원은 자신의 지혈된 다리를 내려다봤다.

"저는 저희 부서 사람들에게 피해를 끼치고 싶지 않습니다."

동진이 눈을 크게 떴다.

"고작 그런 이유로?"

"저에겐 고작 그런 이유가 아닙니다."

설명한다고 해도 동진은 이해하지 못할 거였다. 서원이 바위를 짚으며 몸을 일으키려 하자 그가 부축해 왔다.

"거봐요. 안 된다니까. 일어서기도 그렇게 힘든데 어떻게 이 바위를 타려고."

서원이 계속 미끄러지던 바위를 바라봤다. 동진의 말대로 이 바위조차 오르지 못하고 있었다. 자신이 오기를 부리고 있는 것인지도 모른다. 하지만 여기서 낙오하는 것은 원하지 않았다.

"어떻게든 오를 수는 있을 겁니다. 덕분에 상처도 아까보다 단단하게 고정됐으니까요."

"이렇게까지 말했는데 포기할 생각이 없네."

동진이 짧게 한숨을 내쉬고는 서원의 배낭을 들었다.

"그럼 이 바위 오를 때까지만 내 도움 받아요."

"아니 괜찮……."

"안 그러면 뭐라고 뜯어말리든 난 구급요원 부를 거니까."

농담이 아니라는 듯 심각한 얼굴로 하는 말에 서원은 잠시 갈등 어린 표정을 지었다. 자신이 노골적으로 의심하고 피한 상대에게 이런 도움을 받고 있자니 그동안의 일이 미안해졌다.

"……그럼 죄송하지만 여기서만 도움 좀 받겠습니다."

"그렇게 나오셔야지."

잘생긴 얼굴로 싱긋 웃은 동진이 휴대폰을 주머니에 넣고 바위를 먼저 타고 올랐다.

"자, 잡아요."

위에서 손을 내민 동진의 손을 서원이 잡자 그가 강한 힘으로 서원을 끌어당겼다. 보기엔 꽤 말라 보이는 체격이었는데 어디에 이런 힘이 숨겨져 있는지 거뜬하게 위로 들려 올라가자 서원은 조금 놀랐다.

"한도원 씨 운동 좀 해야겠는데? 남자가 이렇게 가벼워서야 뭐에 쓰겠어?"

"체질은 타고난 거라 어쩔 수 없습니다."

서원이 힘을 쓰느라 얼굴을 찌푸리고 말하자 동진이 웃으며 그녀를 끌어당겼다. 그렇게 몇 개 안 남은 바위 언덕을 동진의 도움을 받아 오르고 나자 꽤 순탄한 길이 보였다.

"여기서부터는 괜찮을 거예요. 이쪽 코스가 초반에 힘들고 나중엔 편해지는 코스거든요. 특히 여긴 지도에도 없는 코스라 웬만해선 모르는데."

"그랬군요."

서원이 모자를 벗고 이마의 땀을 닦아 내며 대답했다. 그걸 본 동진이 아차, 하면서 배낭 앞주머니에서 밴드를 꺼냈다.

"아까 다리 상처가 너무 심해서 거기에만 신경 쓰느라 얼굴에 긁힌 상처는 치료 못 했는데, 일단 심하진 않으니까 이것만 붙여 놓을게요."

"제가 하겠습니다."

"거울도 없으면서 어떻게 하겠다고. 가만히 있어 봐요."

동진이 밴드의 포장을 뜯어 콧잔등과 빰에 긁힌 상처들에 밴드를 몇 개 붙였다.

"끝."

동진이 싱글거리며 웃자 서원이 모자를 벗은 채 고개를 숙였다.

"감사합니다."

"오늘 인사 너무 많이 들어 밥 안 먹어도 배부르겠네."

그가 서글서글하게 웃어 줄수록 서원은 미안함으로 마음이 무거워졌다. 그 얼굴을 본 동진이 그녀의 심리를 읽었는지 말을 꺼냈다.

"한도원 씨 아니라 누구라도 봤으면 도와줬을 거예요. 정말 부담 가질 거 없어요."

"……네, 감사합니다. 이사님."

"그럼 쉬엄쉬엄 올라와요. 여기서 좀 더 나가면 사람들 올라오는 길이랑 합쳐지는데 나랑 있는 거 눈치 보이잖아요."

배낭을 둘러멘 동진이 가볍게 손을 들어 보이곤 앞서 걸어가기 시작했다.

"또 넘어지지 말고 조심해서 와요!"

서원이 다시 꾸벅 고개를 숙였다. 벗은 모자를 들고 선 채 동진이 멀어지는 모습을 잠시 보고 있던 서원이 모자를 꾹 눌러썼다.

"자, 힘내자. 할 수 있어."

서원은 천천히 절뚝거리는 걸음을 옮기기 시작했다.

정상에 도착하자 박 실장과 심 비서는 먼저 도착해 오이를 먹고 있었다. 서원을 본 심 비서가 씩 웃었다.

"한 비서 가장 팔팔한 나이에 우리 팀 꼴찌네?"

"죄송합니다. 늦었습니다."

"괜찮아. 많이 늦지도 않았는데 뭐. 봐 봐. 아직 반도 도착하지 않았어."

주변을 둘러보니 정말 출발한 인원의 절반도 도착하지 않은 채였다.

'후, 다행이다.'

안도한 서원이 목까지 흘러내린 땀을 닦는데 박 실장이 생수병을 건네줬다.

"자."

"감사합니다."

생수병을 건네받는 서원의 얼굴을 가까이에서 본 박 실장의 눈이 커졌다.

"얼굴에 그 밴드는 뭐야? 올라오다가 다쳤어?"

"아, 별거 아닙니다. 나뭇가지에 조금 긁혔을 뿐입니다."

서원이 대수롭지 않게 대답하며 생수병을 열어 입술로 가져갔다. 안심이 되어서인지 갈증이 이제야 느껴져 쉬지 않고 물을 들이켰다.

"힘들잖아. 앉아서 마셔."

"괜찮습니다."

"오, 여기까지 올라오고도 체력이 남아 있다니 대단한데? 난 정상 올라온 다음엔 거의 쓰러질 지경이었는데. 그 체력이면 더 빨리 올라올 것이지 말이야."

심 비서의 말에 서원이 어색하게 웃고 있는데 뒤에서 그녀를 부르는 목소리가 들렸다.

"한 비서."

낮은 목소리에 비서들의 시선이 돌아가자 이강준이 무서운 얼굴로 서원을 보고 있었다.

"따라와요."

그가 차갑게 말하고 몸을 돌려 숲 쪽으로 걸어가자 서원이 들고 있던 물병을 조심스럽게 내려놨다.

"부사장님도 참, 늦게 왔다고 뭘 저렇게까지 정색을 하시고 혼내려고 해? 이제 막 올라온 사람을."

"괜찮습니다. 다녀오겠습니다."

걱정하는 심 비서에게 웃어 준 서원이 긴장된 표정으로 강준이 간 곳으로 뒤따라갔다.

강준은 이곳 지리에 밝은 사람 같았다. 울창한 숲속을 앞장서서 한참 걸어가는 그를 따르며 서원은 절뚝이지 않으려고 필사적으로 노력해야만 했다. 이미 여기까지 오는 동안 혹사당한 쪽의 다친 다리가 한 걸음 걸을 때마다 비명을 지르는 것만 같았다.

안쪽으로 깊숙이 들어가니 낙엽이 쌓인 낮은 바위가 있었다. 그곳에 멈춰 선 강준이 평평하고 커다란 바위를 가리켰다.

"여기 앉아 봐요."

"……."

서원이 난처한 얼굴로 머뭇거렸다. 그녀는 지금 혼자서 앉을 수가 없는 상태였다. 앉으려고 다리를 굽히는 순간 그대로 바닥으로 넘어질 것이 분명했다.

"서서 듣겠습니다."

강준은 곧장 서원에게 다가왔다.

"부, 부사장님?"

그가 그녀를 번쩍 들어 올려 바위 위에 앉히는 바람에 서원이 놀란 목소리를 냈다. 강준은 힘으로 그녀를 앉히고는 그대로 다친 다리 쪽의 바지를 걷어 올렸다.

"부사장님! 잠깐…….."

"!"

피로 물든 거즈와 압박붕대를 본 그의 눈이 험악해졌다.

"언제 이렇게 된 겁니까."

눈에서 불꽃이 튈 듯한 강렬한 시선에 서원이 숨을 삼켰다.

"죄송합니다."

피의 얼룩이 덕지덕지 남은 가느다란 다리를 커다란 손에 잡힌 채 서원이 사과했다.

"언제 이랬냐고 물었습니다."

그의 목소리가 위험할 정도로 낮게 흘러나오자 서원이 난감한 표정을 지었다.

"2시간쯤 전에…….."

그녀의 대답에 강준의 얼굴이 딱딱하게 굳었다.

"이 다리를 하고 2시간 동안 산을 탔다고."

"죄송합…….."

"내가 사과나 듣자고 이러는 걸로 보이나."

그녀의 말을 끊은 강준이 무섭도록 가라앉은 목소리로 말하자 서원이 입을 다물었다. 평소에도 위압감이 보통이 아닌 사람인데 이렇게 화가 난 모습을 보니 어떤 말도 할 수가 없었다.

그때 강준이 휴대폰을 꺼내 드는 모습이 보였다.

"구급요원을 부르시는 거라면 하지 마십시오."

휴대폰을 든 채 그가 서원을 서늘하게 쳐다봤다.

"안 하면?"

"걸어 내려갈 수 있습니다."

"……하."

헛웃음을 친 강준이 그대로 화면을 터치하자 서원이 다급하게 말했다.

"부사장님. 부탁드립니다. 여기까지 제힘으로 올라온 노력을 헛되게 만들지 말아 주십시오."

강준의 움직임이 멈췄다. 서원은 숨을 들이켜고 간절한 목소리로 말했다.

"여기까지 와서 낙오당하고 싶지 않습니다."

"……."

강준은 말없이 서원의 얼굴을 바라봤다.

"부탁드립니다. 부사장님."

서원이 재차 말하자 강준이 어깨를 들썩이며 크게 숨을 몰아쉬었다.

"……후. 대체……."

그때 그의 휴대폰이 울렸다. 화면을 본 강준이 전화를 받았다.

"네."

― 곧 식사하러 움직인다고 하는데 언제 오십니까?

"먼저 출발하세요. 난 한 비서와 따로 이동할 테니."

― 알겠습니다.

전화를 끊은 강준이 굳은 얼굴로 멀리 숲 깊숙한 곳을 보는 동안, 서원은 그의 조각 같은 옆얼굴을 보며 조용히 기다렸다.

자신의 부주의함을 이강준에게 고스란히 들킨 것 같아 서원은 기분이 가라앉았다.

다친 다리의 통증보다 이강준이 자신을 한심하게 보는 것이 더 아프다는 생각이 들었다. 아까 동진을 만났을 때 느꼈던 감정과는 전혀 다른 감정이었다. 그땐 이렇게까지 숨기고 싶은 마음은 없었다.

하지만 이강준에게는 들키고 싶지 않았다. 그가 자신을 제 몸 하나 제대로 건사하지 못하는 사람으로 생각하는 것이 싫었다.

'이게 가장 잘난 남자에게 향하는 감정이라고?'

……아니, 아니다.

서원은 확신할 수 있었다. 자신의 이 감정은 그런 게 아니라고. 그런 뜬구름 같은, 형체도 없는 선망 같은 게 아니라고.

"업혀요."

"네?"

생각에 빠져 있던 서원이 바닥에만 향하고 있던 시선을 들자 자신 앞에 강준이 등을 보이고 앉아 있었다.

"업히라고."

"아닙니다. 제가 갈 수…….."

"헬기를 타고 내려가든 내 등에 업혀 내려가든 둘 중 하나를 선택해."

그건…….

어느 것도 선택할 수 없는 선택지가 주어지자 서원의 입술이 저절로 벌어졌다. 다른 말을 하기엔 지금 강준의 목소리가 무척 화가 나 있다는 것이 느껴져 그것도 어려웠다.

당혹스러운 얼굴로 그의 등을 보고만 있자 강준이 돌아봤다.

"강제로 업힐 건가?"

낮은 목소리와 똑바로 박혀 드는 시선에 입안이 바짝 말랐다.

"업히겠습니다."

결국 서원은 이강준의 등을 선택할 수밖에 없었다. 그녀가 조심스럽게 그의 어깨를 붙잡고 업히자 강준이 곧장 말했다.

"등에서 굴러떨어지고 싶나?"

"그럼 어떻게 해야……."

"목에 팔을 감아."

"아, 네."

서원이 그의 말대로 하자 강준이 그녀의 엉덩이를 받치고 몸을 일으켰다.

"!"

강준의 손이 자신의 엉덩이에 닿는 감촉에 서원의 몸이 본능적으로 등에서 떨어지려 했다. 하지만 그가 빠르게 산길을 내려가자 다시 밀착됐다.

'신경 쓰지 마. 지금은 환자를 대하는 것뿐이니까…….'

그렇게 생각하면서도 모든 신경이 자신의 엉덩이를 지탱하고 있는 커다란 손과 상체에 느껴지는 넓고 탄탄한 등에 집중됐다.

가슴에 압박 브래지어를 하고 있었지만 거친 산길을 내려가는 움직임에 마찰이 일어 그 부분이 묘하게 자극됐다.

'미쳤나 봐.'

서원이 발갛게 달아오른 얼굴로 난감하게 입술을 사리물었다. 강준의 등 뒤에 있어서 다행이었다. 이런 자신의 얼굴을 볼 수 없을 테니까.

강준은 서원을 업고도 마치 날렵한 재규어처럼 능숙하게 산을 내려갔다. 일부러 다른 길을 택한 건지 사람은 한 명도 마주치지 않았다. 서원은 그 사실에 안심이 되면서도 강준에게 미안한 마음이 들었다.

'힘들 텐데…….'

아무리 체력이 좋은 사람이라 하더라도 성인을 업고 산을 내려간다는 건 보통 힘든 일이 아닐 거였다. 자신으로서는 상상도 할 수 없는 일이었다.

놀랍도록 빠른 움직임이었지만 강준의 호흡이 거칠어진 것이 신경 쓰인 서원이 그의 귓가에 말했다.

"저, 부사장님. 잠시만 쉬어 가면 안 되겠습니까?"

그녀의 말에 이강준이 속도를 줄였다.

"힘듭니까?"

"네. 조금 쉬었으면 해서……."

자신은 힘들 게 하나도 없지만 서원은 강준을 쉬게 하기 위해 일부러 거짓말을 했다. 강준은 옆길로 성큼성큼 빠지더니 조금 더 걸어 내려가 계곡 앞의 바위에 서원을 내려 줬다.

"통증은 있습니까?"

강준이 모자를 벗고 이마에 흘러내린 땀을 팔로 훔치며 물었다. 그 모습이 무척 야성적이고 남성적으로 보여 서원은 침을 삼키고 대답했다.

"……심하진 않습니다."

"심해지면 언제든 말해요. 헬기 부를 테니."

"네. 감사합니다."

서원이 작게 고개를 끄덕이자 강준이 그녀 앞에 한쪽 무릎을 세우고 앉았다.

"어……."

"가만히."

움찔거리는 서원에게 말한 강준이 그녀의 바지를 다시 걷어 올렸다. 무릎을 꿇고 앉아 자신의 다리를 살펴보는 강준을 내려다보고 있자니 서원은 심장이 어지럽게 뛰기 시작했다.

"역시 출혈이 멈추지 않는군."

미간을 바짝 좁힌 강준이 자신의 바지 주머니에서 손수건을 꺼냈다. 그걸로 지압된 곳의 위쪽을 다시 단단히 감은 그가 다리를 잡고 천천히 움직였다.

"아픕니까?"

"괜찮, 괜찮습니다."

그의 커다란 손에 다리가 잡혀 있는 느낌이 왠지 이상해 서원은 얼굴이 붉어졌다.

강준은 다친 자신의 다리를 걱정해 주는 것뿐인데 다른 생각을 하는 자신이 난처했다. 하지만 강준의 손에 잡힌 가느다란 발목에서, 그의 시선이 닿은 맨살에서 뜨거운 열기가 느껴지고 있었다.

"이걸로 지혈될지는 모르겠지만 일단 안 하는 것보단 나을 테니, 이렇게 두고 피가 새어 나오는지 잠시 보고 있어요."

자신의 손수건을 묶어 둔 채 강준이 그녀의 다리를 놔주고 몸을 일으켰다.

"손수건은 빨아서 돌려 드리겠습니다."

"그럴 거 없습니다."

짧게 말한 강준이 그대로 계곡 아래로 내려갔다. 그를 보고 있던 서원은 시선을 돌려 그가 매 준 고급스러운 문양의 손수건을 내려다봤다.

'피가 묻어서 기분 나쁘려나.'

자신도 누군가의 피가 묻은 건 돌려받고 싶지 않을 수도 있겠다고 생각한 서원이 다시 고개를 들었다. 바위를 내려간 강준이 계곡물로 세수하고 있었다. 머리까지 담그고 빼낸 뒤 푸르르 흔든 그가 얇은 재킷과 셔츠를 벗어 냈다.

'아…….'

환한 태양 아래에 그의 벗은 상체가 그대로 드러났다. 꽉 조여든 복근과 탄탄한 가슴근육이 보이자 서원은 얼른 시선을 내렸다.

잠깐 봤지만 관능이 물씬 묻어나는 남성적인 상체 때문에 심장이 미친 듯이 빠르게 뛰기 시작했다. 방금 전까지 자신의 몸에 닿았던 등 근육의 단단함과 자신의 엉덩이를 받치는 커다란 손의 감촉을 떠올리자 온몸에 뜨거운 열기가 돌았다.

'이런 상황에 무슨.'

미쳤어. 정말.

자신의 몸을 데우는 야릇한 열기에 서원은 난감한 얼굴로 눈을 내리깔았다. 동진이 다리를 치료해 준 것과 강준이 손수건을 매준 때의 느낌은 전혀 달랐다. 강준의 커다란 손이 다리를 지그시 쥐었을 때의 감각이 기억나자 머릿속이 어지러워졌다. 그때 탁탁 소리가 들렸다.

'무슨 소리지?'

고개를 들자 젖은 옷을 털어 내는 강준의 모습이 보였다. 털어낸 옷을 손으로 잡아 꽉 짜내는 그의 팔뚝에 근육이 선명하게 드러나 시선을 붙잡았다.

서원은 현기증 같은 아찔한 감각이 온몸에 퍼져 나가며 숨결이 거칠어지는 것 같았다.

그가 옷을 손에 쥐고 올라오자 서원은 얼른 시선을 돌렸다. 강준은 중간에 멈춰 햇빛이 잘 들어오는 바위 위에 옷을 펼쳐 두고 그녀가 있는 곳까지 올라왔다. 그가 옆에 앉는 기척이 느껴졌지만 서원은 도저히 고개를 들 수가 없었다.

"부사장님 물 드시겠습니까?"

서원이 시선을 둘 곳이 없어 자신의 배낭을 열며 물었다.

"난 됐으니 한도원 씨 마셔요."

"충분히 있습니다."

작은 생수병 두 개를 꺼낸 서원이 하나를 내밀었다. 그 바람에 그의 벗은 상체를 가까이서 보게 되어 입안이 바짝 말랐다. 생수병을 건네받은 그가 뚜껑을 열어 입구를 입술 쪽으로 가져갔다.

꿀꺽, 꿀꺽.

고개를 뒤로 비스듬히 젖히며 생수를 넘기는 그의 남성적인 목울대가 꿈틀거렸다. 순식간에 거의 한 통을 다 비운 강준이 젖은 머리칼을 쓸어 넘겼다. 반듯한 이마가 드러나 그의 조각처럼 잘생긴 얼굴이 더 수려해 보였다.

서원이 홀린 듯 그를 바라보고 있는데, 강준이 시선을 내리면서 두 눈이 마주쳤다. 그러자 서원이 냉큼 시선을 내려뜨렸다.

자신을 남자로 알고 있는 상황에서 지금 시선을 피하는 게 이상하다는 걸 알면서도 도저히 그를 볼 수가 없었다.

"지혈이 된 것 같습니까?"

"네."

서원이 짧게 대답했다.

"묻고 싶은 게 있는데."

그의 말에 어쩔 수 없이 고개를 들었다. 강준의 시선이 진지하게 그녀에게 닿아 있었다.

"그때 엘리베이터에서 내가 claustrophobia(폐소공포증)라는 걸 알았을 텐데. 다른 사람은 이 증상에 대해 모른다는 것도."

뜻밖의 말에 서원의 눈이 커졌다. 강준의 눈은 흔들림이 없었다.

"왜 나에게도, 누구에게도 말하지 않은 겁니까?"

그때 자신이 눈치챘다는 걸 그도 알고 있을 것 같았다. 하지만 강준 역시 그 뒤로 별말을 하지 않았기에 그냥 넘어갔던 거였다.

"그건 부사장님 개인적 부분이라 제가 관여해서는 안 된다고 생각했습니다."

서원은 강준이 먼저 그때 일을 물어 올 거라고는 생각 못 해 잠시 당황했지만 침착하게 대답했다.

"앞으로도 그 일은 모르는 일로 할 겁니다. 부사장님도 제가 모른다고 생각해 주십시오."

도원이 돌아올 때를 위해 그렇게 하는 것이 맞았다. 도원에게도 그 말을 할 생각은 없었으니까.

"……."

그의 찌르는 듯한 시선에 서원은 고개를 내렸다. 뺨에 열기가 오르는 기분에 괜히 생수병을 열어 입술로 가져가는데 그러는 동안에도 그의 시선이 고스란히 느껴졌다.

"그렇게 하죠. 그걸 바란다면."

무슨 생각을 한 건지 모르지만 한참 만에 나온 대답이었다.

"네."

서원도 대답하고 나자 침묵이 흘렀다. 한동안 그대로 앉아 있던 강준이 몸을 일으켜 계곡 쪽으로 내려갔다. 바위 위에 널어놨던 자신의 옷을 집어 들어 다시 입은 그가 올라와 말했다.

"그만 출발해야겠습니다."

강준이 자연스럽게 자신 앞에 무릎을 굽혀 등을 내밀자 서원은 아까처럼 팔을 뻗어 그의 목을 안았다. 남성적인 목과 다부진 어깨가 팔로 느껴지고 상체가 밀착되자 그가 그녀의 엉덩이를 받치고 일어섰다.

"단단히 잡아요."

"네. 부사장님."

서원이 긴장을 숨기고 대답했다. 그의 옷이 젖어 있기 때문인지 아까보다 근육의 단단함이 피부로 확연하게 느껴졌다.

강준은 다시 날렵한 움직임으로 빠르게 산을 내려가기 시작했다. 위아래로 들썩임이 심했지만 그가 최대한 자신의 몸을 지탱해 흔들리지 않게 해 주려는 노력이 느껴졌다. 땀이 송골송골 맺히기 시작한 강준의 이마를 보자 서원은 울컥 눈물이 차올랐다.

'……안 되겠어.'

가슴이 너무 아파. 이렇게 가슴이 아픈 게 ……사랑이 아닐 리가 없잖아.

이 감정을 인정해야만 했다. 도저히 다른 방법이 없었다. 자신의 마음은 이미 돌이킬 수 없을 정도로 멀리 와 버렸으니까.

더는 사랑이 아닌 척할 수가 없으니까.

하지만 이강준에게는 숨겨야 했다. 이 감정도, 자신의 떨림도.

더는 도망치지 않을 거지만, 앞으로 얼마의 시간이 더 허락될지 모르겠지만…… 적어도 그때까진 이 감정을 철저히 숨길 것이다.

'난…… 이 남자 옆에 있고 싶으니까.'

이렇게 가슴이 아픈데도 이강준의 옆에 있고 싶었다. 그 마음이 아파 눈앞의 시야가 더 부옇게 흐려졌다.

서원은 강준에게 들키지 않도록 모자를 눌러쓰는 척하며 눈물을 떨궈 냈다.

✳

산을 내려온 강준은 서원을 차에 태우고 인근 대학 병원으로 향했다. 서원의 다리를 치료하는 동안 그는 옆을 지키고 서 있었다. 그 사실이 고맙고 든든하면서도 미안한 감정이 복잡하게 교차하자 서원은 조심스럽게 그를 올려다봤다.

강준은 심각한 표정으로 자신이 치료받는 모습을 지켜보고 있었다. 강준에게 아파하는 모습을 보이고 싶지 않아 꾹 참고 있는데 의사가 물었다.

"아프지 않습니까?"

"마취해서 괜찮습니다."

"이건 마취해도 아픈 거예요. 통증을 잘 참네요."

의사에 말에 서원이 땀이 맺힌 얼굴로 옅게 미소 지었다.

"바로 입원 수속부터 하시죠. 치료 끝나기 전에 병실 배정받는 게 편할 테니."

"아닙니다. 아직 업무가 덜 끝나서요. 입원은 올라가서 하겠습니다."

"이 다리를 하고 걷겠다는 말입니까?"

"한도원 씨."

의사와의 대화에 끼어든 강준이 서원의 어깨를 지그시 짚고서 그녀를 내려다봤다.

"입원해요. 다른 말 하지 말고."

이강준이 똑바로 응시하자 서원 역시 그의 시선을 정면으로 마주했다.

"제 첫 워크숍입니다. 팀워크를 다지는 일이니만큼 마지막까지 참여하고 싶습니다."

서원이 차분하지만 단호한 말투로 말했다. 그의 말대로 하고 싶어도 자신이 한도원으로 있는 이상 병원에 입원할 수가 없었다. 병원에선 순식간에 그녀의 성별을 들켜 버리고 말 테니까.

"한도원 씨."

강준이 미간을 일그러뜨렸지만 서원은 물러서지 않았다.

"이제 남은 건 저녁 식사밖에 없지 않습니까."

"어제와 똑같은 술자리가 남아 있을 뿐입니다. 그게 제대로 된 치료보다 더 중요합니까?"

그의 목소리가 낮게 흘러나왔다. 위압적인 분위기에도 서원은 꿋꿋이 제 뜻을 전했다.

"저에겐 중요합니다. 내일 올라가자마자 곧장 치료받을 테니 오늘만 눈감아 주십시오."

"그게 대체……."

"저에겐, 굉장히 중요한 일입니다."

언성을 높이려던 강준이 서원의 표정을 보고 결국 입을 닫았다.

"부탁드립니다. 부사장님."

"마음대로 하세요."

강준이 화가 난 얼굴로 몸을 돌려 성큼성큼 나가 버리자 서원이 어두운 얼굴로 잠시 그의 뒷모습을 바라봤다. 응급실을 나서는 그를 보고 있던 서원이 의사에게 시선을 돌렸다.

"선생님. 죄송하지만 나머지 치료는 서울에서 받을 테니 봉합만 잘 해 주세요."

두 사람의 대화를 듣고 있던 의사도 못 말린단 얼굴로 남은 처치를 시작했다.

치료가 끝난 뒤에 서원은 응급실을 나섰다.

잔뜩 투여받은 진통제 때문인지 한층 움직임이 수월해져 있었다. 아직 절뚝거리긴 했지만 이렇게 움직일 수 있는 것만도 다행이라 생각하며 수납을 하러 갔다.

"한도원 씨는 수납이 완료되셨는데요."

"네?"

병원 직원의 말에 서원이 되물었다. 다시 확인해 본 직원이 그녀에게 말했다.

"수납 완료되셨어요."

"아, 네. 수고하세요."

대답한 서원이 의아스러운 표정으로 돌아섰다.

'병원비까지 내준 건가.'

화가 나서 나가 놓고는 병원비까지 내고 가다니.

서원이 생각에 잠긴 채 병원을 빠져나오는데 앞에 이강준의 차가 와서 섰다. 차에서 내리는 그를 본 서원이 놀란 얼굴로 물었다.

"아직 안 가셨어요? 어……."

성큼거리며 다가온 강준이 서원을 안아 들었다.

"부, 부사장님. 걸을 수 있어요!"

"가만히 있어."

으르는 듯한 그의 목소리에 서원은 버둥거리던 움직임을 멈췄다.

강준은 뒷좌석의 문을 열고 조심스럽게 서원을 태웠다. 마치 깨지기 쉬운 소중한 것을 대하듯 조심스러운 그의 손길에 서원의 가슴이 조여들었다.

　'지금은 이런 친절이 날 더 힘들게 한다는 걸 이 남자는 모르겠지.'

　조여드는 가슴의 통증이 다리의 통증보다 훨씬 아프게 느껴졌다.

　"……감사합니다."

　차 문을 닫아 준 강준이 운전석으로 향했다. 말없이 시동을 거는 뒷모습에서 여전히 그가 화가 나 있다는 것이 느껴졌다.

　그럼에도 가 버리지 않고 수납도 해 주고 자신을 기다려 줬다는 생각에 미안함과 고마움이 교차됐다.

　리조트로 돌아가는 동안 강준은 내내 말이 없었다.

　룸미러로 그의 표정을 확인하던 서원은 조심스럽게 말을 꺼냈다.

　"부사장님. 저…… 제가 다쳤다는 건 비밀로 해 주셨으면 합니다."

　"……."

　"박 실장님이나 심 비서님께 괜한 걱정 끼치고 싶지 않습니다. 오늘 제가 부탁드리는 게 너무 많은 거 알고 있고, 죄송스럽게 생각하지만 이 일은……."

　"말할 생각 없어."

　낮게 흘러나오는 목소리에 서원의 얼굴에 안도감이 흘렀다.

　"감사합니다. 부사장님."

　강준이 보고 있는 것도 모르고 서원은 안심한 얼굴로 환하게 웃었다.

"오늘 정말 감사했습니다."
"……들어가요."
도원이 다시 한 번 그에게 인사를 하고 리조트 쪽으로 향했다.
"후우."
신음 같은 숨을 토해 낸 강준이 머리칼을 쓸어 올렸다.
차에 기대선 그가 도원의 뒷모습을 바라봤다. 절뚝이지 않으려
애쓰는 걸음걸이에 그의 목울대가 크게 꿈틀거렸다.
"참을 이유가 있나 생각했는데…… 참아야만 하는 이유가 생겼
군."
강준의 입술에서 낮은 목소리가 흘러나왔다.
한도원이, 미치도록 사랑스러운 웃는 얼굴을 보여 주니까. 그
것만으로도 자신이 참을 이유는 충분했다. 자신을 경계하지 않는
그 미소를 계속 볼 수만 있다면.
강준은 멀어지는 도원의 뒷모습을 조용히 응시했다.

※

서원의 다친 다리는 다행히 산에서 돌아온 팀원들에게 들키지
않았다. 여기저기서 절뚝거리며 걸어 다니는 사람이 꽤 있었으니
까.
"대체 온몸에 파스를 몇 개를 붙인 거야?"
"아고고고. 정말 죽을 것 같다니까요."
파스 냄새를 풍기며 한식당에 나타난 심 비서가 앓는 소리를

내자 서원이 미안한 얼굴로 말했다.

"죄송합니다. 저 때문에 저희 팀 점수가 좋지 않았을 텐데."

"미안할 게 뭐 있어. 작년엔 훨씬 낮은 점수였어. 오늘은 그래도 탑10 안에 들었으니까. 부사장실 최고 성적이지."

"그렇습니까?"

뿌듯한 얼굴로 말하는 박 실장을 보며 서원은 진심으로 다행이라고 느꼈다.

"사실 부사장님이 매번 1등으로 올라가시니까 우리 부서 성적은 사람들에게 별로 중요하진 않을 거야. 부사장님이 1등 한 게 중요하지."

"아아. 부사장님이……."

서원은 자신을 업고도 날렵하게 산을 내려오던 이강준을 떠올리며 납득했다.

'그랬구나. 어쩐지 체력이 좋아 보이더라니.'

그는 그렇게 바쁜 스케줄을 소화하면서 잠도 잘 자지 않는다고 들었는데, 어떻게 그 체력을 유지할 수 있는 걸까.

서원이 그런 생각을 하고 있는데 요리가 들어오기 시작했다.

항생제 때문에 술은 사양한 서원은 무사히 일정을 마쳤다는 안도감을 느끼며 식사를 시작했다.

피곤해서인지 다들 금세 술에 취해 자리를 일찍 파하게 됐다.

"그럼 안녕히 주무십시오."

"잘 자고 내일 보자고."

"들어가세요."

같은 층으로 올라와 박 실장과 심 비서와 인사하고 서원은 자신의 룸 앞에 섰다. 문득 옆 객실의 문에 시선이 닿았다.

'아직 안 들어왔겠지?'

문을 두드려 보고 싶은 충동을 누르며 서원은 자신의 룸으로 들어왔다. 다친 다리 때문에 힘겹게 씻고 침대에 누우려는데 이번엔 문득 테라스가 시야에 들어왔다.

혹시 첫날처럼 이강준이 있진 않을까 하는 기대감에 서원은 절뚝거리며 테라스로 향했다. 밖으로 나가자 정말로 강준이 테라스에 나와 있었다.

"이제 들어온 겁니까?"

깊은 브이넥 셔츠를 입고 있는 그는 느른하게 위스키 잔을 들고 있었다.

'아, 너무……'

서원은 강준을 보는 순간 생각보다 더 큰 반가움을 느꼈다. 불과 몇 시간 전까지 같이 있었는데도.

"네. 부사장님은 언제 들어오셨습니까?"

"조금 전에."

짧게 대답한 그가 얼음이 든 위스키 잔을 입으로 가져갔다. 막 샤워를 했는지 그의 머리칼이 젖어 있었다. 물기가 맺힌 촉촉한 머리칼을 보자 아까 계곡에서 물에 젖은 머리를 쓸어 넘기던 그의 관능적인 모습이 떠올랐다.

순간 서원은 아랫배에 뜨거운 열기가 모이는 것을 느꼈다. 그 은밀하게 조여드는 감각에 얼른 시선을 내리며 말했다.

"오늘 정말 감사했습니다."

"인사는 그만."

"다시 인사드리고 싶어서요. 부사장님이 아니었다면 산에서 내려오지 못했을 거란 생각이 들었습니다. 힘드셨을 텐데…… 정말 감사드립니다."

등을 테라스 난간에 대고 선 채 자신을 바라보는 그와 눈이 마주쳤다. 심장의 떨림이 전신을 울리는 순간, 그가 짧은 웃음을 흘렸다.

"상사로서 해야 할 일을 했을 뿐입니다."

강준이 느른하게 말했다.

"끝까지 마쳤으니 만족합니까?"

"네. 만족합니다."

"……다행이군."

강준이 위스키 잔을 천천히 입으로 가져갔다. 기분 좋은 바람이 그의 젖은 머릿결을 부드럽게 흩날리고 있었다. 술을 마시는 모습조차 지나치게 매혹적인 강준에게서 서원은 눈을 뗄 수가 없었다.

'이런 식이면 그의 옆에 있을 수 없어.'

순식간에 들켜 버릴 거다. 모든 것은 망가지고 만다. 서원은 자신의 마음을 다잡고 난간에서 한 걸음 물러섰다.

"오늘 고생 많으셨습니다. 그럼 쉬십시오."

"한도원 씨."

몸을 돌리려는 서원을 강준이 불러 세웠다. 그녀가 움직임을 멈추고 돌아보자 그의 눈빛이 깊이 가라앉아 있었다. 테라스 난간을 사이에 두고 두 사람의 시선만 조용히 얽혀 들었다.

"내일 꼭 치료받아요."

그의 입에서 흘러나온 목소리에 바짝 긴장하고 있던 서원의 어깨에 힘이 풀렸다.

"네. 걱정해 주셔서 감사합니다. 그럼."

흐린 미소를 지은 서원이 룸 안으로 들어왔다. 그의 시야에서 벗어난 곳으로 오자 서원은 가만히 멈춰 섰다.

강준의 입에서 다른 말이 나오길 기대했다. 자신을 꼼짝 못 하게 만들고 엉망으로 뒤흔들었던 그때와 같이 어둠에 잠긴 눈동자로 자신을 봤으니까…….

서원이 씁쓸한 얼굴로 입술 끝을 휘어 올렸다.

그때와는 전혀 다른 이유로 긴장하게 된 자신의 모습이, 강준에 대한 마음을 인정하고 나니 자연스럽게 받아들여졌다.

'좋아하기 때문에 날 이성으로 봐 주길 바라는 거였어.'

그래서 그때처럼 자신 때문에 힘들다고, 어떻게도 할 수 없어 괴롭다는 그 말을 그의 입으로 듣고 싶었다. 다시 한 번.

……그러면 안 되겠지만.

다시 테라스로 나가 묻고 싶은 충동을 참으며 서원은 침대에 누웠다. 먼 파도 소리가 자장가처럼 들려오고 있었지만 오늘도 잠들지 못할 거 같다.

강준은 위스키 잔을 들고 선 채 도원이 안으로 들어가고 텅 빈 테라스를 바라봤다. 제 머리칼을 쓸어 넘기고 손을 내리던 그가 문득 자신의 손바닥을 쳐다봤다. 손바닥을 보던 그의 눈동자가 어둡게 가라앉았다.

산에서 도원을 업고 내려올 때 느껴졌던 작고 부드러운 엉덩이의 감촉이 떠오르자 자신의 등에 밀착한 부드러운 몸과 귓가에 닿은 숨결이 연달아 떠올랐다.

"……후."

강준은 미간을 일그러뜨린 채 짧게 한숨을 내뱉었다. 참아야 할 이유를 깨닫고도 여전히 자신은 한도원을 향한 뜨거운 욕망을 억누르기가 힘이 들었다.

응시하던 손으로 주먹을 꽉 움켜쥔 그가 도원의 테라스 안쪽 창문을 쳐다봤다.

"그냥, 취해 버릴까."

강준이 자신의 위스키 잔을 내려다봤다. 어젯밤은 취하지도, 잠들지도 않을 만큼만 마셨다. 밤새 깨 있을 구실이 필요했으니까.

"차라리 그래 버릴까. ……한도원."

그가 탁하게 잠긴 목소리로 중얼거렸다. 미친 척하고 그렇게, 꿈인지 현실인지 모르길 바랐던 것처럼.

"……."

테라스 안쪽을 응시하는 그의 검회색 눈동자가 일렁이는 욕망으로 짙게 가라앉아 있었다.

❉

똑똑.

노크 소리가 들리더니 병실 문이 열렸다.

"왔어?"

병실 침대에 누워 있던 서원은 과일 바구니를 들고 들어오는 진주를 보고 하얀 치아를 드러내며 웃었다.

"뭘 이렇게 거창한 걸 사 왔어. 그냥 와도 되는데."

"너 과일 좋아하잖아. 이 기회에 많이 먹으라고."

진주가 웃으며 냉장고 위에 과일바구니를 올려놨다. 서원은 읽던 책을 덮어 사이드 테이블에 올려 두고는 리모컨으로 등받이를 세웠다.

"다리는 좀 어때?"

보조 베드에 걸터앉으며 진주가 서원의 깁스를 바라봤다. 서원이 결 좋은 짧은 머리칼을 쓸어 넘겼다.

"그날 처치를 잘 해 줘서 큰 문제는 없대. 가벼운 골절 정도니까."

"다행이네."

안심한 얼굴로 깁스를 보던 진주가 별안간 미간을 좁혔다.

"그런데 어디 가서 부적이라도 써야 하는 거 아니니? 도원이도 그렇고 너까지 줄줄이 다쳐서 입원해 있잖아."

"부적은 무슨."

이마를 살짝 찡그리며 웃는 서원을 진주가 쳐다봤다.

"도원이한테는 말 안 할 거야?"

"오래 입원해 있는 것도 아닌데 뭐."

워크숍 이후 주말 동안 입원 수속을 밟았다. 다행히 회사의 배려로 병가를 낼 수 있었지만 조금 마음에 걸리는 것이 있었다.

'안 그래도 바쁜데 나까지 없으면 심 비서님 괜찮으실까.'

서원의 어두워지는 얼굴을 본 진주가 속내를 눈치챈 건지 핀잔주듯 말했다.

"한서원, 넌 쓸데없는 걱정이 너무 많은 거 알지? 딴생각 말고 입원 기간만이라도 푹 쉬어. 고작 일주일이라며."

"그러게. 일주일인데……."

서원이 잦아든 목소리로 중얼거렸다. 일주일이라는 시간은 정말 길지 않은 시간인데 지금의 서원에겐 무척 길게 느껴졌다. 그 이유가 이강준 때문임을 그녀도 알고 있었다.

"한서원?"

생각에 잠겼던 서원이 진주의 목소리에 고개를 들었다.

"무슨 생각을 그렇게 해. 너 또 일 생각 하지?"

"아니야. 아, 음료수 마실래? 냉장고에 있어."

"웬 음료수? 나 말고 또 누구 왔었어?"

진주가 병실의 냉장고와 서원을 번갈아 가며 쳐다봤다.

"아니, 간호사들 주려고."

서원이 웃으며 말하자 진주가 눈을 크게 떴다.

"뭐? 장하다, 한서원. 자기 입원하면서 별거에 다 신경을 쓰네. 안 그래도 여기 층 간호사들한테 내가 돌리고 들어왔어."

"정말?"

서원이 몰랐다는 듯 놀란 표정을 지었다.

"그래. 너 이런 짓 할 줄 알았으면 내가 사 갈 거라고 미리 광고라도 할 걸 그랬네. 서원이 너도 뭐 마실래?"

냉장고를 뒤적거리며 진주가 묻자 서원이 고개를 저었다.

"난 괜찮아."

진주가 주스 병을 들고 다시 침대 쪽으로 다가갔다.

"너도 참 이상한 성격이야. 남한테 폐 끼치는 걸 병적으로 싫어하잖아."

"……그런가."

서원이 옅게 미소를 지었다.

진주 말대로였다. 부모님이 돌아가신 이후부터, 더 이상 응석을 부릴 수 없을 만큼 세상이 차갑다는 걸 인식한 순간부터 그랬던 거 같다. 자신이 조금이라도 약한 모습을 보이면 그걸 빌미로 어떻게든 부모님의 유산을 가로채려는 친척들이 가면을 쓰고 달라붙을 테니까.

"너 입원한 거 회사에서도 알지?"

"응. 알아."

"병문안 온다는 사람은 없었어? 오면 안 되는데 네가 거절하기 힘들 것 같아서."

안 그래도 병원이 어디냐고 끈질기게 물어보는 심 비서를 따돌리는 데 진땀을 흘렸었다.

"바쁘실 텐데 오시면 내가 부담된다고 잘 넘겼어."

"그럼 다행이네."

진주가 고개를 끄덕이며 주스를 마시는 모습을 보며 서원은 머릿속으로 강준의 말을 떠올리고 있었다. 병원을 집요하게 물었던 건 심 비서만이 아니었다.

'왜 말을 하지 않는다는 겁니까. 워크숍도 일종의 일의 연장이고 그 때문에 다쳤다면 산재인 거 모릅니까.'

'말씀은 감사하지만, 제가 부담이 됩니다.'

부담이라는 말 뒤에 묘한 정적이 전화로도 똑똑히 느껴졌다.

'……알겠습니다. 그렇게 하죠.'

냉랭한 목소리와 함께 끊긴 전화가 내내 마음에 걸렸다. 자신의 상황 때문에 어쩔 수 없이 선을 그어야 하는 입장을 설명할 수

조차 없는데.

"뭐 먹고 싶은 건 없어? 위장은 멀쩡하잖아. 병원식 맛도 없을 텐데."

진주가 서원의 더 수척해진 얼굴을 보며 우회적으로 물었다. 안 그래도 말랐는데 날이 갈수록 더 야위는 친구의 모습이 불안할 정도였다.

"괜찮아. 난 뭐든 잘 먹으니까."

말갛게 웃는 얼굴이 괜히 안쓰러워 진주는 '그런 애가 뼈밖에 안 남았니?' 하고 면박을 주려다 말았다.

"……그래. 잘 먹으면 됐지 뭐. 입원한 동안은 아무 생각 말고 쉬고. 나중에라도 먹고 싶은 거 떠오르면 문자든 전화든 해. 퇴근하면서 들를 테니까."

"괜찮아. 너도 바쁘잖아."

"아무리 바빠도 친구 입원해 있는데 들를 시간 없겠어? 꼭 얘기해. 안 그러면 네가 싫어하는 음식만 잔뜩 사 와서 억지로 먹일 테니까."

일어서는 진주의 애정 어린 협박에 서원은 작게 웃음을 흘렸다.

"와 줘서 고마워. 조심히 들어가."

"꼭 문자 해야 한다?"

"응. 그럴게."

마음에도 없는 소리라는 걸 알면서도 진주는 밝게 손을 흔들며 나갔다.

다시 병실에 혼자 남게 된 서원은 시계 쪽으로 시선을 옮겼다.

'그는 뭘 하고 있을까.'

이강준의 주말의 일과는 자신이 알지 못한다. 그저 그가 쉬는 날 없이 일을 한다는 것만 알고 있을 뿐.

'누군가의 하루를 궁금해하는 기분······. 그게 이런 기분이구나.'

드라마나 책에서 보던 그런 감정을 서원은 느껴 본 적이 없었다. 이 생소한 감정이 낯설면서도 신기했다. 일 때문이라도 좋으니 전화해 주었으면 좋겠다는 생각이 들었다. 병원이 어디인지 물어올 때 그렇게 완강히 거절했으면서 전화를 기다리는 제가 우습긴 하다.

'하지만 목소리를 듣고 싶어.'

휴대폰을 만지작거리던 서원이 한숨을 토해 냈다.

최근 도원은 순조롭게 회복하고 있었다. 이 속도라면 앞으로 두세 달이면 자신의 역할이 끝이 난다.

눈에서 멀어지면 마음에서도 멀어지는 법이라고, 본래 자신의 삶으로 돌아가게 되면 이 멀미 같은 어지러운 기분도 분명 오래지 않아 사라지겠지.

'그러니까, 그때까지만.'

서원은 어두워지는 창밖을 조용히 바라봤다.

07

"부사장님. 차 가지고 왔습니다."

문이 열리자마자 들려온 심 비서의 목소리에 강준이 고개를 들었다. 한도원이 입원해 있는 동안 차 담당이 된 심 비서는 웃는 얼굴로 찻잔을 내려놨다.

"오랜만에 차 담당이 되니까 꼭 신입 때로 돌아간 것 같습니다. 벌써 5년 전이네요."

감상에 젖은 심 비서와는 별개로 강준은 그가 내려놓는 찻잔을 물끄러미 응시하고 있었다. 심 비서가 나가고 곧 박 실장이 들어 왔다.

업무 일정을 브리핑한 박 실장에게 강준이 말했다.

"한 비서는 다음 주부터 출근한다고 했습니까."

"네, 그렇습니다."

"그래요. 나가 봐요."

"네."

깍듯하게 고개를 숙인 박 실장이 나가자 강준은 책상 위에 놓인 손가락을 날렵한 턱에 갖다 댔다.

톡, 톡.

다른 손가락으로 책상을 두드리는 그의 표정이 생각에 잠겨 있었다.

예상은 했지만, 한도원이 없는 빈자리는 생각보다 컸다. 하루 중 직접 얼굴을 맞대는 시간은 얼마 되지 않지만 그 시간에 자신이 얼마나 신경을 쓰고 있었는지…… 도원이 자리에 없는 지금 확연히 느껴졌다.

그리고 꽤 컸던 다리의 상처가 걱정이 됐다.

하지만 도원은 병원도 알려 주지 않았다.

"……피를 말리는군."

낮게 내뱉은 강준이 의자에 몸을 깊숙이 묻었다. 차라리 옆에 두고 냉정한 시선이라도 받는 것이 낫지, 이렇게 보지 못하는 시간은 지옥 같았다.

"넌 절대 모르겠지. 한도원."

허공으로 흘러나오는 목소리가 말할 수 없이 애절했다.

❀

재벌과 고위 정치인이 모여 사는 성북동 고급 주택가에 이일도 회장의 저택이 있었다. 높은 담으로 둘러싸여 안을 볼 수 없었지만, 끝도 없이 이어진 담장의 길이로만 봐도 이 대저택의 규모와 막대한 재력을 대강 예상할 수 있을 정도였다.

육중한 철문을 지나면 잘 가꿔진 정원이 보이고, 그 안에 고풍스러운 외관을 갖춘 2층 건물이 우뚝 서 있었다.

차에서 내린 강준은 자신이 한때 살았던 그 저택을 일별하곤 곧 집 안으로 들어갔다.

"오랜만이네요. 도련님."

파주댁이 반가운 얼굴로 문을 열어 주며 환히 웃었다.

30년 동안 이 저택의 집안일을 총괄해 온 파주댁에게 강준은 고개를 숙여 인사했다.

"건강하셨습니까."

"나야 늘 건강하죠. 다들 기다리고 계시니 얼른 들어가 봐요."

강준이 넓은 거실을 가로질러 주방으로 향했다. 직사각형의 거대한 식탁에는 이 회장을 비롯해 그의 아내인 최은화 여사와 금세라가 앉아 있었다.

"죄송합니다. 늦었습니다."

"늦지 말라고 신신당부를 했는데 가장 늦게 나타나?"

"애가 얼마나 바쁜지 알면서 왜 그래요. 어서 앉아, 강준아."

나이에 비해 고운 외모의 최 여사가 짧게 타박하곤 상냥한 어조로 강준에게 말했다. 최 여사에게 강준은 하나밖에 없는 손자니 무척 소중한 존재였다.

"뭐 해? 오빠. 어서 앉아."

세라가 옆자리를 두드리며 어서 여기 앉으라고 재촉하자 그가 힐긋 보고는 의자에 앉았다.

"그래도 밥이랑 국이랑 식기 전에 와서 다행이다. 그쵸?"

세라가 마치 강준의 아내라도 되는 것처럼 그의 밥과 국의 그릇 덮개를 열었다.

"오늘 회장님 생신이신데도 오빠 온다고 오빠 좋아하는 반찬으로 준비하라고 하셨대."

"무슨 쓸데없는 소리를 하고."

"정말이잖아요. 회장님."

세라가 애교 있게 웃어 보이자 미간을 찌푸리던 이 회장도 별수 없다는 듯 웃었다.

금세라가 있을 걸 예상했지만 이 자리는 이 회장의 생일을 기념하는 자리라 강준은 빠질 수가 없었다. 해마다 생일 땐 반드시 집에서 조촐하게나마 식구가 식사하길 바라는 이 회장의 뜻에 따라 강준 역시 이날만은 반드시 참석을 했다.

유일한 아들 부부가 둘 다 저세상 사람이 된 이후 하나 남은 손자와 생일을 보내려는 이 회장의 마음을 모르지 않았기 때문이다.

"오빠. 이것도 먹어 봐. 아주 잘 구워졌어."

세라가 그의 밥그릇에 생선살을 발라 올려놓자 강준의 무표정한 얼굴에 불쾌감이 어렸다. 남들 눈에는 거의 표정 변화가 없어 보여도 그를 오래 봐 온 이 회장 내외에게는 한눈에 보였다.

달칵.

강준이 말없이 수저를 내려놓자 세라가 당황한 얼굴로 그의 얼굴을 살폈다.

"오빠 미안……. 기분 나빴어?"

"곧 결혼할 사이인데 그런 걸로 기분 나빠하면 안 되지."

이 회장의 말에 강준이 고개를 들었다.

"그게 무슨 말씀이십니까."

강준이 서늘한 시선으로 응시했다. 이런 자리에서는 가급적 이 회장의 심기를 건들지 않으려 늘 묻는 말에 대답만 하던 강준이었지만 지금은 아니었다. 이 회장은 그런 강준을 보며 선언하듯 말했다.

"다음 달에 약혼식 잡았으니 그리 알아."

강준의 눈썹이 날카롭게 치켜 올라갔다.

"언제까지 미루고만 있을 건데? 그거 상의하려고 몇 번이나 같이 만날 약속을 잡아도 네가 번번이 깨 버리니 별수 없이 내가 잡았다."

"……."

강준이 이 회장을 똑바로 바라봤다.

"말해 두지만 피한 건 강준이 너야. 결혼 준비 하는 동안에도 계속 그런 식으로 굴면 하나부터 열까지 다 내 마음대로 해 버릴 테니 명심해 둬야 할 거다."

어지간해선 표정을 드러내지 않는 강준의 차가운 얼굴에도 이 회장은 굴하지 않았다. 강준이 세라와의 결혼을 탐탁지 않아 한다는 걸 그도 알고 있었지만 다른 방법이 없었다.

어쨌든 강준은 엘른을 이끌어 갈 후계자이고, 이 회장에게 다른 혈육이 없는 이상 하루라도 빨리 후세를 봐야 했다. 그래야만 이 보수적인 나라에서 엘른 총수로서 공고하게 자리를 다질 수 있었다.

"왜 대답이 없어?"

이 회장의 성마른 목소리에 최 여사가 불안한 시선으로 강준을 바라봤다.

"……."

"할애비 말에 대답 안 할 거야?"

"그만해요. 애 밥 먹다 체하겠네. 그런 이야기를 왜 식사 자리에서 하고 그래요? 나중에 따로 이야기하지."

"저놈 또 밥 수저 놓자마자 쌩 가 버릴 텐데 언제 말하라고."

"아무튼 그만해요."

최 여사의 자르는 말에 이 회장이 눈매를 찌푸렸지만 더 말을 꺼내지 않았다.

"어서 먹어. 강준아."

이 회장이 수저를 들자 최 여사가 부드러운 목소리로 강준에게 권했다. 다시 조용히 식사를 시작되었다. 하지만 불편한 침묵이 가시지 않아 세라는 커다란 눈망울을 굴리며 눈치를 봐야 했다.

말없이 있던 강준이 식사가 끝나자 곧바로 몸을 일으켰다.

"가 보겠습니다."

"좀 더 있다 가지 않고……."

최 여사가 걱정스러운 얼굴로 따라나섰지만, 정중히 인사한 강준이 현관문을 열고 나갔다.

"오빠! 강준 오빠!"

따라 나온 세라가 차고로 달려갔다. 차 문을 열고 있던 그가 돌아보자 세라가 난처한 얼굴로 우물거렸다.

"갑자기 약혼식 하게 돼서 많이 화났어?"

그가 말없이 내려다보는 눈이 자신을 힐난하는 것 같아 세라는 얼른 입을 열었다.

"오해하지 마. 나도 어쩔 수 없었어. 회장님이 결정하신 일인데 내가 어떻게 반대를 해?"

"너도 이제 그만 돌아가라."

강준이 곧장 차에 타려 하자 세라가 그의 팔을 다급하게 붙잡

338

았다.

"오빠, 잠깐만!"

시선만 내린 강준을 세라가 간절함이 담긴 눈동자로 올려다봤다.

"오빠도 알고 있잖아. 어차피 오빠가 결혼할 사람, 나밖에 없다는 거."

강준의 표정에 변화가 없자 세라의 목소리가 더 조급해졌다.

"회장님 말씀이 맞아. 결혼하고 나면 회사에서도 오빠 자리는 더 공고해질 거야. 지금 오빠가 가정도 꾸리지 않고 혼자 있으니까 이춘일 사장이 더 우습게 보고 그렇게 나오는……."

"금세라."

고저 없는 목소리에 세라의 말문이 턱 막혔다.

"으, 응?"

자신을 내려다보는 강준은 여전히 무표정했지만 서늘한 눈엔 냉기가 흐르고 있었다.

"팔 놔."

엄격한 목소리에 세라는 잡고 있던 팔을 조용히 놔줬다.

"……내 말 잘 생각해 봐. 오빠를 위한 거니까."

세라의 말이 끝나기도 전에 차에 올라탄 강준이 거칠게 문을 닫았다. 저택을 빠져나가는 그의 차를 세라가 답답한 얼굴로 쳐다봤다.

"휴, 그래도 약혼식만 하면 괜찮겠지."

그렇게 되면 강준도 어쩔 수 없이 이 결혼을 받아들일 것이다. 자신이 알기로 강준에게 분명 다른 여자는 없었다. 하지만 아직 결혼에는 거부감을 느끼고 있는 모양이었다.

"하긴 오빠 지독한 워커홀릭이니까."

강준은 결혼조차 일에 방해되기 때문에 그렇게 생각하는 게 분명했다. 그렇게까지 일에 집착하는 그의 마음을 그녀는 이해할수 없지만, 분명 결혼 뒤에는 후계자로서 입지가 더 단단해질 테니 강준도 잘한 일이라 생각할 거였다.

"어차피 오빠 회장님 뜻을 거스를 수 없을 테고."

세라의 입가에 미소가 맺혔다. 불편하던 마음이 다시 밝아진세라는 이미 보이지 않는 강준의 차를 뒤로하고 사뿐거리는 발걸음으로 현관으로 향했다.

끼익.

강준은 한도원의 집 앞에 차를 세웠다. 이곳에 한도원이 없다는 걸 알고 있음에도 불 꺼진 창문을 보고 있는 자신을 강준 역시이해할 수 없었다. 짧게 한숨을 내뱉은 그가 손을 들어 피곤한 눈가를 꾹 눌렀다.

금세라와의 결혼은 당사자들은 상관없이 아주 예전부터 기정사실화되어 있었다. 어른들의 뜻이니 어차피 그렇게 될 거라고. 사실 시기의 문제였을 뿐 강준도 큰 반감은 없었다. 적당한 때가되면 가정을 꾸리는 것이 이 회장의 말대로 자신의 일에도 도움이 될 거였으니까.

그런데 자연스럽다고 생각했던 그 결혼이, 최근엔 아주 불쾌하게 느껴졌다.

'정확히 말하면, 한도원을 만난 후가 되나.'

금세라는 기억도 나지 않을 때부터 알고 지내던 사이였다. 그래서일까? 그 금세라에게는 단 한 번도 한도원 같은 육체의 반응을 느껴 본 적이 없었다. 아니, 한도원을 만나기 전까진 그건 큰 문제가 되지 않았다. 그땐 누구에게도 그런 반응이 일어난 적이 없었으니까.

하지만 지금은 아니다. 자신의 감정과 이성 그 모든 것이 오로지 한 사람에게만 반응하고 있었다. 한도원이 남자인지 비서인지 따위는 더 이상 아무런 문제가 되지 않는다.

'왜 하필 지금.'

강준의 곧게 뻗은 눈썹이 일그러졌다.

처음으로 감정을 움직인 사람을 만난 지금, 급작스럽게 진행되는 약혼식에 강준은 큰 거부감을 느끼고 있었다. 정작 마음을 두고 있는 그 상대는 자신에게 아무런 관심도 없는데.

"……."

도원의 창을 응시하는 그의 얼굴이 점차 어둡게 가라앉았다.

✽

서원은 퇴원하자마자 곧장 마음에 걸리는 일부터 해결하러 나섰다. 백화점의 잡화 층에 도착한 그녀는 워크숍 때 자신의 상처를 묶어 뒀던 강준의 손수건을 꺼내 들었다.

'똑같은 걸로 사 가면 되겠지?'

그는 괜찮다고는 했지만 그냥 넘어가기가 불편했다. 자신의 피가 묻었던 손수건을 세탁해서 돌려주기도 찜찜해 같은 손수건을 사서 돌려줄 생각이었다.

세탁해 온 그것을 유심히 살펴보고는 잡화 매장을 천천히 돌아봤지만 비슷한 것조차 찾을 수가 없었다.

'이상하네…….'

브랜드 이름조차 찾을 수가 없자 결국 서원은 그중 한 매장에 들어가서 물어봤다.

"혹시 이 손수건 브랜드 매장이 어딘지 알 수 있을까요?"

매장 직원은 서원이 내민 손수건을 유심히 살펴봤다.

"이건 한국에 들어오지 않은 브랜드네요."

"아, 그래요?"

예상하지 못했던 대답에 조금 난감해진 서원은 잠시 고민하다가 다시 말했다.

"그럼 이 손수건과 최대한 비슷한 걸로 추천해 줄 수 있을까요."

"네. 그럴게요."

점원이 골라 준 건 서원의 눈에는 비슷해 보이지 않았지만 무난한 색감이긴 했다. 선물 포장까지 해서 나온 서원은 작게 한숨을 내쉬었다.

이왕이면 똑같은 걸 구하고 싶었는데, 예상치 못한 상황에 서원은 조금 힘이 빠졌다. 서원은 아쉬운 대로 자신이 산 선물 포장된 손수건을 물끄러미 바라봤다.

'마음에 들어야 할 텐데.'

이강준에게 빌린 물건을 되돌려주는 것뿐인데도 왠지 그의 선물을 사는 것 같아 서원은 가슴께가 간질거렸다. 특별한 감정을 가진 상대가 지금까진 한 번도 없었으니 이런 마음으로 선물을 고른 적도 없었다.

'누군가에게 줄 선물을 사는 게 이렇게 설렐 수가 있구나.'

자신의 감정에 신기해하던 서원은 문득 주변을 바라봤다. 자신도 모르게 어느 순간 남자 물건들만 보고 있었다. 이강준에게 어

342

울릴 만한 지갑과 시계, 커프스단추 등 남성용품들에만 시선이
갔다.

'어차피 주지도 못할 텐데.'

곧 비서 일도 끝내야 하는 마당에 자신에게 그럴 기회가 올 리
가 없었다. 서원은 자신의 상황을 인정하고 발길을 돌려 백화점
을 빠져나왔다.

일주일 만의 출근이라 그런지 서원은 조금 긴장한 얼굴로 비서
실에 들어섰다. 다행히 아직 아무도 없었다.

평소처럼 가장 먼저 출근한 서원은 그새 이곳에서의 생활에 적
응된 것인지 한동안 비워 뒀던 자신의 책상을 보니 의외로 반가
운 마음이 들었다. 그때 뒤에서 누군가 들어오는 소리가 들렸다.

"일찍 오셨……."

심 비서일 거라는 예상과 달리 이강준이 나타나자 돌아보던 서
원이 멈칫거렸다.

"안녕하십니까."

서원이 곧 고개 숙여 인사했다. 강준을 확인한 그 짧은 사이에
그동안 얼마나 그가 보고 싶었는지가 느껴져 순간적으로 당황했
지만 태연을 가장했다.

그사이 강준이 그녀 앞에 다가와 섰다. 그의 시선이 자신의 얼
굴에 머무르는가 싶더니 다쳤던 다리로 내려갔다.

"이제 괜찮은 겁니까."

"네. 괜찮습니다."

서원은 강준과 눈을 마주한 채 웃으며 대답을 했다.

"다행이군요."

짧게 말하고 돌아선 그가 집무실로 향했다.

문을 닫고 집무실에 들어선 강준이 숨을 깊게 들이켰다.

"……제길."

넓고 단단한 가슴을 들썩일 정도로 크게 숨을 뱉어 낸 강준이 낮게 내뱉었다. 그저 한도원이 자신에게 웃음 한 조각 보인 것만으로도 아래가 뻐근할 정도로 하체에 힘이 들어갔다.

목구멍까지 뜨겁게 치솟은 욕망을 억지로 삼켜 낸 그가 책상 쪽으로 걸어갔다. 의자에 앉아 거칠게 타이를 잡아 흔드는데 곧 노크 소리가 들렸다.

똑똑.

타이를 움켜잡은 채 그가 움직임을 멈췄다. 짐승처럼 까맣게 물든 눈동자가 열리는 문에 박혀 들었다. 도원이 들어서고 있었다.

"저, 부사장님."

작은 쇼핑백을 가지고 들어온 도원이 강준에게 다가갔다.

"빌려주신 손수건과 같은 걸로 돌려 드리고 싶었지만 그건 구할 수 없어서요. 취향에 맞으셨으면 좋겠습니다."

도원이 조심스럽게 쇼핑백을 책상 위에 올려 뒀다. 강준은 느른한 자세로 앉아 있었지만 그의 눈빛은 마치 도원을 삼킬 것처럼 강렬했다.

'……고작 일주일 못 봤다고.'

그사이에 이렇게 주체할 수 없이 뜨거워진 욕망에 그는 헛웃음이 새어 나오려는 걸 참았다.

"그렇게 할 것까진 없었는데. 마음에 걸려서 사 온 거라면 잘 받겠습니다."

"네. 그날은 감사했습니다."

도원이 다시 한 번 감사 인사를 하자 강준의 시선이 아래로 내려갔다.

"다리는 정말 괜찮은 겁니까? 아직 걷는 게 좀 불편해 보이는데."

그가 다리에 시선을 주자 도원이 곧장 대답했다.

"아닙니다. 불편하지 않습니다."

도원의 다리에 향했던 강준의 시선이 천천히 위로 올라갔다. 그의 몸을 타고 느릿하게 훑어 올라간 시선이 은밀한 부위를 지나 벨트로 향할 때, 강준의 목울대가 움직였다.

"그럼, 나가 보겠습니다."

도원의 목소리에 정신이 번뜩 든 강준이었다. 인사를 한 도원은 어느새 몸을 돌려 문 쪽으로 가고 있었다. 강준은 문득 이 말이 하고 싶어졌다.

"고마워요."

"네?"

멈칫한 도원이 돌아보자 그가 시선을 맞춘 채 말했다.

"손수건, 고맙다고."

"아, 네."

쑥스러운지 다시 고개를 숙인 도원이 집무실을 나갔다. 그런 그의 잔상이 강준의 눈에 남아 있었다.

집무실을 빠져나와 탕비실로 들어온 서원은 더운 숨을 토해 냈다. 붉어진 귀를 만지작거리며 서원이 난감한 표정을 지었다. 유독 어둡게 보이는 검은 눈동자가 몸을 훑고 올라오는 순간 전기에 감전된 것처럼 찌릿했다.

특히 그의 시선이 벨트 위를 지날 땐 다리 사이가 힘껏 조여드는 야릇한 감각에 똑바로 서 있기도 힘든 지경이었다.

"이래선 안 돼. 이래선……."

시선만으로 몸이 달아 버리다니.

얼굴이 확 붉어진 서원은 커피머신이 비치된 테이블을 잡고 입술을 깨물었다.

서원이 한동안 열기를 진정시킨 뒤 밖으로 나왔다. 마침 심 비서가 들어서고 있었다.

"이야, 이게 누구야. 우리 팀 막내 아니야?"

"심 비서님. 잘 지내셨어요?"

서원도 반갑게 인사했다. 그새 정이 들었는지 일주일 만에 보는데도 무척 반가운 마음이 들었다.

"이제 몸은 괜찮은 거야? 한번 가 봤어야 되는데."

"아닙니다. 정말 별거 아니었어요. 저 때문에 업무에 지장이 많으셨을 텐데 죄송합니다."

"그게 왜 한 비서 탓이야. 안 그래도 한 비서만 너무 무리시켜서 저러다 입원하면 어쩌지 걱정했는데…… 나 때문이지 뭐."

심 비서가 미안한 얼굴로 말하자 서원이 고개를 저었다.

"그렇지 않습니다. 제가 컨디션 조절을 제대로 못 했기 때문이니 그런 말씀 마세요."

"아니 나 때문……."

"아침부터 훈훈한 장면인데?"

박 실장이 들어오며 하는 말에 둘의 시선이 동시에 그를 향했다.

"실장님. 나오셨습니까."

서원이 인사하자 박 실장이 부드러운 얼굴로 말했다.

"당분간은 무리하지 말고 쉬엄쉬엄해. 이 기회에 심 비서도 좀 부려 먹고. 한 비서 없는 동안 심 비서가 정말 미안해했거든. 매일 야근시키고 자기만 먼저 퇴근했다고."

"그게 아니……."

"내가 다 자수했어. 내 죄책감 때문이니 그렇게 해 줘."

심 비서가 끼어들자 서원이 난감한 표정을 지었다. 다리를 다쳐서 입원한 거라고 말하지 못했기 때문에 이런 오해를 받는 것 같았다. 괜히 심 비서에게 죄책감만 심어 주게 된 것 같아 서원은 미안해졌다.

"그럼 심 비서님이 배려해 주시는 대로 하겠습니다. 신경 써 주셔서 감사합니다."

심 비서의 진심 어린 표정에 서원이 겨우 그렇게 대답했다.

"그래. 그렇게 해 줘."

그제야 안심한 듯 밝게 웃는 심 비서를 보며 서원도 미안한 속내를 숨기고 옅은 미소를 지었다.

서원이 휴게실에 들어가니 휴대폰을 보고 있는 동진이 있었다.

"이사님."

서원이 들어온 줄 몰랐는지 그제야 동진이 고개를 들었다. 그리고 이내 그녀를 발견한 동진의 눈이 커졌다.

"오, 해가 서쪽에서 뜨겠네? 웬일로 한도원 씨가 먼저 알은척을 해 주지?"

"이사님이 계실 것 같아서 왔습니다."

"날?"

동진의 눈이 조금 더 커졌다. 서원은 의아한 표정의 그의 옆으로 다가가 조심스럽게 앉았다.

"워크숍 때 도와주신 거 아직 인사도 못 한 게 걸려서요."

"아아, 그거."

동진이 그제야 알았다는 듯 웃었다.

"뭘 그런 걸로 인사까지."

"아닙니다. 그날…… 정말 감사했습니다. 이사님 아니었으면 그대로 오르지도 내려가지도 못했을 거예요."

그날 이후 내내 부채감을 마음에 담고 있던 서원이었다. 자신은 이강준에게 오해받지 않기 위해 동진이 불쾌할 정도의 태도를 여러 번 보였음에도 동진은 자신을 도와줬다. 그 점은 분명하게 감사를 표해야 할 것 같았다.

"흠, 말로만?"

"네?"

빙글거리는 얼굴로 묻는 소리에 서원이 되물었다.

"이런 감사 인사는 보통 맛있는 걸 산다거나 술을 산다거나 하면서 하지 않나?"

"아, 그건……."

"에이, 내가 또 불편하게 했나 보네. 겨우 딴 점수 다시 잃고 싶진 않으니 농담으로 칩시다."

동진이 손을 젓자 서원이 말했다.

"아니, 아닙니다. 사겠습니다."

"사겠다고?"

당연히 거절할 거라고 생각했는지 동진이 의외라는 얼굴로 바라봤다.

"도움을 받는데 그냥 넘어가는 건 저도 바라지 않습니다."

"무리할 것 없어요. 또 강준이한테 혼날까 봐 전전긍긍하지 말고."

동진이 농담처럼 웃자 그녀도 마주 웃었다.

"정말 괜찮습니다. 언제가 좋겠습니까? 편한 시간 알려 주시면 이사님이 좋아하시는 걸로 제가 사겠습니다."

"음…… 그럼…….."

턱에 손가락을 대고 잠시 생각하는 듯하던 동진이 묘한 눈빛을 빛내며 말했다.

"오늘은 안 되나?"

"괜찮습니다. 그럼 퇴근 후에 로비에서 기다리겠습니다."

인사한 서원이 뒤돌아 휴게실을 빠져나갔다.

"……흐음."

멀어지는 뒷모습을 가만히 보고 있던 동진이 생각에 잠긴 표정으로 자신의 턱을 톡톡 두드렸다.

❋

서원이 집무실 문을 노크하고 들어서니 강준이 서류에서 시선을 들었다.

"부사장님. 잠시 드릴 말씀이 있습니다."

강준이 그에게 다가오는 서원을 주시했다.

"무슨 일입니까."

평소 지시한 사항 외엔 따로 찾아오는 일이 없어서인지 갑작스러운 자신의 방문을 그는 의외라는 듯 보았다. 그 시선을 마주 보며 서원이 담백하게 말했다.

"오늘 퇴근 후에 이동진 이사님과 저녁을 함께하기로 했습니다. 보고드리는 게 나을 것 같아서요."

"이동진 이사와 말입니까?"

그의 눈이 가늘어졌다.

"제가 워크숍 산행에서 다리를 다쳤을 때 응급처치를 해 주신 분이 이사님이셨습니다. 식사라도 대접하는 것이 좋을 것 같아서 그렇게 하기로 했습니다."

"……그때 그 응급처치를 해 준 게 이동진 이사였습니까."

"네."

이런 보고를 하는 것이 맞는지 확신할 순 없지만 적어도 그런 쪽으로 더는 쓸데없는 오해를 사고 싶지 않았다. 말없이 예리한 시선으로 서원을 보던 강준이 드디어 입을 열었다.

"……알겠습니다. 단, 조건이 있습니다."

"네?"

고개를 숙이던 서원이 다시 시선을 들어 올렸다. 그가 속을 알 수 없는 눈빛으로 그녀를 응시하고 있었다.

"그 식사, 내가 사는 걸로 하죠."

예상 못 한 말에 서원의 눈이 커졌다.

"그게 무슨 말씀……."

"엄연히 업무의 연장인 워크숍 중에 벌어진 일이고 내 부하직원이 도움받은 일인데 관리자로서 감사를 표해야 하는 게 맞습니다."

서원은 순간 말문을 잃었다. 생각해 보면 강준의 말도 일리는 있었다. 하지만 그렇게 되면 괜히 자신의 일로 강준에게 피해를 끼치게 되는 것 아닌가.

"부사장님. 그건 제 실수로 생긴 일입니다."

"한도원 씨."

강준이 서원을 똑바로 쳐다봤다. 그의 짙은 다크그레이색 눈동자엔 저절로 입을 다물게 하는 위압적인 분위기가 있었다.

"내 말대로 해요."

"……알겠습니다."

거부할 수 없는 위압감에 결국 수긍한 서원이 집무실을 나왔다. 문을 닫은 그녀가 생각에 잠겼다. 전에 봤을 때 이동진과 이강준은 사이가 나쁘지는 않아 보였다.

'그럼 이사님은 불편해하지 않겠지?'

이춘일 사장의 그런 행보와는 별개로 둘의 사이가 좋다는 것이 의외이긴 했지만, 어쨌든 오늘 강준이 그 자리에 나온다고 해도 동진은 불편해할 것 같진 않았다.

'그래도 너무 갑자기인데.'

예상치 못한 식사 자리가 되어 버리자 서원은 머릿속이 복잡해졌다. 어찌 되었든 이강준과 저녁 식사를 하게 된 셈이니까.

강준을 향한 감정을 인정한 후, 잠시라도 더 오래 그를 간직할 시간이 필요한 서원에겐 무척 소중한 기회이긴 했다. 하지만 한편으론 그래서 더 기분이 복잡해졌다.

우선 일하자.

서원은 복잡한 머릿속을 털어 내고 자리로 돌아갔다.

"어어?"

엘리베이터에서 내리니 동진이 기다리고 있었다. 강준과 함께 다가가자 동진이 피식, 하고 웃었다.

"분명 난 한 명과 약속했는데 왜 둘이 되어서 온 거지?"

"얘기 들었어. 내 비서를 도와준 일인데 오늘 식사는 내가 사지."

강준의 말을 들은 동진의 눈이 반짝 빛났다.

"와우. 내가 이강준에게 밥을 다 얻어먹는 건가? 엄청 비싼 거 먹어야겠는데?"

"편한 대로 해."

짧게 말한 강준이 앞장서서 밖으로 나가자 대기시켜 놓은 차가 기다리고 있었다.

"미리 상의 못 드려서 죄송합니다."

차로 향하며 서원이 동진에게 조심스럽게 말했다.

"아니에요. 강준이 녀석 내가 밥 먹자고 해도 피해 다니는데 이번 기회에 같이 먹고 좋죠, 뭐."

동진이 괜찮다는 듯 웃자 서원은 마음이 조금 편해졌다. 문득 시선을 들어 올리니 차 앞에서 기다리고 있는 강준과 눈이 마주쳤다.

"아, 죄송합니다."

자신과 동진을 보고 있는 강준에게 빠르게 다가갔다.

강준의 차를 타고 이동한 곳은 모던한 분위기의 이탈리안 레스토랑이었다. 안으로 들어서니 한강의 야경이 전면 유리 밖으로 펼쳐져 있었다. 넓은 사각 테이블에 세 사람이 앉았다.

주문도 하지 않았는데 담당 직원이 샴페인을 가져왔다.

'예약할 때 미리 주문해 둔 건가?'

원래는 자신이 샀어야 하는 자리가 지나치게 격식 있는 장소라 서원은 좀 난감한 기분이었다. 메뉴판도 없으니 가격도 알 수가 없다.

"술 한잔하자고 그렇게 노래를 불러도 안 마셔 주더니, 이런 식으로 마시게 되네."

동진은 익숙한 듯 직원이 정중하게 따라 주는 황금색 샴페인을 한 손으로 받고 있었다. 강준은 자신의 잔에 채워지는 최고급 샴페인에는 시선을 두지 않고 동진을 바라보고 있었다.

"시간이 나지 않았을 뿐이야."

"뭐, 안다. 네가 얼마나 바쁜지는 잘 알지. 어쨌든 오늘 이 자리를 있게 해 준 우리 한 비서에게 감사하며."

동진이 샴페인 잔을 들자 서원도 자신 앞에 놓인 잔을 들었다.

"저야말로 감사드립니다."

서원의 목소리와 함께 세 개의 잔이 부딪쳤다. 챙. 찰랑이는 샴페인을 입술로 가져가 한 모금 삼키는 사이 예술 작품처럼 플레이팅이 아름답게 된 음식 접시들이 차례차례 각자의 앞에 놓였다.

"강준이 너 이번에 최영 영감네 행사 갈 거야?"

"아니. 거긴 황 전무님이 가시기로 하셨어."

"하긴 너까지 갈 필요 없겠지. 그래도 최영 영감은 전무님이 아니라 네가 오길 바랄 텐데? 기분 나빠하지 않겠어?"

"……."

강준이 대답 없이 샴페인을 마시자 동진이 웃었다.

"자식, 쿨하긴. 아, 그런데 거기 둘째 얼마 전에 사고 쳐서 지금 재판 중이잖아. 그게……."

동진과 강준 사이에서 그들만의 대화가 이어지는 동안 서원은 조용히 식사만 했다. 서원으로선 알 수 없는 재계 인사들의 사업 확장과 시시콜콜한 가정사들은 그녀와 전혀 관계없는 이야기이기도 했다. 업무적인 자리라고 생각하면 딱히 불편할 것도 없었다. 박 실장 대신 오찬 모임에 종종 함께 참석한 적도 있었으니까.

두툼한 스테이크를 썰어 조용히 식사를 하는 동안 서원은 강준의 정갈한 테이블 매너에 내심 감탄했다. 기다란 손가락으로 유려하게 움직이는 포크와 나이프가 그가 테이블 매너를 완벽하게 익혔다는 것을 말해 주고 있었다.

'참 깔끔하게 먹네. 그러고 보니 이사님도 그런 걸 보면 따로 교육을 받은 건가.'

서원이 그런 생각을 하며 식사를 마칠 즈음 동진이 말했다.

"아, 너무 우리 얘기만 한 것 같네. 한도원 씨는 회사 생활 어때요?"

화제가 자신 쪽으로 넘어오자 디저트를 먹고 있던 서원이 고개를 들었다.

"만족하고 있습니다."

"그래서 워크숍 때도 그렇게 열심히 한 건가?"

"네."

"충직하네. 그때 정말 대단하던데. 그런 상처를 입었으면 나았으면 진작에⋯⋯."

"식사 끝났으면 그만 일어나지."

강준이 냅킨으로 입술을 닦고는 내려놨다.

"벌써?"

동진이 고개를 돌리자 강준이 손목시계를 바라봤다. 그걸 본 동진이 아쉬운 투로 말했다.

"약속 있어? 그럼 일어나야지 뭐."

강준을 따라 동진이 일어서자 서원도 뒤따랐다.

"타요. 바래다줄 테니."

동진을 먼저 보내고 강준이 자신의 차를 가리키며 말했다. 하지만 서원은 정중히 사양했다.

"아닙니다. 게다가 약속이 있으시다고⋯⋯."

"그런 거 없으니 타요."

강준의 말에 서원은 잠시 그를 바라봤다.

"약속 있으셨던 거 아니었어요?"

"난 그런 말 한 적 없는데."

강준이 고개를 비스듬히 기울이고 서원을 응시했다. 그러고 보니 강준은 그저 손목시계를 쳐다봤을 뿐, 약속을 유추한 건 동진이었다. 더 거절할 말이 없어진 서원은 먼저 차로 향하는 강준의 훤칠한 뒷모습을 바라봤다.

그저 같은 방향이니 바래다준다는 뜻일 텐데도 속절없이 뛰는 심장에 서원은 난감한 얼굴로 작게 입바람을 불었다.

백 기사의 옆자리에 앉은 서원은 창밖에만 시선을 뒀다.

어둠에 물든 도시의 곁을 흐르는 한강은 영화 속 한 장면처럼 아름답게 펼쳐졌지만 그녀의 신경은 시선이 향한 곳이 아닌, 뒷자리에 쏠려 있었다.

'누군갈 사랑하게 된다는 건…… 보지 않아도 모든 신경 세포가 그 사람을 향해 쏠리는 거구나.'

한 공간에 있다는 것만으로도 이렇게나 들뜨는 마음이 서원은 괜스레 슬퍼졌다.

'평범한 사랑을 했더라면 그저 기쁘고 행복한 기분만 느꼈을까? 이렇게 슬픈 게 아닌.'

창밖을 향한 서원의 눈이 깊게 잠겼다.

차가 서원의 집 골목에 멈추자 그녀가 강준에게 인사했다.

"태워 주셔서 감사합니다. 내일 뵙겠습니다."

인사한 서원이 내리는데 강준이 따라 내렸다. 그가 내리는 것을 본 서원이 의문 어린 눈빛으로 보자 강준이 다가왔다. 서원은 제 앞에 멈춰 선 그와 시선을 맞추었다.

"오늘 일로 이동진 이사에 대한 부채감은 지워요. 이건 명령입니다."

"네?"

"일말의 감정도 남겨 두지 말란 뜻입니다."

서원은 강준을 가만히 올려다봤다. 서늘한 눈빛에 담긴 감정을 알 수가 없다.

"부사장님께서 그러길 바라신다면, 그렇게 하겠습니다."

순순히 대답하자 가만히 서원을 내려다보던 강준이 천천히 상체를 앞으로 기울여 왔다. 가까워진 거리에서 시선을 휘감아 오자 서원은 숨을 들이켰다.

"그 말 명심해요."

확인하듯 낮게 말한 그가 몸을 돌렸다.

"조심히 들어가십시오."

서원은 떨리는 목소리를 들키지 않으려 노력하며 그의 등에 대고 인사했다. 강준의 말이, 마치 동진에게 일말의 관심도 두지 말라는 소유욕처럼 느껴져 심장이 조여들었다.

'그럴 리가 없잖아.'

속으로 스스로를 타박했지만 떨리는 마음은 쉬이 진정되지 않았다.

❋

"잠 못 잤어? 피곤해 보이는데."

심 비서가 서원에게 에너지 드링크를 건네며 물었다.

"……제가 말입니까?"

"그래. 이거라도 마시고 무리하지 마. 또 몸 상할라."

걱정스러운 말투로 내민 음료병을 받아 든 서원이 작게 웃었다.

"고맙습니다."

"고맙긴."

그녀의 어깨를 가볍게 두드려 준 심 비서가 자신의 자리로 돌아갔다. 서원은 그의 뒷모습에서 시선을 돌려 에너지 드링크 뚜껑을 열었다.

'잠을 설치긴 했는데…….'

은연중에 티가 났던 걸까. 그렇게 멍하게 있었다니. 요즘 이강준 때문에 생각이 많아져서인지 잠을 제대로 잘 수가 없었다. 서원은 에너지 드링크를 비우고 일에 정신을 집중하려 했다. 어느 정도 업무에 몰두하고 있는데 박 실장이 복귀했다.

"한동안 신경 쓸 게 많아지겠다."

"무슨 일인데요?"

외투를 벗으며 박 실장이 하는 말에 심 비서가 자리에서 상체를 뒤로 쭉 빼고는 궁금하다는 듯 물었다.

"회장님 연락 받았는데, 다음 달에 약혼식 날짜 잡았다고 스케줄 조절하라신다."

"약혼식이라니…… 우리 부사장님이요?"

"그럼 누구겠냐?"

놀란 심 비서에게 박 실장도 피곤하다는 투로 대꾸했다.

"물론 언젠간 하겠거니 하고는 있었지만, 이렇게 갑자기 큰 행사를 잡아 버리면 대체 어떻게 수습하라는 건지……."

박 실장이 안경을 벗고 얼굴을 문지르며 곤란한 표정으로 한숨을 내쉬었다. 그런 그를 서원이 바라봤다.

이강준의 약혼식.

순간 머릿속이 멍해지는 기분이었다. 그의 약혼자라던 예쁘장한 외모의 어린 여자가 떠올랐다. 분명 약혼녀라고 듣긴 했지만 함께 있는 모습을 보지 못했기 때문인지 지금껏 실감을 못 했다.

"그럼 이번 달 워싱턴 출장부터 조절해야겠네요?"

"그게 제일 큰 문제인데……."

박 실장이 미간을 좁히고 손으로 얼굴을 쓸었다.

"스케줄을 앞당기게 되면 내가 그때 국내에서 처리해야 할 일정이 많을 것 같아. 아무래도 심 비서가 나 대신 가 줘야겠는데."

"아, 그렇군요. 급작스럽지만 어쩔 수 없죠. 제가 해 보겠습니다."

"미안하게 됐어. 내가 웬만하면 긴 출장은 안 보내려고 했는데."

"괜찮습니다. 제 와이프도 가끔 가는 출장 정도도 이해 못 해 주는 사람은 아니니까요."

심 비서가 걱정 말라는 듯 웃는 얼굴로 말했다.

"그래. 그럼 그건 그렇게 하고……. 한 비서는 우선 출장 스케 줄 미리 좀 정리해 두고. 내가 가기 전에 체크할 것들 따로 목록 만들어야 되니까."

"알겠습니다."

대답하면서도 서원은 머릿속이 혼란스러웠다. 출장에 대해 오고 가는 말들이 귀에 잘 들어오지 않을 만큼 그녀의 정신은 그의 약혼식 이야기에서 멈춰 있었다.

'이강준이 약혼한다고? 바로 다음 달에…….'

그 사실을 인지하자마자 마치 찬물을 뒤집어쓴 것처럼 정신이 번쩍 들었다. 이제 이강준은 짝사랑도 해서는 안 되는 상대다. 그걸 직시하자 내내 멀미처럼 아득했던 정신이 한순간에 냉랭해졌다.

서원은 기대를 버려야 하는 순간을 잘 알았다. 그건 부모님이 돌아가신 뒤에 경험으로 알게 된 부분과 그 뒤에 벌어진 모든 일들이 뒷받침되어 형성된 그녀의 성격이었다.

서원의 옅은 갈색 눈동자가 침잠했다.

급하게 다음 달의 일정들을 조절하려고 보니 미룰 수 있는 일이 거의 없었다. 우선 앞당겨서 처리해야 할 일들을 모두 처리하려면 다시 강행군을 해야 했다.

"당분간 무리하지 말라고 해 놓고 일이 이렇게 되어 버려서 어쩌지?"

박 실장이 외부 일정을 해결하러 나간 뒤, 함께 야근을 하던 심 비서가 서원에게 미안한 표정을 지었다.

"다들 바쁜데 저에게 미안해하실 것 없어요."

서원이 괘념치 말라는 듯 웃었다.

"에휴, 우리 정말 일복이 넘칠 운명인가. 그나마 좀 할 만해지니까 또 이렇게 되고."

"박 실장님도 많이 힘드실 것 같습니다. 저희가 하지 못하는 일을 다 처리해야 하시니까요."

"사실 부사장님이 가장 바쁘시긴 하지."

"……그렇긴 하죠."

서원이 작게 대답했다. 강준을 떠올리기만 해도 가슴에 치받치는 뜨거움을 조용히 삭이는데 심 비서의 목소리가 다시 들렸다.

"그런데 사실 정해진 수순이긴 했어. 부사장님이 결혼할 수 있는 상대가 금세라 씨밖에 없으니까…… 시기의 문제였지 뭐."

심 비서가 혼잣말처럼 하는 말에 서원이 멈칫거렸다.

"그건 집안끼리 정한 사이라서 그런 겁니까?"

"뭘? 아아, 금세라 씨하고밖에 결혼 못 하는 거?"

심 비서가 키보드를 두드리던 손을 멈추고는 잠시 턱을 괴고 심각한 표정을 지었다.

"음, 어떡해야 하나…… 뭐 이제 얘기해도 상관없을 것 같다고 박 실장님이 얼마 전에 말씀하시긴 했는데."

"뭘 말입니까?"

서원이 되물으며 한 가지 걸리는 게 떠올랐다.

'혹시 폐소공포증을 말하는 건가?'

그것 때문에 금세라와 결혼해야 한다는 건 좀 납득이 안 되지만.

"으음. 그러니까……."

그래도 고민되는 듯 잠시 뜸을 들이고 있던 심 비서가 결국 설명했다.

"어떤 일 때문인진 정확히 모르겠지만 부사장님한테 여성 기피증 같은 게 있어. 그래서 어릴 때부터 알고 지낸 사람을 제외하고는…… 힘들다고 할까."

서류를 체크하던 서원이 저도 모르게 움직임을 멈췄다.

"여성 기피요?"

"응. 일종의 알레르기 같다고 해야 하나. 몸에서 거부하는 거지. 여자가 옆에 있으면 신체적으로 여러 가지 부작용 같은 것이 일어나나 봐. 메스꺼움이나 두통 같은?"

"아아."

대답을 하면서도 서원은 처음 듣는 사실에 놀라고 있었다.

"그래도 치료를 오래 받아서 업무상 어쩔 수 없는 경우에 증상을 숨길 수 있을 정도는 됐지만, 지금도 그런 상황이 일정 시간 이상으로 지속되면 약을 먹어야 해. 우리가 그런 일은 발생하지 않도록 철저히 스케줄 조절을 하긴 하지만."

"그래서 비서팀도 전부 남자로만 구성되어 있는 겁니까?"

"맞아. 그 이유가 제일 커."

"그렇군요……."

그러고 보니 처음부터 이상하긴 했다. 보통 비서팀에 여성 한두 명은 있기 마련인데 전부 남자로만 이루어져 있다는 것이.

"금세라 씨는 집안끼리 친해서 부사장님이 어릴 때부터 알던 사람이거든. 그래서 친척이나 집에서 일하시는 분들 외엔 유일하게 증상이 일어나지 않는 여자인 거지. 그러니 당연히 결혼 상대로 예전부터 낙점이 된 거고."

서원의 얼굴이 어두워졌지만 심 비서는 눈치채지 못했다.

"그럼 지금까지 금세라 씨 외엔 거부반응을 보이지 않는 여성이 없던 겁니까?"

"그런 모양이야. 그러니까 회장님도 금세라 씨와의 결혼을 이렇게 서두르시는 거겠지."

"……듣고 보니 이번 일이 조금 이해가 갑니다."

서원이 천천히 고개를 끄덕이자 심 비서가 머쓱한 표정을 지었다.

"이건 비서실에서 알고 있어야 되는 이야기긴 한데 워낙 극비고, 김성하 사건도 있어서 이제야 말하게 됐네. 너무 서운하게 생각하진 말고."

"아닙니다. 당연한 거라고 생각합니다."

"그렇게 생각해 주니 고맙네. 앞으로 한 비서도 혼자 부사장님 보좌할 일들이 많이 생길 텐데 이 점은 꼭 유념해 두도록 하고."

"알겠습니다."

서원이 대답하고 다시 책상 쪽으로 몸을 돌렸다.

'여자, 한서원은 처음부터 가망이 없었구나.'

자신이 도원인 척 연기를 하고 있기 때문에 이강준을 만날 수 있었던 거라니.

"이제 그만 갈까?"

심 비서가 자리를 정리하며 묻는 말에 서원이 고개를 돌렸다.

"전 박 실장님께 오늘 내로 전달할 게 있어서 좀 더 해야 할 것 같습니다. 먼저 들어가세요."

"그럼 먼저 갈게. 너무 늦게 가지 말고."

심 비서가 코트를 걸치고 비서실을 나가자 서원은 다시 일에 집중했다.

자정이 넘어서야 완성된 파일을 박 실장의 메일로 전송하고 서원도 퇴근할 수 있었다. 엘리베이터 앞에 서서 버튼을 누르고 기다리는데 의외로 자신이 담담하다는 게 신기했다.

"역시 사람 성격은 쉽게 변하지 않는 거구나."

서원은 자조적인 미소를 지으며 엘리베이터에 올라탔다.

처음 빠지게 된 상대라고 해도, 잠도 못 잘 정도로 머릿속을 가득 채운 사람이라고 해도 한순간에 마음이 접어지는 걸 보면 결국은 그 정도 감정이었단 소리겠지.

포기가 빠른 성격 때문만은 아닐 것이다.

"그래. 그 정도 감정일 뿐."

서원이 혼잣말처럼 작게 내뱉는데 느끼지도 못한 사이 눈물 한 줄기가 뺨을 타고 흘러내렸다.

"어……."

투둑. 갑자기 뚝뚝 떨어지는 눈물에 당황한 서원이 눈을 깜빡였다.

그때 엘리베이터 문이 열리고, 밖에 서 있는 사람과 눈이 마주쳤다.

"한도……."

서원을 보고 인사하려던 동진이 울고 있는 것을 눈치챘는지 입을 다물었다. 서원 역시 당황한 얼굴로 마주 보는 사이 짧은 정적이 흘렀다. 동진이 먼저 머쓱한 표정을 짓고는 입을 열었다.

"먼저 내려갈래요?"

"아니, 괜찮습니다. 타세요."

빠르게 손으로 눈물을 훔친 서원이 벽 쪽으로 비켜서자 동진이 올라탔다. 그가 지하 주차장 버튼과 닫힘 버튼을 연달아 눌렀다. 엘리베이터가 다시 내려가는 동안 서원은 머릿속이 복잡했다.

"왜 하필 이럴 때만 만나지, 하고 생각하지 말아요. 나도 같은 생각 중이니까."

동진이 엘리베이터 문만 보면서 농담처럼 하는 말에 서원이 젖은 눈을 들었다. 눈앞에 동진의 등이 보였다.

"그래도 다른 사람보다 내가 낫지 않나. 이미 한도원 씨의 다양한 모습을 봤으니까 여기서 하나쯤 더 추가된다고 해도 나빠질 건 없을 것 같은데."

"그렇게 생각하니 그런 것도 같네요."

"그렇죠?"

동진이 돌아보며 빙긋 웃자 서원도 마주 웃었다.

"실연이라도 당했어요? 기분 꿀꿀하면 같이 술 마셔 줄 수 있는데."

"그런 거 아닙니다. 괜찮아요."

실연이라는 말이 맞을 수도 있지만 서원은 미소로 거절했다. 동진이 그 얼굴을 잠시 내려다봤다.

"같은 거절이지만 예전처럼 상종 못 할 사람 대하듯 하지 않으니 좋네. 그럼 조심히 들어가요."

동진도 웃으면서 말했다.

"네. 들어가세요."

1층에 도착해 문이 열리자 서원이 인사하고 내려섰다. 그런데 그 순간 동진이 그녀의 팔을 잡았다.

"이사님?"

돌아보는 서원의 눈에 방금 전과 달리 웃음기를 지운 동진의 얼굴이 보였다.

"그냥 나와 술 마셔 주면 안 됩니까? 실은 실연 그거, 내가 당했거든요."

✳

"실연 기념, 건배."

자조적인 멘트와 함께 내민 동진의 잔에 서원이 자신의 잔을 부딪쳤다.

거절하려면 거절할 수도 있었을 텐데 굳이 동진과 회사 근처의 수제 맥줏집으로 온 건 아마 그에게 동질감을 느꼈기 때문이겠지. 서원이 그렇게 생각하며 맥주를 한 모금 마셨다. 기본 안주로 나온 프레첼 모양 과자를 하나 집어 먹는데 동진은 단번에 잔을 비운 건지 맥주를 추가로 주문하고 있었다.

"이런 날 같이 술 마실 사람도 없고, 아무래도 내가 인생을 잘못 산 것 같아요."

동진이 진심으로 자신의 인생을 반성하는 듯 우울한 표정을 지

365

었다.

"실연은 당했지, 집에는 가기 싫지, 미적거리면서 휴대폰 연락처만 계속 들여다보는데 막상 술 마시자고 나오라고 할 만한 사람이 단 한 명도 없는 거지."

서원은 맥주를 마시며 푸념 같은 동진의 말을 조용히 듣고 있었다.

"우습지 않아요? 평소엔 이 사람 저 사람한테 잘만 마시자고 하면서 정작 이런 날 마시자고 할 사람은 없는 거."

마땅히 대답할 말이 없어 서원은 맥주를 한 모금 더 마셨다. 동진 역시 딱히 대답을 바라는 것 같진 않았다. 또다시 빠르게 잔을 비워 낸 그가 추가 주문하는 소리를 들으며 서원은 자신만의 생각에 빠져 있었다.

"근데 한도원 씨는 아까 왜 울었어요? 아, 이 질문 실례인가?"

문득 생각났다는 듯 묻던 동진이 곧 고개를 저었다.

"말하기 싫으면 하지 마요. 나도 꼭 궁금해서 물어본 건 아니니까."

"솔직하시네요."

서원이 작게 웃음을 흘렸다. 동진은 입자가 작은 거품이 찰랑이는 맥주잔을 손목으로 가볍게 흔들었다.

"난 솔직한 게 최고라고 생각하니까. 어차피 거짓도 상대에게 잘 보이려는 허세가 대부분 아닌가? 난 별로 그러고 싶진 않거든요."

"……사람들이 그런 이유로만 거짓말을 하진 않죠."

자신의 상황을 무겁게 떠올리며 서원이 말하자 동진이 잠시 생각하더니 헛웃음처럼 짧게 뱉어 냈다.

"그래서 그 사람도 그런 건가."

혼잣말처럼 뱉은 상대는 아마도 그가 실연당했다는 상대일 것 같았다. 동진답지 않게 웃음기를 지운 채 술잔만 응시하는 모습을 서원이 말없이 바라봤다.

'가벼워 보이는 사람인데 누군가에겐 진심이었던 모양이네.'

지금 진지한 동진의 모습은 마치 다른 사람처럼 느껴졌다. 동진의 기운 없는 모습에 서원이 맥주만 마시고 있었다. 그리고 한참 만에 동진이 고개를 들었다.

"한도원 씨는 아무것도 묻지 않네요."

"제가 묻길 바라십니까?"

서원이 되묻자 동진이 미간을 살짝 찡그리며 웃었다.

"아니, 그건 아닌 것 같아."

아…….

방금 동진의 표정이 언뜻 강준과 닮아 보여 서원은 순간 심장이 쿵 내려앉았다.

"한도원 씨 말이 맞아요. 난 그저 꼬치꼬치 묻지 않고 그냥 조용히 옆에 앉아 있어 줄 사람이 필요했던 것 같아. 근데 연락처를 아무리 봐도 그런 사람이 없었는데……."

동진이 조금 취기가 오른 얼굴로 한 손으로 턱을 괴고 서원을 바라봤다.

"아까 엘리베이터에서 한도원 씨 보는 순간 딱 알았어요. 아, 이 사람이다, 하고."

"제가 꼬치꼬치 캐묻는 사람이면 어쩌려고 그러십니까."

"난 알거든."

확신에 찬 목소리에 동진의 빙글거리는 얼굴을 바라봤다.

"한도원 씨같이 숨기는 게 많은 사람은 남의 사정도 묻지 않거든."

숨기는 게…… 많은 사람?

서원은 순간 들고 있는 술잔을 손에서 미끄러뜨릴 뻔했다. 여전히 동진과 시선을 마주치고 있었지만 그의 밝은 갈색 눈동자는 속을 알 수 없게 빛났다.

'혹시 이동진이 알고 있는 걸까? 내가 여자인 걸?'

얼마 마시지도 않은 술이 확 깨는 기분이었지만 서원은 다행히 담담한 어조로 묻고 있었다.

"그렇게 생각하신 이유를 알고 싶네요."

겉보기엔 태연해도 서원의 심장은 요란하게 쿵쿵 뛰고 있었다.

"왜냐면…… 그 사람이 그러거든요."

"네?"

동진의 눈빛이 가라앉았다.

"내가 좋아한 사람이 한도원 씨와 분위기가 아주 비슷해요. 무조건 피하려고 하는 것도 그렇고."

아, 그런 의미였나? 서원은 속으로 안도의 숨을 내쉬었다. 혹시 동진에게 들킨 게 아닌가 하고 바짝 긴장했던 것이 풀리자 술기운까지 돌았다. 고작 이 정도에 취할 리가 없는데.

"아닐 수도 있어요."

"뭐, 물론 그럴 수도 있는데…… 내가 보기엔 두 사람 너무 닮았어. 비밀주의자들."

동진이 어깨를 으쓱이며 한데 묶으려 들자 서원이 미간을 좁혔다.

"아니라니까요. 일방적으로 판단하지 마시죠."

"그럼 그런 걸로 칩시다."

"뭘 그런 걸로 칩니까."

서원이 핀잔을 주는데도 동진은 아랑곳하지 않고 자기 말만 했다.

"한도원 씨도 매번 도망만 치잖아요."

"그거야 말씀드렸다시피…… 오해받을 것 같아서였죠."

서원의 목소리가 잦아들었다. 이강준을 또 떠올려 버리다니. 지금은 가능하면 떠올리고 싶지 않았는데.

"그냥 화풀이하는 거예요. 닮았으니까."

취기가 돌아 느른해진 동진은 웃고 있는데도 어딘가 슬퍼 보였다.

"……고마워요. 같이 술 마셔 줘서."

동진이 내민 잔에 서원이 말없이 자신의 잔을 부딪쳤다.

이동진과 헤어진 서원은 택시를 타고 집으로 향했다. 술기운은 아까 살짝 오르는 듯싶더니, 동진과 이야기를 하면서 어찌 된 것이 마시면 마실수록 말짱해졌다.

결국 꽤 마시고서도 취하지 못한 채 돌아가게 되니 서원은 그제야 자신 역시 오늘 취하고 싶었던 것을 깨달았다. 동진처럼.

아마 그를 만나지 않았다면 그냥 집으로 돌아왔겠지만, 막상 눈앞에 놓인 술을 보니 처음으로 취해 보고 싶다는 생각이 들었다.

'차라리 혼자 마셨다면 취할 수 있었을까.'

택시에서 내리며 서원은 그런 생각이 들었다. 술이라면 평소 취할 만큼 마시지 않는 건 물론, 혼자서 마실 생각을 한 적도 없었다.

이강준의 약혼 소식을 듣고 분명 그 즉시 마음을 접기로 했으면서도 이런 생각을 하는 게 또 자신답지 않았다. 아까 급작스럽게 흐른 눈물처럼 지금의 한서원은 분명 지금까지 자신이 알고 있던 한서원과 달랐다.

"……역시 마시지 말 걸 그랬어."

어중간한 술기운이 지금 제 기분을 더 엉망으로 만드는 것 같았으니까.

"한도원 씨."

익숙한 목소리에 바닥을 보며 걷고 있던 서원이 멈춰 섰다.

왜 하필 지금.

서원이 숨을 들이켰다.

저 목소리의 주인을 지금 이 순간 만나면 왠지 엉망이 되어 버릴 것 같다는 불안감을 느끼며 서원이 고개를 들었다. 그녀의 앞에 짙은 네이비색 코트를 걸친 강준이 서 있었다. 깊이를 알 수 없는 심연처럼 검은 눈동자가 어둠 속에서도 매혹적으로 빛났다.

"후회할 술을 왜 마셨습니까."

방금 한 소릴 들은 걸까? 자신이 내뱉은 말에 대한 대답 같아 서원이 어색한 표정으로 그를 마주 봤다.

"조금 마셨습니다. 그런데 무슨 일이십니까?"

"오늘 한도원 씨가 박 실장에게 보낸 파일이 당장 필요한데, 전송되지 않았다고 해서 왔습니다. 박 실장에게 연락 못 받았습니까."

"아뇨. 연락은……."

서원이 곧장 자신의 휴대폰을 꺼냈다.

'이런.'

액정에 떠 있는 부재중 메시지들을 본 서원의 눈썹이 찌푸려졌다.

"죄송합니다. 진동으로 되어 있던 모양입니다. 제 개인 서버에 올려놨으니 지금 집에 들어가서 바로 보내겠습니다."

"집에 프린터 있던데 지금 바로 출력해서 줄 수 없습니까."

강준의 말에 서원이 멈칫거렸다.

"지금, 말입니까?"

"네. 차에서 확인할 수 있도록 그렇게 해 줬으면 하는데."

"아…… 그럼 잠시 차에서 기다려 주시면 제가 출력해서."

"나 역시 술을 마셔서, 택시로 오느라 차가 없습니다."

당황해서 말하던 서원이 자신의 말을 끊은 강준을 보며 낭패감에 젖었다. 짧게 고민하던 그녀가 결국 입을 열었다.

"그럼 잠시 들어와서 기다리세요."

피하고 싶은 상황이었지만 상사를 문밖에 세워 둘 수는 없었다. 서원이 앞장서서 입구로 향하자 뒤에서 그가 뒤따랐다. 계단을 오르는 동안 뒤에서 따라오는 이강준의 발소리를 들으며 서원은 심란해지는 마음을 다잡았다.

'그건 다 지난 일이야.'

떠올리고 싶지 않지만 이 현관 앞에서 그가 했던 말이 똑똑히 기억나 버려 서원이 지그시 입술을 깨물었다.

잡아먹을 듯이 이글거리던 시선과 그 음란한 말…….

아직 몸에 남아 있는 술기운 탓인지 그 순간을 떠올리자마자 뜨거운 열감이 훅 끼쳤다. 숨을 들이켠 서원은 현관 잠금장치를 빠르게 열었다.

"들어오세요."

서원이 문을 열고 한 발짝 물러섰다. 뒤에 서 있던 강준이 그 자리에서 움직이지 않고 그녀를 내려다봤다.

미동 없이 자신을 내려다보는 그를 서원이 의아하게 마주 보는데 그가 말했다.

"난 여기에서 기다리죠."

"여긴 추우실 텐데……."

"통화해야 할 데가 생각나서 말입니다."

강준의 말에 서원이 멈칫거렸다.

"그럼 제가 곧바로 출력해서 가져오겠습니다."

고개를 숙이고 말한 서원이 문을 닫고 안으로 들어왔다. 시간이 시간인지라 업무상 통화는 아닐 거였다. 아마도 그의 통화 상대가 약혼녀일 거라는 생각이 들자 방금 전에 일었던 뜨거운 열기가 싸늘하게 식었다.

하, 크게 숨을 뱉어 낸 서원이 제 얼굴을 손바닥으로 문질렀다. 그러고는 빠르게 방으로 가 노트북을 켜고 개인 서버에 올려 뒀던 보고서를 출력했다.

서류 봉투에 출력물을 넣고 밖으로 나오자 그새 통화가 끝난 건지 강준은 아까 모습 그대로 서 있었다.

"여기 있습니다."

서원이 내민 서류 봉투를 받는 강준의 시선이 그녀의 웃음기 없는 얼굴에 닿아 있었다.

"그럼 쉬어요."

"네. 조심히 들어가세요."

사무적으로 대답한 서원이 돌아서서 계단을 내려가는 강준의 모습을 바라보고 있었다.

❀

"누나. 듣고 있어?"

"……어?"

정신을 차린 서원이 도원을 보자 그가 콧잔등을 찡그렸다.

"무슨 생각을 하기에 세상 심각한 얼굴로 동생 말하는 것도 안 들어?"

장난스러운 타박에 서원이 미안한 얼굴로 웃었다.

"미안해. 좀 신경 쓰이는 일이 있어서."

"그럼 그냥 집에 있지. 무리해서 올 거 없는데."

"아니야. 집에 있다고 신경 안 쓰일 문제도 아니라서."

가벼운 말투로 말했지만 서원의 미소에는 기운이 없었다.

그의 약혼식은 차곡차곡 진행 중이었다. 비공개 약혼식도 아니니 자신 역시 그 약혼식에 참석해야 한다. 도원의 상태가 거의 회복되었으니 결혼식까지 볼 일은 없겠지만, 이강준의 약혼식을 보고 있을 자신을 상상하면 기분이 바닥까지 가라앉았다.

'약혼식이 진행된다는 사실만으로도 이렇게 동요하면서…….'

서원은 남은 기간 동안 자신이 비서 일을 잘 해낼 수 있을지 자신이 없어졌다. 지금도 하루에 수십 번씩 마음이 무너져 내리는데.

"누나."

서원의 어두운 얼굴을 보고 있던 도원이 그녀를 불렀다.

"누나, 벌써 몇 달째 계속 살도 빠지고 표정도 어두운 거 알아?

말 안 하려고 했는데 더는 가만 두고 볼 수가 없겠다.”

“……어?”

도원이 작심한 듯 물어 오자 서원의 눈이 작게 흔들렸다.

“무슨 일 있지? 누나를 이렇게 고민하게 만드는 일이 대체 뭐야?”

서원은 난감한 기분이었다. 적어도 도원의 병실에선 웃는 얼굴로 그 모든 속내를 숨겼어야 했는데.

“별로 중요한 일은 아니야. 알잖아. 누나 쓸데없는 일로 머리 싸매고 고민 잘 하는 거.”

“알지. 아니까 이번 일은 전과 다르다는 것도 알아.”

웃어넘기려 해도 도원은 호락호락하지 않았다.

“누나. 세상에 식구라고는 우리 둘뿐이잖아. 내가 지금 비록 입원 중이지만 누나가 다 책임져야 했던 예전의 그 어린애는 아니야.”

“……알아.”

“누나 성격에 그렇게 숨기지 못할 정도로 어려운 고민이면 나한테 나누면 안 돼?”

서원이 잠시 도원을 바라봤다. 도원은 생각보다 훨씬 더 강한 사람이 되어 있었다. 이런 모습을 보니 더욱 자신이 쓸데없는 행동을 한 것 같다는 후회가 들어 서원은 마음이 무거웠다.

‘괜한 짓을 했어.’

도원을 위한다는 착각으로 한 어리석은 행동의 결과로 자신은 지금 어떻게도 할 수 없는 상황에 몰려 있었다.

“미안해. 도원아.”

숨을 들이켠 서원이 천천히 뱉어 내며 무겁게 말했다.

"나중에…… 조금 더 정리된 후에, 그때 말해 줄게."

어차피 도원에게 설명해야 할 문제였다. 하지만 적어도 자신의 감정을 수습하는 것이 먼저였다.

"그때까지만 기다려 줘. 아마 오래 걸리진 않을 거야."

그때가 되면 다 설명할 수 있을 테니까.

지금은 도원에게 사실대로 말할 수는 없었다. 만약 그렇게 된다면 도원은 당장 그만두라고 할 게 분명했으니까. 잘못된 선택이었다 해도 지금까지 한도원으로 지낸 시간을 헛수고로 만들고 싶지 않았다.

'다행히 그는 곧 출장이니까…….'

이틀 후면 강준은 열흘간 워싱턴으로 출장을 가게 된다. 지금도 당겨진 외부 스케줄 탓에 회사에서 마주칠 일이 많진 않았다. 그래도 아예 눈에서 보이지 않게 되면 이 괴로움도 분명 조금 더 나아질 거였다.

'그동안 어떻게든 마음의 정리를 해야 해.'

서원은 스스로를 다잡으며 혼란스러운 마음을 조용히 가라앉혔다.

✳

강준이 출장을 떠나는 날 아침, 서원은 심 비서로부터 다급한 연락을 받게 됐다.

— 한 비서?

"네. 심 비서님. 무슨 일이십니까?"

목소리가 급박한 게, 심상치 않은 일임을 눈치챈 서원이 휴대폰을 고쳐 잡았다.

— 미안한데, 내가 진짜 미안한데 한 비서가 나 대신 출장 좀 가 줄 수 있을까?

"……네?"

— 우리 애가 갑자기 고열이 나서 지금 응급실인데 폐에 문제가 있대. 아무래도 수술에 들어가야 할 거 같아.

"수술이라니…… 많이 안 좋은 상태입니까?"

— 그건 일단 수술 끝나 봐야 안대. 운이 좋으면 간단하게 끝날 수도 있다고는 하는데 심각하면…… 아니 그건 생각하고 싶지 않고.

꽤 심각한 상태인지 심 비서가 굳은 목소리로 자신의 말을 잘랐다.

— 어쨌든 내가 갑자기 이렇게 돼서 갈 수가 없게 됐어. 박 실장님은 여기서 부사장님 대신 처리해야 할 게 많아서 도저히 시간을 뺄 수가 없으시거든.

"그런 거라면 당연히 제가 가겠습니다."

— 괜찮겠어?

"네. 괜찮습니다."

서원의 대답에 심 비서는 후우, 하고 크게 안도의 한숨을 쉬었다.

— 갑작스럽게 말해서 준비도 못 했을 텐데…… 정말 미안해. 한 비서.

"아닙니다. 심 비서님은 아이 수술에만 신경 쓰세요. 몇 시까지 가면 됩니까?"

서원이 시계를 시선으로 빠르게 확인하며 물었다.

— 11시까진 공항에 도착해야 하니 빨리 준비해야 할 거야. 일단 스케줄 정리해 놓은 거랑 필요한 자료는 메일로 보내 놓을게.

"네. 알겠습니다. 너무 걱정 마세요."

미안해하는 심 비서를 다독이고 전화를 끊은 서원은 머리칼을 쓸어 넘겼다.

"11시라니. 너무 촉박한데."

상황이 급해진 서원은 머릿속으로 필요 물품을 떠올리기 시작했다. 다행히 엘른에 입사하면서 만약을 대비해 도원의 여권을 챙겨 뒀었다.

"정말 쓰게 될 줄은 몰랐지만……."

씁쓸한 얼굴로 중얼거린 서원이 트렁크를 꺼냈다. 이것저것 생각할 겨를 없이 짐부터 싸기 시작했다.

VIP 전용 라운지에서 에스프레소 잔을 한 손에 들고 태블릿PC를 보고 있는 강준을 보자 서원은 숨을 삼켰다.

'열흘 내내 저 남자와 둘이 있어야 한다는 건가?'

그는 완벽한 핏의 슈트 차림으로 마치 화보 속 모델처럼 앉아 있었다. 긴 다리를 꼬고 앉아 있는 모습만 봐도 이렇게 심장이 쿵 내려앉아 버리면, 그의 옆에서 보내는 열흘이라는 시간은 자신의 감정을 정리하는 데 전혀 도움이 되지 않을 거였다.

"부사장님."

머릿속으로는 낭패감에 젖었지만 서원은 감정을 숨긴 채 강준에게 다가갔다. 태블릿PC에 박혀 있던 그의 시선이 천천히 들려 올라갔다.

"죄송합니다. 갑자기 업무 인계를 받게 되어 좀 늦었습니다."

그가 느른하게 자신의 손목시계를 확인했다.

"아직 시간 남았으니 요기라도 해요. 식사도 못 했을 텐데."

"네."

강준 말대로 아무것도 먹지 못한 상태였다. 서원은 라운지에 비치된 음식 중에서 간단히 먹을 만한 몇 가지와 커피를 가져왔다.

일반 라운지와 달리 VIP 라운지는 한산했다. 그래서 강준과 조금 떨어진 옆자리에 앉아 심 비서에게 인계받은 자료들을 확인하며 식사를 했다. 한 번도 해외 출장에 따라나선 적 없던 서원이 이번 출장을 맡게 되어 박 실장도 걱정스러운 전화를 해 온 터였다.

실수하지 말고 잘해야 한다는 생각에 서원은 출장 기간 동안의 이동 경로와 참석해야 하는 회의를 점검해 나갔다.

"그만 출발하죠."

강준의 말에 서원은 보던 자료를 빠르게 정리했다.

엘른의 전용기를 직접 타게 되는 일은 처음이어서 서원은 내심 놀랐다.

'생각보다 크네.'

강준은 대부분 전용기를 타고 해외 출장을 다닌다는 것은 알고 있었지만 한 번도 어떤 모습인지 상상해 본 적 없었다. 외관 역시 세련된 디자인이었지만 넓은 내부는 압도적일 정도로 최상급의 시설이 배치되어 있었다. 회의실과 영화관람실, 온갖 술이 비치되어 있는 바와 침실과 샤워실까지 기내에 갖추고 있는 모습을 보니 놀라웠다.

거실처럼 꾸며 놓은 안락한 공간에 들어서자 정갈한 외모의 전담 캐빈크루가 다가왔다.

"필요한 것 있으시면 언제든 말씀하십시오."

캐빈크루가 친절하게 말하고 밖으로 나가자 서원은 널찍한 테이블이 있는 소파 앞에 앉았다. 잠시 기다리니 편한 셔츠와 바지로 갈아입고 나온 그가 그녀의 맞은편에 앉았다.

그가 자연스럽게 태블릿PC를 꺼내자 서원도 아까 보던 자료를 다시 꺼냈다.

"나한테 맞출 필요 없습니다."

"네?"

서원이 자료를 펼치며 쳐다보자 강준이 그녀를 보고 있었다.

"내 페이스에 맞출 필요는 없다고 말하는 겁니다. 피곤하면 언제든 아까 설명했던 침실 중 한 곳에서 쉬면 됩니다."

"네. 알겠습니다."

말을 끝낸 강준이 태블릿PC로 시선을 옮기자 서원도 한쪽에 노트북을 켜 놓고 자료와 확인해 가며 일에 집중했다. 한동안 서로의 일만 하는데 캐빈크루가 다가왔다. 와인과 간단한 핑거푸드를 가져와 테이블 위에 놓고 일에 방해되지 않도록 조용히 자리를 비켰다.

"좀 쉬고 해요."

강준이 와인을 채운 잔 하나를 권하자 서원도 하던 일을 멈추고 그걸 받았다.

"감사합니다."

비행기에서 와인을 마신 적은 종종 있었지만 상대와 마주 보고 마시니 왠지 기분이 조금 이상했다. 게다가 그 상대가 이강준이니.

차라리 일을 하는 게 편하지 않을까 생각하고 있는데 강준이 노트북과 태블릿PC를 한쪽으로 밀어 두고 와인을 마셨다. 그걸 본 서원은 조심스럽게 잔을 입술로 가져갔다.

달콤한 향이 감도는 와인을 몇 모금 마시니 온몸에 감돌았던 긴장이 조금 풀렸다.

"갑자기 오게 되어 놀랐겠군요."

"네. 조금요."

강준은 지금 마시고 있는 와인처럼 진한 버건디색 셔츠와 슬림한 핏의 블랙팬츠를 입고 있었다. 그의 피부색과 잘 맞는 색의 셔츠를 보다가 저도 모르게 단단한 몸의 곡선을 따라 시선을 움직였다.

제 시선을 깨달은 서원은 얼른 와인 잔을 입술로 가져갔다.

"보통 박 실장님은 이곳에서 뭘 하십니까?"

느른하게 자신을 보고 있는 시선을 피하며 서원이 물었다.

"별다를 건 없어요. 쉬거나, 일을 하거나."

강준이 잔을 입술로 가져갔다. 그의 입안으로 흘러 들어가는 와인을 따라 꿈틀거리는 남성적인 목울대가 서원의 시선을 빼앗는다.

"……그렇군요."

자신의 목덜미가 더워지는 기분에 서원이 손으로 제 목을 매만졌다.

탁.

잔을 내려놓은 강준이 몸을 일으켰다.

"난 쉴 테니 한 비서도 쉬도록 해요."

강준이 침실 쪽으로 사라졌다. 그가 두고 간 빈 잔을 서원이 가만히 응시했다. 문득 출장을 다녀올 때마다 비행기에서 잠을 자지 않는 강준 때문에 자기도 쉴 수가 없다고 푸념을 늘어놓던 박 실장의 말이 떠올랐다.

'날 배려해 준 건가?'

지금은 이런 배려 하나에도 흔들리는 자신의 마음을 다잡기 급급했다. 깊게 생각할 거 없어. 짧게 한숨을 내쉰 서원은 와인 잔을 옆으로 밀어 두고 다시 일을 시작했다.

워싱턴 공항에서 마중 나온 리무진을 타고 도심에 있는 엘른 호텔로 이동했다. 현대식 조감도를 자랑하는 엘른 호텔에 도착하자 호텔 담당자들이 입구에서 대기하고 있었다.

"기다리고 있었습니다. 부사장님."

깍듯이 인사하는 그들의 태도는 이 엘른 호텔 체인의 후계자가 누구인지 확실히 인식하고 있는 모습이었다.

컨퍼런스룸에서 미국 내 엘른 호텔의 종합적인 보고를 받고 스위트룸 객실로 올라오니 이미 이곳 시간으로 저녁 시간이 훌쩍 지난 뒤였다. 객실 안으로 들어서니 이 호텔 최고의 뷰를 자랑하는 스위트룸답게 무척 넓고 세련된 인테리어가 눈에 띄었다.

전면창 너머로 보이는 도심의 야경에 잠시 놀랐던 서원은 곧 호텔 직원이 올려 준 강준의 짐들을 확인했다. 빠짐없이 올라온 것을 확인한 서원이 재킷을 벗고 있는 강준을 바라봤다.

"피곤하실 텐데 푹 쉬세요. 내일 일정이 시작되는 9시에 뵙겠습니다."

고개 숙인 서원이 맞은편 복도에 있는 자신의 룸으로 돌아가기 위해 몸을 돌렸다.

"한도원 씨."

강준이 부르는 소리에 그녀가 돌아봤다.

"네. 부사장님."

벗은 재킷을 소파에 툭 던진 그가 타이를 느슨히 풀었다. 서원은 순간 숨을 삼켰다.

'역시, 지금 상황은…… 위험해.'

업무라 해도 최고급 호텔의 스위트룸에 야성적인 관능미를 지닌 이 남자와 함께 있는 이 상황은.

"식사 시간이 한참 지난 것 같은데."

강준의 말을 듣고서야 서원은 아차 싶었다. 심 비서의 체크 목록에 끼니를 잘 챙기지 않는 강준의 식사를 잘 챙기라는 항목이 있었는데 그걸 빠뜨렸다는 것을 깨달았다.

"죄송합니다. 출장이 처음이라 제가 인지하지 못했습니다. 룸서비스를 시킬까요? 아니면 호텔 레스토랑에서……."

"한도원 씨는?"

"네?"

"한 비서는 어떤 게 낫겠냐고 묻는 건데."

"아……. 저는 상관없습니다. 부사장님 편하신 쪽으로 하세요."

"그럼 내가 룸서비스를 시킬 테니 거기 앉아서 기다려요."

타이를 풀어 재킷 위에 툭 던진 그가 셔츠의 가장 윗단추를 풀며 인터폰이 있는 곳으로 걸어갔다. 서원은 그가 말한 소파 위에 앉으며 눈썹을 모았다.

'당장 도망쳐도 시원찮을 판에 여기서 같이 식사까지 하게 되다니.'

가장 큰 문제는 그와 함께할 기회가 생겨서 기쁘다는 거였다.

곧 약혼식을 앞둔 남자를 두고 마음을 정리하기는커녕 내심 좋아하는 자신이 씁쓸하게 느껴졌다.

주문을 마친 강준이 와인 저장고에서 와인 한 병을 꺼냈다.

"제가 하겠습니다."

서원이 일어서서 다가가려 하자 그가 손을 들어 제지했다.

"거기 있어요."

가느다란 스템의 둥근 잔 두 개에 와인을 따른 후, 잔을 들고 강준이 다가왔다.

"급작스러운 일이었을 텐데 멀리까지 오느라 수고 많았습니다."

강준이 와인 잔을 하나 건네자 서원이 조심스럽게 받았다.

"감사합니다. 부사장님도 수고 많으셨습니다."

챙.

얇은 유리잔이 부딪히는 맑은 소리가 조용한 공간을 울렸다. 와인을 한 모금 머금은 서원은 고개를 돌려 소파 옆 전면유리 밖에 펼쳐진 워싱턴의 화려한 야경을 바라봤다.

'차라리 조금 취하는 게 나을까.'

이 낯선 공간에서 이강준과 단둘이 있다는 걸 의식하지 않기 위해선 약간 술기운이 있는 편이 낫겠다는 생각에 서원은 와인 한 잔을 빠르게 비워 냈다.

"많이 피곤했던 모양입니다."

강준이 서원의 빈 잔을 보고는 와인 병을 집어 들었다.

"피곤한 건 아닙니다. 다만 긴장을 좀 했나 봐요."

강준이 따라 주는 와인을 두 손으로 받으며 서원이 대답했다.

"해외에 나온 적이 많지 않습니까."

"그건……."

대답하려던 서원이 잠시 말을 멈췄다. 한서원이 아닌 한도원으로 대답해야 한다는 걸 잊을 뻔했다.

"없습니다."

서원이 작게 대답했다. 와인은 한 잔만 마셔도 취기가 올라오기 때문에 두 번째 잔은 잡고만 있었다. 투명한 유리잔 안에 담긴 붉은 액체를 조용히 응시하던 서원이 고개를 들자 그와 눈이 마주쳤다.

짙게 물든 눈동자가 웃음기 없이 자신을 응시하고 있자 서원은 몸 안에서 익숙한 열기가 지펴지는 것을 느꼈다. 순간적으로 시선을 피하려는데 마침 노크 소리가 들렸다.

"제가……."

"앉아 있어요."

서원이 일어서기도 전에 강준이 먼저 와인 잔을 테이블 위에 올려 두고 몸을 일으켰다. 문을 열자 호텔 직원이 이동식 트레이를 끌고 와 날개처럼 펼쳐 하얀 천이 씌워진 테이블로 만들었다.

그들이 테이블 위에 요리들을 세팅할 동안 서원은 제멋대로 몸 안에 번지고 있는 열기를 누르기 위해 필사적이었다.

'최대한 빨리 식사를 끝내고 여기서 나가야겠어.'

위험 신호를 느낀 서원은 세팅이 완료된 테이블 앞에 앉았다. 전면유리 앞에 테이블이 놓여 마치 근사한 라운지 레스토랑에 앉아 있는 기분이었다.

"마지막 날 있을 W포럼은 매년 참석하는 곳이던데 심 비서님이 보내 주신 자료 외에 제가 더 준비할 것은 없습니까?"

군더더기 없이 깔끔한 손놀림으로 익숙하게 나이프를 사용하는 그의 긴 손가락을 보며 서원이 물었다.

"필요하면 말하죠."

마지막 날의 W포럼이 이번 출장에서 가장 중요한 일이었다. 서원은 그 일에 관한 몇 가지 질문을 더 하였고, 그사이 식사가 마무리되어 갔다. 중요한 일정이니 제대로 신경 쓰고 싶기도 했고, 일에 대한 이야기를 하면 이 묘한 긴장감도 잊을 수 있다는 생각에서였다.

문득 강준의 시선이 느껴져 고개를 드니 그가 서늘한 얼굴로 보고 있었다.

"왜 난 한도원 씨가 일부러 일 이야기만 하고 있는 것 같다는 생각이 들까."

"!"

정곡을 찔린 기분에 서원은 표정 관리를 하지 못했다. 그가 와인 잔을 테이블 위에 내려놓으며 낮게 말했다.

"내가 아는 한도원 씨는 내내 일에 시달린 사람한테 식사 시간마저 일 생각을 하게 하지 않을 사람인데."

"죄송합니다. 그런 의도는 아니⋯⋯."

"나와 있는 시간이 많이 불편합니까?"

서원은 대답을 하지 못하고 잠시 그를 바라봤다. 지금 가장 불편한 건 이강준과 함께 있는 시간이 아니라, 그와 함께 있는 시간을 불편해해야 하는데 그러지 못하는 자신의 마음이었다.

"전⋯⋯."

하지만 그 말을 할 수는 없어 적당히 둘러대려는데 자신을 똑바로 응시하고 있는 강준의 눈을 본 순간 혀가 얼어붙어 버렸다.

'안 돼. 통하지 않아.'

어떤 거짓말도 통하지 않을 듯한 차가운 얼굴 앞에 서원은 좌절했다. 입술만 달싹이다가 결국 다물어 버리자 그의 눈이 서늘하게 가라앉았다.

"선의의 거짓말이 필요할 때도 있는 법인데. 모르는 모양이군요."

냉소적으로 흘러나오는 목소리에 서원은 자신이 오해받고 있다는 걸 알았다.

"죄송합니다."

답답했지만 사과 외엔 할 수 있는 말이 없었다.

"……그만 들어가서 쉬세요."

얼음처럼 차가운 목소리로 말한 강준이 몸을 일으켜 욕실로 들어갔다.

강준이 앉았던 자리를 잠시 쳐다보던 그녀가 조용히 몸을 일으켜 룸을 나왔다.

✳

"오늘 좌석 배치도와 참석자 명단입니다. 주최 측에 연락해서 정리해 뒀습니다."

서원이 내민 서류를 강준이 받아 들었다.

"수고했어요."

어느덧 열흘간의 출장 중 마지막 일정만 남아 있었다. 예정되어 있던 W포럼에 참여하기 위해 이동 중인 차 안에는 익숙한 적막이 흘렀다.

강준은 첫날의 저녁 식사 이후, 출장 기간 내내 서원과 업무적인 대화 외에는 하지 않았다. 서원 역시 다른 말을 하지 않았기 때문에 두 사람 사이엔 냉랭한 기류가 흐르고 있었다.

'이제 마지막 날인가.'

조수석에 앉은 서원은 룸미러로 서류에 시선을 두고 있는 강준을 스치듯 보았다. 조각한 듯 섬세한 옆얼굴엔 어떤 표정도 떠올라 있지 않았다. 반듯한 이마와 높은 콧날이 드러나도록 머리칼을 뒤로 넘기고 품격 있는 클래식한 분위기의 슈트를 입고 있는 이강준은 오늘따라 한숨이 나올 정도로 멋있었다.

서원은 그런 강준에게 시선을 두지 않으려 의식적으로 신경을 쓰며 어제까지 마무리된 일정을 보고서에 입력했다.

'내일이면 한국으로 돌아가니까 둘만 있는 상황에서 벗어날 수 있어.'

그렇게 되면 이 열흘간 느꼈던 긴장도, 순간순간 치받치던 무수한 감정들도 모두 저 아래로 가라앉을 거였다.

자신을 보는 차가운 강준의 눈동자에 이렇게 가슴이 조여드는 일도…… 나아지겠지.

서원은 창밖에 시선을 뒀다. 학회 때문에 몇 번 와 본 적 있는 도시였지만 그때도 지금도 늘 일에 쫓겨 제대로 도시를 즐길 여유가 없었다.

'이번에도 이렇게 일정 사이를 오가는 동안 차창 밖으로 보는 모습이 다겠구나.'

그렇게 생각하니 조금 허전한 기분이 들었다. 지금까지 이곳에 왔을 때와는 전혀 다른 기분이었다. 그저 출장 때문에 온 거라고 해도, 이강준과 열흘의 시간을 보냈다는 이유만으로 이곳은 앞으로 자신에게 무척 특별한 장소가 될 거라는 생각이 들었다.

'아, 도착했나?'

W포럼이 열리는 장소에 도착하자 서원은 정신을 차렸다. 세계 재계를 움직이는 총수들이 모이는 곳답게 건물부터 무척 거대했다.

"부사장님. 도착했습니다."

태블릿PC에 집중해 있던 강준이 서원의 목소리에 시선을 들어 올렸다. 대기하고 있던 직원이 문을 열어 주자 그가 익숙하게 차 밖으로 빠져나갔다. 서원도 곧 그를 뒤따랐다.

포럼이 끝나고 바로 뒤의 포토맥 강에서 선상 파티가 예정되어 있었다. 호화로운 대형 크루즈에 이번 컨퍼런스에 참여한 각국의 CEO들이 모여들었다.

사실상 이 파티를 위해 포럼이 개최되었다고 해도 과언이 아닐 정도로 자연스러운 사교장 풍경이 연출되고 있었다. 그야말로 거 대 갑부들이 모인 비공개 자리인 만큼 선상 파티의 규모 역시 컸으며, 장식과 조명, 술과 음식까지 모든 것이 최고급이었다.

어두운 강 위에서 화려하게 빛나고 있는 조명들을 보며 서원은 조금 떨어진 위치에서 강준을 시선으로 좇고 있었다. 그는 벌써 1시간 정도를 사람들 사이에서 대화 중이었다.

미국 연구소에서 근무할 때 읽던 경제지에 수시로 등장하는 유 명 인사들과 친밀하게 대화하고 있는 강준의 모습을 보니 새삼 낯선 느낌을 받았다.

'먼저 돌아가는 게 나으려나.'

서원은 시계를 힐긋 쳐다봤다. 이곳에선 비서가 할 일이 딱히 없어 보였다. 강준 역시 자신의 존재를 잊고 있는 것 같았다. 아까부터 그의 시선은 한 번도 자신에게 닿은 적이 없었으니까.

짧게 한숨을 쉰 서원은 고개를 돌려 강 저편을 건너다봤다.

"……."

서원이 한참을 그렇게 강물을 보고 있다가 다시 고개를 돌렸을 때 강준이 보이지 않았다.

'어디로 간 거지?'

넓은 배 위엔 사람들이 너무 많았다. 몇 차례 주변을 훑어보던 서원은 포기하고 몸을 돌렸다.

'날 잊고 먼저 간 건가. ……호텔로 돌아가 보자.'

요즘 강준의 태도로 보아 자신을 잊고 돌아가는 것도 무리는 아니었다. 그렇게 만든 건 자신이었지만, 어쩔 수 없었다.

서원은 앞쪽으로 보이는 입구로 다가갔다. 크루즈 밖으로 나가기 위해 나선형의 계단을 내려가자 좁은 복도가 이어졌다. 붉은색 카펫이 깔린 객실형 내부가 은밀한 분위기를 자아냈다. 아무래도 출구로 이어진 통로는 아닌 것 같아 다시 몸을 돌려 걸어가는데…… 방향을 완전히 상실해 버렸다.

'이런. 완전히 길을 잃은 것 같은데…… 어쩌지?'

서원이 미간을 찌푸리는데 문득 카펫이 깔린 이 길이 호텔 복도의 인테리어와 비슷하다는 생각이 들었다. 그때 모퉁이를 돌아서자마자 서원은 멈칫했다.

"!"

모퉁이 끝 쪽의 열린 문 사이로 거의 헐벗다시피 한 남녀 두 사람이 야릇한 성행위를 하고 있는 것이 보였다.

'아, 여긴……!'

그제야 이 객실들의 목적을 깨닫게 된 서원이 확 붉어진 얼굴로 몸을 돌렸다.

"관음하는 취미가 있는 줄 몰랐는데."

자신의 앞에 서 있는 강준을 보고 서원의 눈이 커졌다.

"부사장……님."

갑자기 여기 왜 그가?

서원이 놀란 눈으로 강준을 보고 있다가 뒤늦게 그의 말을 떠올리고 얼른 대답했다.

"길을 잘못 들었을 뿐입니다."

"따라와요."

뒤돌아선 강준이 앞장서서 걸어갔다. 서원은 화끈거리는 얼굴을 손등으로 지그시 누르며 그의 뒤를 따라갔다. 갑판으로 나오자 서원이 다시 말했다.

"오해하지 말아 주세요. 정말 거기가 그런 곳인 줄은 몰랐습니다."

강준이 자신을 보는 듯하더니 곧 시선을 돌렸다. 사람들의 시끌시끌한 웅성거림과 음악 소리가 멀리서 들려오고 있었다. 그러고 보니 이곳은 조명도 없이 사방이 어둡고 사람이 없었다. 그 사실을 지금 안 서원이 주변을 둘러봤다.

"부사장님. 그런데 여긴……."

강준은 아무 말 없이 일렁이는 검은 강물에 시선을 두고 있었다. 두 사람 사이에 적막이 흘렀다. 서원은 그가 말을 꺼낼 때까지 조용히 함께 밤바람을 쐬기로 했다.

머릿속은 아직 어수선했다. 먼저 가 버린 줄 알았던 그가 그런 곳에서 나타났다는 사실도 신경이 쓰였다.

설마…… 다른 사람과 그런.

'아니, 그는 여성 기피가 있으니 그럴 리가 없어.'

그걸 알면서도 신경이 쓰이는 자신이 싫어 시선을 내리는데 강준이 말했다.

"내가 그렇게 불편합니까?"

갑작스러운 말에 서원이 고개를 들었다. 그의 검회색 눈동자가 어둡게 잠겨 있었다.

"날 피해 도망이나 갈 만큼, 나와 함께 있는 게 싫은 거냐고."

낮게 흘러나오는 목소리에 서원의 심장이 쿵 떨어졌다. 그가 화가 난 듯 굳은 얼굴로 위험스러운 분위기를 풍기고 있었다.

"……도망간 게 아닙니다."

겨우 대답하자 그가 한 걸음 다가왔다.

"그럼 어딜 가려고 한 건데?"

어둠 속에서 마주한 시선에 숨도 쉬지 못할 정도로 긴장됐다. 서원은 저도 모르게 뒤로 한 걸음 물러섰다.

"부사장님이 보이지 않으셔서 먼저 호텔로 돌아가신 줄 알고……."

"그걸 핑계라고 대고 있는 건가?"

순식간에 다시 벌어진 거리를 좁혀 온 그의 입술 끝이 위험하게 휘어 올라갔다.

"이 열흘간 네가 날 얼마나 끔찍해하는지 충분히 봐 왔는데."

요란한 웃음소리가 멀리서 들려왔다. 왁자한 분위기의 배 저편과 달리 이곳은 사방이 고요했다. 어둠 속에서 마주친 시선에 긴장이 흘렀다.

'내가 이강준을 끔찍해했다고?'

서원의 눈이 흔들렸다. 지금 그의 말도, 이 위험한 상황도 전혀 이해가 되지 않고 있었다. 그가 왜 이리 화가 났는지조차.

"무슨 말씀이신지 모르겠습니다."

"모를 리가."

강준의 입술 끝이 말려 올라갔다.

"내 옆에 있을 때마다 표정이 굳어서 움찔거리는 걸 내가 한두 번 본 것 같아?"

오해하고 있어…….

그의 옆에서 표정이 굳었던 건 그런 이유에서가 아니었다. 하지만 지금 강준은 단단히 오해하고 있는 것 같았다.

"부사장님. 제 말을……."

"한도원이, 내 인내심이 고작 이 정도밖에 되지 않는다는 걸 몇 번씩이나 확인시켜 줬는지 알아?"

낮게 내뱉으며 다가오는 강준을 긴장 어린 눈빛으로 보며 서원이 한 걸음 뒤로 물러섰다.

꼭 그때…… 같아.

지금 그는 예전 자신의 집으로 찾아왔을 때의 모습처럼 이글거리는 강렬한 눈빛으로 자신을 보고 있었다.

"머리끝까지 화가 치솟는 걸 수도 없이 참았어."

그가 서원이 벌려 놓은 거리를 집요하게 다시 좁혔다.

"유일하게 널 옆에 둘 수 있는 방법은 그것밖에 없었으니까."

"그게 무슨, 말입니까?"

한 걸음 더 물러서자 서원의 등이 난간에 닿았다. 흠칫 놀란 서원이 뒤를 돌아보자 검은 강물이 넘실거리는 것이 보였다. 그때 뻗어 나온 그의 팔이 시야에 들어왔다.

"앗."

그가 두 팔을 뻗어 난간을 두 손으로 짚자 서원이 그의 팔 안에 갇혔다. 옴짝달싹 못하게 된 그녀의 눈이 흔들렸다.

"그런데 한도원이 그 모든 것을 쓸모없는 짓으로 만들어 버리다니."

"부사장님. 지금 대체 무슨 말씀을……."

"네가 무슨 짓을 벌인 건지 모르나?"

그의 어두워진 검회색 눈동자가 바로 앞에서 타오르고 있었다. 아주 강렬한 불길처럼.

"네가 날 완전히 돌게 만들었는데."

"잠……."

작게 벌어진 서원의 입술을 강준이 거칠게 삼켰다.

"읍!"

미처 흘러나오지 못한 말이 그의 입술에 짓눌렸다. 입술을 사납게 벌리고 들어간 그가 그녀의 혀를 휘감았다. 거부는 용납하지 않겠다는 듯 그가 강하게 빨아 당기자 급박한 숨결이 어지럽게 뒤엉켰다.

"음, 하음, 읍……."

타액에 물든 입술이 맞물릴 때마다 뜨거운 숨결이 터져 나왔다가 다시 삼켜졌다. 축축한 혀가 서원의 모든 것을 휘어감을 듯 포박해 왔다. 예민한 혀 안쪽을 빨아들이는 감각에 서원은 다리가 훅 꺾일 것만 같았다.

숨도 쉬지 못할 만큼 강렬하게 키스를 퍼붓던 그가 입술을 놔줬다.

"……하!"

숨을 토해 낸 서원의 휘청이는 몸을 강준이 손으로 단단히 붙잡았다.

"뒤는 강이야."

낮게 말한 그가 그녀의 턱을 잡아 들어 올렸다. 타액으로 번들거리는 입술에 시선을 박은 그가 말했다.

"이렇게 널 도망칠 수 없는 곳에 몰아넣고 탐할 만큼 난 완전히 돌았어."

그의 목소리가 거친 숨결과 함께 거칠어져 있었다. 관능미가 느껴지는 그 낮은 목소리에 서원은 다리가 풀릴 것만 같았다.

'……어차피 난 당신을 거부하지 못해.'

입 밖으로 흘러나오지 못하는 말을 삼키며 서원이 보풀어 오른 입술을 지그시 깨물었다. 거부해야 하는데, 밀어내야 하는데 지금 그만큼 자신도 제정신이 아니라는 생각이 들 정도로 거부하고 싶지 않았다. 도저히 거부할 수가 없었다. 이강준을.

"제길, 무슨 말이든 해."

강준이 서원의 아랫입술을 빨며 신음하듯 내뱉었다. 짜릿하게 번져 가는 자극에 서원은 심장이 터질 듯 뛰었다.

"하아, 부사장님. 전……."

서원의 목소리도 가늘게 떨리고 있었다.

"뭐든 좋으니까, 말해 봐."

낮게 깔리는 목소리가 야수의 그것처럼 허스키했다. 당장이라도 입술을 벌려 들어올 것처럼 빨자 서원은 머릿속이 아찔해졌다.

"한도원."

이강준의 목소리에서 초조함이 배어 나왔다.

한번 무너진 자제력은 무서운 힘으로 그를 욕망의 불구덩이 속으로 밀어 넣었다. 방금 맛본 도원의 입술이 참을 수 없을 정도로 강한 충동을 불러일으키자 목구멍이 꽉 조여들었다.

"……그때부터 지금까지 단 한 순간도 널 욕망하지 않은 순간이 없었어. 이젠 정말 돌 것 같으니까 제발, 무슨 말이든 해."

꽉 잠겨 허스키한 목소리에 서원이 입술을 달싹였다.

"전……."

달싹이는 입술이 서로에게 붙었다가 떨어졌다. 점막을 건드리는 촉촉한 소리에 강준의 목울대가 꿈틀거렸다.

서원은 머릿속이 혼란으로 가득했다. 이러지 말라고 해야 한다. 도원을 위해서. 자신을 한도원으로 알고 있는 강준이니까…….

그런데 아무 말도 나오지 않았다.

자신에게 뜨겁게 진심으로 부딪쳐 오는 이 남자를 밀어내고 싶지 않았다.

'난, 못 해.'

도저히 그럴 수 없다고 생각하며 서원이 눈을 질끈 감았다. 맞닿은 입술 사이로 거칠어진 숨소리만 흘러나오고 있었다. 달콤한 숨결을 더 참지 못한 강준이 이를 악물었다.

"아니, 아무 말도 안 해도 좋아. ……밀어내지만 마."

으르듯 말한 강준이 서원의 안경을 벗기며 고개를 기울여 왔다. 곧 삼킬 듯 입술을 벌리며 그가 다가들었다.

"으압……."

촉촉한 혀를 휘감아 빨아들이며 볼 안 여린 살까지 깊숙이 들어와 휘젓자 서원이 그의 몸을 움켜잡았다.

"하읍, 음."

타액이 흘러내리고 엉켜드는 혀가 축축하고 음란한 소리를 냈다. 아까보다 더 강한 흥분으로 밀어 넣는 색정적인 소리에 강준의 움직임이 더 거칠어졌다. 모든 것을 삼켜 버릴 듯한 격렬한 키스에 서원의 허리가 뒤로 젖혀졌다,

"하……."

뒤로 한껏 젖혀진 서원의 허리가 그에 의해 당겨졌다. 그리고 바로 그가 몸을 바짝 밀착시켜 왔다. 피가 한껏 몰려 터질 듯 팽창된 하반신이 밀착되는 순간 서원은 흠칫 놀랐다. 하지만 강준은 놔주지 않고 더 강하게 제 몸을 붙여 왔다.

"네 이 몸을 꿈속에서 셀 수도 없이 탐했어."

"흐읏, 부사장……님."

강준이 여린 목덜미를 빨아들이자 서원이 움찔하며 어깨를 움츠렸다.

"꿈에서처럼 현실에서도 이 목에 흔적을 남기고 싶다는 생각을 내가 몇 번이나 했는지 알아?"

"아……."

뜨거운 입술이 점차 아래로 옮겨 갈 때마다 그녀의 가슴이 크게 들썩거렸다. 뒤로 젖혀진 고개 때문에 흐릿해진 시야 한가득 밤하늘이 들어왔다.

그가 서원의 타이를 거칠게 흔들어 잡아당기고는 셔츠의 단추를 하나씩 풀었다.

"아, 잠깐…… 읏."

윗단추가 풀어지며 벌어진 셔츠 사이의 쇄골 위에 그의 입술이 닿았다. 동시에 허리를 지탱하던 손을 내려 엉덩이를 꽉 움켜잡자 서원의 입술에서 신음이 흘러나왔다. 보드랍고 탱글한 엉덩이가 그의 커다란 손아귀에서 짓뭉개졌다.

"훗."

"이 작은 엉덩이를 벌리고 그 안으로 들어가고 싶다는 생각을 몇 번이나 했는지 아냐고."

"부사장……님, 읏……."

지독하게 낮아진 목소리와 함께 뜨거운 숨결이 쇄골에 닿자 서원이 몸을 떨었다. 머릿속이 온통 열기로 뒤덮여 온몸이 마치 화염처럼 뜨겁게 달아올랐다. 그의 입술과 함께 점차 아래로 번져가는 열기에 서원은 숨넘어갈 것처럼 가쁘게 숨을 몰아쉬었다.

"한계야, 이젠."

탁한 목소리와 함께 강준의 손이 서원의 바지 벨트로 향했다.

'아! 안 돼!'

여자인 걸 들켜……!

"그만!"

순간 정신이 번쩍 든 서원이 강준의 가슴을 두 손으로 확 밀어냈다. 뒤로 밀쳐진 그가 멈칫거리자 서원이 당황한 얼굴로 자신의 입을 손으로 가렸다.

"아……."

강준을 흔들리는 시선으로 보던 서원은 도망치듯 그의 옆을 지나쳤다.

탁.

정신없이 호텔로 돌아온 서원이 문을 닫고 그대로 바닥으로 주르륵 미끄러졌다.

"내, 내가 대체 무슨 짓을……."

창백한 얼굴로 중얼거린 서원이 두 손으로 제 얼굴을 가렸다.

'미쳤어!'

약혼자까지 있는 사람과, 자신을 한도원으로 알고 있는 사람과 그런…… 그런 짓을 저지르다니.

서원은 조금 전 자신이 저지른 일을 도저히 스스로 납득할 수 없었다.

'어떻게 하지……? 이제 어떻게 해야 해?'

서원의 눈에서 아까부터 그렁그렁 맺혀 있던 눈물이 흘러넘쳤다. 넘지 말아야 할 선을 넘어 버렸다. 아무리 이강준을 좋아한다고 하더라도 절대 넘지 말아야 할 선을, 결국 넘어 버리고 말았다.

"……흐윽."

지금까지 지탱해 왔던 모든 것들을 자신 손으로 무너뜨리고 말았다는 죄책감에 서원은 문에 등을 기댄 채 두 손으로 얼굴을 감쌌다. 흐르는 눈물에 손바닥이 축축이 젖어 들어갔다.

❋

"잠시만 기다려 주세요. 케이크만 사 올 테니까요."

기사에게 당부한 도원은 목발을 짚으며 택시에서 내렸다. 서원이 좋아하는 브랜드의 케이크 매장에 들어간 도원은 어렵지 않게 원하는 것을 발견했다.

"한서원 오늘 감동 좀 하겠네."

서원이 즐겨 먹는 달지 않은 홍차 케이크를 보며 도원은 씩 웃었다.

얼마 전 우울한 얼굴의 서원이 계속 마음에 걸렸다.

'무슨 고민을 그렇게 오래 하고 있는 거야.'

처음엔 자신의 수술이 성공적이지 못해서 서원이 그렇게 우울해하나 싶었는데, 회복 단계에 들어선 이후에도 어두운 얼굴이 나아지지 않았다. 이 정도로 서원의 어둠이 갑자기 걷히진 않겠지만 그녀가 좋아하는 케이크를 몰래 들고 찾아가면 분명 잠시라도 환히 웃을 수 있을 거였다.

"감사합니다. 수고하세요."

포장된 케이크를 받은 도원이 계산하고 문 쪽으로 향했다. 그때 가게 안으로 들어서던 누군가가 알은체를 해 왔다.

"어? 한도원 씨?"

"네?"

도원이 돌아보자 모르는 얼굴이었다.

"누구……."

"한도원 씨 다쳤어요? 얼마 전에도 안 그래 보였는데, 언제 다친 거예요?"

"아, 이건 좀 사고가 있어서……."

대답하면서도 도원은 상대방을 계속 훑었다. 슈트 차림의 남자는 30대 정도의 회사원으로 보였다.

'누구지? 아무리 봐도 모르는 얼굴인데?'

상대방은 자신을 너무 잘 아는 것 같아서 도원이 난처한 얼굴로 기억해 내려 애썼다. 한편 도원의 목발을 보며 고개를 갸웃거리던 남자가 생각난 듯 말했다.

"근데 도원 씨 부사장이랑 미국 출장 간 거 아니었어요? 비서팀 누구 못 간다고, 아닌가? 난 그렇게 들었는데?"

도원의 얼굴이 일순 굳었다.

"……누구랑 출장을 가요?"

남자는 도원의 표정은 눈치 못 챈 듯 오히려 의아하게 말했다.

"누구긴. 이강준 부사장 말이에요."

✳

"이거, 받아 주십시오."

강준은 집무실 책상 앞에 앉아 도원이 내민 흰 봉투에 시선을 박았다.

"뭡니까, 이게."

그의 음성이 무섭게 가라앉아 있었다. 워싱턴 출장 마지막 날 호텔로 돌아갔을 때 도원은 이미 공항으로 떠난 뒤였다. 그 정황으로 보아 저게 무엇인지 모를 리가 없는 그였지만 시선을 똑바로 박고 물었다.

"사직서입니다."

강준의 눈매가 날카로워졌다.

"그날의 대답을 이런 식으로 하는 건가."

"……죄송합니다."

시선을 내린 채 대답하는 도원을 강준이 서늘하게 응시했다. 그가 손가락으로 책상 위에 놓인 사직서를 도원 쪽으로 밀었다.

"한도원 씨 대답은 잘 알았고 다신 그런 일 없을 테니 이것도 없던 걸로 하죠."

"부사장님."

"거절로도 모자라 내 꼴이 우스워지길 바라는 게 아니라면."

"……."

400

뭔가 말하려던 도원이 입을 다물자 강준은 가슴 밑바닥에서부터 치밀어 올라오는 감정을 억지로 삼켰다.

그 일이 있기 전까지 도원을 곁에 두기 위해 이를 악물고 참아 왔다. 찾아가고 싶은 것도 참고, 만지고 싶어서 저절로 손이 가는 것도 참고, 안고 키스하고 싶은 것도 참았다.

하지만 그렇게 했음에도 여전히 자신을 불편해하는 도원에 결국 완전히 이성을 잃어버렸다.

'……그 결과가 이건가.'

절대 그만두지 않는다던 회사까지 그만둘 정도로 도원이 자신을 두려워한다는 사실이 그의 심장을 아프게 찢어 댔다.

"죄송합니다. 이해해 주십시오."

고개를 깊이 숙여 인사한 도원이 그대로 몸을 돌렸다.

"……한도원."

그의 입술 사이로 짓눌린 목소리가 새어 나왔다. 도원은 멈추지 않고 문을 향해 걸어가고 있었다.

제기랄. 강준이 이를 악물었다.

"한도원!"

버럭 고함치는 강준의 눈에 핏발이 섰다. 하지만 도원은 돌아보지 않았다.

시야가 온통 부옇게 되고, 숨도 쉴 수 없을 만큼 가슴이 아팠지만 서원은 그대로 집무실을 나왔다. 돌아서기 전, 눈에 담긴 강준의 얼굴이 몇 번이나 다잡은 마음을 무너지게 할 정도로 아팠다.

'멈추면, 멈추면 안 돼.'

무너지려는 마음을 가까스로 다잡은 서원이 회사에서 나왔다.

정문 앞 도로에 대기하고 있는 택시에 그녀가 올라탔다.

"사표 내고 온 거지?"

택시에서 기다리고 있는 도원에게 서원이 고개를 끄덕였다.

"……응."

"그래. 잘했어."

도원은 서원의 어두운 얼굴을 보고 별말은 하지 않았다.

이틀 전, 서원이 도망치듯 워싱턴에서 돌아오니, 그녀의 집 앞에 도원이 기다리고 있었다.

'도원아. 어쩐 일로 여길…….'

'누나. 나 여기 오다가 엘른에 다니는 사람 만났어.'

'……뭐?'

'나한테 할 얘기가 많을 것 같은데.'

들켜 버렸다는 걸 깨달은 서원은 그대로 집에 들어가 도원에게 모든 것을 고백했다.

이강준과의 일을 제외한 모든 것을.

잠자코 듣고 있던 도원은 예상과 달리 화를 내지 않았다. 그저 조용히 있던 그가 한참 후에 입을 열었다.

'……내가 너무 한심하네. 누나를 이렇게 만들고.'

'아니야. 도원아. 네 탓이 아니야.'

'얼마나 머저리같이 굴었으면 누나가 이런 짓까지 했겠어.'

'그런 거 아니라니까. 정말 난 내 욕심에 그런 것뿐이야. 그렇게 생각하지 마.'

'그럼 지금 당장 그만둬.'

'도원아.'

'부탁이야, 누나. 당장 그만둬. 내가 미칠 것 같으니까.'

괴로운 표정의 도원을 보고 서원은 자신이 정말 잘못했다는 걸 깨달았다. 도원이 모든 게 자신 탓이라고 자책할 줄은 몰랐다. 그래서 그만둔다고 했다.

워싱턴에서의 그런 일이 있었더라도 최소한의 인수인계는 하고 나오고 싶었지만, 그렇지 않으면 강준이 어떻게 생각할지도 알고 있었지만, 괴로워하는 도원을 보고 다른 선택을 할 순 없었다.

그에게 오해를 받더라도 회사를 그만두는 수밖에는.

"이제 내 걱정은 하지 마."

택시 안에서 도원이 말하자 서원이 작게 대답했다.

"⋯⋯응. 그럴게."

서원은 텅 빈 눈으로 창밖의 풍경을 물끄러미 바라봤다.

'다 끝났구나.'

모든 것이 끝났다는 생각에 서원은 눈시울이 뜨거워져 눈을 감았다.

이제 다시는⋯⋯ 그를 볼 수 없다.

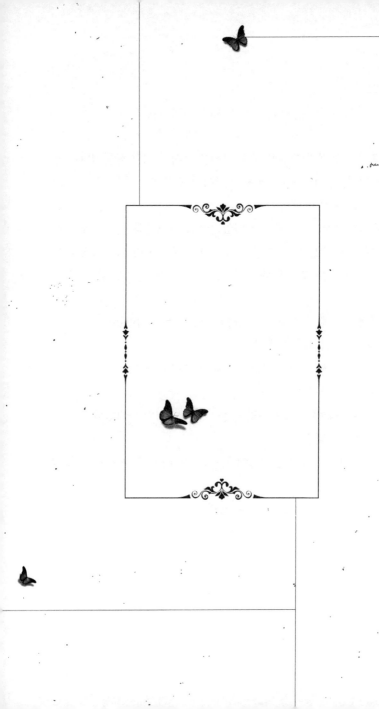

08

3년 뒤.

지잉—

자동문이 열리자 서원이 카페로 들어섰다. 카페에 앉아 있던 사람들이 막 들어온 이국적인 동양 여성에게 시선을 돌렸다. 그녀는 동양인이지만 인형처럼 비율 좋은 늘씬한 체형을 갖고 있었다. 차르르 윤기가 도는 흑발은 허리 부근에서 찰랑거렸다.

「클로에! 여기!」

안쪽 자리에서 반갑게 손을 들어 보이는 독일계 여성이 자신을 부르자 서원이 미소를 지으며 다가갔다. 클로에는 서원이 이곳에서 사용하는 이름이었다.

「레나. 그동안 잘 지내셨어요?」

「물론이지. 언제나처럼 일 더미에 깔려 호흡곤란 상태지만. 잘

405

알잖아?」

레나의 넉살 좋은 농담에 맞은편에 앉아 있던 서원이 하얀 치아를 드러내며 웃었다.

레나는 서원이 있는 연구실의 오래된 동료였다. 휴일도 퇴근도 없이 함께 일하다 보면 친구와도 식구와도 다른 끈끈한 유대감이 생긴다. 그중에서도 레나는 가장 마음이 맞는 동료였다.

「워싱턴 생활은 어때? 보아하니 썩 좋아 보이는 얼굴은 아닌데?」

서원이 자신의 커피를 주문하는 사이 레나가 그녀의 얼굴을 가만히 들여다보고는 말했다.

「그래 보여요?」

「벌써 반년째 쉬고 있는 사람 얼굴이 내내 일하는 나보다 안 좋으면 어떡해?」

「아니에요. 지내기 편하고 좋은데, 너무 티 내면 안 될 것 같아서 표정 관리 하는 거예요.」

서원이 콧잔등을 살짝 찡그리며 장난스럽게 웃었다.

「내가 그래도 클로에와 지낸 시간이 몇 년인데 그런 말에 속을까 봐?」

어림도 없다는 듯 고개를 저은 레나가 짐짓 심각한 얼굴로 턱을 괬다.

「그래, 얼굴 본 김에 좀 묻자. 3년 전 왜 한국에서 얼굴이 반쪽이 돼서 온 건지.」

레나가 작정한 듯 질문하자 서원은 조금 난처한 얼굴로 커피잔을 매만졌다.

「무슨 일이 있었기에 그렇게 죽을 둥 살 둥 연구에만 매달리고,

결국 보스한테 다시 강제 휴가 받을 만큼 안 좋았잖아. 그때 클로에 표정이 어땠는지 알아?」

「……잘, 모르겠어요.」

서원이 옅은 미소를 짓고는 고개를 흔들었다. 그 무렵은 정말 잘 기억이 나지 않았다. 머릿속에서 일부러 기억을 지운 것처럼.

「삶을 유지할 유일한 끈을 놓친 사람 같았어. ……그리고 솔직히 너무 위험해 보였고.」

서원은 레나가 자신을 걱정하고 있다는 걸 알고 있었다.

동생의 교통사고 때문이라면 연구실로 복귀했을 땐 이미 동생이 회복한 뒤니 나아졌어야 했던 문제였다. 하지만 서원은 복귀하자마자 비정상적일 정도로 일에만 매달렸고, 앙상하게 뼈만 남을 즈음에 보스에 의한 강제 휴가를 갖게 되었다.

'일을 도피처로 삼지 않을 만한 상태가 됐을 때 복귀해.'

그 말을 들었을 때 서원은 나락으로 떨어진 기분이었다. 일이라는 것 외에 어떤 식으로 자신의 삶을 연명할 수 있을지 전혀 알지 못했던 시기였다. 그만큼 정신이 망가졌다는 걸, 그땐 생각할 여유가 아예 없었다.

「보스가 절 걱정해서 내린 결정이라는 걸 알고 있어요. 감사하게 생각하고 있어요.」

「당연하지. 다들 클로에를 걱정하고 있어.」

「……알아요.」

서원이 두 손으로 잔을 잡고 따스한 커피를 한 모금 마셨다.

「레나, 그땐 내가 생각해도 나답지 않았어요. 하지만 지금은 괜찮아요.」

정말 괜찮다는 걸 보여 주려는 듯 서원이 미소 지었다. 그 미소를 오히려 걱정 어린 시선으로 보던 레나가 한숨을 내쉬었다.

「그럼 이제 곧 복귀할 수 있는 거지?」

「아마도요. 하지만 당분간은 더 쉴 생각이에요. 아무 생각 없이 빈둥거리는 삶의 즐거움을 알아 버려서요.」

서원이 눈매를 예쁘게 접으며 웃자 레나도 마주 웃었다.

「그래. 클로에가 그렇게 생각한다면 지겨울 정도로 빈둥거려 봐. 물론 그 후엔 나도 휴가를 내서 클로에가 맛본 그 즐거움을 맛볼 거니까 그땐 내 몫까지 클로에가 해 줘야 해.」

「물론이에요. 레나도 휴식이 필요하잖아요.」

서원이 당연한 듯 말하자 레나가 고개를 비스듬히 기울이고는 인상을 썼다.

「아니, 실은 난 좀 심각한 일중독이라 그건 어려울지도 모르겠어.」

레나가 자신의 성격을 한탄하듯 고개를 절레절레 저었다.

일중독…….

레나가 표현한 일중독이라는 말에 서원은 반사적으로 떠올리고 말았다. 그 사람을.

「그럼 당분간은 여기 있을 거야?」

레나의 질문에 서원이 정신을 차리고 얼른 대답했다.

「네. 아마도요.」

「근데 왜 워싱턴에 있는 거야? 한국이 아니라.」

「그냥…… 예전부터 한동안 지내고 싶던 도시였어요.」

「워싱턴이?」

레나가 이해가 안 된다는 표정을 지었다. 워싱턴 같은 복잡한 도시보다 훨씬 예쁘고 경치도 좋고 지내기 좋은 곳은 수도 없이 많으니까.

「……뭐 생각은 사람마다 다른 거니까.」

레나가 어깨를 으쓱이고는 남은 커피를 빠르게 마셨다.

「그럼 일어날까? 커피보다는 훨씬 맛있고 든든한 걸 먹으러 가야지.」

「그래요.」

일중독인 레나의 유일한 스트레스 해소법은 맛있는 음식을 먹는 거였다.

「여기 한동안 있었으니까 맛집 같은 거 잘 알겠어. 그렇지?」

눈을 빛내며 서둘러 일어나는 레나를 따라 서원도 웃으며 자리에서 일어났다.

공항에서 레나와 헤어진 서원은 호텔로 돌아가기 위해 택시를 잡아탔다. 흔들리는 차창에 머리를 기대고 이제는 익숙해진 워싱턴 도심의 복잡한 밤거리를 가만히 응시했다.

'왜 하필 워싱턴이냐고…….'

이곳이 특별해져 버렸으니까.

레나의 질문에 그렇게 대답할 수는 없었다. 누군가와의 짧은 기억 때문에 이곳에 있는 거라고는 말할 수 없었다.

이강준은, 그녀에겐 일종의 금기어였다.

호텔 앞에 택시가 도착하자 약간의 팁을 얹어 준 서원이 내렸다. 미국에서 살면서 차가 없다는 건 상당히 불편한 일이긴 했다. 이제는 익숙해졌지만 특히 연구소 생활을 할 때 더 그랬다.

'거긴 거의 모든 곳이 차로 이동해야 하는 거리였으니까.'

그런 면에서 이 도심은 편하다. 택시도 많고, 대중교통도 잘되어 있으니까.

서원이 그런 생각을 하며 호텔로 들어서다 누군가와 부딪쳤다.

「아, 미안합니다.」

자신이 딴생각하다가 앞을 제대로 못 봐서 부딪힌 거라 생각한 서원은 곧바로 사과했다. 동시에 자신과 부딪힌 사람을 올려다보던 그녀의 눈이 커졌다.

"!"

눈앞에 서 있는 블랙 슈트 차림의 남자는, 자신을 워싱턴에 머물게 한 장본인이었다.

"한도…….."

이강준의 조각한 듯 섬세한 입술이 벌어졌다가 다시 다물렸다. 눈을 가늘게 뜨고 그녀를 내려다보는 그의 얼굴엔 온갖 의문이 떠올라 있었다.

서원은 자신에게 내리박히는 그 시선에서 도망치기 위해 고개를 숙였다.

「미안합니다.」

다시 사과한 서원이 강준의 옆을 지나 호텔 안으로 들어갔다.

엘리베이터를 타고 머물고 있는 객실로 올라온 서원은 소파 위에 털썩 주저앉았다.

"말도 안 돼. 이강준이 왜 여기에…….."

서원은 당혹스러운 얼굴로 미친 듯이 뛰고 있는 심장을 지그시 눌렀다.

워싱턴은 미국 내 엘른 호텔 체인의 본점이 위치한 곳이었다. 강준은 해외 출장 시 주로 각국에 위치한 엘른 호텔에서 묵곤 했다. 하지만 그렇지 않은 경우도 왕왕 있었다.

"맞아, 그랬지."

서원이 한숨처럼 내뱉고는 지그시 입술을 물었다.

왜 그가 워싱턴에 오더라도 반드시 엘른 호텔에만 묵을 것이라고 단정했던 걸까. 이곳에 머무르던 반년간 그와 부딪힐 거라는 상상은 한 번도 한 적이 없었다.

지금 자신은 한도원이 아닌 한서원의 모습이니까.

"설마 알아챈 건 아니겠지."

자신의 얼굴을 보고 순간적으로 커진 강준의 눈동자가 떠올랐다. 그리고 그 뒤에 그럴 리 없다는 현실적 자각 역시 그의 검회색 눈동자에 고스란히 드러났다.

긴 머리에 치마를 입고 화장까지 한 한도원이라니, 그의 머릿속에 그런 모습의 한도원이 있을 리가 없다.

"그래. 괜찮아. 분명…… 닮은 사람으로 생각할 거야. 같은 사람이라고 생각할 리가 없어."

같은 여자라도 헤어스타일이나 화장만으로 이미지가 많이 달라진다. 아마 남자로 있던 모습과 지금의 모습은 분명 많이 다를 거였다. 그렇게 생각했는데도 가쁘게 뛰는 심장이 쉬이 진정되지 않았다.

"어쩔 수 없잖아. 갑자기 마주쳤으니까."

3년 만에 이강준을 불시에 마주쳐 버렸으니 지금 이렇게 당황하는 건 당연한 거겠지.

서원은 가슴을 지그시 누르며 길게 숨을 뱉어 냈다. 행여 마주

칠까 봐 3년 동안 한국에도 가지 못했다. 그러면서도 그를 잊지 못해 그와의 마지막 추억이 있는 이곳에서 지내고 있었다.

그런 모순적인 상태에서 벗어나지도 못했는데……. 얄궂은 운명의 일회성 이벤트 같은 건가?

"이런 건 바라지 않는데. ……정말로."

씁쓸하게 내뱉은 서원은 물끄러미 테이블 위를 응시했다.

다음 날, 밤새 한숨도 자지 못한 서원은 객실에서 나와 엘리베이터에 올라탔다. 밤새 깨 있는 동안 객실 내에 있는 카페인은 모조리 소비해 버렸다. 서원은 밤새 카페인으로 괴롭힘 당한 위장을 조식으로 대충 채우려 1층으로 내려갔다.

'오늘 체크아웃을 해야겠어.'

강준과 마주친 이상 이곳에 더 있을 수는 없었다.

그가 다시 이곳에 나타날지 아닐지 알 수 없지만, 어쨌든 이곳을 떠나는 편이 정신적으로도 나을 것 같았다.

그런데 엘리베이터에서 내려서자마자 서원은 멈칫거렸다. 로비에 앉아 있는 이강준이 이쪽을 바라보고 있었다.

'왜 저 남자가…….'

자신을 똑바로 보고 있는 시선에 잠시 놀랐던 서원은 곧 표정을 바꿔 의연하게 마주 봤다. 어색하게 시선을 피하면 더 이상할 것 같다는 순간적인 판단이 있었다.

그때 이강준이 소파에서 몸을 일으키더니 이쪽으로 걸어왔다. 톤다운 된 짙은 블루 색상의 세련된 슈트를 입은 그가 서원 앞에 섰다.

「어제 부딪치신 분…… 맞죠?」

서원은 한도원을 연기할 때가 아닌 자신의 본래 목소리로 말했다. 그 목소리에 그의 눈썹이 살짝 치켜 올라갔다.

「기억하시는군요.」

「바로 어제 있었던 일이니까요.」

서원은 엷은 미소를 지으며 그를 올려다봤다.

'한도원일 때 어떻게 웃었더라?'

최대한 다른 식으로 웃어 보려 했지만 잘 기억이 나지 않아 초조했다. 아침 식사를 하러 나온 길이라 화장도 간단하게 한 터라 더 신경이 쓰였다.

「그런데 저에게 무슨 볼일이시죠?」

서원이 단도직입적으로 묻자 강준의 눈매가 예리해졌다.

「괜찮다면 그쪽과 차 한잔 하고 싶은데.」

「저와?」

「네.」

강준이 여지없이 대답하자 서원이 눈썹을 살짝 찌푸렸다.

「음. 모르는 사람과 그러고 싶진 않은데요. 미안하지만 거절할게요.」

서원이 지나치려 하자 그가 팔을 뻗어 그녀의 손을 잡았다. 강준의 손에서 느껴지는 강한 힘에 서원이 멈칫했다.

「무례하시네요.」

서원이 냉정하게 그를 바라봤다.

「압니다. 무례한 거.」

표정이 드러나지 않는 건 그의 특징이었다. 무감한 얼굴이지만 짙은 눈동자가 강렬한 빛을 내고 있었다.

「일단 이건 놓고 말씀하세요.」

서원이 시선을 맞추고 말하자 강준이 잡고 있던 그녀의 팔을 놔줬다.

「시간 길게 뺏진 않을 겁니다. 당신에게 확인하고 싶은 게 있습니다.」

서원은 가슴 위에서 팔짱을 끼고 웃음기 없는 얼굴로 그를 올려다봤다.

「뭘 확인하겠다는 건지 모르겠지만, 어제 처음 본 사람이 이렇게 막무가내로 나오니 저는 상당히 불편하네요.」

「그 점은 사과하겠습니다.」

의외로 깔끔한 사과가 나오자 서원이 고개를 비스듬히 기울였다.

「알아들으셨길 바랄게요. 그럼.」

냉담한 어조로 말한 서원이 몸을 돌렸다. 심장이 빠르게 뛰었지만 태연을 가장해 천천히 걸었다. 다행히 강준은 이번엔 잡지 않았다.

그대로 호텔을 빠져나온 서원은 몇 블럭 떨어진 건물에 있는 카페로 들어왔다.

커피를 앞에 둔 서원이 긴장되어 있던 몸에 힘을 풀었다. 팔이 잡히는 순간 심장이 멎는 줄 알았다. 무감함을 가장하려 무던히 노력했지만 강력한 이강준의 눈빛에 몇 번이나 가면이 벗겨질 뻔했다.

방금 전 강준과의 대화를 떠올리던 서원이 하얀 이마를 짚었다.

'뭘 확인한다는 거였을까?'

한도원인지 아닌지? 그의 속내를 알 수 없지만 순순히 손을 놔준 것도 이상했다.

'빨리 여길 벗어나야겠어.'

호텔로 돌아가면 곧바로 체크아웃을 하고 아예 워싱턴을 벗어나야 이 마음의 동요가 나아질 것 같았다. 어젯밤에 이어 연속으로 이강준을 만난 충격으로 머릿속이 완전히 뒤죽박죽이 되어 버렸으니까.

서원이 커피 잔만 응시하며 거기까지 생각이 미쳤을 때 맞은편에 누군가가 앉았다. 고개를 들자 맞은편에 앉아 있는 이강준이 보였다.

「뭐, 뭐예요? 당신 날 따라온 건가요?」

순간 서원은 심장이 떨어질 것처럼 놀랐지만 강준은 느긋한 모습이었다.

「잠시 시간 내주는 게 그렇게 어렵습니까. 내가 연애하자고 한 것도 아닌데.」

「뭐라고요?」

서원이 어이없다는 듯 보자 그가 여유 있는 자세로 바지 주머니에 손을 찔러 넣었다.

「대화할지 말지 결정하는 건 나예요. 당신이 이렇게 막무가내로 결정할 일은 아니……」

「10분.」

「네?」

강준이 말을 끊고 들어오자 서원이 눈썹 사이를 좁혔다. 여전히 위압적인 분위기를 풍기지만 감탄이 나올 정도로 수려한 얼굴로 그가 말했다.

「단 10분이면 됩니다. 여기 이 자리에서 내게 10분만 내준다면 앞으로 더 귀찮게 하는 일은 없을 겁니다.」

서원이 난감해져 입을 다물었다. 이 제안까지 거절할 명분이 없어 표정만 굳히고 있자 그가 다시 말했다.

「만약 거절한다면 지금보다 더 난처해질 수도 있을 겁니다. 전원하는 걸 얻는 것에 꽤나 끈질긴 타입이라.」

서원이 나지막하게 한숨을 내쉬었다.

이강준이 어떤 사람인지는 누구보다 자신이 잘 알고 있었다. 어떻게든 이 남자에게서 도망쳐야 하지만 지금 시간을 내주지 않는다면 그는 분명 방금 전의 경고대로 할 거였다.

'그래. 10분만 견디고 끝내자.'

마음을 정한 서원이 상체를 반듯이 세웠다.

「좋아요. 당신 말대로 하죠. 나한테 뭘 확인하고 싶은 건데요?」

고양이같이 눈을 치켜뜬 서원이 강준을 쳐다봤다.

「한국인, 맞습니까?」

「맞아요.」

서원이 가볍게 어깨를 으쓱였다.

「이름이 뭡니까.」

「지금 취조하는 건가요? 그건 내가 알려 줄 이유는 없을 것 같은데요.」

서원이 경계 어린 눈으로 보자 그가 테이블 위의 커피 잔을 잠시 응시하고는 시선을 들어 올렸다.

「……여긴 언제부터 있었습니까.」

「여기? 미국이요? 아니면 워싱턴에?」

「뭐든지.」

416

강준의 낮은 음성에 서원은 긴장을 숨기며 긴 머리칼을 쓸어 넘겼다. 그녀의 손가락 사이를 매끄럽게 빠져나가는 윤기 나는 머리칼에 그의 시선이 고정됐다.

「난 처음부터 여기서 살았어요. 부모님이 한국인이실 뿐 태어난 건 미국이니까.」

서원은 약간의 거짓말을 섞어 대답했다. 부모님이 한국인이고 태어난 게 미국인 건 사실이었으니까. 다만 한국에서 지낸 시간만 말하지 않았을 뿐.

「그럼 혹시 쌍둥이 남자 형제가 있습니까?」

갑자기 정곡을 찔러 오는 질문에 서원은 심장이 빠르게 뛰었다.

'내가…… 한도원의 쌍둥이 남매라는 걸 알고 묻는 건가?'

강준의 의도를 알 수가 없어 짧은 순간 서원의 머릿속에 복잡한 생각이 오고 갔다.

「없어요.」

서원의 대답에 그의 얼굴이 어두워졌다.

「……그렇습니까.」

그의 가라앉은 눈빛에 서원은 순간 가슴이 조여들었다. 그때 사표를 내고 회사를 그만둔 이후 혹시 이강준이 자신을, 한도원이 아닌 한서원을 찾아내지 않을까 생각했던 시간들이 있었다.

그의 재력이면 찾으려는 생각만 있으면 얼마든지 찾을 수 있을 테니까.

그렇게 되면 모든 거짓말을 들켜 버린다는 두려움과 함께 다른 한편으로 그를 기다리는 마음이 동시에 들었었다.

'하지만 그런 일은 일어나지 않았잖아.'

강준은 자신을 찾아오지 않았다. 혼자만의 덧없는 욕심을 깨닫고 더 상처를 받았던 기억이 떠오르자 서원은 착잡해졌다. 한동안 무거운 침묵이 흘렀다. 그렇게 5분이나 지났을까? 강준이 일어섰다.

「무례하게 군 것 다시 사과드리겠습니다. 시간 내주셔서 감사합니다. 그럼.」

정중하게 말한 그가 미련 없이 돌아섰다. 서원은 입구를 향하는 이강준의 뒷모습을 보며 복잡한 기분에 빠져들었다.

'바보같이.'

커다란 눈망울에 가득 차오른 눈물을 들키기 전에 다행히 그는 카페를 빠져나갔다. 젖은 눈으로 식은 커피 잔을 응시하며 서원이 길게 숨을 뱉어 냈다.

'다행이야.'

이강준 앞에서 무너지지 않아서. 실은 당신이 너무나 보고 싶었다는 걸…… 들키지 않아서.

차갑게 그를 대하면서도 말하는 순간마다, 시선이 부딪치는 순간마다 가슴이 조여들었다. 눈에 담기만 해도 눈물을 쏟을 것 같은 사람 앞에서 숨조차 쉬기 버거운데도 태연한 것처럼 연기했다.

'그 앞에서 다른 사람을 연기하는 것이 익숙하기 때문일까.'

그런 생각들이 더 입안을 쓰게 만들었다. 이강준의 비서 한도원으로 지내던 시간들이 있었기에 지금 그를 속이기 수월할 수 있었다니…….

그녀의 물기 젖은 눈이 깊이 가라앉았다.

＊

　호텔로 돌아온 서원은 짐을 정리했다. 캐리어에 물건을 다 넣고 객실을 나와 엘리베이터에 올라탔다.

　'왜 그 앞에선 늘 다른 사람인 척해야 하는 걸까.'

　서원이 공허한 표정으로 엘리베이터 문을 바라봤다. 아까부터 생각이 꼬리에 꼬리를 물고 이어지고 있었다.

　3년 전엔 한도원인 척을 했고, 지금은 한도원이 아닌 척을 해야 했다. 단 한 번도 한서원으로 그 앞에 선 적이 없었다.

　'우습네, 정말. 이런 운명이 또 있을까.'

　입꼬리에 자조적인 미소를 매단 서원은 프런트로 향했다. 체크아웃을 하고 택시를 부르기 위해 휴대폰을 드는데, 뒤에서 목소리가 들려왔다.

　「늦을 뻔했군요.」

　익숙한 낮은 목소리에 서원은 움직임을 멈췄다. 천천히 몸을 돌리자 이강준이 서 있었다. 날렵한 슈트 차림으로 선 그가 서원을 내려다보며 말했다.

　「아까 한 말을 취소해야 될 것 같습니다.」

　「네?」

　되묻는 서원의 심장의 고동이 빨라졌다. 그녀의 연한 갈색 눈동자를 깊이 있는 눈으로 내려다보며 그가 입을 열었다.

　「더 귀찮게 하지 않을 생각이었는데.」

　강준의 시선이 똑바로 박혀 들었다.

　「말했죠, 난 원하는 걸 얻는 데에 끈질기다고.」

　「무슨 뜻이죠?」

서원이 그를 쏘아보듯 바라봤다. 그의 매혹적인 검회색 눈동자가 아까와는 다른 열기를 품고 있는 것이 똑똑히 보였다. 반응하면 안 돼. 속으로 자신을 다잡으며 서원은 눈에 힘을 줬다.

「당신이 궁금해졌다는 말입니다.」

아…….

힘을 주고 있는 서원의 눈이 흔들렸다. 요란한 심장 소리가 머릿속을 쿵쿵 울려 댔다.

「너무, 갑작스러운데요. 우리 어제 처음 만났어요. 알고 있죠?」

서원이 숨을 삼키고는 가능한 한 차분한 어조로 말하려 애썼다. 아까 같은 가시는 없었지만 경계 어린 시선으로 쳐다보자 강준이 묘한 열기가 고스란히 드러나는 눈동자로 그녀를 응시했다.

「서로에 대해 충분히 알아 갈 만한 시간을 갖기엔 내가 여유가 없습니다. 지금은 출장 중이라 얼마 후면 한국으로 돌아가야 해서.」

강준이 담백하게 상황을 설명하자 서원이 혼란스러운 시선으로 그를 바라봤다.

'무슨 생각이야, 한서원. 안 된다고 말해.'

머릿속에서 끊임없이 명령했지만 서원은 혀가 얼어붙은 듯 말을 할 수가 없었다.

……아니, 난 못 해.

여자인 자신에게 관심이 있다고 말하는 이강준을 거부한다는 건 도저히 있을 수 없는 일이었다.

「나에 대한 관심이 전혀 없어 보이진 않는데. 내 착각입니까?」

강준이 예리한 시선으로 보며 말했다. 서원이 복잡한 표정으로 어깨를 으쓱였다.

「당신 말이 맞을지도 몰라요. 익히 알고 있겠지만, 당신 외모 상당히 뛰어나니까.」

최대한 가벼움을 담은 서원의 말에 그의 입술 끝이 관능적으로 휘어 올라갔다. 그 매혹적인 얼굴에 서원은 온몸에 열기가 퍼지는 것이 느껴졌다.

「칭찬은 고맙지만 내가 지금 듣고 싶은 말은 그게 아닌데.」

지금 이강준이 짓는 표정 하나, 눈빛과 행동 하나가 위험할 정도로 섹시한 분위기를 흘리고 있었다.

예전, 자신을 꼼짝 못 하도록 몰아붙였을 때처럼 위험한 분위기가 흐르자 서원은 아랫배 깊숙한 곳에서 뜨거운 열기가 맺혔다. 그땐 몰랐던, 혹은 밀어내기 급급했기에 일부러 무시하려 했던 그 야릇한 분위기에 서원은 온몸이 반응했다.

강준이 팔을 들어 손목시계를 확인했다. 그러고는 다시 서원과 시선을 맞췄다.

「2주 후에는 한국으로 돌아가야 합니다. 내가 이곳에 있는 동안만으로 시간을 한정한다면, 그래도 어렵습니까?」

「……자신감 넘치네요.」

「착각입니다. 지금 무척 긴장하는 중인데.」

그의 입술 끝이 느른하게 휘어 올라갔다. 수려한 얼굴로 내려다보자 서원은 한숨을 내쉬었다.

「더 고민해 볼 시간이 필요합니까?」

강준이 그녀의 속내를 간파한 듯 물어 왔다.

「2주는 상당히 긴 시간 아닌가요? 그사이에 내가 당신에게 관심이 없어진다면 어떡할 건데요?」

서원이 똑바로 쳐다보며 묻자 강준의 입술 끝이 더 길게 휘어 올라갔다.

「그만두고 싶다면 언제든지.」

자신감이 흐르는 그의 얼굴은 한숨이 나올 정도로 근사했다.

「그럼, 좋아요.」

이건 미친 짓이야.

서원은 강준의 시선에 꼼짝없이 포박당한 채 무력하게 속으로 중얼거렸다.

시작됐다.

그와의 숨바꼭질 같은, 처음부터 자신이 질 수밖에 없는 게임이.

❄

워싱턴에 3년 전 강준과 출장 왔을 때 묵었던 객실 안에서 서원은 묘한 기분을 느꼈다.

'여길 다시 오게 될 줄이야…….'

우연치고 참 고약하다.

'어디로 갈 계획이었습니까.'

'그냥 이곳저곳 옮겨 다니며 지내고 있어서요. 슬슬 다른 호텔에 묵어 볼까 하던 참이었어요.'

'그거 잘됐군요.'

'네? 어어…….'

그대로 자신의 캐리어를 낚아채듯 가져간 강준이 호텔 밖으로

나갔다. 밖에서 대기하고 있던 그의 기사가 얼른 받아서 짐칸에
실었다.

'이봐요. 이…….'
'이강준. 내 이름은 이강준입니다.'

그가 말하며 뒷좌석 문을 열어 줬다.

'난 당신을 어떻게 불러야 할까?'

문을 잡은 채 그렇게 묻는 강준을 서원이 잠시 바라봤다. 비서
시절 늘 자신이 열어 주던 차 문을 지금은 강준이 직접 열어 주며
자신을 에스코트하고 있었다.

'클로에. 난 클로에예요.'
'타시죠. 클로에.'

그렇게 차에 올라탄 뒤 엘른 호텔로 이동하면서 그가 말했다.

'난 일을 하러 왔기 때문에 개인적인 시간이 많지 않습니다.'
'그건 알아요. 출장이니 당연하겠죠.'
'그러니까, 그 외의 시간은 모두 당신을 알아 가는 데 쓰고 싶다
는 뜻입니다.'

그 말을 할 때의 이강준의 짙게 물든 눈동자가 떠오르자 서원

은 온몸에 열기가 퍼져 가는 걸 느꼈다.

"하아."

가느다랗게 숨을 토해 낸 서원이 떨리는 심장 부근을 지그시 눌렀다.

'이미 시작된 게임이야.'

어차피 그의 말대로 할 생각으로 이곳까지 따라온 거였다. 그게 아니었더라면 그 차를 타지도 않았을 테니까. 다만 한 가지 마음에 걸리는 게 있었다. 이강준은 몰라도, 비서팀의 다른 사람을 이곳에서 마주치고 싶지는 않았다.

'누가 따라왔을까? 평소대로라면 박 실장님이시겠지?'

강준이 한도원과 똑같은 얼굴의 자신과 함께 있는 모습을 박실장이 본다면 뭐라고 생각할지 난감했다.

"어쩌다 이렇게 된 거지."

서원이 손톱을 깨물었다. 박 실장이나 심 비서 앞에서 그들을 처음 본 사람처럼 연기해야 할 걸 생각하니 답답해졌다. 게다가 강준과 2주간의 연애라니…… 정말 말도 안 되는 짓을 저질러 버린 게 아닐까?

똑똑.

노크 소리에 서원이 돌아봤다.

「네.」

긴장된 얼굴로 걸어가 조심스럽게 문을 열자 심플한 셔츠로 갈아입은 강준이 서 있었다. 슈트 차림의 모습 외에 너무 오랜만에 보는 평상복 차림이라 서원은 가슴이 두근거렸다.

객실 안으로 들어선 강준이 서원에게 물었다.

「객실은 마음에 듭니까.」

「네. 뭐 훌륭하네요.」

서원이 머리칼을 쓸어 넘기며 담담하게 대답했다.

「아, 그런데요.」

문득 생각난 얼굴로 서원이 강준을 바라봤다.

「당신은 무슨 일을 하기에 프런트에서 체크인 수속도 없이 날 여기로 곧장 올려 보낸 건가요?」

「그건 지금 알아야 될 문제는 아닌 것 같고.」

그가 그녀에게 한 걸음 다가와 단번에 거리를 좁혔다.

「내가 지금 당신에게서 알고 싶은 건 다른 종류인데.」

열기를 품은 눈동자와 낮은 음성에 서원의 기다란 속눈썹이 천천히 깜빡였다. 온몸에 퍼지는 야릇한 긴장에 숨이 짧아진다.

「뭘 알고 싶은데요?」

서원은 내면의 열기와 다르게 도도한 표정으로 강준을 올려다봤다. 그 당돌한 시선에 그의 눈동자가 짙게 가라앉았다.

「……뭐든. 남자와 여자 사이에 알아야 할 것이라면 뭐든지, 말입니다.」

귓가를 울리는 탁한 음성과 함께 서원은 가슴 끝이 야릇하게 곤두서는 걸 느꼈다.

'남자와 여자 사이에 알아야 할 것이라면 뭐든지…….'

그 말이 호텔 룸 안에서 단둘이 있는 상황에선 아주 음란하게 들렸다.

「뭐 마실 거 없나요? 목이 마른데.」

마치 잡아먹을 듯 바로 앞에서 자신을 응시하는 강준의 시선에 서원이 몸을 돌리며 말했다.

「와인 좋아합니까?」

「나쁘지 않죠.」

강준이 미니바로 걸어가 진열된 와인과 글라스를 꺼냈다. 와인을 채운 잔을 내밀자 그녀가 받았다. 그가 자신의 잔을 들고 소파 쪽으로 걸어갔다. 하지만 앉지는 않고 소파 옆 전면 유리창 앞에 서자 서원이 의아스럽게 그를 바라봤다.

'앉으라는 뜻인가?'

강준이 자신을 위해 일부러 소파를 비워 둔 거라는 생각이 들었다. 조용히 걸어가 소파에 앉자 그가 비스듬히 기대선 채 와인을 한 모금 마셨다.

서원은 와인을 마시며 강준을 흘깃거렸다.

지금까진 제대로 보지 못했는데, 3년 만에 다시 본 이강준은 그때와 비슷하면서도 조금 달라져 있었다. 사람을 꼼짝 못 하게 하는 강렬한 눈빛과 분위기는 여전하지만…… 어딘가 예전과는 달랐다.

금욕적인 분위기와 정반대의 위험한 관능미가 동시에 느껴지는 강준에게서 시선을 떼지 못하고 있는데 문득 와인 잔에서 시선을 들어 올린 그와 눈이 마주쳤다.

'이런.'

왠지 훔쳐보고 있던 것 같아 순간적으로 부딪힌 시선을 피하려는데 강준의 매혹적인 입술 끝이 휘어 올라갔다.

「대놓고 봐도 됩니다. 그러려고 여기 당신과 있는 거니까.」

「……말했듯이 당신 외모가 상당히 훌륭해서요.」

말을 돌린 서원이 속내를 숨기려 얼른 와인 잔을 입으로 가져갔다.

「술은 즐기는 편입니까?」

「조금요.」

「그렇군요.」

강준의 입가에 다시 매혹적인 미소가 걸리는 것을 서원이 유심히 바라봤다.

'저건가?'

처음부터 이성적인 관심을 가진 상대에게는 이런 식으로 대하는 걸까? 그래서 그때의 모습과 다르게 느껴지는 걸까?

「여긴 무슨 일로 온 겁니까. 일 때문은 아닌 것 같고.」

「휴가를 보내고 있거든요.」

「휴가를 보내기엔 여긴 꽤나 복잡한 곳인데.」

「그런 말을 주위에서 많이 들었어요. 하지만 누가 어떻게 생각하든 나에겐 이곳이 마음에 드는 휴가지니까.」

서원이 어깨를 으쓱이며 잔을 입술로 가져갔다.

'언제 다 마신 거지?'

잔에 남아 있던 마지막 술이 입안으로 흘러들자 그녀의 미간이 살짝 찌푸려졌다. 강준은 소파 옆 테이블 위에 놔둔 와인 병을 들어 그녀의 빈 잔을 채워 줬다.

「솔직히 이런 급작스러운 제안, 처음 아니죠?」

서원이 자신의 잔에 담긴 황금색 액체를 보며 말하자 그가 그녀를 내려다봤다. 그때처럼 이강준의 눈동자는 사람의 마음을 끌어당기는 심연 같은 다크그레이색이었다.

「왜 처음이 아니라고 생각한 건지가 궁금한데.」

「처음이라고 생각하는 게 더 이상하지 않나요?」

강준이 대답 없이 서원을 응시했다. 집요할 만큼 와 닿는 시선에 서원은 동요하지 않으려 애썼다.

「믿지 않아도 상관없지만.」

강준이 걸어와 서원의 옆에 앉았다. 바로 옆에서 그가 시선을 맞춰 왔다.

「내가 이런 제안을 한 여자는 당신이 처음인데.」

샴페인이 묻은 그녀의 촉촉한 입술에 시선을 꽂은 채 강준이 낮은 음성으로 말했다.

꼴깍, 그의 시선이 닿은 입술이 바짝 마르는 기분에 서원은 침을 삼켰다. 그 소리가 그에게 들릴까 봐 서원은 시선을 내려뜨렸다.

「왜 시선을 피하지?」

강준이 그녀의 작은 턱을 잡아 올려 다시 시선을 맞췄다.

「모르겠어요. 그냥…….」

서원은 긴장으로 목이 잠겨 목소리가 갈라질 것 같았다. 지금 그와 자신 사이에 흐르는 성적 긴장감을 모를 만큼 어리숙하지 않았다. 이곳에서 어떤 일이 벌어질지 알고 스스로 선택해서 온 거였다. 그럼에도 긴장으로 숨 쉬기조차 힘이 들었다.

「불편한가?」

「아뇨. 그런 건 아니에요.」

시선을 고정한 강준의 눈동자가 어둡게 가라앉아 있었다. 까맣게 물드는 그 눈동자에 담긴 욕망을 서원은 똑똑히 기억하고 있었다.

「싫다면 거부해도 됩니다. 지금이라도.」

탁하게 잠긴 목소리로 말한 강준이 마치 이미 옷을 벗기고 맨살을 훑는 듯한 노골적인 눈빛으로 그녀를 응시하고 있었다.

'……거부하라고?'

어느새 입술이 닿을 듯 가까워져 있었다. 서원은 달아오른 숨결을 입술 사이로 흘려보냈다. 온몸이 열기에 달아올라 머릿속까지 먹먹해지는 것 같았다.

'내가 어떻게 당신을 거부할 수 있어.'

입 밖으로 내지 못한 말을 신음처럼 숨결로 흘리며 서원이 말했다.

「내게 궁금한 건 없나요?」

야릇하게 고개를 기울인 채 가까이에서 그녀의 입술과 눈을 번갈아 보던 강준이 눈에 시선을 고정했다.

「난 지금 당신 입술이 어떤 맛인지가 가장 궁금한데.」

거리가 너무 가까워 그가 말할 때 입술이 살짝 닿았다 떨어졌다.

숨 막혀.

서원은 산 채로 심장을 움켜잡힌 것처럼 숨이 막혀 왔다. 방금 그녀의 도톰한 입술에 닿았던 강준의 시선이 다시 올라온다. 그녀의 긴장을 알아챈 듯 간격이 조금 넓어졌다. 그 벌어진 거리에 서원은 조급해졌다.

「당신은 다른가?」

「……아니, 같아요.」

서원이 먼저 고개를 기울여 그의 입술을 머금었다.

의외인지 잠시 멈칫거린 강준이 곧장 그녀의 입술을 벌리고 들어갔다. 축축한 혀를 입안 깊이 밀어 넣자 그녀의 입술이 크게 벌어졌다.

「하읍…….」

벌어진 입술이 각도를 바꿔 다시 다물리는 사이 야릇한 숨결이

새어 나왔다. 부딪히는 물컹한 혀가 서로의 타액으로 흠뻑 젖어
들어갔다.

……어지러워.

서원은 머릿속에 산소가 희박해짐을 느끼며 고개를 뒤로 젖혔
다. 그의 커다란 손이 그녀의 뒷머리를 지탱하고 더 깊이 침입해
들어왔다.

「음, 하압.」

도망칠 수 없게 손으로 고정한 그가 말캉한 혀를 휘어감아 빨
아들이자 서원의 가슴 끝이 팽팽하게 곤두섰다. 흥분으로 유두가
곤두서는 선명한 감각에 그녀의 머릿속이 아찔해졌다. 서원이 강
준의 셔츠를 꽉 움켜잡자 그가 입술을 놔줬다.

「하아, 천천히…… 숨 막혀요.」

겨우 입술이 풀려난 서원이 막힌 숨을 토해 내며 헐떡이자 그
가 그녀의 아랫입술을 빨았다.

「미안하지만, 그럴 여유 없어.」

「아……!」

강준의 손이 서원의 셔츠를 들추고 들어가 순식간에 맨살을 타
고 올랐다. 그리고 브래지어를 들추어 말캉한 젖가슴을 거머쥐었
다.

「읏.」

물풍선처럼 탱글한 살덩이가 커다란 손안에 휩쓸려 들어가자
그녀의 허리가 휘어졌다. 단단한 손아귀에 주물러지는 통에 동그
란 유두가 잘 익은 과일처럼 터질 듯 부풀었다. 그걸 엄지와 검지
로 잡은 그가 음란하게 비비기 시작했다.

'어, 어쩌지?'

이미 예상하고 있던 상황이지만 서원은 정신이 하나도 없었다. 쏟아지는 자극적 쾌감에 더운 숨결만 헐떡이는데 고개를 숙인 그가 부푼 가슴을 베어 물었다.

「아아!」

입술 사이로 터져 나오는 야한 신음이 제 것 같지 않았다. 헐떡이며 내려다보자 타액에 젖어서 맨들거리는 그의 입술이 자신의 유두를 물고 빠는 모습을 보였다. 그의 금욕적인 입술 사이로 살짝씩 드러나는 혀가 자신의 포도알같이 팽창된 유두를 빨아올리는 모습이 보이자 그녀의 눈이 흔들렸다.

「하……웃. 강준…… 훗.」

강준의 입술 안에서 빨리는 시간이 길어질수록 처음 느끼는 자극적인 감각이 점점 더 커졌다. 그의 축축한 혀가 휘감은 유두에 뜨거운 피가 잔뜩 모여 아찔할 정도로 강한 쾌감으로 번지자 서원의 헐떡임이 커졌다.

그녀의 숨결이 급박해지는 걸 확인한 강준의 움직임도 더 거칠어졌다. 브래지어를 위로 확 밀어 올리고 음탕한 타액을 흠뻑 묻혀 놓은 한쪽 젖가슴을 주무르며 다른 쪽 유두를 빨기 시작했다.

「으, 앗. 느, 느낌이 이상…… 흐웃.」

그녀의 입술에서 뚝뚝 끊기는 달뜬 목소리가 새어 나오자 강준이 고개를 들었다. 새까맣게 어두워진 그의 눈동자와 마주치자 서원은 오싹할 정도의 흥분을 느꼈다.

그녀를 응시하는 그의 얼굴은 마치 음욕에 가득 찬 수컷 같았다. 관능이 흐르는 그 얼굴을 발갛게 달아오른 서원이 숨을 몰아쉬며 내려다봤다.

「자, 잠깐.」

강준의 손이 그녀의 바지 버클에 닿자 서원이 그의 손을 잡았다.

자신도 모르게 잡은 건 본능적인 행동이었다. 조금 당황한 얼굴로 서원이 그를 바라보자 예전에 봤던 강렬한 눈동자가 바로 앞에서 이글거리고 있었다.

「클로에.」

그의 명령 같은 목소리에 서원의 손에 저절로 힘이 풀렸다.

지이익.

지퍼를 내리는 소리가 자극적으로 귓가를 긁었다. 소파 아래로 내려가 바닥에 무릎을 댄 강준이 서원의 바지를 벗기기 시작했다. 다리 아래로 바지를 끌어 내린 그의 시선이 오므려진 그녀의 무릎에 박혔다.

「그렇게 하면.」

낮은 목소리에서 지독히도 뜨거운 욕망이 느껴졌다. 커다란 손이 그녀의 겹쳐진 두 무릎을 잡는다.

「더 자극적인데.」

「앗. 강준⋯⋯!」

두 무릎을 활짝 벌린 강준이 그 사이로 고개를 숙였다. 얇은 스킨 색상의 팬티 위로 그의 더운 입김이 닿자 서원의 허리가 흠칫거렸다. 본능적으로 오므리려는 다리를 두 손으로 꽉 잡아 고정한 그가 팬티 위로 뚜렷이 윤곽이 드러난 도톰한 속살을 삼켰다.

「으앗!」

서원이 비명 같은 신음을 터뜨렸다. 자신의 음부가 남자의 입술로 빨릴 수 있다는 생각은 한 번도 해 본 적이 없었다.

「앗, 아, 안 돼요. 그만⋯⋯ 흣!」

도망치고 싶지만 엉덩이는 소파 등받이에 닿아 있고, 다리는 강준에게 꽉 잡힌 채 고정되어 있어 서원은 옴짝달싹할 수 없는 상황이 되어 버렸다. 그는 입술로 조갯살처럼 벌어진 곳을 축축하게 젖은 팬티 위로 크게 물고 천천히 빨아들이기 시작했다.

그의 입술 안에 물린 속살이 강한 쾌감에 수축됐다. 쭙쭙거리며 빨고 있는 소리만 들으면 마치 제 음부가 아니라 맛있는 사탕이라도 빨고 있는 것 같았다.

「하웃, 아, 아아……!」

점점 더 강한 압력으로 빨던 그가 혀를 세워 조갯살 사이의 도로록 솟아오른 둥근 음핵을 꾹 눌렀다. 동시에 강렬한 쾌감이 서원의 등허리를 쭉 타고 올랐다.

「학!」

아찔한 쾌락에 그녀의 힘이 들어간 다리가 가늘게 떨렸다.

「좋은 향이 나는데.」

높은 콧날을 묻은 채 음란한 곳을 치대듯 빨며 강준이 낮게 말하자 서원이 헐떡였다.

「조, 좋은, 향이요? 웃…….」

「아주 군침 도는 향.」

웅얼거리듯 말한 강준이 고개를 들더니 자신의 타액과 그녀의 체액으로 흥건하게 젖은 팬티를 손가락으로 들췄다. 그 사이로 드러난 유혹적인 말캉한 살에 그의 시선이 꽂혔다. 서원이 내려다보자 검게 물든 눈동자가 무섭도록 어둡게 일렁이고 있었다.

「남자를 미치게 만드는 향.」

내뱉듯 말한 강준이 팬티를 찢을 듯 벌리며 속살을 크게 삼켰다.

「아훗……!」

맨살에 닿는 자극적인 감각에 서원은 숨을 쉴 수가 없었다.

강준은 그의 타액과 그녀의 흥분된 체액이 야하게 섞인 채 범벅이 되어 있는 속살을 한껏 베어 물고 강하게 빨았다. 그 강한 자극에 서원의 다리가 제멋대로 움직이며 덜덜 떨렸다.

「웃! 아앗! 앗!」

뜨거운 입술로 물고 피가 잔뜩 몰려 흥분한 음핵을 혀로 살살 굴리자 서원이 소파를 쥐어뜯을 듯 잡았다. 흐린 시야에 자신의 성기를 음란하게 빨고 있는 남자가 내려다보였다.

그의 표정은 잘 보이지 않지만 흥분한 것 같았다. 늘 완벽에 가까운 정돈된 모습만 보이던 강준이 이런 색기 어린 표정으로 제 것을 빨고 있다는 것이 믿기지 않았다.

'아, 안 돼…….'

서원이 뚝뚝 끊기는 신음을 내뱉으며 엉덩이를 흔들었다. 그녀의 의지를 벗어난 몸이 제멋대로 음란하게 움직이고 있었다. 강준의 입술에 삼켜진 부분이 참지 못할 정도로 강하게 조여들었다. 그가 더 자신을 깊이 삼키도록 그녀는 자신의 엉덩이를 더 야하게 흔들고 있었다.

「아, 아훗.」

「……못 참겠군.」

꽉 잠긴 목소리로 말한 강준이 그대로 그녀의 팬티를 두 손으로 움켜잡았다. 트드득! 찢어지는 소리와 함께 넝마가 된 천 조각이 그녀의 몸에서 벗겨져 나갔다.

하아, 하아.

그의 손에 의해 어느새 알몸이 되어 버리자 서원은 심장이 터질 것만 같았다. 머리가 먹먹해질 정도로 세차게 뛰어 대는 심장 소리를 들으며 옷을 벗는 강준을 바라봤다.

남자답게 근육이 잡힌 탄탄한 육체가 밝은 공간 안에 드러났다. 넓게 벌어진 어깨와 역삼각형으로 이어지는 강한 장골이 그녀의 시선을 잡아챘다. 드로어즈가 터질 듯 솟구친 하반신을 본 그녀의 눈동자가 작게 흔들렸다.

그가 드로어즈를 벗는 모습을 차마 지켜보지 못한 서원이 시선을 내려뜨렸다. 그 모습에 강준의 입술 끝이 관능적으로 휘어 올라갔다.

「부끄럽습니까?」

「그, 그냥 너무 밝아서…….」

서원이 자신이 시선을 피한 것이 민망해 변명하듯 말하자 그가 그녀를 번쩍 안아 올렸다.

'어?'

그대로 침실로 향하는 걸음에 서원은 강준에게 안긴 채 공중에서 아래를 내려다봤다.

커튼이 쳐진 침실은 환한 바깥보다는 아늑했다.

「이제 괜찮습니까?」

커다란 침대에 눕히며 귓가에 속삭이는 목소리에 서원은 그를 올려다봤다.

숨을 몰아쉬며 잠시 강준을 바라보던 그녀가 대답 대신 그의 남자다운 뒷목을 끌어안았다. 완벽한 알몸이 빈틈없이 맞닿자 굵게 발기해 있는 거대한 페니스가 찌르듯 아랫배에 닿았다.

「아.」

그 자극에 서원의 더운 숨결이 강준의 귓속으로 밀려들었다.

그러자 이미 터질 듯 곤두서 있던 그의 성기가 더 빳빳해지는 것이 느껴졌다.

「제대로 흥분시키는데.」

낮게 내뱉은 강준이 자신의 두꺼운 페니스를 잡고 바들거리는 그녀의 속살에 가져다 댔다. 그에게 빨려 축축하게 젖어 있는 속살을 뭉툭한 귀두로 거칠게 문지르기 시작했다.

「아, 아앗.」

찌걱, 찌걱. 당장 짓쳐들어올 듯 위협적인 굵은 근육 덩어리가 속살을 문질러 대자 서원의 숨결이 가빠졌다. 한 손에 들어오지 않을 정도로 거대해진 기둥을 잡은 그가 한껏 피가 몰려 있는 땡땡한 음핵을 거칠게 문지르기 시작했다.

「하읏! 아! ……아웃!」

참지 못한 신음을 터뜨리는 서원의 얼굴이 쾌감에 일그러졌다. 그녀의 얼굴에 강준의 시선이 박혔다.

「이대로 넣진 않을 거야.」

움켜잡은 제 페니스를 질척이는 속살에 음란하게 문지르며 그가 낮게 말했다.

「하, 읏, 앗, 아, 아니 난…….」

당장 박아 넣을 듯 강하게 문지를 때마다 여린 속살이 흠칫거렸다.

「그저 맨살의 감각을 느끼려는 것일 뿐이니까.」

이미 피가 몰릴 대로 몰린 그의 두꺼운 페니스가 투명한 쿠퍼액을 뚝뚝 흘리고 있었다. 그것이 그녀의 멀건 애액과 뒤범벅이 된 채 서로의 피부를 더럽히는 것을 강준이 응시했다.

「가, 강준, 이, 이제 더는……!」

그가 리드미컬하게 문지르는 움직임에 맞춰 음란하게 허리를 흔들면서 서원이 고개를 저어 댔다. 더는 목젖까지 치밀어 오른 열기를 감당하기가 힘들었다. 오랜 기간 그를 원하던 그녀의 몸은 한계점에 임박해 있었다.

그녀의 애타는 몸짓에 강준이 그녀의 몸에서 떨어져 나갔다.

서원이 가쁜 숨을 내쉬며 열기로 가득 찬 눈두덩이 위에 제 손등을 가져가자 그가 콘돔 포장을 찢는 소리가 들렸다. 그 소리를 들으며 서원은 방금 전에 제 몸에 닿아 있던 그의 맨피부에 얇은 콘돔이 씌워지는 걸 상상했다. 그 상상만으로 야릇해져 기대감으로 온몸이 떨려 왔다.

그때 침대에 무게감이 실리는 것이 느껴졌다. 아래를 보자 근육질 남자의 거대한 몸이 침대 위로 올라오는 것이 보였다.

그가 그녀의 가느다란 두 발목을 잡았다. 그대로 양쪽으로 넓게 벌리고 그 사이로 들어가 자리를 잡자 서원의 젖가슴이 성적인 긴장으로 오르내렸다.

「후…… 클로에.」

탁한 목소리로 낮게 말한 강준이 고개를 숙여 자신의 하반신을 응시했다. 얇은 고무가 찢길 듯이 발기해 있는 검붉은 성기가 끄덕이고 있었다. 핏대가 곤두선 그것을 거머쥔 그가 서원의 안으로 단숨에 밀고 들어갔다.

「아……!」

고개를 젖힌 그녀의 몸이 위로 확 밀려 올라갔다. 좁은 입구를 찢을 듯 밀고 들어오는 강한 압박감에 서원의 온몸에 잔뜩 힘이 들어갔다.

얇은 고무에 감싸인 거대한 근육 덩어리가 뜨겁게 수축하는 질 내부로 서서히 짓쳐 들어갔다. 좁은 내부의 압박을 느꼈는지 강준은 강한 팔에 근육이 꿈틀거릴 정도로 단단하게 힘주어 지탱한 채 자신의 욕망을 서서히 밀어 넣었다.

「읏.」

절반 정도 그의 몸이 잠식되자 서원이 눈썹을 찌푸렸다.

너무, 버거워.

숨도 쉴 수 없을 만큼 강한 압박에 호흡이 어려웠다.

「……아픕니까?」

묻는 목소리가 꽉 억눌려 있었다. 그 목소리에 서원이 떨리는 숨을 깊게 내쉬고 그를 올려다봤다. 자신을 주시하는 까맣게 물든 눈동자를 보며 서원이 고개를 저었다.

「괜찮아요.」

전혀 괜찮지 않았지만 통증보다 그를 당장 갖고 싶은 욕망이 더 컸다. 자신의 몸 안에 들어온 그를 최대한 느끼고 싶었다. 온전하게.

하지만 움직임을 멈춘 강준은 전혀 미동이 없었다.

혹시 그가 여기서 끝낼 생각인가 조바심이 든 서원이 입을 열었다.

「괜찮으니 어서…… 아!」

강준이 탄탄한 근육질의 둥근 엉덩이를 강하게 밀어 넣자 그의 것이 갑자기 깊숙이 들이쳤다.

「아프면 날 할퀴어도 됩니다.」

「아, 앗, 아앗!」

안쪽 깊숙이 들이친 빳빳한 페니스가 말뚝을 박듯 쿵쿵 들이치기 시작했다. 아주 깊은 곳까지 박아 넣었다가 내부를 긁으며 빠져나가는 움직임이 반복될수록 고통의 크기가 줄어들고 쾌감이 그 영역을 메워 나갔다.

빨라진 움직임에 서원은 그에게 필사적으로 매달렸다. 땀에 젖은 손으로 움켜쥔 강한 팔근육이 꿈틀거리는 게 느껴졌다.

철썩, 철썩!

젖은 살이 치대지는 음란한 소리가 귓가에 먹먹하게 울렸다.

「웃, 조, 조금만 천천히, 아! 하웃!」

그의 팔을 꽉 잡은 채 서원이 정신없이 신음을 쏟아 냈다. 제 입에서 터져 나오는 소리를 서원조차 인식할 수가 없었다. 오로지 자신의 속살 사이를 벌리고 들어오는 짐승 같은 단단함에 온 신경을 빼앗겼다.

강준은 속도를 줄일 생각이 없어 보였다. 땀이 맺힌 탄력적인 근육질 엉덩이에 단단히 힘을 준 채 격렬하게 파고들었다. 전혀 줄어들지 않는 속도를 버티는 사이 갑자기 쾌감이 불길처럼 그녀의 내부에 번졌다.

「아아! 아!」

그가 지속적으로 찌르고 있는 내부의 벽이 미칠 듯이 뜨겁게 자극됐다. 그녀의 신음을 들은 강준은 강한 힘으로 그곳을 계속 찔러 댔다. 강하게 쑤셔 댈수록 쾌락은 더 커졌다.

그때 강준이 움직임을 멈추지 않고 정신없이 흔들리는 둥근 젖가슴을 움켜잡았다.

「하웃!」

그대로 강준이 더 빠르게 쑤셔 들어갔다. 그의 단단한 손바닥에 이리저리 짓뭉개지는 유두에서 짜릿한 쾌감이 치솟았다. 굵은 페니스를 꽉 물고 있는 도톰한 속살이 한껏 조여들며 애액을 흘

려 댔다. 미끌미끌한 애액이 둔부를 때리는 주름진 음낭을 흠뻑
적셨다.

강준이 자신의 몸을 빼고는 상체를 앞으로 숙여 서원의 귓가에
속삭였다.

「여기까지 적시고 있는데. 네가.」

「네? 아…….」

서원의 손을 끌고 내려가 그녀의 것으로 음탕하게 젖은 음낭을
만지게 하자 서원의 눈이 놀라움으로 흔들렸다.

「그리고 넌 여기까지 젖었고.」

강준이 잡은 그녀의 손을 그녀의 음부 아래 갈라진 엉덩이 틈
까지 끌고 내려가자 서원의 얼굴이 확 붉어졌다.

'이, 이렇게 젖었어?'

느끼지 못한 사이 시트를 흠뻑 적실 만큼 흘렸다니. 붉어진 얼
굴로 어쩔 줄 몰라 하는 그녀의 손을 제 입술로 가져간 강준이 손
가락에 묻은 것을 빨았다.

「하, 하지 마요.」

서원이 빼내려고 했지만 강하게 손목을 붙잡고 남김없이 빨고
나서야 그가 손을 놔줬다.

「소용없는 짓이야. 난 네가 이 침대를 다 적시고서야 끝낼 거니
까.」

「네? 아니…… 훗!」

서원의 대답을 듣기도 전에 그녀의 다리를 벌린 강준이 강하게
찔러 들어갔다.

「아, 앗. 앗!」

440

출렁, 출렁.

사각형의 커다란 침대가 세게 흔들릴 만큼 강준은 강하게 움직였다. 대체 시간이 얼마나 지났는지도 모를 정도로 오랜 시간 그는 지치지도 않고 움직이고 있었다.

온몸이 땀에 젖어 있었다. 소금에 절여진 것처럼 땀에 젖은 몸이 조명에 비쳐 번들거렸다. 어지럽게 뒤흔들리는 시야에 강준의 얼굴이 보였다. 시트를 힘껏 움켜쥔 서원의 하얀 손등에 푸른 힘줄이 돋아났다.

「하아, 하아. 강준…….」

잠긴 목으로 그의 이름을 부르던 서원은 순간 울컥, 하고 목구멍에 뜨거운 것이 차오르는 것을 느꼈다.

'……얼마나 그렇게 부르고 싶었는지 지금 이 남자는 모르겠지.'

부사장님이 아니라, 이강준이라는 그의 이름을 얼마나 부르고 싶었는지. 얼마나, 이렇게 뜨겁게 안기고 싶었는지.

서원의 눈꼬리를 타고 흘러내린 눈물을 핥으며 그가 말했다.

「그런 얼굴로 보지 마. 난 그쪽 취향이 아닌데도 자극되니까.」

「뭐든 좋으니까, 그냥…….」

계속 안아 줘요.

뒷말을 하기도 전에 강준이 빠르고 격렬하게 움직이기 시작했다. 마치 부서질 것만 같아 그의 몸을 꽉 끌어안은 채 서원은 눈을 꼭 감았다.

「왜 운 겁니까.」

어지러운 숨결이 겨우 진정된 직후 곧장 물어 오는 말에 서원

441

은 그가 자신의 눈물을 신경 쓰고 있었다는 것을 알았다. 마음에 걸렸나?

그가 가라앉은 눈동자로 응시했다.

「처음이라서 그런 겁니까?」

이미 들켰으니 숨길 것도 없었지만 서원은 조금 얼굴이 붉어지는 것 같았다.

「아니에요. 그런 이유는.」

「그럼 이유가 뭔데.」

낮은 조도의 전등만 켜진 침실 안에서 강준의 남성적이고 관능적인 육체의 윤곽이 보였다.

「그냥…….」

뭐라 말해야 할지 고민하며 그의 탄력적인 가슴근육과 그 아래로 이어지는 꽉 짜인 듯한 복근으로 시선을 옮겨 가던 서원은 다시 처음처럼 힘이 들어간 그의 몸을 보고 순간 당황스러운 표정을 지었다.

「사람을 기절할 정도로 만들어 놓고 벌써…….」

「말 돌리지 말고 질문에 대답하시죠.」

강준이 붉어진 서원의 얼굴을 들어 올려 시선을 맞췄다. 피할수 없이 시선이 포박되자 서원이 짧게 한숨을 내쉬었다.

「나도 모르겠어요. 내가 왜 그런 건지.」

강준이 그녀의 얼굴을 가만히 바라봤다.

「정말이에요. 처음이라는 것도 나에겐 그리 중요하지 않아요. 일부러 지키려고 가지고 있던 것도 아니고, 그냥 그럴 일이 없던 것뿐이니까.」

「…….」

「그러니까 당신도 신경 쓰지 말아요.」

서원이 담담한 어조로 말을 이었다.

「그런 데 신경 쓰는 사람이었다면 당신의 제안을 받아들이지도 않았을 거예요.」

강준이 말없이 물끄러미 바라만 보고 있자 서원은 가슴이 답답해졌다.

'왜 괜히 울어선.'

그를 잊지 못했던 자신에겐 충분히 그럴 수 있는 일이지만, 어제 처음 만난 여자라고 알고 있는 강준에겐 이해하지 못할 일일 거였다. 그에게 괜한 부담을 줬다는 생각에 눈물 흘린 것이 후회가 됐다.

서원이 씁쓸함을 감추고 담담하게 바라봤다. 말없이 시선을 맞추고 있던 강준이 그녀의 목덜미에 입술을 묻었다.

「당신이 원한다면 그렇게 하죠.」

「아…….」

더운 숨결이 예민한 목덜미에 닿자 서원은 욱신거리는 다리 사이가 다시 뜨거워졌다.

그의 입술이 목 아래 연약한 살을 살짝 깨물고는 쇄골 아래로 천천히 움직였다. 점차 아래로 내려가며 입술 도장을 찍을 때마다 그녀의 몸이 가늘게 떨려 왔다.

「이번엔 울지 마. 우는 여자 억지로 안는 것 같으니까.」

낮은 음성과 함께 그가 다시 안으로 침범해 들어왔다.

깜빡.

서원이 눈을 뜨자 침대 위 옆자리는 비어 있었다.

'돌아간 건가?'

휴대폰을 찾기 위해 몸을 일으키려는데 힘이 들어가지 않았다.

'아, 이런.'

서원의 하얀 이마가 찌푸려졌다. 온몸이 두들겨 맞은 것처럼 아프고 특히 밤새 움켜잡혔던 다리와 허리가 욱신거렸다.

'어쩌면 그렇게…… 한도 끝도 없을 수가 있지?'

그야말로 끊임없이 몰아치는 힘에 농담이 아니라 정말로 정신을 잃을 뻔했을 정도였다. 한숨을 흘린 서원이 우선 일어서기를 포기하고 그대로 침대 위에 누운 채 얇은 시트를 끌어안았다.

흑단처럼 까맣고 윤기가 흐르는 긴 머리채를 침대 위에 펼치고 옆으로 누웠다. 몸에 닿는 가볍고 보드라운 시트의 감촉이 기분 좋았다.

그 감촉을 음미하던 서원이 천천히 눈을 깜빡거렸다. 생각해 보니 이상한 지점이 있었다.

'분명 그땐 여성 기피증이라고 들었는데.'

심 비서에게 분명 그렇게 들었다. 그런데 처음 본 '여성'인 자신을 먼저 유혹하고 이렇게 관계까지 가질 수 있다는 게 의아했다.

'그사이 고쳐진 건가?'

3년 동안 이강준에게 무슨 일이 있었는지는 모르니까.

서원이 그가 누워 있던 자리를 응시하며 생각에 잠겼다.

3년 전, 미국으로 넘어오기 전에 도원의 재활치료를 돕던 동안 이강준과 금세라가 약혼을 했다는 소식은 들리지 않았다.

곧 약혼한다는 걸 알고 있었기에 분명 나라가 그 기사로 떠들썩할 거라 예상했다. 이미 퇴사 무렵 비서팀 내부에서 약혼식 보도자료도 다 준비해 놓은 상태였으니까.

하지만 그런 뉴스는 나오지 않았다.

의아함을 느끼고 미국으로 넘어올 즈음 일부러 검색해 본 적이 있는데 약혼 관련 기사는 아예 없었다. 순간 이강준이 금세라와 약혼하지 않았다는 사실에 안도하고, 그런 자신에게 동시에 착잡함을 느꼈던 기억이 분명하게 떠올랐다.

'혹시 그 뒤에 약혼한 건 아니겠지?'

몸을 일으킨 서원이 휴대폰을 찾아 들어 올렸다. 미국에 온 뒤엔 아예 신경을 끊고 지냈으니 그 뒤 소식은 몰랐다. 긴장한 얼굴로 잠시 검색하던 서원의 어깨에 힘이 탁 풀렸다. 무슨 이유인지는 모르지만 지금껏 강준은 약혼도, 결혼도 하지 않고 있었다.

「일어날 기운이 있는 모양이군요.」

갑자기 들린 목소리에 서원이 고개를 돌렸다. 슈트 차림의 강준이 침실로 들어서고 있었다.

서원이 침대 위에 앉아 시트로 몸을 가리고 그를 바라봤다. 강준이 다가오자 서원은 살짝 붉어진 얼굴로 흐트러진 머리칼을 쓸어 넘겼다.

'난 옷도 안 입고 있는데…….'

게다가 그의 흔적이 잔뜩 묻은 채 아직 샤워도 못 했는데 그런 자신과 달리 그는 완벽한 슈트 차림인 것이 조금 부끄러웠다.

강준이 고개를 살짝 숙인 서원의 옆에 앉았다.

「왜 가리고 있지?」

그가 서원의 벗은 어깨에 입술을 대고 말하자 그녀의 어깨가 자극으로 움츠러들었다.

「읏…… 어젯밤에 실컷 봤잖아요.」

「실컷?」

되묻는 강준이 가까운 곳에서 똑바로 눈을 맞추자 어젯밤과 똑같은 욕망이 그의 눈동자에 고스란히 맺혀 있는 것이 보였다.

「실컷이라는 말의 의미를 잘 모르는군.」

「하아…….」

강준이 야릇한 부위를 입술로 물고 말하자 서원이 달달한 숨을 흘렸다. 순식간에 뜨거운 열기가 온몸으로 퍼져 갔다.

「잠깐……만요. 아직 샤워도 못 했…… 흐읏.」

「그럴 필요 없어. 다시 내 걸로 더러워질 테니까.」

강준이 시선을 똑바로 맞추고 타이를 흔들며 하는 말에 서원은 참을 수 없는 열기로 헐떡였다.

아, 정말…….

서원이 아랫입술을 지그시 물었다. 쾌락을 알아 버린 몸이 제멋대로 조여들며 참을 수 없도록 만들고 있었다. 어쩌면 너무 오랫동안 그를 원하던 마음이 지독한 허기로 몸 안에 쌓여 있었는지도 모른다.

그가 서원의 몸을 감고 있는 시트를 벗겨 내고 곧장 자신의 바지 버클을 풀었다. 지퍼를 내리자 열린 앞섶에 터질 듯이 솟구쳐 있는 단단한 덩어리가 보였다. 푸르스름한 핏대가 선 강준의 손이 드로어즈에서 검붉은 페니스를 꺼냈다. 끄덕이는 굵은 근육 덩어리 끝에 투명한 액이 맺혀 있었다.

그걸 본 서원의 기다란 속눈썹이 가늘게 떨렸다.

페니스만 빼낸 채 재킷 안주머니에서 콘돔을 꺼낸 강준이 자신의 욕망에 씌웠다. 그러고는 그대로 그녀의 몸 위에 올라탔다.

「옷을…….」

「이대로 할 겁니다.」

탁하게 잠긴 그의 목소리에 전혀 여유가 없다는 것을 서원은 그때 알았다. 완벽한 슈트 차림인 남자와 자신만 헐벗은 채 관계를 갖는 것이 부끄러우면서도 야릇해 몸이 달아올랐다.

「핫.」

그가 엉덩이를 거칠게 끌어 내리자 그녀의 상체가 뒤로 젖혀졌다. 강준이 아슬아슬하게 앉은 자세가 된 서원의 다리를 벌렸다. 날씬한 다리가 그의 탄탄한 어깨 옆으로 활짝 벌어졌다. 하아, 하아. 제 입술에서 새어 나오는 어지러운 숨결이 서원 자신의 귀를 자극시켰다. 가늘게 떨리는 손이 그의 재킷을 붙잡았다.

「꽉 잡는 게 좋을 거야. 한계까지 참았던 상태니까.」

낮은 목소리가 욕망으로 짙게 깔렸다.

「아아……!」

아직 부기가 가라앉지 않은 연한 속살을 굵고 두꺼운 페니스가 꿰뚫었다. 단박에 내부 깊숙이 찔러 들어오는 단단함에 재킷을 움켜잡고 있는 서원의 가느다란 손가락에 푸른 핏줄이 곤두섰다.

서원이 다시 눈을 떴을 땐 사위가 어두웠다.

'밤인가……?'

시야에 벽이 보이고, 뒤로 고개를 돌리자 잠든 강준의 벗은 상체가 보였다.

그는 정신을 잃을 때까지 그녀를 놔주지 않았다. 이틀 동안 객실 밖을, 아니 침대 밖을 거의 벗어난 적이 없다는 것이 떠오르자 서원은 신음을 흘리며 지그시 입술을 깨물었다.

'정말 단단히도 미쳤나 봐.'

그게 아니라면 지독히도 음란한 여자였던 거고. 속으로 혀를 차며 소리가 나지 않도록 조심스럽게 몸을 일으켜 침대를 빠져나가려고 했다.

"아!"

그때 뒤에서 뻗어 나온 커다란 손이 그녀의 허리를 잡아 끌어당겼다.

「안 잤어요?」

서원이 놀란 눈으로 돌아봤다. 강준은 옆으로 느른히 누운 채 탄탄한 몸에 서원의 연약한 몸을 바짝 밀착시키고 있었다.

「……안 잔 것과 못 잔 건 다른 건데.」

뒷덜미에 얼굴을 묻은 그에게서 그사이 익숙해진 관능 어린 체취가 느껴졌다.

「네?」

낮게 중얼거리는 듯한 목소리를 제대로 듣지 못한 서원이 의아스럽게 되물었다. 강준이 그녀의 긴 머리칼을 옆으로 치우고 드러난 하얀 어깨를 빨았다.

「읏…….」

등 뒤로 느껴지는 단단하고 남성적인 몸이 서원의 몸을 은밀하게 긴장시켰다. 뒤에서 목소리가 들렸다.

「배고프지 않습니까?」

「……조금요.」

생각해 보니 이틀 동안 제대로 먹은 기억이 없었다. 먹지도 않고 열중한 일을 떠올리며 서원이 작게 숨을 들이켜는데 그가 그녀를 놔주고 몸을 일으켰다.

「룸서비스 주문하고 잠시 내 방에 갔다 올 겁니다. 30분 정도 걸릴 테니 쉬고 있어요.」

던져둔 셔츠를 입으며 강준이 말하자 그의 남성적인 역삼각형 상체가 어슴푸레하게 실루엣으로 보였다.

옷을 입은 강준이 곧장 침실을 나갔다.

그의 뒷모습을 보고 있던 그녀의 눈동자가 깊게 잠겼다. 관계를 가질 땐 한없이 뜨거웠지만, 자신에게 시선 한 번 주지 않고 침실을 나서는 그의 냉정함에 묘한 괴리감이 들었다.

'호감이 있다고 해도 그에겐 만난 지 며칠 안 된 여자일 뿐일 테니.'

그렇게 생각하면서도 서원은 어쩔 수 없이 기분이 가라앉았다.

'내가 한도원이었더라도 그랬을까?'

한도원으로 있을 때의 그의 전혀 다른 눈빛과 열망을 서원은 똑똑히 기억하고 있었다. 육체적인 욕망은 그때와 비슷했지만, 내면의 깊이는 전혀 다르다. 자신이 연기한 한도원을 향한 질투. 지금 그것이 그녀의 기분을 가라앉게 만들고 있었다.

고작 2주간의 관계이니······.

서원이 침대에서 몸을 일으켰다. 근육통은 여전했지만 그대로 욕실로 향했다. 강준이 오기 전에 제대로 샤워라도 하고 싶었다. 욕실로 들어가 크림색 타일에 달린 거울 앞에 서자 서원의 입술이 작게 벌어졌다.

세상에, 이게 전부······. 마치 피부병에 걸린 사람처럼 그가 남긴 흔적으로 전신이 울긋불긋했다.

"이게 다 그 남자가 만든 흔적이라고······."

거울을 보며 혼잣말처럼 중얼거리는 서원의 눈빛이 작게 흔들렸다.

"······그래. 괜찮아."

어쨌든 난 지금 이강준에게 사랑받고 있으니까.

순간 콧등이 시큰거리며 눈앞이 부옇게 흐려졌다. 그가 자신을 한도원을 닮은 인형쯤으로 생각해도 상관없다. 그래서 지금 여자로서 그에게 사랑받을 수 있는 거라면, 몇 번을 착각한대도 아무 상관 없었다.

그렇게라도…… 그가 이곳에 있는 시간 동안만이라도 그에게 여자로서 사랑받고 싶었다. 지금처럼.

서원은 샤워기 아래에 서서 따스한 물을 틀고 눈물을 손으로 닦아 냈다.

겨우 눈물이 멈추고 받은 숨을 뱉어 냈을 때, 급작스럽게 욕실 문이 열렸다.

"!"

문이 벌컥 열리는 소리에 놀란 서원이 그쪽을 바라봤다. 강준이 딱딱하게 굳은 얼굴로 그녀를 보고 있었다.

「왜 그래요?」

서원이 샤워기 물을 잠그고 의아한 표정으로 그에게 물었다.

「무슨 일 있어요?」

강준이 이상했다. 처음 보는 표정이다. 날렵한 턱을 단단히 굳히고 보고 있던 그가 어깨를 들썩이며 숨을 뱉어 냈다.

「여기 있는 줄 몰랐습니다. 물소리 때문에……. 천천히 나와요.」

낮게 말한 강준이 욕실 문을 닫고 나갔다.

'이상하네…… 왜 그러지?'

영문 모를 얼굴로 보고 있던 서원은 고개를 돌려 거울 속의 자신을 바라봤다. 운 걸 들킨 건 아니겠지? 눈물은 그친 상태였지만 아직 눈이 붉었다. 전신이 물에 젖어 있어 모를 거라고 생각하며 그녀는 다시 샤워기를 틀었다.

서원이 샤워 가운을 입고 젖은 머리로 욕실에서 나오자 전면창 쪽에 놓인 테이블에 식사가 차려져 있었다. 룸서비스가 온 모양이다.

창가에 서서 창밖을 응시하고 있는 강준의 뒷모습에 서원은 잠시 멈춰 섰다. 그때 고개를 돌린 그가 서원의 굳은 얼굴을 쳐다봤다.

「요리가 마음에 들지 않습니까?」

「아, 아뇨. 벌써 다 차려져 있을 줄은 몰랐는데.」

서원이 어색한 미소를 지으며 테이블 앞에 앉았다. 강준이 다가와 그녀의 자리에 놓인 잔에 샴페인을 따라 줬다.

「고마워요.」

작게 말한 서원은 자신의 앞에 마주 앉은 강준과 테이블 위에 차려진 식사를 바라봤다.

'그때와 똑같아…….'

3년 전과 똑같은 장소에서 똑같은 사람과 똑같은 테이블 앞에 마주 앉으니 기분이 이상했다. 방금 전 그래서 멈칫거렸다. 그때 봤던 모습과 똑같아…….

「아까는 왜 그런 거예요?」

서원이 전채 요리를 포크로 집으며 묻자 샴페인을 마시고 있던 강준이 그녀를 바라봤다.

「뭘 말입니까?」

「당신이 욕실 문을 열었을 때 표정이 이상해서요.」

「……」

그가 포크로 찍은 하얀 생선살을 입으로 가져가는 것을 보며 서원이 조용히 대답을 기다렸다.

「침실에 없기에 사라진 줄 알았습니다.」

「내가요?」

「네.」

서원은 의외라는 듯 말했다.

「언제든 끝낼 수 있다고 한 사람이 그렇게 말하니 이상하네요.」

「끝내는 건 언제든 상관없습니다. 당신이 끝내고 싶다면.」

접시를 보며 낮게 말한 강준이 시선을 들어 올렸다.

「단, 내 눈앞에서 갑자기 사라지는 건 용납할 수 없습니다.」

강준의 눈이 마치 그의 앞에서 갑자기 사라져 버린 과거의 자신을 질책하는 것 같아 서원은 속이 뜨끔했다.

감정을 보인 뒤 곧장 사라져선 사표를 던진 자신을, 강준은 어떻게 생각하고 있을까.

「그럴 생각 없어요.」

심란함을 숨기고 말한 서원이 샴페인 잔을 바라봤다.

「다행이군요.」

짧게 대답한 그가 다시 나이프를 움직이기 시작했다. 그 모습이 지금 그가 여자인 자신에게는 별다른 애착을 보이지 않는 것처럼 느껴져 서원은 다시 기분이 바닥으로 가라앉았다.

조용히 식사만 하는데 강준이 시계를 보더니 말했다.

「가고 싶은 곳이 있습니까.」

「오늘이요?」

급작스러운 말에 서원이 눈을 둥글게 떴다.

「이틀 동안 침실 안에만 있었으니 답답할 것 같은데.」

자신을 쳐다보는 시선과 그의 말끝에 담긴 야릇한 뉘앙스에 서원은 얼른 포크를 입으로 가져갔다.

「전 어디든 상관없어요. 딱히 가고 싶은 곳은 없으니까.」

「그럼 내가 정하죠.」

「그렇게 해요.」

대화를 마친 서원은 샴페인을 한 모금 마셨다. 몸 안의 열기가 달콤한 알코올과 합쳐져 가라앉았던 기분을 한결 나아지게 만드는 것 같았다.

강준이 자신을 데려간 곳은 의외의 장소였다.

「……야경이 멋진 곳이네요.」

3년 전과 똑같이 아름다운 야경을 보여 주는 크루즈 갑판 위에서 서원이 말했다.

이곳은 예약만 한다면 누구든 고급 선상 파티를 즐길 수 있는 곳이었다. 서원도 이곳에 있는 동안 알고는 있었지만 그때의 기억 때문에 차마 오진 못했다.

'그곳을 이강준과 다시 함께 올 줄은 몰랐는데.'

서원이 생각에 잠긴 눈빛으로 너울지는 강을 바라보는데 옆에 선 그가 말했다.

「마음에 든다니 다행이군요. 제가 종종 오는 곳입니다.」

강준의 말에 서원은 옅은 미소를 띠고 그를 바라봤다.

「네. 멋져요.」

대담한 그녀가 고개를 돌려 야경을 바라봤다. 이곳을 종종 온다면…….

'그에게도 이곳이 특별한 곳인 걸까?'

만약 용기를 내서 이곳에 왔다면 우연히 그를 다시 만나게 될 확률이 더 높아졌을까.

서원은 이런저런 생각에 머릿속이 복잡해졌다. 아까 호텔에서도 3년 전과 똑같은 상황에 기분이 묘했는데, 지금 역시 그랬다. 그때의 일들이 현재에도 반복되는 상황에 서원이 조용히 생각에 빠져 있었다. 그때 옆에 서 있던 강준이 그녀의 허리에 팔을 감았다.

서원이 고개를 들자 자신을 향한 그의 짙게 잠긴 눈동자가 시야에 들어왔다.

'아무래도 상관없어.'

자신만을 바라보는, 그리고 자신을 원하는 강준의 눈동자를 보며 그렇게 생각했다.

서원은 다가오는 그를 보며 조용히 눈을 감았다. 그의 입술이 그녀의 입술을 부드럽게 머금었다.

「……으응.」

야릇하게 벌리며 빨아들이는 감촉에 서원의 입술에서 달짝지근한 신음이 흘렀다. 축축하고 미끈한 혀가 조급하지 않게 그녀의 안을 헤집었다. 그래서 더 갈증이 난 서원이 입술을 좀 더 크게 벌렸다. 그러자 기회를 놓치지 않는 맹수처럼 그가 그녀의 안으로 깊이 들어가 달짝지근한 혀를 아찔하게 휘어 감았다.

입술을 아프지 않을 정도로만 짓씹으며 혀를 빨아들이는 감각이 밤바람과 함께 이성을 마비시켜 가고 있었다.

그녀의 머리가 점점 더 뒤로 젖혀지며 허리와 하반신이 밀착됐다.

「아, 음…… 하음.」

키스가 농밀해질수록 흥겨운 스윙재즈 음악이 점점 더 귀에서 멀어지는 것 같았다. 마치 세상의 모든 소리가 사라지고 오직 두 사람의 숨결과 혀가 뒤엉키는 야릇한 소리만이 존재하는 것 같았다. 온몸이 점점 더 뜨거워지는 기분에 서원은 다리 사이가 조여 들었다.

입술이 풀려난 서원에게서 막혔던 숨결이 터져 나왔다. 아쉬움이 가득한 그녀의 흐릿한 눈망울과 타액에 젖은 도톰한 입술을 강준이 이글거리는 눈동자로 응시했다. 그가 엄지로 그녀의 보풀어 오른 입술을 닦아 내며 말했다.

「난 호텔까지 참기 힘들 것 같은데.」

「나도 그래요.」

서원이 자신의 감정을 숨기지 않고 솔직히 말하자 그가 웃음기 없는 얼굴로 그녀의 팔을 잡아끌었다.

'저긴…….'

그가 향하는 곳이 선실 입구 쪽인 것을 본 서원은 3년 전 저 아래 은밀한 객실들이 있다는 것을 기억해 냈다. 강준이 계단에 당도했을 때, 이번엔 서원이 그의 팔을 잡아끌었다. 그가 멈춰 서서 그녀를 바라봤다.

「마음이 바뀐 건가?」

그의 탁하게 잠긴 목소리에 서원이 매혹적으로 입술을 끌어 올렸다.

「이쪽으로 와요.」

강준의 팔을 잡아끈 서원이 계단 입구 옆의 어두운 공간으로 향했다. 그날, 강준과 아슬아슬한 선까지 갔던 공간으로 이끌자 그의 걸음이 서서히 느려졌다. 서원이 난간 앞에 선 채 강준을 바짝 끌어 와 그의 얼굴을 가까이에서 올려다봤다.

「여기…… 어두워서 아무도 보지 못할 것 같은데.」

그녀의 은밀한 목소리에 강준의 눈이 무섭도록 어두워졌다. 그가 표정을 굳힌 채 내려다보고만 있자 서원은 초조해졌다.

'괜한 짓을 한 건가?'

순간, 아차 싶었다. 너무 위험했다. 반복되는 추억에 빠져 선을 넘은 건지도 모른다는 생각이 들자 서원은 자신의 무모함을 뒤늦게 깨달았다. 서원이 어색하게 미소 지으며 입을 열었다.

「내가 너무 대담한 짓을 벌인 것 같아요. 미안해요. 원하지 않으면…….」

그녀의 말이 끝나기도 전에 강준이 사납게 그녀를 끌어당기며 입술을 삼켰다.

「흡!」

그가 거칠게 키스를 퍼부으며 팔을 뒤로 뻗어 그녀의 탱글한 엉덩이를 꽉 움켜잡았다. 얇은 스커트 위로 거머쥔 그의 손가락의 모양대로 물컹한 엉덩이 살이 깊이 팼다. 짓이기듯 엉덩이를 움켜쥔 강준이 그녀의 목덜미를 물어뜯을 듯 빨았다.

「아……!」

마치 그날처럼, 이성을 상실한 사나운 짐승같이 숨 쉴 틈도 없이 몰아붙이자 서원은 온몸에 화염 같은 열기가 번졌다. 그날, 이렇게 하고 싶었다. 차마 그럴 수 없었지만 자신도 간절히 원한 일이었다. 그저 제 마음이 이끄는 대로 강준에게 안기고 싶었다.

「가, 강준……. 읏.」

당장 안기지 못하면 숨이 넘어갈 것 같은 강렬한 충동이 그녀를 뒤흔들었다.

「위험하니 날 안아.」

허스키하게 잠긴 목소리를 내뱉은 그가 서원의 스커트 안으로 손을 집어넣었다. 허벅지 안쪽을 순식간에 타고 오르는 손길에 서원이 주춤거렸다.

「움츠리지 마. 벌려.」

그가 낮게 명령했다. 서원은 그의 말대로 하며 두 팔을 벌려 강준의 몸을 꽉 끌어안았다.

바로 뒤에 펼쳐진 강이 아슬아슬함을 더했다. 심장이 조여들고 미칠 것 같은데도 서원은 은밀한 속살이 기대로 젖어 드는 것이 느껴졌다.

분명 팬티가 젖었을…….

그 생각을 하자마자 강준의 손가락이 그곳으로 침범했다.

「훗.」

음란하게 젖은 살결을 얇은 천을 들추고 들어온 그의 손가락에 들키고 말았다. 도톰한 속살에 흠뻑 묻어 있는 미끈거리는 점액질을 확인한 그의 입술에서 탁한 신음이 흘렀다.

「아, 아아.」

강준이 손가락으로 연한 살을 거칠게 문지르기 시작했다. 찌걱, 찌걱. 질척거리며 마찰되는 곳에서 들리는 음란한 소리가 더 자극적이었다. 아무도 모르는, 오직 두 사람만이 들을 수 있는 소리.

「더 벌려 봐.」

서원은 힘이 풀린 다리를 더 벌렸다. 그러자 강준이 손바닥 전체로 덮어 문지르기 시작했다.

「으······! 아, 아앗!」

강준의 단단한 손바닥에 한껏 곤두선 클리토리스가 사정없이 비벼지자 서원은 숨을 쉴 수가 없었다. 날카로운 쾌감이 그녀의 다리 사이로 몰려들었다.

엉덩이가 흠칫거릴 정도로 맨살이 비벼지는 동안 그의 손바닥 전체에 축축한 애액이 꿀처럼 발렸다.

「좋은데. 이 소리.」

젖은 살결이 마찰되는 소리를 즐기듯 느릿하게 문지르던 강준이 자극된 속살 사이 은밀한 곳으로 굵은 손가락을 푹 찔러 넣었다.

「핫!」

잔뜩 흥분한 속살이 불시에 침입한 손가락을 꽉 물었다. 찔꺽, 찔걱. 조금 전과 다른 소리가 새어 나오기 시작했다. 강준이 천천히 손가락을 찔러 넣었다 다시 빼낼 때마다 그의 손가락에 허연 애액이 길게 달라붙었다.

「아, 핫, 가, 강준, 훗!」

리드미컬하게 찔러 드는 손가락의 움직임에 따라 서원의 숨결이 급박해졌다. 검지로 찔러 넣으며 손바닥의 아랫부분으로 피가 쏠린 둥근 음핵을 문지르자 헐떡임이 커졌다.

서원이 그의 남자다운 목덜미에 매달린 채 허리를 비틀어 댔다.

「힘 빼. 부러지겠어.」

손가락을 갈고리처럼 만들어 내부를 긁어내리자 서원의 엉덩이가 위아래로 흠칫거렸다.

「지금 어떻게 힘을…… 아! 자, 잠깐……!」

그녀의 목소리가 다급하게 높아지는 순간, 강준이 빠르게 질
입구에 손가락을 찔러 넣었다. 푹푹 박혀 드는 손가락이 쾌감이
터져 나오는 스팟을 집중적으로 찔러 대자 서원이 참을 수 없다
는 듯 고개를 저어 댔다.

「아! 아읏! 읏……! 핫!」

마치 몸 안에 가득 차오른 뜨거운 물이 넘쳐흐를 것 같은 기분
이었다.

「흐읏……!」

서원의 몸에 한껏 힘이 들어갔다. 그때 아찔한 절정의 입구에
서 강준의 손이 순식간에 빠져나갔다. 기다란 손가락과 함께 해
갈되지 못한 뜨거운 욕망이 주르륵 흘러나왔다.

서원이 숨을 몰아쉬며 그를 올려다봤다. 쾌락으로 흐릿해진 그
녀의 얼굴 앞에 그의 얼굴이 가까이 있었다.

'아…….'

어둠에 익숙해진 시야가 그의 욕망에 물든 얼굴을 똑똑히 보여
줬다. 그가 방금까지 그녀의 몸 안에 있던 자신의 손가락을 제 입
술로 가져갔다. 번들거리는 길쭉한 것을 빠는 그의 얼굴은 지나
치게 자극적이었다.

「못 참겠는데.」

그의 눈이 무섭도록 새까맣게 물들어 있었다. 당장 터질 것 같
은 열기 속에 그가 자신의 버클을 내렸다. 거친 움직임으로 그녀
의 스커트를 엉덩이까지 끌어 올렸다. 뒤에서 강물이 선체에 부
딪쳐 철썩이는 소리가 들렸다. 아슬아슬한 난간에 몸을 기댄 채

이런 행위를 했다간 정말 죽을지도 모른다는 공포도 있었지만 흥분이 더 강했다.

「꽉 잡아.」

강준이 귓가에 낮게 말하며 서원의 두 다리를 들어 올려 제 허리에 감게 했다.

높은 힐을 신은 날씬한 다리가 허공에서 그의 허리에서 교차되고 서원의 팔이 그의 목덜미를 힘껏 붙들었다. 등에 난간의 감촉이 닿자 잠시 뒤를 쳐다봤던 서원이 곧 시선을 돌려 강준을 바라봤다.

그가 새까맣게 어두워진 눈으로 자신을 응시하고 있었다. 강준에게만 온전히 몸을 의지하고 있는 상태가 되니 기분이 묘했다. 아슬아슬한 장소의 공포는 오히려 흥분을 부추겼다.

강준이 끄덕이는 굵은 근육 덩어리에 콘돔을 씌우자 서원의 시선이 그쪽으로 내려갔다. 터질 듯 발기한 두꺼운 페니스에 씌워진 얇은 고무가 달빛에 음란하게 빛났다.

그가 그녀의 엉덩이를 두 손으로 거머쥐었다. 안쪽 깊숙이 손가락을 밀어 넣어 축축이 젖은 팬티를 손가락 끝에 걸었다. 그대로 옆으로 쭉 잡아당기자 그 압박으로 서원이 신음했다.

「흐웃.」

「의외로 스릴을 즐기는 타입인가? 호텔에 있을 때보다 더 예민한 것 같은데.」

「무슨…… 아!」

급작스럽게 굵은 페니스의 끝부분이 흥분으로 흠뻑 젖은 속살을 푹 찔러 들었다.

「아니라고? 이렇게 쉽게 들어가는데?」

뭉툭한 끄트머리만 넣은 채 강준이 귓가에 낮게 말했다. 느른하게 속삭이는 낮은 목소리와는 달리 흥건한 속살에 박혀 든 페니스는 무섭도록 빳빳하게 곤두서 있었다.

「하, 아, 하아, 아니라니까. 이건 그냥…… 으읏.」

「그냥?」

찌걱, 찌걱. 두꺼운 몸체의 페니스 일부분이 젖은 속살 속을 빡빡하게 채우고 빠져나가는 음란한 소리가 귓가를 울렸다. 일부러 그러는 건지 이미 한껏 흥분시켜 놓고 장난치듯 일부분만 밀어 넣는 움직임에 서원은 숨이 턱턱 막혔다.

'싫어. 좀 더…….'

이미 절정 직전까지 올라갔던 몸은 잔뜩 달아올라 있었다. 미간을 찌푸리며 아랫입술을 지그시 물고 있는 서원을 강준이 응시했다.

서원은 그의 깊게 어두워진 눈동자가 어떤 생각을 하고 있는 건지 도저히 알 수가 없었다. 그저 지금 자신의 속살을 애무하듯 느릿하게 짓쳐 드는 저 단단함이 어서 자신을 엉망으로 휘저어 주기를 바랐다.

서원이 안달하듯 저도 모르게 엉덩이를 비틀자 그의 입술 끝이 위험하게 말려 올라갔다.

「아니라면서 왜 더 넣고 싶어서 안달인데.」

「나, 난. 읏…….」

서원이 제 입술을 잘근잘근 씹었다. 이 남자의 말에 자존심이 상하는 것보다 강렬한 쾌감에 온전히 휩싸이고 싶은 열망이 더 컸다. 마치 그걸 알고 있다는 듯 강준이 흥건하게 젖은 속살 안쪽을 야릇하게 문질러 댔다.

「하, 정말……! 당신 말이 맞아. 맞으니까 제발 좀.」

서원이 더는 견딜 수 없다는 듯 말을 터뜨리는데 동시에 질 입구에 아슬아슬하게 걸쳐져 있던 빳빳한 페니스가 강하게 박혀 들었다.

「……흐앗!」

좁은 내부를 한껏 벌리고 들어가 꽉 채우는 단단함에 서원의 입술이 크게 벌어졌다. 쾌감으로 가늘게 떨리는 붉은 입술을 강렬한 시선으로 보며 강준이 연달아 허리를 찍어 올렸다.

「아앗! 핫!」

그녀의 질 내부의 연한 점막을 굵은 기둥이 사정없이 짓쳐 올렸다. 쿵쿵 들이치는 힘에 서원의 몸이 튕겨나갈 듯 출렁였다.

강준은 터질 듯 부푼 근육 덩어리를 안쪽 깊숙이 힘 있게 찔러 들어갔다. 자신의 것이 좁은 속살을 꿰뚫을 때마다 그를 받아들이는 그녀의 엉덩이 안쪽이 가늘게 경련했다.

강준은 그 느낌을 즐기듯 음란하게 살이 뒤섞이는 곳까지 손가락을 내리며 다른 손으로 팬티를 찢을 듯 팽팽하게 당겼다.

「흐읏, 거긴 만지지…… 읏! 아, 아앗!」

굵은 페니스로 뜨거운 내부를 꽉 채우며 손가락 끝으로 야하게 비벼 대자 서원은 정신을 차릴 수가 없었다.

그녀의 열락에 잠식된 얼굴에 시선을 박고 있던 강준이 맥이 뛰는 여린 목덜미를 빨았다. 쾌감으로 흠칫거리는 하얀 살결을 빨아들이며 뿌리까지 깊게 박아 넣은 자신의 성기를 휘젓듯 둥글게 돌렸다.

「아흐……읏…….」

깊숙이 치밀어 들어온 굵은 귀두가 할퀴듯 내벽을 문지르자 그녀의 좁은 속살이 그의 것을 꽉 물었다. 마치 입술로 강하게 빨아 대듯 압박하는 힘에 그녀의 팔이 휘감긴 그의 목에 핏대가 곤두 섰다.

「후우.」

탁한 음성이 서원의 귓가에서 울렸다. 욕망에 물든 더운 숨결 이 느껴지자 서원이 그를 더 꽉 안았다.

「곤란하군.」

뭐가 곤란하다는 건지 그의 말을 이해하려 하기도 전에 강준이 그녀의 땀에 젖은 엉덩이를 터뜨릴 듯 꽉 움켜잡았다. 그대로 자 신 쪽으로 고정한 그가 사납게 발기한 페니스를 푹푹 찔러 넣기 시작했다.

「아! ……읏! 앗, 아앗!」

지금까진 장난이었다는 듯 그가 포악하게 움직이기 시작했다. 이를 악물고 거친 숨결을 내뱉으며 젖은 살이 짓뭉개질 정도로 거세게 쑤셔 넣었다. 힘줄이 곤두선 굵은 페니스가 연약한 내부 에 상처를 낼 듯 무자비하게 찔러 댔다.

「가, 강준 씨, 학, 하윽, 너, 너무……!」

신음 섞인 음성이 서원의 입술에서 정신없이 터져 나왔다. 그 녀 자신도 뭘 말하고 싶은 건지 알 수 없을 만큼 강렬한 자극이 뒤엉켰다. 등허리를 소름처럼 타고 오르는 짜릿한 쾌감에 그저 강준에게 필사적으로 매달리는 수밖에 없었다.

「너무, 뭐.」

그의 목소리도 거친 움직임에 뚝뚝 끊어졌다. 완벽한 슈트 차 림의 강준이 이런 곳에서 이렇게 음란한 행위를 하고 있다는 사 실 자체도 그녀를 흥분시켰다.

「너, 너무, 너무 자극이…… 아, 앗, 아잇!」

헐떡이며 흘러나오던 목소리가 이윽고 신음으로 변해 정신없이 터져 나왔다. 하얀 다리가 땀에 젖어 자꾸만 그의 허리께에서 미끄러지고 있었다. 강준에게 매달리듯 버티면서도 말뚝처럼 박혀 드는 강한 힘에 서원의 머릿속이 하얗게 변했다.

「하, 하웃, 아, 안 돼. 더는, 더는……!」

조금의 여유도 허락하지 않고 내내 강렬하게 쑤셔 드는 힘에 서원은 더 참지 못하고 그의 어깻죽지를 잡아 뜯을 듯 손톱을 세워 붙잡았다.

「아아아……!」

강렬한 절정에 이곳이 야외라는 것도 잊은 듯 날카로운 신음이 터져 나왔다. 굵게 박혀 있는 페니스에 경련하듯 가늘게 떨리는 속살이 촘촘하게 달라붙었다.

하아, 하아. 미끄덩한 애액이 몸이 결합된 부분부터 검은 체모까지 축축하게 적시며 흘러내리는 동안 강준은 그대로 서 있었다. 그의 어깨에 박혀 있는 서원의 손톱에 힘이 풀리자 그가 그녀를 바닥으로 내려놨다.

「……아.」

높은 힐을 신은 다리가 바닥에 닿자 힘이 풀린 듯 서원이 휘청거렸다. 그런 그녀를 잡아 준 강준이 그대로 난간 쪽으로 돌아서게 했다.

「거기 붙잡고 서.」

서원이 숨을 몰아쉬며 서늘한 촉감의 난간을 붙잡았다. 아직도 흐트러진 채 허리에 걸쳐진 스커트 아래로 흠뻑 젖은 팬티가 찰싹 달라붙어 있었다.

탱글한 하얀 엉덩이가 음란하게 젖어 있는 모습을 응시하던 강준이 팬티에 자신의 손가락을 걸었다.

「웬만하면 그냥 놔두려고 했는데.」

강준이 얇은 천을 두 손으로 잡았다. 트드드득! 얇은 천이 강한 힘에 의해 찢어지자 아래를 확 조이는 압박감에 난간을 잡은 서원이 흠칫거렸다.

「안 되겠군.」

강준이 넝마처럼 찢어진 팬티 조각을 강으로 던졌다. 그러고는 번들거리는 자신의 페니스를 벌어진 엉덩이 골 사이로 단번에 찔러 넣었다.

「……아아!」

서원의 몸이 위아래로 크게 흔들렸다.

「거추장스러워졌거든.」

흥건하게 젖은 살을 음란하게 짓쳐 들어가며 그가 낮게 말했다. 축축하게 젖은 채 자극으로 발갛게 부어오른 살갗이 빠듯하게 그를 받아들이고 있었다.

트득, 트득.

좁은 틈을 억지로 더 벌리고 들어갈수록 맨살이 부대끼는 묘한 소리가 흘렀다. 그 소리가 오히려 자극적이어서 힘겹게 바닥을 지탱한 서원의 다리가 가늘게 떨렸다.

「아, ……홋. 하웃.」

강준이 달빛에 허옇게 드러난 서원의 엉덩이를 잡고 핏대 솟은 페니스를 느릿하게 안으로 찔러 넣었다. 야릇하게 젖은 속살이 그의 것을 힘껏 물고 바르르 떨릴 때까지 깊게 넣었다가 안쪽의 조여드는 내부를 휘저었다.

「아, 아아……!」

서원이 어쩔 줄 모르고 헐떡였다. 그 반응을 지켜보듯 강준은 연신 가장 깊은 곳까지 찔러 넣었다가 내벽을 긁어내리듯 빼내기를 반복했다. 아찔하게 한 지점만을 공략하는 것이 반복되자 서원이 난간을 꽉 움켜쥔 채 고개를 흔들어 댔다.

「그, 그만. 그만해요. 못 견뎌.」

정말 제 몸이 어떻게 되어 버릴 것 같은 공포가 와락 밀려들 정도로 강렬한 쾌감이 온몸을 뒤흔들었다.

그녀의 급박한 말에도 강준은 멈출 생각이 없어 보였다. 오히려 더 미치게 하고 싶다는 듯 방금 전보다 더 각도를 높여 아래에서 위로 날카롭게 찔러 올리기 시작했다.

「……으! 아! 아웃! 강준…… 핫!」

굵고 뭉툭한 귀두가 침을 뚝뚝 흘리듯 애액이 흘러나오는 도톰한 속살을 거칠게 가르고 들어갔다. 그의 움직임이 거칠어질수록 서원의 교성이 급박하게 강을 향해 터져 나갔다. 찔러 올리는 각도가 올라갈수록 더 위로 치켜드는 그녀의 엉덩이를 그가 커다란 손으로 꽉 움켜잡았다.

「흐웃.」

강한 손아귀 힘에 골짜기 안의 속살까지 당겨지며 그의 검붉은 페니스가 박혀 들어간 부분이 노골적으로 드러났다.

「그거 알아?」

강하게 움켜잡았던 손에 힘을 풀자 그 반동으로 탱탱한 살이 출렁거렸다.

「네 여기가, 날 더 먹고 싶어서 안달 난 것처럼 움찔거리고 있는데.」

강준이 색스러운 말을 내뱉고는 거칠게 엉덩이를 주무르며 더 강하게 찔러 넣었다.

「아, 아아!」

푸른 핏대가 솟은 그의 손이 거머쥐었다 풀기를 반복할 때마다 버겁도록 꽉 들어찬 안쪽의 살이 당겨져 더 야릇한 쾌감이 번졌다. 마치 그가 손으로 입구를 더 벌리며 안쪽 더 깊숙이 박아 대는 것 같았다.

「아주 잘 먹어 치우는데. 누가 볼지도 모르는 이런 곳에서.」

완벽한 정장 차림으로 강준은 자신의 음탕한 욕망을 꺼내 그녀를 엉망으로 만들고 있었다. 누군가가 이쪽으로 온다면 거대한 남자의 몸에 가려진 헐벗은 여자의 몸이 보일까. 이 위험한 쾌락에 빠져 음란하게 흔들리는 몸이 보일까.

그런 생각들이 어지럽게 흔들리는 서원의 머릿속을 스쳐 지나갔다. 그때 강준이 그녀의 엉덩이를 주무르던 손을 골반으로 옮겨 두 손으로 잡았다.

「앗.」

뒤로 확 끌어당기는 거친 손길에 서원의 엎드린 몸이 출렁였다.

「내 밑에서 다른 생각은 곤란하지.」

서늘한 목소리와 함께 그가 뿌리 끝까지 강하게 찔러 넣었다.

「흐앗……!」

쿵 찔러 드는 힘에 서원의 머리가 한껏 들려 올라갔다. 강한 반동으로 그녀의 몸이 앞으로 튕겨 나가려고 하자 강준이 골반을 확 끌어당기며 자신의 욕망을 사정없이 박아 넣기 시작했다.

「으, 아웃! 아, 아아!」

격렬한 움직임에 서원의 흐릿한 시야에 보이는 강물과 도시 전경이 요란스레 뒤흔들렸다.

정신없이 그를 받아들이며 부서질 듯 흔들리는 그녀의 몸에 강준의 새까맣게 번들거리는 눈동자가 고정됐다. 마치 벌을 주듯 숨 쉴 틈 없이 사납게 찔러 들자 그 힘으로 한껏 들쳐 올라간 서원의 발꿈치가 파들파들 떨렸다.

안 돼, 더는……!

한계를 느낀 서원이 허벅지를 모았다. 굵은 페니스가 깊게 박혀 엉덩이가 한껏 들린 상태에서 높은 힐을 신은 다리가 마치 제 것이 아닌 것처럼 바닥을 헛짚었다.

「모, 못 참겠어요. 이제 그만…….」

「누구 맘대로?」

잔인한 목소리에 서원이 제 입술을 잘근거렸다.

「정말 미칠 것 같단 말이……! 앗!」

강준이 그녀의 모은 허벅지를 바깥에서 잡고 그대로 위로 들어 올렸다. 서원의 두 발이 공중에서 들려 올라갈 정도로 엉덩이가 위로 올라갔다. 강준이 그녀의 다리를 모은 채 뒤에서 강하게 찔러 넣기 시작했다.

「아! 아아! 훗! 하웃!」

엉덩이가 들려 올라가는 바람에 쑤셔 박히는 각도가 바뀌자 서원은 있는 힘껏 난간을 붙잡았다. 다리를 모았기 때문에 더 좁아진 틈을 그의 터질 듯 빳빳하게 발기한 남성이 사정없이 쑤셔 들고 있었다.

「아플 정도로 강하게 빠는데? 끝내고 싶은 거 맞아?」

「윽! 아윽! 흐앗……!」

강준의 말에 뭐라 반박이라도 하고 싶었지만 자궁벽까지 닿을 듯 쿵쿵 들이치는 힘에 벌어진 입술에선 신음만 터져 나왔다.

지금까지와는 다른 스팟을 공략하는 그의 강한 힘에 짜릿한 쾌감이 온몸을 휩쓸고 지나갔다. 모은 허벅지에 살짝 틈이 생겼다 달라붙을 때마다 미끈거리는 애액이 양쪽으로 끈적끈적하게 떨어졌다가 허벅지 살에 뭉개지듯 비벼졌다.

쾌감이 강해질수록 입안이 바짝바짝 말라 왔다. 온몸이 화염 같은 열기 속에 녹아 없어질 것 같은 기분에 서원이 허리를 비틀었다.

「하윽, 가, 강준, 제발…….」

뭘 애원하는지도 모르게 그녀는 애원하고 있었다. 목까지 차오른 강렬한 갈증에 더는 견딜 수가 없었다. 정말 죽을 것만 같았다.

그게 뭔지 알고 있다는 듯 강준이 그녀의 다리를 다시 바닥으로 내려놨다. 발에 힘이 풀려 주저앉으려는 그녀의 골반을 낚아채듯 잡았다.

그가 양 손가락으로 사납게 입구를 벌렸다. 음탕한 애액으로 뒤범벅이 된 속살이 그의 시선 아래에서 옴찔거렸다.

「가게 해 줄게.」

낮은 음성과 함께 질 입구에 찢어질 것 같은 강한 압박이 밀려들었다.

「……아!」

굵은 페니스가 박혀 든 중심부터 머리끝까지 단번에 강렬한 쾌감이 치솟았다. 한 번, 두 번, 세 번. 귀두부터 뿌리까지 묵직하게 박혀 든 빳빳한 근육 덩어리가 훅 빠져나갔다. 그러더니 해머로

469

내려치듯 사정없이 찔러들기 시작했다.

「아아아아!」

마침내 절정에 다다르자 난간을 움켜잡은 서원의 하얀 손등에 푸른 핏대가 돋았다. 참을 수 없는 쾌감의 파도가 순식간에 그녀를 덮쳐들자 허리가 꺾일 듯 고양이처럼 상체를 세웠다.

아까의 절정과는 비교도 되지 않을 정도의 강한 자극이 온몸으로 쏟아져 내렸다.

「……하아.」

숨을 터뜨리며 무너지는 그녀의 몸을 뒤에서 강준이 받쳐 안았다. 절정의 여운으로 잘게 떠는 그녀를 뒤에서 끌어안은 채 땀에 젖은 그녀의 목덜미를 빨아들였다.

아직도 굵게 발기해 있는 페니스를 박아 넣은 채 강준은 그녀 내부가 확 조여들었다 가늘게 떨리는 것을 고스란히 느끼고 있었다.

그 감각을 즐기듯 그대로 서 있던 강준이 그녀의 귓가에 낮게 말했다.

「난 아직 안 끝났으니 차로 돌아가죠.」

「네……?」

가쁜 숨을 몰아쉬던 서원은 그의 말이 뭘 의미하는지 알아채고 놀란 눈으로 고개를 들었다. 시선을 마주친 강준의 눈동자엔 여전히 뜨거운 욕망이 일렁이고 있었다.

해갈되지 않은 그 욕망을 보자 거짓말같이 방금 전 절정에 치달았던 그녀의 내부가 다시 조여들었다.

'……말도 안 돼.'

자신의 음란함을 믿을 수 없다는 듯 서원이 난감하게 시선을 내렸다.

옷을 추스른 그가 서원의 흐트러진 옷차림도 정돈해 줬다. 서원은 그 모습을 내려다봤다. 엉망이 된 자신과 달리 강준은 방금 전까지 격하게 움직이던 사람이라고는 생각할 수 없을 정도로 완벽했다.

강준이 몸을 세우고 그녀의 팔을 잡았다.

「아.」

다리에 힘이 풀린 서원이 걸음을 옮기지 못하고 휘청였다.

「걸을 힘도 없는 모양이군요.」

강준이 그녀의 어깨를 잡아 자신 쪽으로 기대게 했다.

「오늘 밤이 지나면 당분간은 걸을 수 없게 될 겁니다.」

그 말은…….

강준의 말의 뜻을 헤아리던 서원은 다리 사이가 강하게 조여드는 것을 느꼈다. 두 번이나 절정에 올랐는데도 아까보다 더 강렬하게 그가 주는 쾌락을 원하고 있었다.

'위험해.'

위험경보라는 것을 뻔히 알면서도 서원은 넓은 그의 어깨에 기댄 채 힘이 풀린 다리로 걸음을 옮겼다.

몇 걸음 옮기던 강준이 문득 멈춰 서서 자신의 재킷을 벗어 그녀의 어깨에 걸쳤다. 서원이 올려다보자 그가 방금 자신이 추슬러 준 그녀의 스커트 쪽으로 시선을 내렸다.

「내가 찢어 버렸지만, 나 외에 다른 사람이 보는 건 싫으니까.」

강준이 말한 것이 자신의 속옷이라는 것을 안 서원의 얼굴이 달아올랐다. 웃음기 없이 말한 그가 다시 서원의 어깨를 자신 쪽으로 기대게 했다.

강준이 이끄는 대로 그의 보폭에 맞춰 걸어가며 서원은 그를 원하는 몸 안쪽이 점점 더 뜨겁게 달아오르는 것을 느꼈다.

'……이런.'

서원은 자신의 허벅지 안쪽에 길게 흘러내리는 야릇한 욕망을 느끼고 난처한 얼굴로 살며시 입술을 깨물었다.

사람들이 모여 있는 곳으로 다가갈수록 속옷을 입지 않은 것이 신경 쓰였다. 허벅지가 교차되며 닿을 때마다 흘러내린 애액이 미끌거리며 비벼졌다. 그의 커다란 재킷은 허벅지까지 가려 주긴 했지만 사람들 눈에 보이는 곳까지 흘러내릴까 봐 전전긍긍해야 했다.

「신경 쓸 거 없습니다.」

「네?」

허벅지 안쪽에 잔뜩 신경을 쓰며 걸어가던 서원이 강준의 말에 고개를 들었다. 진한 다크그레이색 눈동자가 그녀를 내려다보고 있었다.

「차로 가면 내가 다 먹어 치워 줄 테니까.」

어떻게 알았지? 잠시 놀라서 올려다보고 있던 서원이 당황스러운 표정으로 시선을 내렸다. 그때 그의 커다란 손이 재킷 안으로 들추고 들어와 스커트만 입고 있는 엉덩이를 주무르듯 거머쥐었다.

「여기가 지금 어떤 상태인지 내가 모를 것 같아?」

그의 손가락이 엉덩이 골 사이로 아슬아슬하게 걸쳐져 있었다. 그 감각에 서원이 깊게 숨을 들이켰다. 사람들이 있는 곳에서 이런 과감한 행동을 하다니. 강준의 행동에 놀라면서도 서원은 그의 손가락이 닿는 아슬아슬한 부위에 신경을 집중했다. 쾌감에 젖은 몸이 그의 손길에 반응하며 숨결이 달아올랐다.

「여긴 사람들이…….」

「알고 있어.」

낮은 목소리와 함께 그의 손이 더 깊숙한 곳으로 파고들었다.

「아.」

서원이 신음을 흘리자 강준이 그녀의 엉덩이를 꽉 쥐고는 손을 원래의 자리로 가져갔다.

「내가 이 정도로 자제력이 없는 사람이라는 게 놀랍군.」

탁하게 잠긴 목소리가 머리 위에서 들려왔다.

서원은 자신의 어깨를 잡은 그의 손에 힘이 들어가는 것을 느꼈다. 현기증이 일 정도로 심장이 뛰기 시작했다.

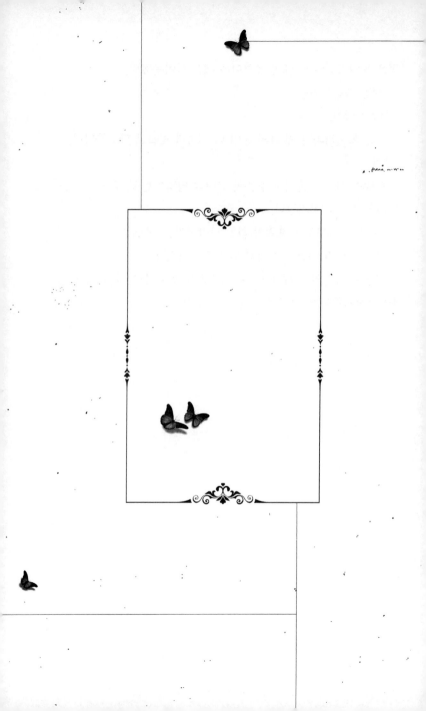

09

하루, 이틀, 사흘…….

세어 보니 강준과 시한부 연애를 시작한 지 벌써 일주일이나 지나 있었다. 그 사실에 서원은 놀란 표정을 지었다.

'고작 2-3일 지난 것 같은데…… 벌써 그렇게 됐나?'

서원이 창밖을 바라봤다. 카페 밖에선 사람들이 바쁘게 지나다 니고 있었다. 직장인으로 보이는 그들을 보며 서원은 엘른에서 일할 때의 기억이 떠올랐다.

지금의 일상과는 많이 다른 그 시절이 떠오르니 새삼 그리운 것도 같다. 해 본 적 없던 비서 일은 생각했던 것보다 고됐지만, 그만큼 보람 있었다.

서원은 조용히 따스한 커피를 한 모금 마셨다. 강준이 일을 하 러 나간 뒤엔 체력 소모가 너무 심한 나머지, 대부분의 시간을 잠 에 빠져 있곤 했다. 이번엔 그가 다른 도시에 갔다 오는 일정이기 때문에 어제부터 혼자였다. 호텔에만 있기 따분해서 바람도 좀 쐴 겸 나와 카페에 들어온 참이었다.

얼마 전, 호텔 로비에서 강준이 처음 보는 직원과 함께 있는 모습을 본 적이 있었다. 새로 들어온 비서인 듯했다. 박 실장이나 심 비서와 마주치게 될까 봐 불안했는데, 어느새 마음의 준비를 했던 모양인지 처음 보는 비서를 봤을 때 조금 실망감이 들었다.

그때 갑자기 그만두게 되어 제대로 인사도 하지 못했다는 죄송함과 그리운 마음이 복합적으로 들었던 것 같다.

이렇게 멍하니 앉아 있으려니 과거의 기억들이 줄줄이 떠올랐다. 지금의 자신과 3년 전 한도원으로 지내던 자신이 현실에서 충돌하는 기분.

'사실 지금도, 그때도 내가 아니잖아.'

지금 강준에게 보이고 있는 모습도 자신의 본래 모습은 숨긴 채 그때의 한도원과 또 다른 모습을 연기하고 있는 건지도 몰랐다.

'이것도 이제 일주일이면 끝날 테지만.'

만약 2주 동안만이라는 조건이 아니었다면, 과연 자신은 강준의 제안을 받아들였을까? 그에 대해선 회의적이었다. 만남의 끝이 정해져 있었기에 대담하게 그의 제안에 따를 수 있었다.

"어……?"

턱을 괴고 창밖을 응시하는 서원의 긴 속눈썹이 느리게 깜빡였다. 미끈한 몸체의 리무진이 카페 앞에 멈추고 그 안에서 강준이 내리고 있었다.

슈트 위에 클래식한 폴로 코트를 걸친 그가 창 너머로 자신을 똑바로 응시하며 걸어왔다. 그걸 본 서원의 느리게 뛰던 심장이 빠르게 박동하기 시작했다.

강준은 카페 안으로 들어와 그녀의 맞은편에 모델처럼 앉았다.

「어떻게 알았어요?」

서원이 호기심 가득한 눈으로 물었다.

「당신이 여기 있는 거 말입니까?」

「네.」

그가 입술 끝을 휘어 올리며 느른한 미소를 지었다.

「우연히 봤다고 해 두죠.」

「음, 아닌 것 같은데.」

서원이 일부러 눈을 가늘게 뜨고 봤지만 더 캐물을 생각은 없었다. 설사 사람을 붙여 놨다고 해도 상관없었고.

「일은 끝난 거예요? 오늘은 밤늦게 돌아온다고 하지 않았어요?」

예상 시간보다 몇 시간 빨리 돌아왔다는 것만으로도 무척 기쁘고 마음이 들떴다. 하지만 그 마음을 들키지 않으려 노력하며 서원이 물었다.

그사이 점원에게 커피를 주문한 강준이 그녀에게 시선을 돌렸다.

「이제 얼마 남지 않았으니까.」

「……그렇긴 하죠.」

약간의 틈을 두고 대답한 서원은 식은 커피 잔을 매만졌다.

시한부 만남이라는 걸 잘 알고 있고 방금도 날짜를 가늠했으면서 강준의 입으로 확인받으니 기분이 이상했다.

'이 제안을 받아들인 건 너야, 한서원.'

서원은 그런 스스로가 이해가 되지 않았다.

「다른 음료라도 마시겠습니까?」

서원의 식은 커피 잔을 본 강준이 묻자 그녀가 고개를 저었다.

「아니, 괜찮아요.」

기분이 가라앉은 서원이 대답했다. 한동안 두 사람 사이에 침묵이 흘렀다. 강준의 커피가 서빙된 뒤에도 말없이 커피 잔만 매만지던 서원이 그를 바라봤다.

웃음기 없는 얼굴이 평소의 그의 표정이라는 걸 알고 있었지만 지금은 그 서늘한 얼굴이 더 차갑게 느껴졌다.

뭔가 할 말을 떠올리던 서원은 문득 강준과 지금 자신은 한낮의 카페에서 대화를 이어 갈 만한 서로에 대한 정보가 전혀 없다는 걸 깨달았다.

그는 자신에게 개인적인 신상에 관한 질문은 거의 하지 않았고, 그건 자신도 마찬가지였다. 물론 자신은 그 질문을 할 경우 자신에게도 돌아올 질문이 두려워서이기도 했다. 막상 묻는다면 거짓말을 해야 하니까.

'하지만 이강준은 그게 아니잖아.'

지금 그가 자신에 대해 질문하지 않는 이유가 2주간의 만남, 딱 거기까지의 관계라고 생각하기 때문이라는 생각이 들자 서원의 표정이 굳었다.

「그만 일어나죠.」

강준이 몸을 일으키자 서원도 따라 일어섰다. 앞장서는 그의 뒷모습을 서원이 어두운 얼굴로 뒤따랐다.

강준이 출구로 향하는 모습을 카페 안의 여자들이 보고 있는 것이 보이자 서원이 멈칫거렸다.

국내에서든 해외에서든 그 강렬한 분위기와 근사한 외모 때문에 누구나 한 번쯤 눈도장을 찍는 남자다. 그건 그의 비서 일을 할 때부터 알고 있었다.

'그런데 그게 지금은 왜 이렇게 거슬리는 거지?'

마치 지금의 자신이 강준의 저 외모와 분위기에 홀려 짧은 시간의 만남이라도 바로 수락해 버린 여자가 되어 버린 것처럼 느껴졌다. 저 여자들이 이강준을 그렇게 보고 있듯이.

'그도 그렇게 생각하는 걸까?'

그래서 자신에게 아무것도 궁금한 게 없는 거고?

「타요.」

강준이 차 문을 열고 말했다. 그 앞에 선 서원이 그를 바라봤다.

「전 걸어갈게요.」

「지금 호텔로 들어갈 거 아닙니까?」

「들를 데가 있어요. 먼저 가세요.」

강준의 미간이 미세하게 좁혀 드는 것이 보였지만 서원은 몸을 돌렸다. 그의 시선이 따라붙는 것이 느껴졌지만, 다시 부르는 소리는 들리지 않았다.

'대체 뭐 하는 건지.'

잘 마시지도 못하는 독한 위스키를 앞에 둔 서원이 한숨을 내쉬었다. 한동안 정처 없이 도심 속을 걸어 다니다가 무작정 보이는 바에 들어와 저도 모르게 독한 술부터 주문했다.

'정말 잘하는 짓이다, 한서원. 심통 난 어린애도 아니고 이게 뭐 하는 짓이니?'

그를 거부하고 이곳으로 온 자신을 진심으로 이해할 수가 없었다. 이강준이 돌아오기 전까진 그를 기다리다가, 생각보다 일찍 그가 나타났을 땐 표정 관리도 하기 어려울 정도로 기뻐하다 가⋯⋯.

'지금은 이렇게 가라앉아선.'

강준과의 짧은 연애를, 어쩌면 자신이 너무 쉽게 생각한 건지도 모른다. 잠시라도 여자로서 그에게 사랑받는다는 사실에 취해 너무 쉽게 생각했는지도.

얼음 조각이 달그락거리는 위스키 잔을 내려다보는 서원의 눈이 침잠했다.

'하지만 그 남자를 단 하루라도 여자로 알아 버리면⋯⋯ 갖고 싶어지는 게 당연하잖아.'

서원이 가느다란 손가락으로 잔을 들어 독한 위스키를 입술로 가져갔다. 천천히 입안으로 흘려보내자 목구멍이 타들어 갈 것 같은 홧홧함을 느끼며 서원이 숨을 들이켰다.

'지금이라도 도망치는 게 나을까.'

투명한 황금색 액체가 눈앞에서 일렁였다. 독한 걸 뻔히 알면서 마시는 독주처럼, 위험한 줄 알면서 만난 남자였다.

잠시의 행복 뒤에 따라올 고통을 몰랐던 건 아니었다. 알면서도 모르는 체했다. 그렇게 해서라도, 스스로를 속여 가면서라도 그의 옆에 있고 싶었다.

'그게, 욕심이었던 거지.'

하아. 미련처럼 흘러나오는 한숨과 함께 손으로 이마를 짚는데 누군가가 그녀에게 다가왔다.

「혼자 마시는 술이 무슨 맛이 있어요?」

서원이 시선만 돌려 쳐다보니 바 옆자리에 진한 갈색 머리칼의

백인 남자가 앉아 있었다. 마치 자기 자리처럼 태연하게 앉아 있는 그 남자를 서원이 피곤한 얼굴로 바라봤다.

「아까부터 혼자던데, 나랑 같이 마셔요. 그 술도 혼자 마시니까 전혀 줄지 않고 있잖아요.」

친밀한 어조로 말하는 남자를 서원이 웃음기 없이 바라봤다.

「……」

서원이 대꾸 없이 고개를 돌려 위스키 잔을 입으로 가져가자 남자는 눈치 없이 계속 말을 걸어왔다.

「여행 중이에요? 호텔은 근처고?」

서원이 쳐다보지도 않자 남자는 당황한 눈치였다. 아마 제 외모가 꽤 괜찮은 편이라 이런 작업을 걸었을 때 상대가 호의적이지 않은 반응을 보인 적이 별로 없어 당황한 것 같았다.

「아, 혹시 영어 못하나? 내 말 못 알아들어요?」

남자는 말이 통하지 않더라도 자신이 호감을 표하면 서원이 태도를 바꿀 거라고 생각했는지 그녀 쪽으로 몸을 붙여 오며 친밀하게 어깨에 손을 올렸다.

순간 서원의 눈썹이 불쾌하게 일그러졌다.

「이봐요. 좀……」

서원이 표정을 굳히고 쏘아붙이기도 전에 뻗어 나온 다른 손이 남자의 손을 잡았다.

누군가의 손에 팔을 움켜잡힌 남자가 얼굴을 구기며 돌아봤다. 눈앞에는 웬 훤칠한 남자가 서서 제가 작업 중인 여자를 쏘아보고 있었다.

'뭐, 뭐야? 이놈은.'

가라앉은 목소리와 한눈에 봐도 분위기가 다른 남자의 등장에

화를 내리던 그의 표정이 변했다.

「이러려고 나온 겁니까?」

서원은 강준을 표정 없이 올려다봤다.

「대답해. 이러려고 나온 거냐고.」

「잠깐 이건 좀 놔주고 대화를…… 으아악!」

강준이 여전히 서원에게 시선을 박은 채 남자의 팔을 꺾어 버리자 백인 남자가 고성을 지르며 바닥에 나뒹굴었다.

「저 자식이……! 어? 뭐, 뭐야? 뭐야, 당신들!」

넘어져서 얼굴이 시뻘겋게 달아오른 남자를 양복 차림의 남자들이 순식간에 제압하더니 끌고 나갔다.

그 소란에 바 안의 사람들의 시선이 집중되어 버렸지만, 강준은 싸늘한 얼굴로 계속 서원만 내려다보고 서 있었다.

「우선 앉지 그래요.」

놀란 기색도 없이 그를 가만히 마주 보고 있던 서원이 그제야 입을 열었다.

「사람들 시선 별로 좋아하지 않아서요.」

「그럼 일어나.」

낮은 목소리에 위험한 분노가 어려 있었다. 그걸 모르는 서원이 아니었지만 그녀는 강준에게서 고개를 돌리고 위스키 잔을 들어 올렸다.

「방해하러 온 거면 그냥 돌아가세요.」

그녀의 입술에 닿기도 전에 잔은 그의 손에 빼앗겨 테이블로 다시 내려졌다.

「…….」

잔이 사라진 빈손을 힐긋 쳐다본 서원이 헛웃음을 흘렸다.

「내가 잊고 있었네요.」

그녀가 몸을 일으켜 강준을 마주 봤다.

「당신은 본인이 원하는 대로 만드는 데 끈질기다고 했었는데.」

똑바로 시선을 맞부딪치며 말한 그녀를 그가 서늘하게 내려다 봤다.

그녀가 지갑을 꺼내자, 그가 먼저 수표를 꺼내 테이블 위에 올려놨다.

「잠깐…….」

못마땅하게 보는 서원의 팔을 강준이 잡아끌었다. 더 소란을 일으키는 것이 싫어 뭐라 말하려던 서원이 입을 다물었다. 입구를 나오자 서원이 잡혀 있던 손을 빼냈다. 강준이 멈춰 서서 돌아보자 그녀가 그의 옆을 지나치며 말했다.

「내 발로 갈 수 있어요.」

앞서 걸어가는 서원의 뒷모습을 굳은 얼굴로 쳐다보던 그가 보폭을 좁혔다.

「아!」

그가 빠르게 걸어가 그녀의 팔을 거칠게 잡아 돌렸다. 서원에게 시선을 박은 강준이 차갑게 말했다.

「고작 2주를 못 버티고 그사이에 다른 남자가 생각나서 이런 데에 온 겁니까?」

똑바로 마주 보고 선 서원이 눈썹을 세웠다.

「무례하네요. 내가 남자나 만나자고 이런 데 왔다는 말인가 요?」

「방금 전 상황이 말해 주지 않나.」

낮게 내뱉는 말에 서원이 지지 않고 눈을 치켜떴다.

「단정 짓지 말아요. 난 혼자 술 마실 장소가 필요했을 뿐이니까.」

그녀가 웃음기 없이 올려다보자 강준의 눈이 서늘해졌다.

「……시간이 많지 않다고 했을 텐데.」

「그 시간 동안 내내 당신과 침실에만 박혀 있으라는 법은 없잖아요. 당신도 당신의 시간이 있듯 나도 나만의 시간이 필요할 수 있단 생각은 안 해요?」

강준의 눈이 날카로워졌다. 그 눈을 보며 서원은 지그시 주먹을 움켜쥐었다. 지금 자신이 강준을 화나게 했다는 건 그의 눈빛만으로도 충분히 알 수 있었다.

상황을 이렇게 만들어서 그에게 화풀이를 하려던 건 아니었다. 하지만 너무 답답하고 화가 나는 마음에 서원도 미칠 것만 같았다.

그 마음을 말하지 못해서 더욱.

「…….」

침묵이 두 사람 사이에 내려앉았다. 시선만 맞춘 채 아무 말 없이 보고 있는 사이 서원은 점점 더 불안해졌다.

'이러면 안 돼. 사과해야…….'

애초에 시한부 제안을 받아들인 건 자신이었다. 제멋대로 구는 자신의 태도에 대해 사과해야 한다고 생각했지만 입을 열면 눈물이 터져 나올 것 같았다.

모든 게 엉망진창이 되어 버린 기분이었다. 숨을 들이켜고 주먹을 더 꽉 쥐는데 강준이 입을 열었다.

「그 시간, 방해해서 미안하군.」

서늘하게 말한 강준이 몸을 돌렸다. 그대로 엘리베이터로 향하는 그의 뒷모습을 서원이 꼿꼿이 선 채 보고 있었다.

　탁.

　강준이 올라탄 엘리베이터의 문이 닫히고 그대로 내려가자 그 모습을 보고 서 있던 서원의 눈이 붉어졌다. 툭, 뺨을 타고 흘러내린 눈물이 턱 아래로 떨어져 내렸다.

　'나 뭐 하는 거야. 고집스럽게.'

　손등으로 눈물을 닦아 냈지만 눈앞이 부옇게 흐려지고 쉴 새 없이 눈물이 흘러내렸다.

　"정말……."

　서원의 얼굴이 눈물로 찡그려졌다.

　지금 나에게 보이는 이 관심도, 여기까지 찾아온 것도 전부 다 한도원과 닮아서냐고, 그렇게 묻고 싶은데, 물어볼 수 없었다.

　그리고 꺼내지 못한 그 말이 목구멍에 걸려 숨 쉴 수 없게 만들었다.

　'내가 연기했던 사람의 대용품이라니…… 그건, 너무 슬프잖아.'

　진실을 말하지 못하는 인어공주라도 된 것처럼 속이 답답했다.

　물론 알고 있었다. 상황을 이렇게 만든 것도, 추궁할 자격 따위 없는 것도 서원 자신이었다. 하지만 강준이 도원이었던 자신에게 보여 준 집착과 다른 모습을 볼 때마다 과거의 자신에게 질투가 일었다.

　'숨기고 있는 건…… 난데.'

　숨을 깊게 들이켠 서원이 천천히 내쉬었다. 울컥 치받친 감정을 참아 내느라 목구멍이 아프게 조여들었다. 시작하지 말았어야 했다. 감당도 하지 못할 일.

할 수만 있다면 일주일 전으로 되돌아가고 싶었다. 그에게 사랑받는 기쁨 같은 거 아예 알지 못했더라면…… 그랬더라면 이렇게 괴롭지도 않았을 텐데.

"……흑."

울음을 멈추려 해도 멈춰지지 않아 얼굴만 찡그려졌다.

'그만, 이제 그만 울어. 보기 흉해. 한서원.'

멈춰 보려고 입술을 지그시 깨무는데 엘리베이터 문이 열렸다.

"!"

그 안에 서 있는 강준을 보자 서원의 물기 젖은 눈이 커졌다. 굳은 얼굴의 강준이 성큼성큼 걸어와 그녀 앞에 섰다.

「클로에.」

서원이 대답하지 않고 입술을 깨물며 시선을 내렸다.

'……최악이야.'

그야말로 처참한 기분이었다. 다시 나타난 강준 앞에 무방비한 상태였던 서원의 미처 흐르지 못한 눈물이 긴 속눈썹에 매달려 있었다.

「왜 울고 있습니까.」

그녀의 젖은 얼굴을 내려다보며 강준이 고개를 기울였다.

「왜 울고 있냐고 물었는데, 대답 안 해 줄 겁니까?」

「……당신 때문은 아니니까 오해하지 말아요.」

서원이 손으로 눈물을 털어 내며 몸을 돌리려는데 강준이 그대로 그녀의 어깨를 잡아 다시 자신 쪽으로 돌렸다. 시선이 정면에서 마주쳤다.

「시선 피하지 말고, 내 눈 똑바로 보고 대답해요. 정말 나와 관계없는 이유로 울고 있는 겁니까?」

강준이 그녀를 단단히 붙잡고 똑바로 내려다보자 서원의 눈이 붉어졌다. 어떤 말도 할 수가 없어 입을 다물고 있자 그가 낮게 한숨을 내쉬었다.

「……고집스러운 여자군.」

혼잣말처럼 내뱉은 그가 서원의 허리를 자신 쪽으로 끌어당겼다. 놀란 서원의 눈을 가까이에서 내려다본 그가 고개를 기울여 입술을 삼켰다. 눈물에 젖은 입술이 그의 입술에 맞물리자 서원의 어깨에 힘이 들어갔다.

'왜…….'

밀어낼 생각은 들지 않았다. 눈을 깜빡이던 서원은 그가 부드럽게 입술을 빨자 그대로 눈을 감았다. 강준의 혀가 더 깊이 들어오도록 입술을 벌리자 그가 그 안으로 밀고 들어왔다.

「……하아.」

감미롭게 이어지던 키스가 서원의 달짝지근한 숨결과 함께 거칠어졌다. 강준이 그녀의 고개를 뒤로 젖힐 듯 사납게 혀를 끌어당겨 빨아들이자 서원이 휘청이며 그의 목에 팔을 둘렀다. 매달리듯 끌어안은 서원의 입술을 그가 격렬하게 삼켰다.

엘리베이터에서 내린 누군가의 휘파람 소리가 들렸던 것도 같지만 그딴 거, 아무 상관 없었다. 오로지 자신의 타액을 집어삼키는 강준의 뜨거움만이 생생하게 느껴졌다.

"제길."

살짝 떨어진 입술 사이로 그의 짓눌린 음성이 흘러나왔다. 하아, 하아. 서원의 젖은 입술에서도 숨결이 어지럽게 새어 나왔다. 젖어 있는 서원의 눈동자를 내려다보던 강준이 미간을 일그러뜨리고 그녀의 팔을 붙잡았다.

비상구?

그가 향하는 곳을 본 서원의 심장이 크게 요동쳤다.

탕! 비상구 문이 거칠게 닫혔다.

어두운 비상구 안으로 들어서자마자 강준이 그녀를 벽에 밀어 붙이고 두 손으로 얼굴을 움켜잡았다.

「흡!」

그가 서원의 입술을 다시 집어 삼켰다. 사나운 야수처럼 그녀의 입술을 탐하며 강준이 낮게 헐떡였다.

「당신이란 여자는 정말 사람을 미치게 하는군. 일부러 이러는 건가?」

「하아, 무슨…… 말…… 으음.」

강준이 아랫입술을 잘근대다 빨아 당기자 아찔한 쾌감이 터져 나왔다.

물어 놓고 대답할 틈도 주지 않은 채 키스를 퍼붓는 강준 때문에 서원은 타액에 젖은 입술로 숨을 할딱였다. 입술을 벌리며 깊게 들어간 축축한 혀가 말캉이는 혀를 휘어 감았다. 뭉개지듯 서로의 혀를 누르고 난잡하게 뒤엉키는 동안 점점 더 숨이 가빠졌다.

「……아!」

강준이 하체를 바짝 밀착하자 불룩하게 솟아 있는 바지 앞섶이 배에 닿았다. 단단하게 솟구친 그곳이 찌르듯이 밀어 대자 그가 얼마나 흥분해 있는지 고스란히 느껴졌다.

「방금 전엔 분명 냉정하게 굴어 놓고 이렇게 뜨거워지면, 사람 미치라는 거잖아.」

「당신이, 그렇게 만들……었잖아.」

헐떡임으로 대화가 뚝뚝 끊어지듯 흘러나왔다. 벌어지는 입술을 빨고 이로 살짝 깨물자 서원은 아찔해졌다.

「하아, 강준…….」

어둡고 좁은 비상구 안이 두 사람이 내뱉는 뜨거운 숨결로 가득 찼다.

강준이 서원을 벽에 가둔 채 허기진 짐승이 탐하듯 그녀의 입술을 탐했다. 자극으로 도톰하게 부어오른 입술을 잘근거리던 그가 그녀의 귓바퀴를 핥고는 혀를 안으로 밀어 넣었다.

「으읏.」

뜨거운 숨결과 함께 축축하고 물컹한 혀가 귓속을 자극하자 서원이 신음을 흘렸다. 머릿속이 아찔해져 아무런 생각을 할 수가 없었다. 자신을 밀어붙인 강준이 당장이라도 안으로 침입해 들어올 것 같은 아슬아슬한 흥분만이 온몸을 잠식하고 있었다.

강준이 맥이 뛰는 여린 목덜미를 빨며 그녀의 청바지 위로 엉덩이를 꽉 움켜잡았다.

「핫.」

둥근 엉덩이 모양이 일그러지도록 강하게 거머쥔 그가 그 위로 자신의 터질 듯한 욕망을 문질러댔다.

「아, 아앗.」

자신은 청바지를 입고 그는 정장바지를 입고 있는 상태인데도 마치 맨살이 음란하게 비벼지듯 자극이 강했다.

「내 모든 게 흔들려. 너 때문에.」

목덜미를 빨아들이는 힘과 숨소리만으로도 그가 얼마나 흥분해 있는지 알고 있었다. 지금 흥분한 건 그만이 아니다. 그녀 역시 터질 것 같은 욕망의 불길 때문에 숨이 턱턱 막히고 있었다.

「뒤돌아서 봐.」

서원의 바지 버클을 풀며 강준이 낮게 말했다. 그녀가 숨을 몰아쉬며 그의 말대로 몸을 돌렸다.

손바닥으로 차가운 벽을 짚자 강준이 그녀의 바지와 팬티를 동시에 잡아 거칠게 내렸다.

「아플지도 몰라. 그래도 멈추지 않을 거고. 아니, 못 멈춰.」

허스키하게 흘러나온 음성이 무섭도록 낮아져 있었다. 뒤에서 그가 바지 버클을 푸는 소리가 들렸다. 그 소리에 기대감에 차오른 그녀의 몸이 저절로 반응해 다리 사이가 강하게 조여들었다.

주르륵. 벌어진 다리 사이로 음란한 애액이 흘러내렸다.

그때 강준이 전혀 여유 없는 움직임으로 그녀의 엉덩이 사이를 꿰뚫고 들어왔다.

「아아……!」

강한 압박감에 벽을 지탱한 그녀의 손에 바짝 힘이 들어갔다.

뜨거운 숨결이 좁은 공간에 가득 차고, 그녀의 모든 것이 그에게 정신없이 잠식되어 갔다.

「하아…… 하아…….」

열기가 가득 찬 비상구 안에 진정되지 않는 거친 숨결이 흘러나오고 있었다.

서원의 옷차림은 헐벗듯 흐트러져 하얀 어깨가 드러나 있었고, 강준은 그런 그녀를 뒤에서 안고 있었다. 그가 그녀의 어깨 위에 땀에 젖은 이마를 대고 숨을 몰아쉬었다.

그녀 역시 온몸이 땀에 젖어 축축해져 있었다.

「……지금 끝내고 싶습니까?」

뒤에서 섹시하게 잠긴 목소리가 더운 숨결과 함께 귓속으로 흘러 들어왔다.

「이런, 상황에서 묻는 건…… 조금 치사한 거 아닌가요?」

서원이 땀에 젖은 이마를 살짝 찌푸리자 뒤에서 그가 낮게 웃음을 흘리는 것이 느껴졌다. 아직 그의 페니스가 몸 안에 박혀 있는 상태였다. 오늘의 그는 평소보다 여유 없는 몸짓으로 처음부터 끝까지 쉬지 않고 그녀를 몰아붙였다.

숨도 쉴 틈 없이 끝까지 끌고 올라가 마지막 절정에 다다를 때까지 무서운 힘으로 그녀를 놔주지 않았다. 지금도 사정한 직후임에도 그의 남성은 완전히 힘이 풀리지 않은 상태였다.

「아.」

뒤에서 뻗어 나온 손이 자극으로 얼얼한 여성을 꽉 잡자 서원이 신음을 흘렸다.

「치사한 게 누군데.」

그가 낮게 으르듯 말하며 손가락으로 도톰하게 부어오른 속살을 문질렀다.

「다, 당신이…… 읏.」

「단 몇 시간이라도 앞당겨서 오려고 쉬지도 않고 일하고 왔더니 도망친 사람이.」

「도망치다니 내가 언제…… 하아.」

강준의 커다란 손안에서 보드라운 살이 뭉개지며 자극된다. 흥건한 액이 잔뜩 묻어 있는 속살을 헤집고 들어간 손가락이 절정에 치달은 지 얼마 되지 않은 클리토리스를 둥글게 문질렀다.

「……읏. 아, 아앗.」

야릇하게 문질러지는 감촉에 서원이 허리를 비틀었다.

「그럼 그게 도망친 게 아니면 뭐지?」

「이봐요. 손 좀…….」

「이봐요가 아니라 강준이라고 했을 텐데.」

그가 서원의 어깨에 단단한 이를 박자 그녀의 어깨가 흠칫거렸다. 마치 온몸이 성감대가 된 것 같다는 생각에 서원이 난감하게 입술을 깨물었다. 고작 일주일 사이에 이 남자에게 몸이 완벽하게 길들여져 버린 것이 실감이 났다.

「……그래요. 강준. 이 손 좀 떼 달라고요. 그렇게 하면 내가 어떻게 대답을 해요?」

「싫은데, 난.」

「아웃.」

강준이 오히려 피가 잔뜩 몰린 음핵을 꼬집듯 두 손가락으로 비틀자 서원의 얼굴이 쾌감으로 찌푸려졌다.

「왜 도망친 겁니까? 지금 반응을 보면 남은 일주일 버티기가 그리 힘든 건 아니었던 것 같은데.」

다시 존댓말로 돌아왔지만 귓가에 닿은 목소리에 색기가 흘러 위험한 뉘앙스를 풍기고 있었다.

「그런 거 아니라니까요. 난 그냥…… 하아…… 생각이 많아져서…… 혼자 생각할 시간이 필요했던 것뿐이에요.」

「그 생각이라는 거, 별로 긍정적인 쪽은 아닌 것 같은데. 아닙니까?」

강준이 그녀의 몸을 뒤에서 끌어안은 자세로 그녀의 속살을 손가락으로 벌렸다. 동시에 자신의 페니스를 안으로 푹 찔러 넣었다.

「아, 무슨…… 흐읏!」

서원의 입술에서 당혹스러운 목소리가 흘러나왔다. 입구를 벌리고 들어온 그의 굵은 페니스가 어느샌가 다시 단단해져 있었다. 그녀가 허리를 비틀어 빠져나오려 하자 강준이 느른하게 웃었다.

「쓸데없는 노력은 하지 않는 게 좋을 겁니다.」

「아니, 지금 또 이러면……!」

강준이 뒤에서 한 손으로 그녀의 턱을 잡아 최대한 자신 쪽으로 돌렸다. 그가 뒤에 있어 얼굴은 보이지 않았지만 숨결이 가까워지는 것이 느껴졌다. 서원이 숨을 삼켰다.

강준이 강한 장골에 힘을 주고 천천히 밀어 올렸다. 빳빳하게 발기한 페니스가 연한 속살을 찔러 들어와 길게 내부를 긁어 올렸다. 몇 번의 삽입으로 내부가 뜨겁게 조여들자 그가 하도 물고 빨아서 부어오른 입술을 서원이 지그시 깨물었다. 그녀의 표정에 난감함이 흘렀다.

「흐읏…….」

한껏 민감해진 몸이 작은 자극에도 지나치게 예민하게 반응했다.

「난 원래 인내심이 그리 많은 사람은 아닙니다.」

서원을 벽으로 한껏 밀어붙인 채 얼굴을 가까이 가져간 그가 쾌감으로 일그러지는 그녀의 얼굴에 시선을 박았다.

「아, 아…….」

그가 다시 몸을 거칠게 움직이기 시작하자 서원의 숨소리가 가빠졌다.

「그러니 자극하지 않는 게 좋을 겁니다. 나에게 이런 일은 인생

493

을 통틀어 두 번째에 불과하니까.」

두 번째……. 첫 번째는 한도원인가?

머릿속이 아득한 열감에 휩싸이는 와중에 그런 생각을 하는데 더 이상 생각을 이어 갈 수가 없었다. 쿵, 쿵. 그녀의 몸을 강한 팔로 껴안은 그가 사납게 그녀 안을 파고들었다.

「하, 웃, 아, 아앗!」

뒤에서 몸을 바짝 붙이고 흥건하게 젖은 속살 사이를 찔러 올리던 강준이 그녀의 한쪽 다리를 옆으로 들어 올렸다.

「아……!」

「이렇게 해야 만지기 쉽거든.」

그녀의 날씬한 다리를 옆으로 활짝 벌린 강준이 한 손으로 그녀의 다리를 들어 올리고 다른 손을 몸이 결합된 쪽으로 가져갔다. 기다란 손가락이 음란하게 살이 뒤섞이는 부위 바로 위의 까슬한 체모를 헤집고 들어갔다.

「앗! 으……! 하윽!」

뒤에서 사납게 찔러 들어오며 손가락으로 피가 잔뜩 몰려 터질 것 같은 땡땡한 클리토리스를 비벼 대자 서원은 미칠 것만 같았다. 벽을 긁으며 교성을 터뜨리자 강준이 거칠게 움직이며 그녀의 귓가에 낮게 말했다.

「듣기 좋은 소리야. 더 질러 봐. 내 귀에 잘 들리도록.」

「아아! 아! 강준……!」

지나친 자극에 서원은 다시 절정으로 치달았다. 그녀의 내부가 한껏 수축하는 것을 느낀 강준이 두꺼운 페니스를 빠르게 찔러 넣으며 음핵을 꼬집듯이 비틀었다.

「하으윽!」

절정의 쾌감에 몸부림치듯 서원의 몸이 요동쳤다. 그 움직임이 잦아들 때까지 그는 그녀의 안에 깊게 삽입한 페니스의 굵은 뿌리를 잡고 둥글게 헤집었다.

참지 못한 서원이 손톱으로 벽을 긁어 댈 때까지.

「……하아…….」

온몸에 힘이 풀린 그녀의 몸이 그에게로 축 늘어졌다. 강준은 그제야 그녀의 애액이 요거트처럼 묻어 있는 자신의 욕망을 밖으로 빼냈다.

그대로 잠시 서원의 숨결이 진정되길 기다린 뒤에 그가 그녀를 돌려세웠다. 벽에 등을 지탱하게 한 뒤 서원의 음탕하게 젖어 있는 곳을 자신의 손수건으로 닦아 냈다.

흐트러진 옷매무새를 기다란 손가락으로 정돈해 준 뒤에 그가 말했다.

「생각이 바뀌었습니다. 클로에.」

「무슨…… 생각이요?」

목이 잠겼는지 대답조차 쉽지 않았다. 벌어진 셔츠 사이로 보이는 그녀의 속살을 응시하는 강준의 눈동자가 어둡게 타올랐다.

「언제든 그만두고 싶으면 그렇게 하라고 했던 거, 취소합니다.」

서원의 눈이 흔들렸다. 그의 말의 의미를 가늠하는데 그가 말을 이었다.

「앞으로 남은 일주일간은 좋든 싫든 내 옆에 있어야 할 겁니다.」

강준이 목 아래까지 단추를 채워 줬다. 아까보다 더 많은 단추를 채웠지만 그가 해 줬기 때문인지 더 야해진 느낌이었다.

서원이 달아오른 얼굴로 제 셔츠를 내려다보고 있는데 그가 그녀의 귓가에 입술을 가까이 가져갔다.

「싫다고 해도 난 안 놔줄 거니까.」

소유욕 어린 그의 음성이 귓속으로 흘러 들어왔다.

＊

창밖 커튼 사이로 어슴푸레한 새벽이 밝아 오고 있었다. 서원은 그 불빛에 의지해 잠든 지 얼마 되지 않은 강준의 얼굴을 가만히 내려다봤다.

'여전히 잠을 거의 못 자네.'

자신이 잠든 사이에도 강준은 내내 깨어 있는 듯했다. 지금처럼 그가 온전히 잠든 모습을 보는 건 흔치 않은 일이다. 그마저도 곧 얼마 안 있어 깨 버리겠지만.

강준의 짙은 눈썹과 곧은 콧날을 내려다보던 그녀의 눈이 깊어졌다. 그가 그만두지 말란다고 해서 끝내지 않겠다 결정하는 건 우습다.

하지만 그러면서도 그 말에 끝낼 맘을 접어 버린 건…….

'이 얼굴을 아직은 더 보고 싶으니까.'

서원이 강준의 얼굴을 응시했다. 어제는 그렇게나 마음이 혼란스러웠는데 지금은 이상하게도 차분해졌다. 인정하고 싶진 않지만 가끔은 말로 표현하지 못한 감정을 몸이 표현해 준다는 말이 맞는 것도 같았다.

착각일지라도 지금 강준이 자신에게 보여 준 그 감정을 믿고 싶었다.

서원이 조심스럽게 강준의 옆에 누웠다. 까맣고 결 좋은 머리

채가 그녀의 하얀 어깨 위로 흘러내렸다.

'어쩌면 이렇게 잠든 얼굴도 이강준스러울까.'

가만히 보고 있으려니 새삼 신기한 기분이었다. 바른 자세로 누워선 입도 벌리지 않고 단정하게 자는 모습이.

'깨어 있을 땐 이렇게 빤히 바라볼 자신이 없는데 잠든 얼굴은 계속 보게 되네. 무슨 남자가 속눈썹이 이렇게 길어?'

서원이 강준의 속눈썹에 저도 모르게 손가락을 가져갔다. 손끝이 눈썹의 끄트머리에 살짝 닿는 순간, 그가 눈을 번쩍 뜨더니 서원의 손을 움켜잡았다.

「아!」

강준이 벌떡 일어나 서원의 손목을 강하게 움켜잡은 채 쳐다봤다.

그의 딱딱하게 굳은 얼굴에 서원의 눈이 당혹으로 물들었다.

「……뭡니까.」

「그, 그냥 속눈썹이 길기에 만져 보려고 했을 뿐인데…….」

경직된 얼굴로 서원을 보던 강준이 그제야 잡고 있던 팔을 놔 줬다. 후우, 크게 숨을 내쉬며 손바닥으로 자신의 얼굴을 가린 강준을 그녀가 미안한 표정으로 바라봤다.

「악몽이라도 꾼 거예요? 이렇게 놀랄 줄은 몰랐는데…… 미안해요.」

그가 손을 내리고 고개를 들었다.

「아닙니다. 팔은 괜찮습니까?」

「괜찮아요.」

「어디 봐요.」

강준이 서원의 손목을 끌어당겨 조명을 켰다. 자신이 움켜잡았던 부위를 세심하게 살피는 그를 서원이 가만히 쳐다봤다.

「정말 괜찮아요. 잡힌 건 잠깐이니까.」

「이런 흰 피부는 흔적이 남기 쉽습니다. 예전에도…….」

뭔가 말하려던 강준이 미간을 좁히고 그녀의 팔을 내려놨다.

「좀 씻고 오겠습니다.」

그가 남자다운 육체를 그대로 드러내고 욕실로 향하자 서원은 자신의 팔목을 가만히 응시했다.

'예전……이라는 건 그때를 말하는 건가.'

그의 비서로 있을 때 엘리베이터 안에서 움켜잡혔던 손아귀의 힘이 떠올랐다.

희미한 붉은 자국만 남은 자신의 팔목을 응시하던 서원이 고개를 들어 욕실 문을 바라봤다.

쏴아아아아—

샤워기 아래에서 강준이 굳은 얼굴로 쏟아지는 차가운 물을 맞고 서 있었다. 그리스 조각상처럼 완벽한 비율을 가진 전라의 육체가 일말의 미동도 없었다.

한참을 쏟아지는 물 아래 서 있던 강준이 두 손으로 거칠게 젖은 머리를 쓸어 넘겼다. 머리칼이 뒤로 넘어가자 수려한 이마가 드러나고 물줄기가 조각 같은 얼굴의 선을 따라 내려왔다.

"……후."

깊이 숨을 내쉬는 그의 눈이 어둠처럼 깊게 일렁였다. 온몸이 차갑게 식을 때까지 강준은 그 상태로 움직이지 않았다.

욕실에서 너무 오래 있어서인지 강준이 허리에 배스 타월만 걸치고 나왔을 땐 여자는 잠들어 있었다. 조도가 낮은 조명이 그의 넓은 상체를 비췄다. 물기 때문에 갈라진 근육들이 마치 오일을 바른 것처럼 번들거렸다.

강준은 잠시 우뚝 선 채 잠든 여자를 보고 있었다. 조용히 서 있던 그가 긴 다리를 움직여 그녀 쪽으로 걸어갔다. 시트를 몸에 감고 옆으로 누워 잠들어 있는 여자의 흑단 같은 머리칼이 침대 위에 물결처럼 펼쳐져 있었다.

"……."

강준은 침대에 걸터앉아 여자의 흰 피부를 내려다봤다. 작고 갸름한 얼굴과 여린 몸의 라인을 따라 내려가는 그의 눈동자가 진하게 물들었다.

일주일 전, 처음 여자를 맞닥뜨렸을 땐 순간 한도원인 줄 알았다. 남성이 아닌 여성이라는 걸 한눈에 알 수 있음에도 그랬다. 여자는 그 정도로 한도원과 닮아 있었다. 세상엔 똑같이 생긴 사람이 세 명 있다는 말을 들어 본 적은 있지만, 눈앞에서 보고도 믿기지 않았다.

쌍둥이라면 모를까.

하지만 그마저도 아닌 이상 우연의 일치밖에는 안 된다.

'무례하네요.'

너무도 닮은 모습에 확인하려는 마음도 있었지만 자신을 똑바로 응시하는 여자의 눈을 봤을 때 묘한 이질감을 느꼈다.

그게 뭔지는, 그 여자를 쫓아가 마주 앉고 난 뒤에 확실히 알게 됐다.

'이 여자에겐 왜 거부반응이 일어나지 않는 거지?'

일곱 살 이전에 알고 지내던 사람 외에 거부반응을 일으키지 않는 여자는 처음이었다.

'……한도원과 똑같이 생겨서?'

짚이는 이유는 그거 하나였지만, 여자가 자신의 흥미를 끄는 지점은 또 있었다.

'나에 대한 관심이 전혀 없어 보이진 않는데.'

'당신 말이 맞을지도 몰라요. 알고 있겠지만, 당신 외모가 상당히 뛰어나니까.'

그렇게 말하는 여자의 반응은 신선했다. 지금까지 자신에게 그런 식으로 시선을 피하지 않고 부딪혀 오는 여자는 처음이었으니까.

알고 있다. 무엇보다 한도원과 닮았기 때문에 끌린다는 걸.

3년 전 결국 자신에게서 도망친 그 모습을 이 여자에게서 찾으려 하고 있다는 것도.

그럼에도 멈출 수가 없었다. 마치 한도원을 볼 때처럼 뜨거운 열망이 온몸을 잠식해 버렸으니까. 여자가 쳐다보는 것만으로도 하체가 뻐근해질 정도로 욕망이 고개를 쳐들었다.

'단 2주간이라면…….'

자신의 머릿속에서 스스로가 짧은 타협을 하고 있다는 걸 알고 있었지만 곧 무시했다. 자신에게 욕망을 일으킨 사람은 지금껏 단 두 사람뿐이었으니까.

그렇게 시작한 시한부 만남이었다. 처음엔 이기적인 마음이 컸다. 자신의 욕망을, 한도원을 향해 깊이 내재되어 있는 그 욕망을 해소할 상대로 생각했으니까.

그 사실에 죄책감은 들지 않았다. 싫다면 언제든 그만두라는 말은 진심이었다. 원하면 언제든 끝내도 된다고 생각했다. 그저 서로가 원하는 상황에서 원하는 것만 취하는 그런 관계라고 정의했었다. 그런데…….

잠든 여자를 내려다보는 강준의 눈이 어둡게 잠겼다.

그런데 단 일주일 만에, 상황은 미묘하게, 그러면서도 확실하게 달라져 있었다. 그저 대용품이라 치부해 버리기엔 감정이 다르다.

어제, 울고 있는 여자를 봤을 때…… 아니, 돌아가려던 발걸음을 돌려 다시 엘리베이터를 타고 여자가 있던 곳으로 올라갔을 때.

그때 확실히 알았다. 자신의 감정이 분명 달라졌다는 걸.

'제길.'

강준이 미간을 일그러뜨리고 덜 마른 머리칼을 성마르게 쓸어넘겼다.

'똑같은 실수를 두 번이나 저지르다니.'

한도원이 떠난 이후로 겪었던 좌절감과 괴로움을 다신 떠올리고 싶지도 않았다. 설사 다른 상대가 한도원처럼 욕망을 자극하더라도 처음부터 잘라 낼 생각이었다.

'그런데 왜 하필 그와 똑같이 생긴 여자에게 틈을 보인 거지?'

가라앉은 눈으로 잠든 여자를 내려다보던 강준이 얼굴을 굳히고 몸을 일으켰다. 그때 그녀가 몸을 바르작거렸다.

"으응……."

그의 시선이 여자에게 닿았다. 살짝 뒤척이며 앓는 소리를 내더니 곧 고른 숨소리를 낸다.

강준은 다시 곤히 잠든 여자를 가만히 내려다봤다. 혼란으로 짙어진 눈동자가 거부할 수 없다는 듯 여자에게서 떨어지지 않고 있었다.

❋

「어젯밤에 악몽 꾼 것 같던데 괜찮아요?」

룸서비스로 시킨 조식을 함께 먹으며 서원이 묻자 강준이 그녀의 가느다란 팔목을 쳐다봤다. 자국이 남지 않은 하얀 피부를 새벽에 확인했으면서도 다시 확인하려는 듯한 시선이었다.

「신경 쓸 거 없습니다.」

짧게 대답한 강준이 블랙티가 담긴 찻잔을 입으로 가져가려다가 멈췄다. 그가 시선을 맞추자 서원이 마주 봤다.

「미국에서 태어나고 자랐다고 들었던 것 같은데.」

「네. 맞아요.」

서원은 살짝 굳어지려던 표정을 재빨리 풀고 대답했다.

이런 질문은 반드시 거짓말을 동반해야 하기 때문에 불편했지만, 강준이 개인적인 관심을 보여 준다는 건 한편으로 기뻤다. 서원이 그 이중적인 마음 사이에서 표정 관리를 하고 있는데 강준이 말했다.

「한국엔 간 적이 없습니까?」

「가끔 갔어요.」

강준이 잠시 생각하더니 다시 물었다.

「그럼 혹시, 3년 전 엘른 호텔에 온 적 없습니까?」

「엘른 호텔……이요?」

엘른이라는 말에 순간 철렁했지만 서원은 기억을 더듬는 듯한 얼굴로 말끝을 흐렸다.

「글쎄요. 잘 생각나진 않아요. 호텔은 종종 이용했으니 그랬을 수도 있겠죠.」

고작 3년 전 일이지만 서원은 기억이 나지 않는다는 듯 두루뭉술하게 표현했다.

「……그렇습니까.」

강준은 새하얀 찻잔에 시선을 박은 채 생각에 잠겼다. 3년 전 한도원과 똑같이 생긴 여자를 그곳에서 봤던 기억이 또렷하게 있었다. 이렇게 닮은 얼굴이 3명이 있지 않다면 아마 그 여자는 클로에일 것이다.

「그런데 그건 왜 물어요?」

「그때 당신과 비슷한 여자를 본 적이 있어서.」

「아…… 그래요?」

서원이 어색하게 웃으며 크루아상을 들어 올렸다. 침이 바짝 마르고 심장이 빠르게 뛰었다. 강준이 차를 마시고 말했다.

「식사 끝나면 함께 나가죠.」

「어딜요?」

서원이 의문 어린 시선으로 강준을 바라봤다. 아직 긴장이 가시지 않아 손바닥 안에 축축하게 땀이 고여 있었다.

「오늘은 일정이 비니까 잠시 바람이라도 쐬고 올까 하는데.」

「아, 좋아요.」

서원이 안도한 얼굴로 맑게 웃었다. 강준과 외출하는 것도 좋지만 아슬아슬한 대화에서 벗어났다는 안도감도 컸다.

찻잔을 내려놓은 강준이 몸을 일으켰다.

「식사 다 한 거예요?」

「잠시만.」

아직 음식이 많이 남아 있는 강준의 접시를 보며 서원이 묻자 그가 침실 쪽으로 걸어가며 대답했다. 곧 테이블로 돌아온 강준이 서원에게 작은 상자를 내밀었다.

「이게 뭐예요?」

붉은 와인 색의 고급스러운 케이스를 보며 서원이 물었다. 강준은 다시 의자에 앉으며 무심한 투로 말했다.

「원래는 어제 도착해서 바로 주려고 했는데 늦어졌습니다. 열어 봐요.」

혹시나, 하는 시선으로 상자를 보고 있던 서원은 강준의 열어 보라는 말에 자신에게 주는 선물이라는 걸 깨달았다.

'……받아도 될까?'

서원은 심장이 쿵쿵 뛰는 것을 느끼며 잠시 고민했다. 강준이 자신을 위해 선물을 준비했다는 건 무척 기쁜 일이었다. 하지만 지금 그를 속이고 있는 입장에서 죄책감이 들기도 했다.

고민하던 서원이 조심스럽게 케이스를 열었다. 달칵. 핑크 다이아몬드가 세밀하게 세공된 목걸이와 귀걸이 세트를 본 서원의 눈이 커졌다.

「이런 걸 받아도 될지…… 모르겠네요.」

한눈에 봐도 흔히 구할 수 없는 보석이어서 서원의 눈에 난감함이 번졌다.

「받아요. 당신 주기 위해 산 거니까.」

「하지만.」

서원이 고민스러운 얼굴로 보고 있는데 강준이 말했다.

「내 생각만큼 당신과 잘 어울리는지 궁금한데.」

지금 해 보라는 의미를 깨달은 서원이 잠시 갈등 어린 표정을 짓고 있다가 몸을 일으켰다.

「……해 볼게요.」

서원은 얇은 가운을 입은 채 화장대 거울 앞으로 걸어갔다.

찰랑. 브이 자로 깊게 파인 목에 목걸이가 걸리자 연약한 쇄골 라인이 더 여성적으로 강조됐다. 하얀 귓불에 귀걸이도 하나씩 끼우자 귀 아래에서 달랑거리는 보석이 아름다운 빛을 내며 반짝거렸다.

강준이 자신을 위해 골랐다는 사실이 믿기지 않아 서원이 뚫어져라 거울 속 자신을 바라봤다. 커튼이 쳐져 있는 어두운 방에 은은한 조명만 켜진 상태였다. 그래서 신비로운 작은 보석이 내는 묘한 빛이 더 영롱해 보였다.

"아……."

서원이 홀린 듯 자신을 보고 있는데 어느새 등 뒤로 다가온 강준과 거울 속에서 눈이 마주쳤다. 소유욕으로 어둡게 물든 그의 눈동자와 마주치는 순간 서원의 몸에 아찔한 긴장이 흘렀다.

「잘 어울리는군.」

「고마워요. 앗…….」

강준이 등 뒤에서 작은 보석이 매달린 그녀의 귓불을 입술로 머금자 서원이 흠칫거리며 짧은 신음을 흘렸다.

「진열대에 전시된 이걸 보자마자 당신 생각이 나더군. 이게 당신 몸에 걸리면 어떤 모습일지 궁금했어.」

귓가에 닿는 야릇한 숨결과 뒤에서 부풀어 오른 가슴을 주무르는 손길에 서원의 몸이 앞으로 기울었다. 화장대를 붙잡고 무너지지 않도록 버티는데 강준의 손이 가운 안을 파고들었다.

「생각보다 너무 잘 어울려서 당혹스러울 정도야. 한입에 삼키고 싶을 만큼.」

「잠깐…… 아!」

느른한 목소리와 다르게 그가 거친 손길로 서원의 몸을 자신 쪽으로 돌려세웠다. 커다란 손으로 그녀의 엉덩이를 들어 올려 화장대 위에 걸터앉게 했다.

와르르—

화장대 위에 있던 것들이 요란한 소리를 내며 바닥으로 떨어져 내렸다.

강준이 서원의 눈을 똑바로 보며 그녀의 무릎을 잡았다. 그대로 다리를 벌리자 흐트러진 가운도 스르륵 벌어졌다. 아무것도 입지 않은 다리 사이에 와 박히는 강렬한 시선에 서원은 침을 삼켰다.

「앞으로 내가 준 이걸 볼 때마다 얼굴 붉히게 될 겁니다.」

강준이 그녀의 벌어진 다리 사이로 들어가 자리를 잡으며 낮게 말했다.

「훗.」

그녀의 엉덩이를 잡아 확 끌어당기자 엉덩이의 끄트머리가 화장대에 걸쳐졌다. 벌어진 가운 아래로 오르내리는 배꼽과 그 아래 매혹적인 짙은 숲이 보였다. 거기에 시선을 박은 그의 눈이 어둡게 타올랐다.

「지금 내가 그렇게 만들 거거든.」

욕망에 잠긴 낮은 목소리와 함께 서원의 가운이 우악스럽게 벗겨졌다.

사락.

뜨거운 열감이 고스란히 피부에 남은 서원의 몸을 침대 위에 눕힌 그가 그녀의 몸 위에 시트를 덮어 줬다.

서원은 발갛게 달아오른 얼굴로 진정되지 않는 더운 숨을 몰아쉬고 있었다.

「지금 바로 움직이긴 힘들 것 같군요.」

강준이 그녀의 땀에 젖은 이마에서 머리칼을 쓸어 넘겨 주며 말했다.

「하아, 지금……은.」

내지른 신음 탓에 목이 잠겨 말이 잘 나오지 않자 서원이 미간을 좁혔다.

「조금 쉬다가 움직이면 될 겁니다. 아직 시간은 많으니 좀 누워 있어요.」

서원은 손가락 하나 까딱할 힘이 없었지만 강준은 전혀 지친 기색 없이 가운을 걸치고 화장대 쪽으로 걸어갔다.

그가 방금 전의 정사로 인해 바닥으로 떨어진 그녀의 물건들을 정리하는 것을 소리로 알아챈 서원이 눈을 떴다.

「놔둬요. 내가 정리할게요.」

「누워 있어요.」

「그냥 놔두…….」

상체를 살짝 일으켜 세운 서원은 우뚝 서 있는 강준의 뒷모습에서 이상한 느낌을 받았다.

「강준?」

미동도 없이 서 있는 그의 뒷모습에 서원이 그를 불렀다. 강준이 천천히 뒤돌았다.

"……!"

웃음기를 싹 지운 얼굴로 돌아선 그의 손에 들린 것을 본 서원의 눈이 흔들렸다. 강준이 차갑게 굳은 얼굴로 서원에게 시선을 박았다.

"이걸 왜, 당신이 가지고 있을까."

……실수했다.

서원은 강준이 손에 든 것을 보고 말문이 턱 막혔다. 강준이 무섭도록 가라앉은 눈으로 서원을 응시하고 있었다.

"이건 분명 내가 한도원에게 준 걸 텐데."

엘른과 관련된 것은 회사를 그만두면서 모두 처분했다. 하지만 저 손수건만은 버릴 수가 없었다.

'어딘가에 쑤셔 박아 놓았더라면 좋았을 것을.'

그러질 못하고 늘 소지하고 다닌 자신의 잘못이었다. 항상 가지고 다닌다는 사실조차 잊을 정도로. 서원이 숨도 못 쉬고 그를 보고만 있자 강준의 눈에 불꽃이 튀겼다.

"무슨 말이든 해. 설명이든 변명이든 뭐든!"

움켜잡은 강준의 주먹 안에서 손수건이 사정없이 구겨졌다. 그의 날렵한 턱에 단단하게 힘이 들어갔다.

화장대에서 떨어진 그녀의 작은 가방에서 흘러나온 물건들을 정리하다가 이 손수건이 발견되었을 때, 강준은 자신의 눈을 의심했다.

이 손수건은 한국에는 입점되어 있지 않은 명품 브랜드의 디자

이너가 손수 제작한 것으로, 디자이너가 자신의 쇼에 가장 크게 투자한 기업인에게 선물한 세상에서 단 하나뿐인 것이었다.

그 증표로 디자이너의 이름이 작게 수놓아져 있었다.

그러니 절대 우연히 똑같은 손수건을 가지고 있다는 건 말이 되지 않았다.

"미안……해요."

창백한 얼굴로 입술만 달싹이던 서원이 겨우 입 밖으로 말을 꺼냈다.

"난 한도원의 쌍둥이 누나예요."

"……."

"일부러 속이려던 건 아니었어요. 난 단지……."

설명하려 했지만 입안에 침이 바짝 말랐다. 그의 찌르는 듯한 시선에 심장이 욱신거렸다.

"……한도원의 누나라고."

서늘한 목소리가 흘러나왔다.

"그럼 그땐 여자면서 남자인 척을 하고 지금은 한도원이면서 아닌 척을 했다? 난 3년 전에도 속고, 지금도 속은 거고."

강준이 혼잣말처럼 내뱉고는 헛웃음을 흘렸다.

"……정말 미안해요. 그땐 정말 어쩔 수 없는 상황이었어요."

"어쩔 수 없었다라."

강준의 얼굴이 얼음장처럼 차갑게 변했다.

"그럼 그때든 지금이든 한마디 말이라도 했어야지. 이렇게 되기 전에."

낮게 깔리는 음성에 서원은 오싹 소름이 돋았다. 정말 화가 났을 때의 이강준을, 자신은 아직 겪어 본 적이 없다는 걸 지금 깨

509

달았다. 서원이 침대 시트를 움켜잡은 손에 지그시 힘을 줬다.

시작하지 말았어야 했다. 그의 경멸 어린 시선을 받아 내는 게 이렇게 고통스러울 줄 알았더라면.

"미안해요."

서원이 입술을 깨물고 사과하자 그 모습을 싸늘히 보고 있던 강준이 몸을 돌렸다. 그리고 그대로 문을 열고 객실을 나갔다.

혼자 남은 서원의 시트를 움켜잡은 주먹 위로 뜨거운 눈물이 떨어졌다.

툭, 툭.

……끝났어. 전부.

"흐윽……."

그 경멸 어린 눈빛이 자신이 기억하는 강준의 마지막이 되어 버렸다는 사실에 서원은 가슴이 찢어질 듯이 아팠다.

차라리 거부할 것을. 어제라도 그랬어야 했다. 이렇게 형편없는 결과를 맞이할 줄 알았다면 어제 끝내는 게 나았다. 강준에게 이렇게 지독한 배신감만 안겨 주게 될 거였다면.

"흐윽……윽……."

서원은 괴로운 얼굴로 가슴을 쥐어뜯듯 움켜잡고 침대 위로 무너져 내렸다.

❁

탕!

세게 문을 닫고 자신의 객실로 들어온 강준의 얼굴은 무섭게 굳어 있었다.

지금까지 자신이 속아 왔다는 것에 머릿속이 벌겋게 달아오를 정도로 분노가 일었다. 주체할 수 없는 분노에 크게 숨을 들이켠 그는 곧장 드레스룸으로 들어가 옷을 갈아입었다.

2권에서 계속

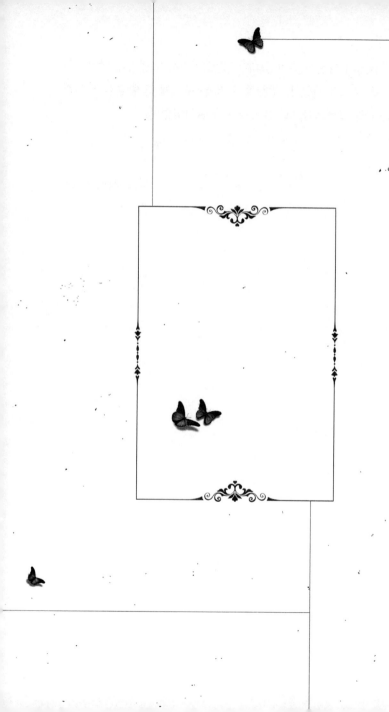